스위스
SWITZERLAND
포르투갈
PORTUGAL
불가리아
BULGARIA
기니비 사우
GUINEA-BISSAU
케냐
KENYA
세이셸
SEYCHEL
브라질
BRAZIL
코모로
COMOROS
모리셔스
MAURIT

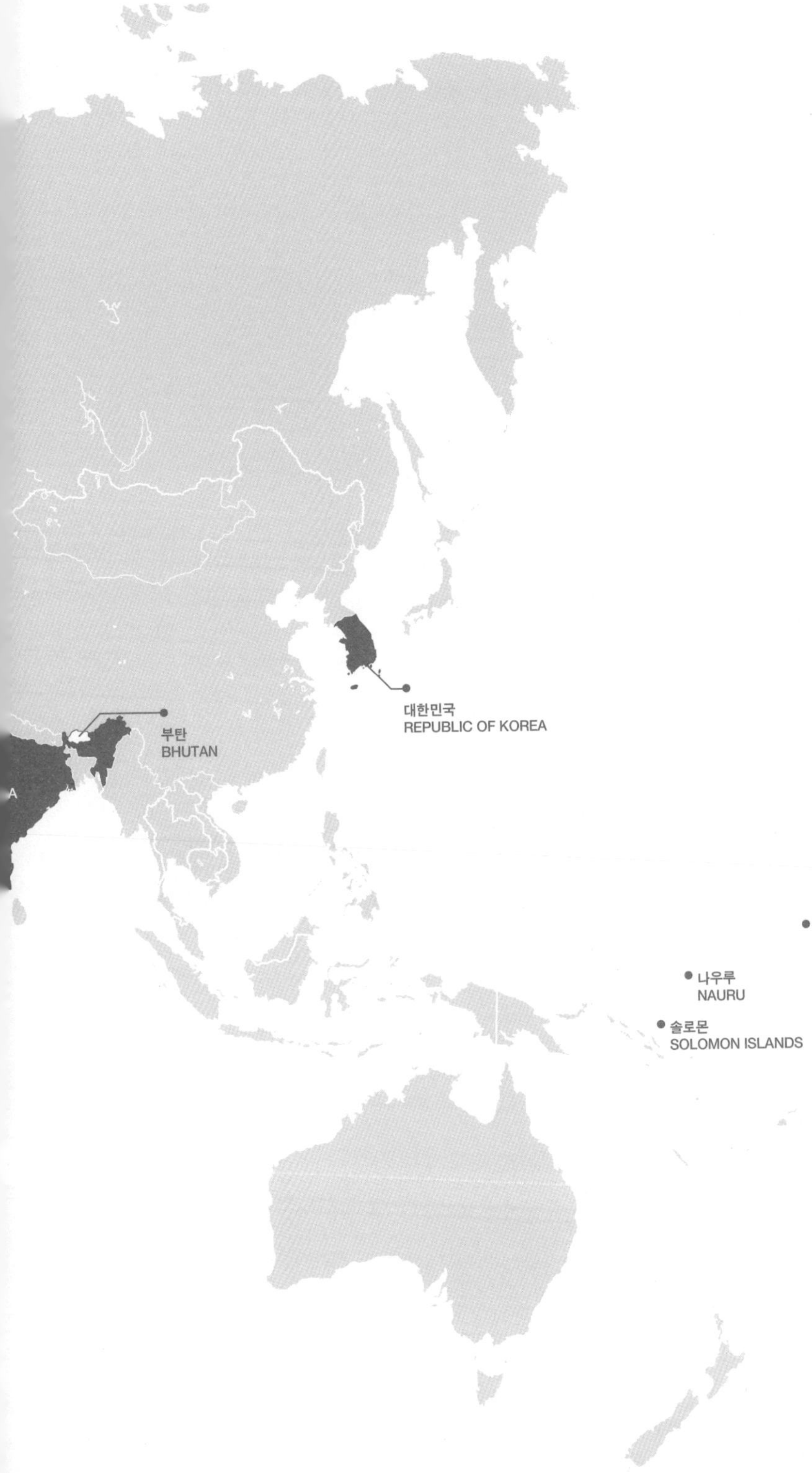
대한민국
REPUBLIC OF KOREA
부탄
BHUTAN
A
키리바시
KIRIBATI
나우루
NAURU
솔로몬
SOLOMON ISLANDS

외교관의 창문

이석조 지음

한나래플러스

외교관의 창문

지은이 | 이석조
펴낸이 | 한기철
편집 | 우정은, 이은혜
디자인 | 사공예원
마케팅 | 조광재, 정선경, 최인호

2016년 6월 10일 1판 1쇄 박음
2016년 6월 20일 1판 1쇄 펴냄

펴낸곳 | 한나래출판사
등록 | 1991. 2. 25 제22−80호
주소 | 서울시 마포구 토정로 222 한국출판콘텐츠센터 309호
전화 | 02−738−5637 · 팩스 | 02−363−5637 · e−mail | hannarae91@naver.com
www.hannarae.net

published by Hannarae Publishing Co.
Printed in Seoul

ISBN 978−89−5566−193-4 03810

* 이 도서의 국립중앙도서관 출판예정도서목록(CIP)은 서지정보유통지원시스템 홈페이지(http://seoji.nl.go.kr)와 국가자료공동목록시스템(http://www.nl.go.kr/kolisnet)에서 이용하실 수 있습니다. (CIP제어번호: CIP2016013556)

추천의 글

10년 전쯤에 당시 대한민국 외무부장관이던 반기문 UN사무총장을 만난 일이 있었다. 그때 나는 국회의원 신분이었다. 나는 해외에서 근무하는 외교관들이 해당 나라에서 생활하면서 기록을 남기는 것에 대한 중요성을 이야기했다. 연구비를 지원해서라도 기록을 하도록 해야 한다고 제의하기도 했다.

"한국의 외교관은 왜 현지에서의 경험을 글로 남기지 않습니까? 외교관이 체험한 문화 자료가 없습니다. '주XX 대사관' 홈페이지에 들어가면 공관장 인사말과 공식적인 정보가 있습니다. 한국과의 관계는 어떻고, 언제, 누가 방문했고, 무역량은 얼마이고, 수입과 수출의 현황은 어떻다는 설명만 있습니다. 그런 하드웨어적인 정보는 통계자료와 백과사전을 찾아보면 어디에나 있습니다. 정작 중요한 것은 그 나라 고유의 관습, 풍습과 같은 소프트웨어적인 문화 정보, 즉 우리 외교관이 현지 주민을 만나서 직접 보고, 듣고, 피부로 느낀 스토리입니다. 유럽 선진국의 외교관들은 체험담을 남겨 외교 · 통상 부분뿐만 아니라, 인문학적으로도 많은 업적을 남겼습니다. 외교관으로서 해외에 근무한 나라의 풍속과 문화를 글로 남기면 후배 외교관들은 물론, 현지에서 사업을 하는 기업인에게도 큰 도움이 됩니다. 또 지리학, 인류학, 외교정치학, 비교사회학 부분의 발전에도 크게 기여할 것입니다."

국내 자원이 부족한 우리나라는 고용이나 GDP의 대부분이 국제 무역에서 발생한다. 오늘날에는 지방자치단체도 국제화에 부응하여 독자적으로 외교를 할 필요가 생겼고, 자본 유치나 지역 생산품의 수출입을 위해 직업 외교관의 자문이 필요해졌다. 그 일환으로 이석조 씨는 대구광역시에 자문대사로 부임한 적이 있다. 내가 경북대학교 총장으로 있을 때였다. 나는 그를 만난 자리에서 지리학 교수로서 감명을 받았던 이사벨라 버드 비숍의 책에 대한 이야기를 했다. 그녀는 청일전쟁 무렵 우리나라에 찾아와서 오랜 시간 동안 한반도에 머물면서 《한국과 그 이웃나라들*Korea and her Neighbors*》을 썼다. 배를 타고 한강을 답사했고, 명성황후를 만났고, 청일전쟁 속에 민생을 보았다. 당시 한반도의 사회상을 알아보는 데 그만한 참고서가 없다. 너무나 객관적인 묘사 덕분에 우리는 그 기록을 통해 당시의 시대상뿐만 아니라 우리 민족의 국민성까지도 읽어낼 수가 있다. 그녀는 외교관에 준하는 영국 왕립지리학회의 회원이었다.

우리나라의 외교관은 현지 발령을 받으면 2~3년은 그곳에서 생활하며 근무한다. 그 나라에 대한 기록을 남기기에 참으로 좋은 기회다. 기록하는 것이 대사 본분의 일 중의 하나가 되어야 한다. 외교관이라면 누구나 교민과 현지인을 만나고, 현지를 여행하는 경험을 한다. 직접 체험한 그 삶의 기록은 매우 중요하다. 외교도, 사업도 긴 안목으로 일을 하려면 무엇보다 현지의 문화와 현지인의 생활을 이해하는 것이 기본이기 때문이다. 그러나 대개는 힘들게 체험한 것을 기록하지 않고 자기만 알고 만다. 그래서 내가 이 대사를 만났을 때 현지에 가면 이사벨라 비숍처럼 직접 겪은 생생한 기록을 남기도록 조언했던 것이다.

이석조 대사는 내가 바라던 일을 한 외교관이었다. 7개 국가에서 근무하며 평생을 외교관으로 지내다가 정년퇴임을 한 그는 나이로비의 '무타이가 컨트리클럽'의 문화를 이해하고, 소통의 가치를 마사이족의 눈으로 보았다. 나도 적지 않은 나라를 여행했고, 많은 외교관을 만났다. 그러나 이석조 대사의 눈과 생각은 특별했고 달랐다. 소말리아에 납치된 한국 선원을 구하기 위하여 밤을 지새운 이야기 속에 '개인은 가슴이 있어도 국가는 가슴이 없다'는 말이 의미심장하다. 국가와 민족을 떠나서 인간에 대한 깊은 휴머니즘이 그의 가슴속에 흐르고 있는 것을 느낀다. 그는 필란트로피스트이다. 스스로의 힘으로 돈을 벌어도 혼자 독식하는 사람은 나쁜 사람으로 보았다.

냉전시절 외교관을 시작한 이석조 대사에게는 북한의 망령이 머리에 이고 있는 먹구름처럼 늘 화두로 떠 있었을 거다. 그러한 그가 해외에서 만난 북한이탈자들에 대한 생생한 이야기를 전하는 것은, 마치 그들의 고귀한 체험을 우리들에게 알려주려는 사명을 띤 것처럼 느껴진다. 한국전쟁 이후 반공포로 석방으로 세계의 유랑인이 되어 중립국 인도로 갔다가 다시 브라질의 이방인으로 살고 있는 이준희 선교사, 인도에서 근무할 때 만난 반공포로의 인생살이, 불가리아 대사로 근무 당시 들었던 북한유학생들의 탈출기는 사실이라기에는 너무 극적이다. 불가리아라는 조그만 나라에서 일어난 북한 유학생들의 목숨을 건 망명 스토리는 마치 007 영화를 보는 것처럼 긴장과 전율을 느끼게 한다. 같은 북한 유학생이었던 한상훈 씨와 에밀리아의 러브스토리는 드라마로 제작하면 '태양의 후예'보다 더 흥행할 성싶다.

이야기의 주인공들은 이제 모두 이 세상 사람들이 아니다. 그러나 그들의 드라마 같은 삶을 이 대사가 생생하게 기록했기에, 그들의 숨은 이야기는 영원히 남을 것이다.

이 대사는 참으로 '대한민국의 외교관'이었다. 그가 구체적으로 이야기하지는 않았지만, 이 책에는 국가의 의미가 무겁게 담겨 있으며, 외교관으로서 그의 국가관이 깃들어 있다. 그것은 학자의 국가관과는 다르다. 하이에크는 '지구상의 최고의 범죄 집단은 국가'라고 했던가. 나 같은 학자이며 여행가에게 국가란 '속이기만 하면 되는 집단'이다. 국가는 양심의 척도가 아니고, 행동의 규범도 아니다. 그러나 어느 누구도 국가에 속하지 않는 사람은 없다. 국가관이 투철한 이석조 대사는 그의 체험담을 진솔하게 썼고, 그렇기에 큰 감동을 준다. 진실을 이야기 할 수 있는 그의 용기에 찬사를 보낸다.

2016년 따뜻한 어느 봄날

박찬석

들어가는 말

돌이켜 보면 대학교를 졸업하고 사회에 첫발을 내디딘 지가 어느덧 40년이 훌쩍 넘었다. 한 사람의 인생에서는 긴 세월이다. 그 세월 동안 무엇을 보고, 듣고, 경험하고, 어떻게 살았는지를 일일이 돌이켜본다는 것은 불가능할 것이다. 그러나 생각나는 것들 중에 누구에게나 들려주고 싶은 이야기들을 기록삼아 정리해서 남겨두는 것이 전혀 무의미하지만은 않을 것 같다는 생각이 들었다. 그래서 2016년, 내 나이 칠순이 되는 때에 맞추어 이 글을 남기기로 했다.

1972년 외교부에 입부한 이래 2005년 퇴직할 때까지 33년간 외교부에서 근무했고, 2006년부터 2008년까지 3년간은 외교부 업무의 연장선상으로 부산의 유엔기념공원에서 근무했으니 평생 외교부에 몸담고 살아온 셈이다. 외교부에 근무하는 동안 4개 대륙 7개 국가에서 살아봤고, 공사(公私) 간에 방문했던 나라 수만도 세어보니 대략 70여 개국에 달했다. 외교부에 몸담지 않았다면 이런 귀한 여행을 할 수 없었을 것이다. 나에게 외교부는 사회에서의 어머니 같은 존재다. 온갖 애증(愛憎)에도 불구하고 외교부에 감사드리지 않을 수 없다.

처음부터 이렇게 책을 쓸 것을 염두한 것은 아니지만, 내가 경험한 것들 중 어떤 것은 나만이 보고, 듣고, 느낀 채로 사라지는 것보다는 여러 사람과 공유함으로써 몸담았던 사회에 조금이라도 보탬이 되지 않을까 하는 생각이 1990년대 언제부터인가 들기 시작했다. 그러나 마음만 있었을 뿐 행동에는 미치지 못한 채 시간이 흘렀다. 2002년 대구광역시 자문대사로 근무하다가 주케냐 대사관에 발령을 받고 평소 존경하던 경북대학교 박찬석 전(前) 총장께 인사를 드리러 갔다. 박 총장께서는 지리학자로서 여러 번 케냐를 가보았다면서 케냐에 가서 보이는 대로 일기 쓰듯이 써보면 한 권의 훌륭한 책이 될 수도 있다는 말씀을 해주셨다. 박 총장께서는 이사벨라 버드 비숍 여사의 《한국과 그 이웃나라들》이란 책을 소개하면서 그 책도 그분이 생소한 우리나라에 와서 보이는 대로 옮겨 적은 것이라고 하셨다. 박 총장의 그 말씀이 내가 이 책을 쓰도록 하는 계기가 되었다고 할 수 있다. 긴 시간이 지난 지금 새삼 박 전 총장님께 감사의 말씀을 드린다.

마지막 해외 포스트였던 케냐에서의 몇 년 동안 틈틈이 주섬주섬 기록을 하기 시작했다. 은퇴 전 어느 정도 마음의 여유가 있을 때 시작을 해놓는 것이 좋겠다는 생각이 들었기 때문이다. 하지만 다른 현실적인 일 때문에 책을 쓰는 일은 10년이나 연기되었다. 2005년 말 외교부 은퇴와 동시에 연결된 유엔기념공원 근무 덕에 책을 쓰려는 당초 계획은 다소 바뀌었다. 유엔기념공원 관리처장으로서의 역할에 충실하면서 거기서 경험한 것들을 먼저 기록하는 것이 더 급하다고 보고, 그 기록을 모아서 2008년 말 《젊은 영혼들과 함께한 천 일간의 백서》라는 책을 썼다. 2009년부터는 국민대학교에서 가르치는 일에 얽매이게 되어 책을 쓸 마음의 여유가 생기지 않았다. 이미 시작해놓은 원고도 벌써 오래전의 것이 되어 당초 책을 쓴다는 생각은 머릿속에서 점차 멀어져 갔다.

2014년부터 모든 공적 활동을 그만 두고, 다시 시간적인 여유가 생겼다. 무엇보다 시간이 지남에 따라 2007년 한 해에 남동생 둘이 갑자기 타계한 충격에서도 어느 정도 벗어나서 새로운 목표를 가지고 무언가 해보고자 하는 의욕이 생겼다. 그래서 고희(古稀)가 되는 해에 가능하면 조촐한 그림 전시회와 동시에 책을 펴내는 것을 목표로 정했다. 일단 목표를 세우고 나니 아내와 딸들의 응원이 큰 힘이 되었다. 책은 이미 작성한 초고(草稿)를 기초로 손질하기로 했다.

그러나 내가 경험했던 일들이 길게는 40년 전, 짧게는 10여 년 전의 옛날이야기가 되어서 한동안 머뭇했다. 결국 이미 써놓은 기록 중 시대적 상황이 달라져서 선뜻 이해가 되지 않으리라 생각되는 부분은 빼거나 고치고, 또 지나치게 개인적이거나 주관이 많이 개입된 부분, 기억이 정확하지 않은 부분도 과감하게 빼버렸다. 그렇다고 우려했던 것들이 전부 해소되었다고 보지는 않지만 다소간 변명의 빌미는 될 지 모르겠다.

처음 원고에는 단편적인 경험담들을 일관된 흐름에 맞게 주제별로 구성해보았으나, 한나래출판사 한기철 사장님의 조언에 따라 중복되는 장면들을 삭제하고, 그때까지 써놓은 원고를 나라별로 다시 정리했다. 나라별로 있었던 행적들 중에 기억에 남는 일들을 하나씩 추가하다 보니 국내에서 일어났던 일들도 하나씩 추가하게 되어 회고록 성격이 강해졌다. 1부에서는 브라질, 포르투갈, 인도, 스위스, 불가리아, 케냐 등 발령 받아 오래 머물며 생활했던 나라들을 중심으로 소개했고, 그 외에 잠시 방문했던 나라들 중에서도 좀처럼 여행해보기 힘든 몇몇 나라들을 소개하면서 그곳에서 겪은 경험을 따로 덧붙였다. 2부에서는 해외에 있는 동안 만났던 북한인들에 대한 이야기를 넣었다. 끝으로 3부에는 외교부 본부 근무 시절 있었던 일 중에 남기고 싶은 몇 가지 이야기를 담았다. 이 과정에서 다른 나라를 명백한 근거 없이 비판하는 것으로 비칠 수 있는 사안이라든지 불량 교민의 적나라한 이야기 같은 것은 가급적 제외하려고 노력했다.

지난 30여 년 동안 나를 따라 이리저리 옮겨 다니면서 새로운 환경에 적응하느라 고생한 아내와 두 딸 영은이와 지은이, 평생 홀로 사시면서 장남을 멀리 외지에 내보내시고도 늘 격려해주신 어머님께 졸저를 바친다. 이제는 오랜 외유를 청산한 후, 연로하신 어머님을 가까이서 모시는 것도 느지막히나마 나의 복이라고 생각한다.

2016년 여름의 문턱에서

이석조

차례

이역 땅에서 살아간 어떤 북한 이탈인들 이야기

남기고 싶은 이야기 몇 가지

1부

내가 살아본 나라 이야기

외교부에 근무한 33년 중 21년 동안 해외근무를 하면서 브라질, 미국, 포르투갈, 인도, 스위스(제네바), 불가리아 및 케냐 등 일곱 나라에서 살았다. 1년간 미국의 존스홉킨스대학교 국제대학원(SAIS)에서 공부한 기간 외에는 모두 대사관이나 대표부에서 근무했다.

흔히 외국에 살다 왔다고 하면 그 나라가 어땠냐고 묻는다. 한 사람을 온전히 이해하는 데에도 오랜 시간이 필요한데, 한 나라를 기껏 몇 년 살았다고 해서 속속들이 이해한다고 말하기는 어렵다. 그래서 이 이야기는 내가 경험하고 체득한 지식의 한도 내에서 전개된다는 점을 먼저 밝혀둔다.

처음으로 정착한 타국의 삶, 브라질

참 오래전의 일이다. 1974년 7월 말, 태어난 지 두 달여 밖에 안 된 첫 딸 영은이를 바구니에 담은 채, 브라질리아를 향한 닷새 간의 긴 여정을 시작했다. 브라질은 우리나라를 기준으로 지구 반대편에 있기 때문에 거리상으로 제일 멀리 있는 나라 중 하나다. 생전 처음 정착할 외국이었기에 기대감도 있었지만 그보다는 낯선 곳에 대한 두려움이 더 컸다.

당시에는 우리나라에서는 외국을 나가는 사람도 많지 않았고, 더욱이 지구 반대편 브라질까지 가는 경우는 매우 드물었다. 또 지금처럼 항공기가 발달하지 않아 우리나라에서 한번에 태평양을 건너지 못하고, 하와이나 알래스카에 기착하여 급유를 했기 때문에 여행시간도 길었다.

큰아버지가 계시는 일본에서 이틀을 보낸 후, 하와이를 경유해서 로스앤젤레스에 도착했다. 로스앤젤레스에서 이틀을 머문 후 다시 브라질행 비행기를 탔는데 그 비행기도 역시 파나마에서 기착한 후 브라질리아로 가도록 되어있었다. 김포에서 브라질리아까지 총 비행시간만 약 38시간 정도였다.

브라질행 비행기에서 만난 한국 선원들

로스앤젤레스발 보잉747 기내에는 손님들이 많지 않아 빈 좌석이 많았다. 우리 세 사람은 가운데 텅 빈 네 개의 좌석을 차지했다. 어린 딸을 돌보는 아내는 안쪽 의자에 앉히고, 난 복도 쪽에 앉았다. 처음부터 좀 경계를 한 것은 왼편 창가 쪽에 앉아있던 네 명의 동양인 남자들이 자꾸 우리 쪽을 훑어보고 있는 것을 알아차렸기 때문이었다. 혹시나 북한사람들이 아닌가 생각하면서 아내에게 큰 소리로 말하지 말라고 주의를 주었다. 그 당시에는 해외여행 전에 필수적으로 반공교육을 받았는데 외국에서 낯선 동양인을 보면 북한사람일 수 있으니 경계하라고 들었다. 사진으로 본 북한사람들은 대개 가운데 가르마를 탄 사람들이 많았다. 그런데 마침 그들 중 두 명이 가운데 가르마를 타고 있었다.

두어 시간이 지난 후, 아니나 다를까 그중 한 남자가 나에게 와서는 혹시 한국사람이 아니냐고 물었다. 덜컥 겁이 났지만 일단 그렇다고 대답했다. 그 남자는 단도직입적으로 아저씨는 일본사람 같아 보여서 망설이고 있었는데 아주머니가 한국말을 하는 걸 듣고 한국 분인 줄 알았다면서 "뭐 하는 사람이냐?", "어디 가느냐?", "뭘 하러 가느냐?" 등을 꼬치꼬치 캐물었다. 당황스러웠지만 대답을 회피할 수 있는 상황도 아니어서 "브라질로 일 때문에 간다"고만 얼버무렸다. 그랬더니 자신들은 어선을 타는 선원들인데 '쿠라사오'라는 어장으로 가기 위해 이 비행기를 탔다며, 자신들을 좀 도와 줄 수 있겠냐고 물었다. 그들은 로스앤젤레스 공항에서 비행기를 갈아탔는데, 미국 경찰이 공항 부근 호텔에서 밖으로 나오지 못하게 해서 호텔 안에 갇혀 있었다고 했다. 또 호텔에서 주는 빵과 소시지 같은 양식이 입에 맞지 않고 말도 잘 몰라 사흘 동안 거의 아무

것도 먹질 못했다고 했다. 그래서 기내식에 혹시 밥과 물이 있는지를 스튜어디스에게 물어봐달라고 부탁한 것이다. 나도 해외여행은 처음이었지만 사정을 들어보니 처지가 딱했다. 조금 전까지 이 사람들을 의심했던 것이 미안하기도 하고, 어려움에 처한 사람들을 돕고자 하는 마음에 그들과 스튜어디스 사이에서 일일이 통역을 해주었다.

이야기를 하다가 더욱 놀란 것은 그들은 자신들이 타고 있는 비행기가 파나마에 기착한다는 것도 몰랐고, 거기서 어떻게 비행기를 갈아타야 하는지도 전혀 몰랐다는 것이다. 그저 시키는 대로 비행기에 몸을 싣고 여기까지 왔다고 했다. 그들은 파나마에 내려서 어떻게 해야 할지를 몰라 낭패스러워 했다. 나도 뾰족한 수가 없어 외무부 수첩에 있는 주파나마 대사관의 주소와 전화번호, 그리고 당시 주파나마 영사였던 명인세 영사의 이름과 함께 간단한 메모를 적어 주면서 무조건 택시를 타고 대사관 주소를 보여주라고 했다. 그러나 그들의 표정에서는 쉽사리 근심이 가시지 않았다.

이럭저럭 비행기가 파나마에 도착했다. 다시 출발하기까지 세 시간 정도 여유가 있었기 때문에 그들을 안내해서 출입국관리소까지 나왔다. 파나마 공항은 생각보다 훨씬 작아서 마치 우리나라의 시골 기차역 같았다. 출입국관리소에 사정을 이야기하고 공항 밖까지 따라나올 수 있었다. 택시를 타는 곳까지 바래다주면서 택시기사에게 대사관 주소를 보여 주고 데려다달라고 부탁했다. 그리고는 머뭇머뭇하는 그들 중 한 사람에게 50달러를 쥐어주고는 다시 공항 안으로 들어왔다. 한 달 월급 120달러는 전부 회사에서 가족들에게 직접 보내고 자기들은 상륙비 20달러 정도만 받는다던 그들의 말이 귓전을 맴돌아 뭔가 부족함을 느꼈지만 더 이상 어찌할 도리가 없었다. 아마도 지금쯤이면 그들은 그동안 많은 경험을 해서 영어나 스페인어 같은 외국어에도 익숙해져 있으리라 상상해본다.

브라질 말에 얽힌 이야기

'호텔'과 '오떼우'

긴 여정 끝에 드디어 최종 목적지인 브라질리아 공항에 도착했다. 새벽 네 시 반경이었다. 입국 수속을 마치고 나온 공항에는 아무도 마중 나온 사람이 없어서 택시를 타고 일단 브라질리아 시내로 향했다. 문제는 언어였다. 운전기사가 호텔이라는 말을 못 알아들었던 것이다.

"렛츠 고 투 어 굿 호텔"
"???..."
"애니 호텔"
"???"

한참 만에 운전수로부터 "임페리얼 오떼우?"라는 말이 들렸고, 일단 무조건 "오케이"라고 했다. 나중에 알고 보니 브라질 사람들은 단어의 첫 글자가 알파벳 'H'면 이를 발음하지 않고, 또 단어의 끝에 'L'이 있으면 '우' 비슷하게 발음한다. 그러니까 '호텔(hotel)'이 '오떼우'가 되어버려서 영어를 모르는 브라질 사람들에게 '호텔'이라고 하면 무슨 말인지 잘 알아듣지 못하는 것이다. 여기에 폐쇄음이 없으니 '홍콩(HongKong)'도 브라질식으로는 '옹기 꽁기'라고 발음된다.

브라질 생활이 시작되면서 가장 먼저 닥친 문제는 말이 통하지 않는 것이었다. 그때는 외국이면 다 영어를 하는 줄 알았는데 브라질 사람들은 대부분 영어를 못했다. 의사소통이 어려운 상황에서 원하는 곳을 가려면 미리 무슨 단어가 필요할지를 궁리해서 사전을 찾아보아야 했다. 집을 구하기 전에 처음 한 달 반 정도를 호텔에 머물렀는데 갓난 딸 때문에 함께 식당에 가기가 어려웠다. 그래서 아내가 방에서 아기를 보는 동안 내가 먼저 먹고 교대를 하든지, 아니면 아내의 음식을 싸달라고 해서 가져갔다. 이때 써먹으려고 '남은 음식을 싸달라'는 말을 사전에서 미리 찾아갔지만, 식당 종업원은 내가 말하는 것을 전혀 알아듣지 못했다. 적어놓은 단어를 보여주었더니 그제야 알겠다는 시늉을 하고는 음식을 싸주었다.

브라질에 도착한 지 몇 개월이 지나지 않아, 아파트의 뽀르떼이로(경비)가 아파트 문밖에 와서 뭐라고 말을 하면서 자꾸 베란다 쪽을 가리켰다. 아무리 물어도 꼭 같은 말을 했는데, 난 계속 알아듣질 못했다. 그러자 경비는 더욱 목소리를 높여 말하면서 손가락으로 무슨 표시를 했다. 결국 제대로 알아듣지도 못하고 베란다 문을 닫아달라는 뜻으로 지레 짐작했다. 조금 후 또 그 경비가 올라와서 뭐라고 말하는데 도저히 알아들을 수가 없었다. 이번에는 직접 들어와서 설명을 하라는 몸짓을 하니까 안에 들어와서 베란다에 널어놓은 양탄자를 가리키며 치우라는 시늉을 했다. 나중에 안 이야기지만 아파트가 많은 브라질리아에서는 미관을 위해 법으로 베란다에 빨래를 널어놓지 못하게 되어있었다. 자기가 처한 곳의 제도나 문화를 모르면 말귀가 더 어두워지는 것 같았다.

포르투갈어로 싸우던 일본인들

언어의 중요성을 절실히 느끼긴 했으나 대사관 일에 치여 별도로 말을 배울 여유가 없었다. 첫 근무지였기 때문에 총무 일을 보았는데 처음 2년 동안은 일도 모르고 말도 서툴러 늘 쩔쩔맸다. 그런 중에도 한번은 말을 배워보겠다고 학원을 다닌 적이 있었다. 일고여덟 명 정도의 학생들 중에 일본인 세 명이 있었는데, 모두 포르투갈어를 배우러 어떤 회사에서 보낸 젊은 사람들이었다. 얼마간 같이 배우다 보니, 서로 친해져서 함께 식당에서 식사도 하고 집에 놀러 오기도 했다.

그들은 자기들끼리 이야기할 때도 절대 일본어를 쓰지 않았는데 일본어를 쓰면 포르투갈어를 배우는 데 그만큼 지장이 있다는 생각에 서로 약속을 했던 모양이다. 그중에 한 사람이 복주머니 같은 것을 들고 다니며 약속을 어길 때마다 벌금을 모았다. 일본어 한 마디에 벌금 1달러, 두 마디면 벌금 2달러 같은 식이었다.

한번은 한 친구가 일본어를 쓰려다가 멈칫하면서 첫 음절만 약간 입 밖으로 나오다 말았는데도 벌금을 모으는 친구가 돈주머니를 그 친구 턱 밑에 들이댔다. 그 자리에서 벌금을 내야 할지 어떨지 논쟁이 벌어졌는데, 그 논쟁 또한 포르투갈어로만 이끌어갔다. 내가 봐도 답답한 상황이었지만 그들은 구사할 수 있는 짧은 단어들을 이리저리 활용해가면서 자기 입장을 표현하려고 애썼다. 우리 같으면 당장에 우리말로 하고 서로 벌금을 면제해주든지 했을 거 같은데, 그들은 끝까지 포르투갈어를 고수했다. 40년이 지난 지금도 가끔 그들을 떠올리면서 아마도 지금쯤이면 브라질의 언어뿐 아니라 브라질 전반에 대한 전문가가 되었으리라 생각해 본다.

또 한번은 브라질에 간 지 1년 가까이 되어 제법 말도 몇 마디 통할 때였다. 아내와 나는 심심하던 터에 미리 보아두었던 야외극장(drive-in)을 가기로 하고, 밤이 되어 매표소 앞에 늘어선 차의 뒷쪽에 내 차를 갖다 대었다. 우리 차례가 되니 매표소 직원이 차 뒷좌석을 보면서 뭐라고 이야기를 하는데 도무지 무슨 말인지 알아들을 수가 없었다. 두세 번 되물어보았지만 알아듣기가 어려웠다. 차 뒷좌석에 있는 아이를 가리키면서 말을 하기에, '아하, 아기가 울면 어떡하느냐는 거구나' 하고 지레 짐작해서 내가 아는 포르투갈어로 '아무 문제없다(농 땡 쁘로블레마)'를 연발했다. 한참 만에 그 매표소 직원은 그냥 들어가라는 시늉을 했고, 의기양양하게 생전 처음 들어가본 야외극장의 영화를 감상하고 집으로 돌아왔다. 나중에 알고 보니 매표소 직원이 어린아이는 입장불가라 들어가지 말라고 한 것인데 내가 그 말을 못 알아들어서 일어난 코미디였다.

브라질에서 이럭저럭 2년이란 세월이 흐르면서 어느 정도 포르투갈어를 할 수 있게 되었고 또 알아들을 수도 있게 되었다. 말을 몰라 당했던 불편함과 서러움이 어느 정도 가시고 나니, 그전까지 지옥처럼 보였던 주변이 이제는 천국처럼 보이기 시작했다. 그때부터는 어디에서 무얼 하든 신이 나고, 하루하루가 마냥 즐겁기만 했다. 나는 어디에 가든 필요한 사람이 되어있었다. 내 포르투갈어 실력은 일에 부대껴가며 쌓은 것으로 거의 백지상태에서 일구어낸 수확인 셈이다. 지금 생각해보면 브라질에서 처음 2년 동안은 포르투갈어 실력이 가파르게 상승하다가 그 이후에는 별로 진전이 없었다. 무엇이든 필요가 절실히 와닿을 때 크게 발전한다는 것을 깨달았다. 필요는 발명의 어머니란 말은 언어에도 적용되는 것이었다. 그때부터 어떤 일에서건 발전을 위해서는 현실에 안주하지 말고

끊임없이 부족함을 느끼면서, 스스로 필요성을 만들어가는 것이 중요하다는 생각을 하게 되었다.

추억을 떠올리게 하는 맛, 브라질의 음식 문화

낯선 이국땅에 정착하는 과정에서 또 하나 부딪힌 것은 바로 음식 문제였다. 브라질에서 주로 먹는 쌀은 우리의 그것과는 다른 '롱그레인(long grain)'이라는 품종으로 밥을 지어놓아도 바람이 불면 날아갈 듯 했고, 쌀을 안칠 때 소금물을 쓰기 때문에 약간 짠맛이 났다. 당시 브라질에는 약 1만 명의 한국인 이민자들이 있었으나 대부분 1,000킬로미터 이상 떨어진 상파울루나 리우데자네이루에 살고 있어서 김치 담그는 재료가 브라질리아까지 도달하지 않았다. 그래서 김치도 없었고 고추장이나 간장 같은 밑반찬도 구하기 어려웠다. 처음 식당에서 마셨던 물은 탄산가스가 들어있는 물이었는데 앞으로 이런 물을 마시고 견뎌야 되나 하는 생각에 난감한 기분이 들기도 했다. 주식인 밥과 물이 이러니 식생활 전반이 무척 불편했다. 하는 수 없이 억지로라도 먹다 보니 차츰 브라질 음식에도 적응이 되었다. 나중에는 김치 없이도 지낼 수 있고 브라질 밥이 오히려 편하게 느껴졌다. 탄산가스 있는 물도 소화가 더 잘 되는 것 같았다. 사람의 적응능력이란 이런 것이구나 싶었다.

내가 좋아했던 브라질 음식으로는 페이주아다(Feijuada)와 슈라스코(Churrasco)가 있었다. 페이주아다는 콩과 돼지고기로 만든 음식이고, 슈라스코는 각종 육류에 소금물을 발라 숯불에 구운 것인데, 둘 다 브라질을 대표하는 전통요리이다.

노예들의 음식, 페이주아다

■ 페이주아다에 얽힌 브라질 노예들의 역사

페이주아다(Feijoada)는 아프리카에서 브라질로 끌려온 노예들이 만든 음식이다. 그래서 브라질 노예 제도의 역사를 알면 이 음식이 만들어지게 된 배경과 문화를 한층 더 깊이 이해할 수 있다.

15세기 말 포르투갈의 대항해사 바스코 다가마가 희망봉을 발견한 이래 포르투갈인들은 부지런히 전 세계를 탐험했다. 17세기 말부터 포르투갈인들이 브라질에 상륙해서 대서양 해안을 중심으로 살기 시작하다가 18세기부터 불어닥친 골드러시 때 많은 포르투갈인들이 브라질에 정착하기 시작했다. 19세기 초에는 조앙 6세 포르투갈 왕이 나폴레옹 군대에 쫓겨, 브라질 동북부 지역인 살바도르에 임시 도읍을 정하고 포르투갈–브라질-알가르브 연합왕국이라고 이름 지었다. 조앙 6세는 약 13년간 브라질에 머물다가 나폴레옹이 패망한 후, 포르투갈로 돌아갔다. 이때 조앙 6세는 자기 아들을 브라질에 남겨놓으면서 브라질을 포르투갈의 속령으로 삼았는데, 그가 독립해서 브라질 왕국을 세우고 동 페드루 1세가 되었다. 동 페드루 1세는 1822년 독립 제국을 세웠고, 그의 제국은 1889년 공화국으로 바뀌었다.

브라질 왕국의 정착민들은 커피농장의 경영이나 사탕수수 재배를 위해 필요한 일손을 아프리카 노예로부터 구했다. 마침 그 당시에는 많은 아프리카인들이 노예무역으로 거래되어 북미로 징발되어 가던 때였다. 성행하던 아프리카 노예무역은 인권이란 기치를 내세우면서 세계 패권을 노리던 대영제국의 견제로 인해 19세기 중엽부터 상당히 위축되었다. 바다를 제패하던 영국은 노예무역 폐지를 주창하면서 해상봉쇄를 했고,

이러한 국제적 압력에 굴복하여 미국 또한 남북전쟁을 거쳐 노예해방을 선언했다. 그러나 영국의 견제에서 비교적 거리를 두고 있던 브라질은 상당 기간 느슨한 형태로 노예무역을 지속했다.

19세기 말까지 최소 300만 명, 최대 1,300만 명의 아프리카인들이 노예로 끌려왔을 것으로 보는데, 아프리카에서 브라질로 가는 도중에 이들 중 절반 이상은 사망했을 것으로 추정된다. 브라질로 간 아프리카 노예들은 상파울루나 리우데자네이루 등 해안도시를 중심으로 펼쳐져 있는 사탕수수농장이나 커피농장에서 강제노역을 했다. 농장주는 포르투갈인이나 이탈리아인 등 주로 라틴 계통의 유럽인이었는데, 이들은 노예를 부리면서도 노예들과 피를 섞었다. 자연스럽게 그 사이에서 태어난 혼혈아들이 많아졌고, 이 때문에 브라질의 노예해방은 미국과는 다른 양상으로 이루어지게 된다. 당시 미국의 노예해방은 형식상 해방에 불과했다. 노예해방 후 150년이 지난 현재까지도 지속되고 있는 인종 간 대립에서도 아직 그 영향을 찾아볼 수 있다. 반면, 노예해방 당시 이미 인구의 상당수가 혼혈이었던 브라질은 형식상 해방이 아닌 실질적 해방을 이룰 수 있었다. 당시 브라질에는 피부는 흰데 곱슬머리이거나, 피부는 검은데 눈이 푸르고 금발인 사람이 많이 있었고, 피부색도 매우 다양해서 흑백 인종의 구분이 무의미한 상황이었다.

브라질 정부는 노예해방을 공식 선언함과 동시에 노예제도를 실질적으로 폐지하기 위해서 노예제도에 대한 흔적을 없애고, 관련된 모든 증거물을 폐기했다. 그래서 현재에는 과거 브라질의 노예제도에 관한 직접적 문헌이 존재하지 않는다. 한걸음 더 나아가 오늘날 브라질 정부는 인종차별의 빌미를 주지 않기 위해서 인종별 통계조사를 금지하는 조치까지 내렸다. 오늘날 브라질에는 백인 60%, 흑인 39%, 기타 1%라는 통계만

이 남아있는데, 이 또한 비공식적인 통계로 정확하다고 보기는 어렵다. 통계의 기준이 매우 모호해서 피부가 갈색이라도 재산과 학력 정도에 따라 때론 백인으로, 때론 흑인으로 포함시켰기 때문이다.

노예해방 이후 브라질 사회로 편입된 노예들의 문화는 브라질 사회 전반에 걸쳐 지대한 영향을 끼쳤다. 음식 문화도 그 가운데 하나이다.

■ 노예들의 음식에서 브라질 대표 음식이 되기까지

'페이주아다'라는 이름은 포르투갈어로 콩이라는 뜻의 '페이주아옹(Feijão)'에서 나온 말이다. 얼핏 보면 마치 우리의 팥죽과 비슷해 보이지만 그 안에는 돼지의 코, 귀, 다리, 꼬리 같은 끝 부분 고기가 들어 있고, 브라질에서 흔하게 나는 열대성 열매 만지오까의 가루, 우리의 나물과 비슷한 꼬우비(couve)라는 식물과 매큼한 작은 고추인 삐리삐리가 들어가 맛의 조화를 이룬다. 페이주아다를 먹고 난 뒤에는 오렌지 한 조각을 씹으면 기름기도 가시고 달콤한 냄새가 입속에 남는다.

페이주아다는 브라질로 끌려온 노예들이 만들어 먹다가, 다른 계층에도 널리 퍼져서 브라질의 대표적인 음식으로 자리매김했다. 사탕수수밭에서 일하던 노예들은 낮에는 밭에서 일을 하고, 밤에는 상전들의 음

노예들의 음식에서
브라질 대표 민속음식으로
자리잡은 페이주아다

식을 만들어야 했다. 노예들은 상전에게 바치고 남은 돼지의 코, 귀, 다리, 꼬리 같은 고기의 끝 부분을 소금에 절였다가 나중에 콩과 함께 죽처럼 쑤어서 요리를 해먹었다. 그냥 자투리 고기만 넣다가 점점 발전해서 근처에서 손쉽게 구할 수 있으면서 기름기를 중화시킬 수 있는 식물성 재료를 함께 넣어 요리하게 되었다. 처음에는 노예들끼리만 만들어 먹었지만 나중에는 노예나 상전 할 것 없이 좋아하게 되어 브라질의 대표적인 민속음식이 되었다.

■ 먹을수록 자꾸만 생각나는 음식

무슨 음식이든 몇 번 먹다보면 어느 정도 적응을 하고, 좋아하게 되기도 하는 것 같다. 페이주아다를 처음 맛보았을 때는 상당히 거부감이 들었다. 팥죽 같은 것에 돼지고기를 넣어 삶았다는데, 우선 색깔부터가 검붉은데다 먹고 나면 느끼한 기분이 오랫동안 입안에서 가시지를 않았다. 시간이 지나 그런 음식을 먹었다는 기억조차 잊어버릴 즈음, 갑자기 그 맛이 떠올라 다시 찾은 것은 그로부터 수개월 뒤의 일이었다. 그리고 몇 번 반복해서 먹다보니 어느덧 그 음식을 좋아하게 되었다. 그 후 수요일과 토요일 점심마다 특별한 약속이 없으면 으레 페이주아다를 찾았다. 페이주아다는 매일 나오지 않고, 음식점마다 약속이나 한 듯이 매주 수요일과 토요일 점심으로만 나왔기 때문이다. 페이주아다는 먹고 나면 워낙 포만감이 커서 저녁식사로는 잘 내놓지 않는다고 한다.

브라질 축구 선수 중 70년대까지 활약하던 파울로 세자르라는 선수가 있다. 그는 당시 파격적인 대우를 받고 프랑스 프로축구 구단에서 활약을 했는데, 한 해도 넘기지 못하고 계약을 파기하고 브라질로 되돌아왔다. 이유는 프랑스의 추운 날씨를 견디기가 힘들었다는 것과 페이주아다를 마음대로 먹을 수가 없다는 것이었다. 요즘은 운송이 발달해서 어디서나 원하는 음식을 먹을 수 있지만, 70년대만 하더라도 교통과 통신이 발달하지 않아 세계가 매우 넓게 느껴지던 시절이었다. 그만큼 페이주아다에 향수를 불러일으키는 매력이 있는 게 아닐까 싶다.

나도 이제는 어느 나라를 가든 브라질 식당이 있는지를 먼저 알아보고, 혹시 있다면 페이주아다를 찾아서 먹을 정도가 되었다. 맛에 대한 추억뿐만 아니라 그것을 먹던 즐거운 시절을 떠올릴 수 있기 때문일 것이다.

브라질식 숯불구이 슈라스코

브라질에는 페이주아다와 함께 슈라스코(Churrasco)라는 숯불구이가 대중적인 음식으로 자리 잡고 있다. 슈라스코를 요리하는 음식점을 슈라스카리아(Churrascaria)라고 하는 데 슈라스카리아에 들어가면 다양한 종류의 고기의 원하는 부위를 먹고싶은 만큼 먹을 수 있다. 슈라스카리아는 우리나라의 뷔페처럼 입장료가 있을 뿐 음식별로 가격을 따로 매기지 않는다. 그 당시 입장료가 5달러 정도였으니 우리나라와는 비교가 안 될 정도로 싼 가격이었다. 슈라스카리아에서는 각종 고기에 소금물을 뿌려 숯불에 적절히 구운 것을 웨이터들이 한 덩어리씩 꼬챙이에 끼워서 들고 다

브라질식 숯불구이 슈라스코

니면서 손님들이 원하는 대로 테이블에 서브를 한다.

브라질 소에는 목과 등 사이에 우리나라 소에게서는 볼 수 없는 마치 작은 낙타 봉우리 모양을 한 '구뻥'이라고 불리는 부위가 있다. 이 부위를 구워 먹으면 구수한 맛이 난다. 우리 화투의 구뻥과 발음이 비슷해서 30년이 지난 아직도 그 이름과 맛을 기억하고 있다. 일반적으로 아르헨티나 소고기가 유명하다지만, 브라질 슈라스코로 처음 맛을 들인 탓인지 브라질의 고기 맛이 나에게는 더 와닿는다. 페이주아다나 슈라스코를 먹으면서 사탕수수로 만든 술인 삥가나 까이뻬리나 한잔에 삼바를 들으면 지금도 그 흥겨운 시절로 돌아간 듯한 기분을 느낄 수 있을 것 같다.

브라질 이민 이야기

브라질에는 1960년대 이주한 우리 교민들이 많다. 1970년대는 브라질의 이민정책이 변하는 과도기였고, 이 시기에 우리나라 이민의 실상을 통해 정책적인 측면도 아울러 엿볼 수 있다. 또한 브라질에는 우리보다 앞서간 일본 이민자들이 많이 있어서 일본과 우리나라의 이민 양상을 비교해 볼 수 있는 기회도 있었다.

1974년 브라질로 가는 길에 재일동포인 큰아버지께서 계시는 신코오베에 잠시 들렀을 적 이야기다. 동경 시내에서 나를 안내하던 재일동포 한 분이 내 목소리가 크다고 목소리를 좀 낮추라고 조심스레 말했다. 왜 길거리에서도 목소리가 크다고 제지를 할까? 일본에서는 한국사람들이 이렇게 숨죽여 사는 걸까? 처음에는 여러 가지 생각이 들었지만, 며칠을 그곳에서 지내는 동안 어느 정도 그 이유를 알게 되었다. 일본사람들이 어디에서든 언성 높이는 걸 보지 못했기 때문이었다. 일본인들은 남에게 폐를 끼치지 않는 것을 무척 중요하게 생각하는 것 같았다.

이때부터 브라질에 있는 동안 우리 이민과 일본 이민을 비교해 보는 태도를 가지지 않았나 싶다. 브라질에서 경험한 몇 가지 이야기를 소개해 본다.

한국인 농장과 일본인 농장

70년대 중반 브라질리아에는 한국인들이 아이들까지 합쳐서 약 30여 가구, 120명이 살고 있었다. 숫자가 적다보니 가족 같이 화기애애하게 지냈다. 대개는 선물가게, 사진관, 자동차 수리 등 자영업을 하는 분들이었고, 교회 목사님, 장로님, 집사님도 있었다. 그중 한 집사님은 특이하게도 농장을 경영하셨는데 브라질에서는 유일한 한인 농장 경영자라고들 칭송을 받았다.

그 당시 브라질 전역에는 대략 1만 명 정도, 세대수로 하면 약 2,000여 세대의 우리 교민들이 살고 있었던 것으로 추산되고, 그들 대부분은 상파울루에 살고 있었다. 60년대 초부터 시작된 농업이민을 목적으로 온 사람들이 대부분이었지만, 사실 우리나라에서부터 농사를 짓다가 이주한 경우는 드물었다. 사정이 이렇다보니 브라질에 도착해서도 당초 이민 목적대로 농장에서 일을 하는 사람은 거의 없었다.

김 SJ씨는 브라질리아에서 약 20여 킬로미터 떨어진 타구아칭가(Taguatinga)에서도 한참 떨어진 시골농장에서 양잠업을 하려고 뽕나무 재배를 시험 중이라 했다. 대사 이하 대사관 직원들은 활달한 성품과 구수한 달변의 김 씨를 좋아했고 만나면 모두 즐거워했다. 송찬호 대사님의 지시도 있었고, 부영사로서 그 갸륵한 분을 생각하면서 어느 연휴가 낀 공휴일에 아내와 함께 돌도 안 지난 딸을 데리고 그 농장을 방문했다. 브라질 전역은 지질학적으로 신생대여서 전 국토가 높은 산이 없이 평탄하고 가다가다 푹 꺼진 계곡 같은 지형으로 이루어져 있다. 브라질리아에서 50킬로미터 떨어져 있는 그의 농장을 방문하는 길도 산은 없고 가끔 작은 계곡만 나타나는 황량한 지형이었다.

우리는 인가가 없는 허허벌판을 조그만 딱정벌레 모양의 폭스바겐을 타고 달달거리면서 김 씨의 농장에 도착했다. 농장에는 밭갈이를 했다고 했으나 아직 때가 일러 그런지 실제 땅 위에는 별로 보이는 것이 없었고, 농기계를 보관하는 몇 개의 가건물 같은 곳이 눈에 띄었다. 김 씨는 우리를 반가이 맞으며 얼마 전에 브라질 농림부 장관이 이곳을 다녀갔다고 자랑을 늘어놓았다. 나도 기분이 좋았다. 한국사람이 이렇게 훌륭한 일을 하고 있는 것과, 또 그것을 이 나라 정부에서도 알아준다는 것에 감명을 받았기 때문이었다. 김 씨는 구수한 말솜씨로 지금까지 어려웠던 점과 앞으로의 계획을 이야기했다. 가장 어려웠던 점은 인부가 200명이 필요해서 채용을 해놓으면 일주일 뒤에는 50명도 채 안 나타난다는 것이었다. 인부들에게는 일급(日給)을 주는데 돈을 받으면 그 돈이 다 떨어질 때까지 그냥 먹고 마시고 놀기 때문이라고 했다. 그러다가 느닷없이 다시 나타나서 일을 하겠다고 하면 일을 시켜야 하니 그의 농장에는 거의 500명 이상의 일급 노동자들이 등록되어 있다고 했다.

방문을 마치고 김 씨의 농장을 나와 10킬로미터를 채 못 가서 앞이 안 보일 정도의 엄청난 폭우를 만났다. 허허벌판 비포장 도로 위에서였다. 차가 떠내려갈 것 같다는 생각이 드는 순간, 아뿔싸, 일이 벌어졌다. 좁은 길에 깊게 파여있는 물구덩이에 차 뒷바퀴가 빠져버린 것이다. 후륜

구동차의 뒷바퀴가 빠졌으니 아무리 1단 기어, 후진 기어를 넣어보아도 헛바퀴만 돌았다. 제법 큰길을 50여 미터 정도 앞둔 지점이었다. 10여 분 동안 차 안에서 할 수 있는 것은 다 해보았지만 헛일이었다. 이러다가 혹시 길 위에서 밤을 새는 게 아닌가 하고 겁이 나기 시작했다. 곧 날이 저물 텐데 도대체 사람이라고는 지나갈 것 같지가 않았기 때문이었다. 김 씨의 농장도 걸어서 돌아가기엔 너무 멀었다. 뒷좌석의 딸을 보니 아무것도 모르고 생글거리고 있었다. 억수 같은 비를 맞으며 밖에 나가서 혼자 차를 밀어보았지만 꿈쩍도 하지 않았다. 평소 침착하던 아내까지 좀 당황하는 모습이었다. 차 안에서 비가 그칠 때까지 마냥 기다리는 수밖에 달리 도리가 없었다.

상당한 시간이 흐른 후 희미하게 자동차 모터 소리가 들리는 것 같았다. 우리는 구세주를 만난 듯 소리가 나는 쪽으로 귀를 기울였다. 50여 미터 앞 큰길 위로 트랙터의 모습이 보이자 나는 황급히 '부르릉' 헛바퀴를 돌리면서 경적을 한껏 울렸다. 마침내 트랙터 운전수가 우리를 알아보고는 엄지손가락을 내 보이더니 이내 사라졌다. 멀리서 운전수의 실루엣만 보았을 뿐이지만 이제 살았다 싶어서 일단 안도의 한숨을 쉬었다. 한참을 기다려도 아무도 나타나지 않아 또 다시 불안해지기 시작할 무렵, 다시 털털거리는 소리가 어렴풋이 들려 왔다. 그 트랙터가 내 차 앞까지 다가왔는데 자세히 보니 동양인이었다. 포르투갈어만 하는 걸 보니 일본계 브라질 사람인 것 같았다. 그는 조금 가늘어진 비를 맞으며 밧줄의 한쪽 끝을 내 차 앞 범퍼에 묶고 다른 쪽 끝을 자신의 트랙터에 묶어서 차를 꺼내주었다. 그의 이름은 스즈끼라고 했다.

그로부터 두 달쯤 후, 스즈끼 씨에게 고마움을 표시하기 위해 그의 농장을 방문했다. 매주마다 이번 주에는 꼭 가봐야지 하던 것이 일에 치여 두 달 만에 겨우 방문하게 된 것이다. 일전에 방문했던 김 씨의 농장 부근에서 스즈끼 씨의 농장을 어렵지 않게 찾았다. 농장에 들어서자마자 키 큰 옥수수와 이름 모를 농작물들로 빽빽하게 둘러싸였다. 한눈에 번성하는 농장임을 알 수 있었다. 50여 미터쯤 길을 따라가니 공터가 나와서 차를 세웠다. 걸어가다 보니 두어 살 남짓 되는 아이의 허리에 긴 끈을 동여매 원두막 비슷한 움막 안에 묶어놓은 것이 보였다. 얼굴에 파리가 잔뜩 앉아 얼굴 형태가 보이지 않을 정도였다. 스즈끼 씨의 아이였다.

잠시 후 밭일을 하던 스즈끼 씨 부부가 나타났다. 반갑게 인사를 하고 가지고 간 위스키를 선물로 내어놓는데, 고급 위스키 선물이 이런 환경에 전혀 어울리지 않는 것 같아 후회스러웠다. 함께 이런저런 이야기를 한참 나누었다. 나는 스즈끼 씨가 브라질에 온 지는 19년째이고, 브라질리아 시내에 있는 스즈끼 식품점은 그의 동생이 맡아서 하고 있다는 것 등을 알게 되었다.

돌아오는 길에 곰곰이 생각해봤다. 19년 만에 일구어낸 번성한 농장, 부부가 같이 일을 하느라 아이까지 그렇게 마구잡이로 키울 수밖에 없는 상황, 늘 넥타이를 단정하게 매고 있는 식품점 주인 스즈끼 씨 동생의 모습 등이 겹쳐지며, '그렇게 고생하지 않고도 쉽게 돈 벌고 잘 사는 방법이 있을 텐데, 왜 옆도 뒤도 안 보고 그렇게 힘들게 살아갈까? 왜 동생에게 식품점을 맡기고는 자신들은 흙과 더불어 그렇게 농사일을 하면서 살아갈까?' 하는 의문들이 뇌리에 맴돌았다.

김 씨의 농장을 방문한 지 1년쯤 되었을 때 김 씨의 농장이 문을 닫았다는 소식이 들렸다. 김 씨가 브라질 정부로부터 거금의 농업 융자 특혜를 받아 그 돈을 아들의 사진관 개관에 썼다는 소문이 교민들 사이를 떠돌았고, 부영사였던 내 귀에까지 들어왔다. 그 진상을 확인할 수는 없었지만 김 씨의 농장이 문을 닫은 것은 사실이었다. 그렇다면 내가 그의 농장에 갔을 때 묘목을 심고 있던 것도 모두 브라질 정부로부터 융자를 받기 위한 제스처였을까? 다시 한 번 스즈끼 씨의 농장과 비교가 되어 씁쓸한 마음을 금할 수 없었다.

자신의 머리를 세 번 치고 부자가 된 사람

브라질로 간 이민자들은 농사를 안 짓는 것은 물론, 높은 수익을 좇아 하던 일도 수시로 바꾸었다. 이러한 행태 자체가 나쁜 것은 아니라고 생각할 수 있지만, 잦은 직종 변경은 전문성을 떨어뜨릴 뿐 아니라 한쪽으로 쏠리는 현상을 만들어서 과도한 경쟁 상태를 초래한다. 이런 상황에서 개인은 성공할 수도 있겠지만 오히려 사회적으로는 부정적인 영향을 끼칠 수 있다. 당시 이민 붐이 일 때 국내 언론도 계속 극소수의 성공 사례만을 소개하며 이민 붐을 부채질 했던 기억이 있다. 이러한 풍조와 관련한 재미있는 일화가 있다.

브라질 남부에 위치한 '리오그란데 두 술' 주(州)의 수도 쿠리치바 시에 소수의 한국 이민자들이 있었다. 그중 탁월한 개인적 능력으로 사업에 크게 성공한 인물이 있었는데, 그는 한국에서 명문고와 명문대를 졸업하고 60년대 초 20대 중반의 나이로 브라질로 이주한 이민 첫 세대였다. 갓 결혼해서 새로운 삶을 개척하고자 브라질로 농업이민을 온 그는, 다른 십여 세대의 이민자들과 함께 쿠리치바 근교의 집단농장에 들어갔다. 이전에 농사를 지어본 적이 없는 그는 처음 1년을 농장에서 일해보고 나서 농사일이 녹록치 않다는 걸 깨달았다. 어린 자녀까지 풍토병에 걸리는 등, 갖은 고생 끝에 결국 농사를 그만두기로 작정했다.

그러나 당장 농장을 나올 수 있는 명분이 없었다. 한참을 궁리하다가 농장에서 같이 일하는 사람들에게 자신이 농사를 짓는 대신 농장에서 나오는 농작물을 시장에 직접 팔면 어떻겠느냐고 제의했다. 당시에는 중간상인이 많은 이윤을 가져가는 구조여서 농장에서 농작물을 팔 때는 형편없이 낮은 값을 받았고, 이에 대한 개선의 필요성은 모두가 느끼고 있었다. 이러한 상황에서 제의를 받은 다른 사람들은 모두 동의했다. 그는 곧장 농장 일을 그만 두고 농작물을 파는 일에만 몰두했다. 농작물을 파는 일은 일 년 내내 농장에 매여 있을 필요 없이 수확철에만 수확한 농작물을 리어카에 실어 시장에 내다 팔면 되었다. 머리 좋고, 수완도 좋은 그는 그 전보다 훨씬 높은 가격으로 농작물을 팔아주어서 모두가 만족할 수 있었다. 그는 '이 바보가 1년 동안 헛고생을 했구나' 하며 스스로 자신의 머리를 쥐어박았다.

이렇게 얼마간 농작물을 내다 팔던 그는 상파울루의 한인들이 포목과 같은 가벼운 물건을 들고 다니거나 자전거에 싣고 다니면서 팔아 자신보다 훨씬 더 많은 돈을 버는 것을 보았다. 그게 힘도 덜 들고 돈도 더 벌어 좋겠다는 생각이 들었다. 결국 그는 지금까지 하던 일을 다른 사람에게 맡기고는 농장을 떠났다. 그 후 '벤데도르(행상)'라고 불리는 포목행상을 시작했다. 아니나 다를까 리어카를 끄는 것보다 훨씬 수월하고 수익도 더 좋았다. 지난 얼마 동안 허송세월 한 데 대해 또 한 번 자신의 어리석음을 나무라면서 스스로 머리를 쥐어박았다.

그러다가 60년대 중반, 무역이란 게 눈에 들어왔다. 이리저리 옮겨 다니지 않고 가만히 앉아서 전화로만 일을 하는데도 수익이 훨씬 높아 보였다. 그는 역시 당장 벤데도르를 집어치우고 무역업을 시작했다. 이렇게 세 번째로 자신의 머리를 쥐어박은 후에야 현재와 같은 사업가로서의 성공을 거두게 되었다고 한다.

그에게 들었던 이 영웅담 같은 이야기가 재미있어서 지금까지도 잊어버리지 않고 있다. 그러나 개인의 영웅담을 벗어나 생각해보면 뭔가 아쉬움이 있다. 이런 영웅담이 많아질수록 이민자 개개인의 성공 사례는 풍성해질지 몰라도, 브라질 내에서 우리나라 이민자들의 전반적인 이미지는 그에 반비례할 수도 있겠다는 생각이 들었다.

고(故)채명신 대사의 십자새마을 농장

브라질에서 근무할 때 현지 교민들로부터 우리나라 이민에 관한 많은 이야기를 들을 수 있었다. 뿐만 아니라 실무에서 직접 이 문제를 다루면서 많은 것들을 배우고 깨닫기도 했다. 오늘날 한민족은 세계에 퍼져 살고 있다. 러시아의 고려인, 일본의 재일동포, 중국의 조선족, 재미동포 등 다양한 이민 배경이 있으나, 브라질로의 이민은 비교적 근래인 1960년대부터 시작되었다. 1930년대 일제강점기에 일본 이민자들에 섞여 소수의 조선인들이 이민한 사례도 있었지만 우리나라 사람들의 본격적인 이민은 1960년대부터로 봐야 한다.

■ 십자새마을 농장 설립의 배경

1977년 여름, 인격적으로 존경해 마지않는 송찬호 대사께서 본국으로 들어가시고, 월남전의 사령관이셨던 채명신 대사께서 오셨다. 채 대사님은 명장답게 대사로서의 업무에도 매우 전략적으로 임하셨다. 우선 전 직원을 동원해서 10년 넘게 창고에 쌓여있던 브라질 이민자들에 대한 문서들을 정리했다. 말하자면 전략수립을 위한 사실 확인 작업이라고 볼 수 있다. 이 작업 덕분에 우리는 까맣게 모르고 있던 사실들을 많이 발견했다. 보건사회부의 실적 위주 이민정책, 60년대 초 초대 대사이셨던 박동진 전 외무장관께서 그러한 보사부의 정책을 비판하면서 보냈던 공문들, 최초의 이민자들이 브라질에 도착해서 보인 행태 등 이민과 관련한 수많은 기록들이 있었다. 놀랍게도 이민 초창기에 정부가 농사를 짓는 일부 이민자들에게 가구당 5만 달러씩 빌려준 문서도 나왔다. 60년대에 그 정도 돈은 대단한 액수였다. 문서에는 언제, 누구에게, 얼마를 빌려주었다는 내용과, 빌려간 사람들의 상환 서약까지 있었다. 앞서 말한 타구아칭가 농장의 김 씨에게도 빌려준 내역이 있었다. 세월이 지나 빌려준 정부도 챙기지 않고, 빌려간 이들도 말을 하지 않아, 그 사실 자체가 창고 깊숙한 곳에서 잊혀진 것이다.

1979년 미국에서 공부할 때 미국 의회도서관 한국과에 근무하던 양기백 과장께서 하시던 말씀이 생각난다.

"나는 6.25 이후 미국으로 유학을 온 최초의 사례였습니다. 그 당시에는 외화가 귀해서 유학을 갈 때 일일이 이승만 대통령이 사인을 했습니다. 정부가 보내주는 귀한 기회라서 나도 최선을 다해 학업에 전념했습니다. 그래서 성적이 나오든지 무슨 계제가 되면 대사관에 가서 반드시 보고를 했습니다. 정부 예산으로 공부를 해서 이 정도 성적을 올렸다고 말입니다.

그렇게 4~5년이 지나자 대사관에 있던 사람들이 많이 바뀌었습니다. 이제는 아무도 유학생들을 신경 쓰지 않았고, 내가 어떤 성적을 받든 관심을 가지는 사람도 없었습니다. 나는 정말 실망을 많이 했습니다. 그토록 귀한 예산으로 유학을 왔는데 사람이 바뀐다고 이렇게 달라질 수가 있습니까? 대사관 내에서는 유학생들에 대한 인수인계가 되지 않는 것 같았습니다. 그때부터 대사관에서 근무하는 공무원들을 다시 보기 시작했습니다. 그렇게 무책임한 사람들이 공무원을 하다니 나라가 옳게 되겠습니까? 한마디로 이것은 국가의 관리 능력의 문제지요."

당시 우리나라 이민 관련 주무부서는 보건사회부였다. 보사부는 최대한 많이 이민을 보내는 것이 목표였고, 이를 위해서 수단과 방법을 가리지 않았다. 박정희 대통령의 뜻에 따라 이민을 많이 내보내는 것이 정부의 중요한 과제였기 때문이다. 박정희 대통령은 한편으로는 경제개발을 추진하면서도, 다른 한편으로는 산아제한을 강력하게 추진했다. 인구가 과도하게 많으면, 그만큼 더 가난에서 벗어나기가 힘들다고 보았고, 이민을 많이 보내는 것도 같은 맥락에서 비롯되었다. 그러나 무리하게 이민 정책을 추진하다 보니 자연히 문제가 발생했다. 이민이란 보내는 나라 마음대로 되는 것이 아니라 받아주는 나라에서 허락을 해야 한다. 따라서 상대국에서 이민을 받아주는 숫자보다 이민을 가겠다는 사람이 많으면 잡음이 일어나기 마련이다. 60년대에 시작된 브라질 농업이민의 배경을 보면 우리나라에서 이민을 가고 싶어 하는 사람들은 많았지만 이민 쿼터는 턱없이 적었던 것을 알 수 있다.

1950년대부터 브라질 정부는 한국 이민을 받아들이고자 했는데, 그 배경은 브라질의 역사와 관계가 있다. 브라질 내지(內地) 개발의 꿈이 있었던 동 페드루 1세의 아들 동 페드루 2세(1831~1889년 재위)는 브라질에 들어온 많은 수의 흑인 노예들과 그 후손들 때문에 장차 브라질이 흑인 국가가 될 것을 우려했다. 그러던 중 마침 포르투갈의 조앙 6세가 브라질로 피신했을 때 데려간 중국인 차 재배자들의 근면한 모습을 보고, 중국인 이주자들이 브라질의 내지 개발에 도움이 될 것이라 생각했다. 동 페드루 2세는 1865년, 청나라 정부에 중국인 이주자들을 보내줄 것을 공식적으로 요청했다. 당시 청나라는 '황국 신민을 남의 나라에 팔 수 없다'는 명분을 내세워 이 제의를 받아들이지 않았다. 호의에서 비롯된 이러한 제의가 거절되자, 브라질은 그 이후 한동안 동양에서 이민을 받아들이려는 생각을 접었다.

그러다가 브라질이 공화국이 된 19세기 말부터 다시 동양으로 눈을 돌리게 되었는데, 이번에는 그 대상이 중국이 아니라 일본이었다. 이렇게 일본의 브라질 이민이 1907년부터 시작되었다. 일본은 러일전쟁에서 빼앗은 러시아 군함을 여객선으로 개조해서 농민들을 브라질로 실어 나르기 시작했고, 1970년까지 일본에서 브라질로 건너간 이민자의 수는 대략 25만 명에 달했다. 오늘날 브라질 내의 일본인 핏줄은 약 125만 명 정도로 추산되는데 이들은 모두 이때 건너간 일본 이민자들의 자손이다. 이로 보아 알 수 있는 것은 농업이민을 목적으로 브라질로 건너간 일본인들은 그 당시부터 죽을 때까지 농사를 지었고, 그 자손들도 조상들의 업을 이어받아 지금까지 발전시켜왔다는 것이다.

브라질 이민자들 중 일본인들의 재이주율은 10% 미만이다. 재이주율이란 일단 어느 곳으로 이민을 간 사람들이 다시 다른 나라로 거주지를 옮기는 비율을 말한다. 브라질 이민자들 중 라틴 계통은 말할 것도 없고 앵글로색슨이나, 게르만 계통을 통틀어 재이주율이 대개 50%를 웃도는 점과 비교해보면, 일본 이민자들의 재이주율은 매우 대조적이다. 미국인의 경우에 재이주율은 80%가 넘었다고 한다.

브라질에 정착한 일본계 이민자들은 대부분 농업에 종사했고, 일본인 농장에서 생산되는 농작물이 브라질 전역에 배급되었다. 브라질의 위정자들은 일본 이민자들을 고맙게 생각했지만, 다른 한편으로는 일본 이민에 대한 의존도가 높아지는 것을 경계하기 시작했다. 이러한 배경에서 1950년대 일본 이외 동양인들의 이주 문제가 다시 등장했다. 당시 브라질에서는 국가로서 공식적으로 인정하지 않은 중공을 제외한 한국과 대만으로부터의 이민에 관심을 가졌는데, 대만은 현실적으로 중국 본토에 근거지가 없었고 인구도 적은 상태였기 때문에 자연히 한국의 농업이민에 더 관심이 쏠렸다.

이러한 배경에서 시작된 브라질과 우리나라의 이민 교섭은 정부 차원이 아닌 가톨릭 재단 차원에서 시작되었다. 브라질은 전 국민의 90% 이상이 가톨릭신자인 가톨릭국가였고 같은 종교적 신념을 가진 사람들이 낯선 환경에서 좀 더 잘 적응을 하리라는 생각에서였다.

그러나 60년대 초반에 시작한 우리 이민은 처음부터 왜곡된 길을 걸었다. 브라질에서 이민을 오라는 이민 쿼터는 있었지만 땅이 없어 농사를 못 짓는 진짜 농민들은 이민에 필요한 비용을 부담할 능력이 없었다. 실적을 위해서 이민을 보내야 했던 보사부는 농사를 지었다는 서류만 갖추면 이민을 갈 수 있도록 기준을 느슨하게 만들었다. 또한 이민 희망자들이 너무 많아서 심사 과정에서 부정부패가 일어나거나 이민 브로커들의 사기 사건이 터지기도 했다.

지금처럼 민간 항공기가 발달하지 않아서 아프리카 희망봉을 돌아 두 달 남짓 배를 타고 브라질을 향해 긴 여정을 떠나야 했던 이민자들은 배 위에서 자신들의 정착 계획을 세웠다. 애초에 브라질에 예정되어 있던 농장에 들어가서 농사를 짓겠다는 생각보다는 도착하면 한국에서 하던 것처럼 포목장사 같은 사업으로 돈을 벌 계획을 세운 것이다. 그래서 브라질에 도착한 많은 이민자들이 서류상 정착하기로 되어있는 땅에는 아예 들어가 보지도 않고 곧장 대도시로 나간 경우가 대부분이었다. 그나마 농장에 들어갔던 사람들도 며칠이 안 되어 슬레이트 지붕이라든지 문짝 같이 조금이라도 돈이 될 만한 것을 모두 뜯어서 대도시로 나왔다.

초기 브라질 이민자들의 80%가 북한 출신이었고, 이들의 80%가 포목장사를 하던 사람들이었다. 그래서 이들 간에 동대문시장과 남대문시장에서 장사를 했던 사람이라는 뜻의 '동대 출신', '남대 출신'이란 말이 생길 정도였다. 이런 작태가 10여 년간 지속되다가 70년대에 들어와서 브라질 정부는 인구 1억 돌파를 구실로 새로운 이민정책을 내놓았다. 무계획 농업이민에서 계획이민, 사업이민으로 정책을 전환한 것이다. 그전까지는 신청만 하면 대부분 다 받아주던 이민자들을 이제 선별적으로 받기 시작했다. 이민 희망자들은 브라질 정부의 아그라(Agra)라는 이민심사 기관에 사업계획서를 제출하고 심사를 통과해야만 했다. 여기서 문제가 생겼다. 왜냐하면 그 사업계획의 타당성을 검토할 때에 가장 고려되는 것이 신뢰도였기 때문이다. 과거부터 신뢰도가 쌓여있던 일본사람들은 사업계획서에 어떤 의문점이 있어도 크게 문제 삼지 않고 넘어가는 반면, 그렇지 못한 우리나라 사람들은 아무리 타당성이 있더라도 거부되기 일쑤였다.

이때부터 브라질에 대량으로 이민을 보내려던 우리 정부의 정책이 차질을 빚기 시작했다. 따지고 보면 먼저 브라질로 간 이민자들이 브라질의 이민정책과 현실에 충실하지 못했고, 우리 정부 또한 세심한 배려 없이 무조건 이민을 많이 내보내는 데만 급급했기 때문이었을 것이다. 이미 한국 생활을 정리하고 이민을 준비하던 사람들이 브라질로의 이민 길이 막힌다고 물러설 리는 없었다. 일단 이민을 결심한 사람들은 수단과 방법을 가리지 않고 파라과이, 볼리비아 같은 브라질 주변의 인근 나라로 꾸역꾸역 몰려들었다. 그들은 거기서 피난민처럼 생활하면서 호시탐탐 브라질로 들어갈 기회를 엿보았다. 이들을 브라질로 건너가게 해주는 업자들도 생겼는데, 그들에게 '왔다갔다 주식회사'라는 별명을 붙여줄 정도였다. 이 소위 '왔다갔다 주식회사'는 끔찍한 범죄를 저지르기도 했다. 불법이민자들을 국경선 너머로 넘겨주는 과정에서 돈이 많아보이는 일가족을 죽여서 암매장한 사례가 적발된 것이다.

또한 브라질로 이민을 간 사람들의 80% 가량이 북한 출신의 실향민이라는 점은 당시 정치, 경제, 사회의 불안한 현실을 잘 반영한다. 아무리 가까이 있어도 북쪽에 있는 가족을 만날 길이 없고 또 잘못되면 제일 먼저 불이익을 당할 수 있다는 공포감이 작용했을지 모른다. 이런 상황에서 이민을 갈 바에야 아예 지구 반대편에 있는 먼 나라를 택했을 것이다. 같은 미주대륙 국가이니까 앞으로 기회가 되면 미국으로 옮겨가기 쉽다고 생각했는지도 모른다.

요즘 같으면 교통이 발달해서 마음만 먹으면 어디든 갈 수가 있지만 당시의 교통, 통신 상황은 그렇지 않았다. 브라질 같이 우리나라에서 멀리 떨어진 나라는 한 번 가면 다시 오기가 어려웠다.

이런저런 이유로 브라질의 불법이민자들은 자꾸 늘어만 갔다. 불법이민자들은 합법적으로 입국했다가 불법적으로 눌러 사는 경우와, 아예 브라질 들어올 때 무단으로 월경해서 들어와 사는 경우가 있었는데, 70년대 중반부터는 특히 후자의 경우가 많아졌다.

■ 십자새마을농장 설립

새로 부임한 채명신 대사께서는 이러한 불법이민자들을 구제하기 위해서 십자새마을농장 설립 계획을 내놓았다. 이후 십자새마을농장에 대한 많은 잡음도 있었지만, 십자새마을농장 계획을 구상하고 시작하던 당시 그 현장에 있었던 나로서는 적어도 그 구상만은 훌륭했다고 생각한다. 잠시 십자새마을농장 설립 계획의 배경에 대해 기억나는 대로 이야기 해 본다.

77년 8월경 채명신 대사께서 브라질 대사로 부임하시고, 브라질 정부 고위 인사들에게 인사를 할 때마다 한국의 불법이민 문제가 거론되었다. 채명신 대사는 이 문제를 해결하지 않고는 양국관계에 더 이상의 진전이 어렵다고 보고, 먼저 우리 정부의 대 브라질 이민에 대한 기초 자료를 파악했다. 창고 속에 수북이 쌓인 서류를 정리하느라 열흘 이상을 밤을 새우다시피 해서 브라질 내에 들어와 있던 한국인 불법이민자들의 정확한 수를 파악했다. 채 대사는 이렇게 마련한 자료를 토대로 대 브라질 이민 문제 해결을 위한 전략을 세웠다.

현재 브라질 내 약 1,000여 세대의 불법이민자들 중 100세대 정도를 선발해서 우리 정부의 예산으로 이들을 브라질 농장에 시범적으로 투입한 후, 브라질 정부와 교섭해서 이들의 불법거주를 합법화 시켜주는 것이다. 일부 불법이민자들이 먼저 합법화 되고 나면 나머지 불법이민자들도 자발적으로 유사한 계획을 세워 불법이민의 지위를 탈피하도록 유도한다. 단, 이때는 농장 구입 및 정착 비용을 모두 불법이민자들이 부담하도록 한다.

채 대사는 이러한 계획을 승인받고 또 정부 예산을 확보하기 위해 그 해 11월 본국으로 일시귀국 했다. 당시 박동진 장관은 채 대사의 일시귀국을 허용하지 않았지만, 채 대사는 이를 무시하고 귀국해서 박정희 대통령을 만났다. 당시 농업 담당 비서실에서 추진하고 있던 1,000만 달러 규모의 아르헨티나 농장 지원 사업이 돈이 너무 많이 들어 박정희 대통령은 일단 결정을 보류하고 있었다. 아르헨티나 농장 지원 사업은 50여 세대를 아르헨티나 농장에 투입하는 데 한 세대당 20만 달러를 지원한다는 계획이었고, 이는 당시로서 매우 큰돈이었다. 이러한 상황에서 채 대사는 박 대통령께 다음과 같이 이야기했다.

"아르헨티나는 백인사회로 정치·사회적으로 유색인종이 차별을 받지 않고 적응하기가 힘든 곳입니다. 이민을 보내려면 장기적으로 봐야 하는데 우선 그 사회가 정치적으로 안정이 되어 있어야 하고 사회적으로 유색인종이라고 차별을 받지 않아야 합니다. 일본의 예를 보십시오. 아르헨티나에 있는 일본인은 3만 명도 안 되는 반면, 브라질에는 80만 명이 됩니다. 이미 오래전에 일본은 이러한 현실을 간파하고 브라질 이민을 추진해왔습니다. 해외 이민자들을 지원하는 것은 회수가 안 되고 결국 정부가 무상으로 지원해주는 셈입니다. 많은 돈을 들여서 해외 농업이민을 지원하느니 차라리 우리 농촌에 투자하면 더 많은 농민들이 직접적인 혜택을 받지 않겠습니까?

지금 브라질에는 현실적으로 많은 불법이민자가 있습니다. 이 불법이민자의 존재는 양국 간 관계에도 부정적인 영향을 미칩니다. 이 문제를 풀어서 앞으로 우리가 브라질 같은 큰 나라에 계속 이민을 보내려면 최소한의 투자는 해야 합니다. 제가 200만 달러 규모의 사업계획을 준비해왔습니다. 성공 확률은 반반입니다만 그렇다고 아무것도 하지 않고 가만히 있을 수만은 없습니다. 이 정도의 정부 지원으로 현재 추산되는 2,000세대 이상의 불법이민자 문제를 해결할 수 있다면 여러 면에서 국익에 도움이 될 것입니다."

채 대사의 설명을 듣고 박 대통령께서는 탁자를 치면서 농수산 수석비서관을 불러서 내일 당장 관련 국무회의를 소집하고, 그 회의에서 채 대사로 하여금 브라질 농장 사업 계획을 듣도록 지시했다. 다음 날 국무회의에서 채 대사의 브리핑이 있었고 박 대통령의 코멘트가 있었다.

> "아르헨티나 농장 사업 계획도 이런 식으로 바꾸어 보시오. 그리고 채 대사의 농장 사업을 지원해줄 수 있는 방법을 강구해보시오."

박 대통령의 이 말 한마디로 모든 것이 일단락되었다. 박 대통령은 채 대사가 요청한 예산을 지원해주라는 요지의 메모를 기획원 예산실장에게 보냈다.

얼마 되지 않아, 그해 12월 말에 외무부 본부에서 120만 달러를 보낸다고 통보해왔다. 본부에서 돈을 보내올 것을 미리 알고는 있었지만 막상 돈을 받고 보니 걱정이 앞섰다. 연말에 큰돈을 보내왔으니, 나처럼 경험도 없는 사람이 예산 절차상 어떻게 처리해야할지 도무지 알 수가 없었다. 대사관 간부들의 의견에 따라 일단 법인을 설립한 후 그 법인에다 전액을 일괄해서 지불처리하는 방안 밖에 없다고 결론을 내리고 이러한 방안에 대해 외교부 및 감사원과 협의를 거치기로 했다. 앞으로는 그 법인이 책임을 지고 예산을 집행한다는 것이었다.

그 후 내가 1978년 6월 브라질을 떠날 때까지 대사님 이하 관계 직원들이 땅을 사러 분주히 다니는 모습들을 지켜보았다.

■ 십자새마을농장의 실패와 반전

나로서는 십자새마을농장 사업계획의 배경과 목표를 이해할 수 있었다. 또한 이러한 계획을 세운 채 대사의 탁견과 그의 전략, 추진력도 높게 평가하지 않을 수 없었다. 1978년 6월 브라질을 떠난 후에 십자새마을농장이 실패했다는 이야기를 듣고 가슴이 아팠다. 나중에 그 실패 이유를 듣고는 다시 한 번 놀라지 않을 수 없었다.

우여곡절 끝에 농장 부지도 확보하고 농장에 들어갈 사람들도 거의 정해져서 실제로 100세대가 정부에서 마련한 농장에 입주했다. 남은 것은 브라질 정부가 과연 이 100세대에 대해 합법성을 인정해주느냐 하는 결정이었다.

이를 위해 채 대사님은 부임 초부터 공을 들인 데가 있었다. 당시 브라질은 1964년 이후 군부독재가 계속되고 있었다. 임기 4년의 대통령은 형식상 국회에서 뽑지만 실질적으로는 대통령이 되기 1년 전부터 군부에서 옹립된 상태였다. 즉 79년부터 대통령이 될 사람은 77년 말에는 이미 정해져 있다는 뜻이다. 다만 대외적, 공식적으로 누구인지 발표만 되지 않았을 뿐이었다. 많은 사람들 입에서 당시 국가정보부 장관이던 조아옹 두 피게레이도 장군이 차기 대통령이 될 것이란 말이 나왔다. 채 대사께서도 정성을 다해서 그분과 친해지려고 노력하셨다. 78년 말 예상대로 피게레이도 장군이 대통령이 되자 채 대사는 피게레이도 대통령을 만나서 한국 불법이민자들을 합법화시켜달라는 요청을 했다. 피게레이도 대통령은 담당 각료들과 상의한 후 처리해 주겠다는 약속을 했다.

그러나 피게레이도 대통령이 국가정보부 장관, 농업장관 등을 불러 이 문제를 검토하라고 지시한 이후 올라온 보고서는 모두 한국의 불법이민자들만 합법화시켜줘서는 안 된다는 내용이었다. 그 당시 브라질 내에는 대략 30여 개 나라로부터 온 50여만 명의 불법이민자가 있었는데 만일 한국인 이민자들을 합법화시켜준다면, 다른 나라에서 온 불법이민자들도 같은 맥락에서 합법화시켜주어야만 한다는 것이다. 또한 한국 불법이민자들이 브라질 정부의 뜻대로 농업에 종사한다 하더라도 그것은 하나의 호의적 고려 요인은 되지만 그것을 이유로 기존의 원칙을 바꿀 수는 없다고 했다.

나중에 들은 이야기이지만 당시 이런 뒷이야기도 있었다. 그때 브라질 연방정부의 농업장관은 60년대 말에는 미나스제라이스 주정부의 농업장관이었다. 60년대 말 우리 보사부에서는 대규모 농업이민을 목적으로 큰 규모의 양잠 농지를 확보하기 위해 미나스제라이스 주정부와 교섭을 하고 있었다. 주정부 농업장관은 여기에 그의 정치생명을 걸고 매달렸는데 막상 농지 구입 교섭 최종 단계에서 한국의 보사부 측이 아무런 해명도 없이 슬그머니 물러났다. 크게 낭패를 본 주정부 농업장관은 결국 농업장관직은 물론, 정치일선에서도 물러나는 곤경을 겪었다. 바로 그 사람이 79년 연방정부 농업장관에 발탁되어 있었던 것이다. 더욱이 피게레이도 대통령이 몸담았던 국가정보부에서는 각국의 브라질 이민 실태에 대한 보고서를 작성하고 있었는데, 한국인 이민자에 대해서는 부정적인 판단을 하고 있었다고 했다. 농업이민으로 브라질에 들어온 한국의 이민자들 대부분이 농업에 종사하지 않았고 따라서 기대한 만큼 브라질 국가 발전에 기여하지 못 했다는 것이다.

이 이야기를 들으면서 몇 가지 교훈을 되새겼다. 첫째는 아무리 외국 대통령과 같은 고위관료와 친분 관계가 있더라도, 그 나라 국익이 걸린 부분에서 친분만으로 일을 진행시키는 데는 한계가 있다는 것이고, 둘째는 우리의 기준을 가지고 상대방 입장을 생각하면 안 된다는 것, 셋째는 공무원은 늘 국익을 장기적으로 균형 있게 생각해야 한다는 것이다.

지금 생각하면 채 대사께서는 남의 나라에서 우리의 기준을 가지고 전략을 세웠기 때문에 실패하신 것이 아닌가 생각된다. 또 그 실패에 채 대사에게만 책임이 있다기보다 이전부터 내려오던 우리 이민 정책과 행태에도 문제가 있었을 것이다.

그러나 채 대사의 이러한 노력은 이후 브라질 내의 불법이민 문제를 해결하는 실마리가 되었다. 그 실마리의 끝에 우리의 불법이민 문제도 해결되었으니, 채 대사의 노력이 완전히 실패했다고만은 볼 수는 없을 것이다. 결과적으로 이러한 채 대사의 노력 덕분에 브라질은 우리나라를 포함한 전체 불법이민자 문제의 해결을 서두르게 된 것은 분명하다. 쓰리쿠션 당구에서 의도한 루트를 따라 맞추지는 못해도 실수로라도 맞추긴 했던 것이 아닌가 싶다.

내가 생각하는 이민정책의 올바른 방향

브라질에서 이민 문제를 다루면서 '한 국가에게 이민이란 어떤 의미를 가지고 있는가? 우리에게 이민의 목적이 무엇인가?'라는 질문을 스스로에게 해봤다. 또한 브라질 내 100만 명의 일본인 후손들을 보면서 '일본의 이민정책은 과연 성공했는가?' 하는 질문도 아울러 해봤다.

■ 초지일관한 일본의 이민정책

브라질에서 일본의 이미지는 매우 좋다. 일본인은 보증수표(가란띠도)의 대명사가 되어 은행 같이 신용을 생명으로 하는 업체들은 일본인을 간판으로 내세운다. 브라질에 정착한 일본인들이 성실하게 살아오면서 브라질 사회에 큰 기여를 해왔기 때문이다. 앞서 이야기한 스즈끼 씨는 그 중 하나의 예에 불과하다. 그 결과 오늘날 브라질 내 일본계가 소유하고 있는 토지 면적이 15만 평방킬로미터 이상이라고 한다. 일본 전 국토의 30%가 넘는 면적이다. 이것은 일본의 경작 가능한 면적을 일본인 후세들이 브라질에서 소유하고 있다는 뜻이다. 그에 못지 않게 중요한 것은 그 토지로부터 생산되는 농산물이 브라질 전역을 휩쓸고 있다는 데 있다. 야채, 과일 같은 특수 농작물뿐만 아니라 밀, 보리 같은 주곡도 대부분 일본계에 의해서 생산되고 있기 때문에 많은 브라질 사람들은 일본계가 아니면 식량 부족 상태가 왔을 것이라 믿고 있다. 일본은 지구 반대편에 그야말로 제2의 일본을 만든 것이다. 앞으로 세계적으로 자원전쟁이 일어나더라도 일본은 1차적으로 이미 자원을 확보하고 있는 셈이 아닐까? 피는 물보다 진하고 팔은 안으로 굽는다는 격언이 생각나는 대목이다.

처음부터 일본인들이 100년 앞을 내다보아서 그런 것은 아닐 것이다. 다만 브라질에 살고 있는 대다수의 일본인들이 현실에 충실하게 살다 보니 결과적으로 이렇게 되었다고 보는 편이 더 설득력 있다. 그들은 빠른 시간에 더 잘 살 수 있는 길과 유혹이 있었음에도 불구하고 초지일관 외길을 걸었다. 즉 농사를 지으러 온 사람은 농사를 짓다가 죽었으며, 죽고 나서도 자손에게 그 농토와 농사법과 지혜를 물려준 것이다. 물론 일본 정부도 그런 방향으로 지원을 해주었을 것이다. 내가 이렇게 말하면 마치 일본 예찬론자로 보일지 모르겠다. 그러나 맹목적으로 일본을 찬양하고자 하는 것이 아니라, 일본의 이민정책으로부터 배울 수 있는 긍정적인 부분들을 보고 우리나라도 더 바람직한 방향으로 나아갔으면 하는 바람이다.

■ 이민정책의 올바른 목표

우리 이민정책의 첫 번째 목표는 가능한 한 많은 사람들을 보내는 것이다. 좁은 한반도에서 그렇게 함으로써 본토에 남아있는 사람이나 이민을 가는 사람 모두에게 도움이 된다고 생각했기 때문이다. 둘째, 교민정책은 이민 목적과 연계되어야 한다. 앞서 말한 이민의 목적을 달성하기 위해서는 우리의 교민정책도 그러한 방향으로 세워져야 할 것이다. 이민은 이주하려는 나라에서 받아주어야 하는데, 그러기 위해서는 먼저 정착한 우리 교민들이 몸담고 있는 나라에 기여를 해서 한국에 대한 이미지를 높여나가는 것이 무엇보다 중요하다.

이민 간 나라 입장에서 한국에 대한 좋은 이미지를 가지게 된다는 것은 곧 한국과의 관계가 돈독해진다는 뜻이다. 따라서 한국인에 대한 대우도 좋아지고, 한국 상품도 더 많이 팔아주게 될 것이다. 또한 브라질에서 일본 이민자들이 가지는 위치와 같이 한국계에 의해 생산된 자원이나 물자에 대해, 한국이 필요할 때 우선권을 가질 수도 있을 것이다. 우리 동포들이 현실에 적응하면서 이민 간 나라에 기여를 할 때, 그 혜택은 자신들뿐만 아니라 이민을 보낸 본국에도 돌아갈 수 있다는 것은 분명하다. 이 문제는 단편적이 아니라 거시적이고 장기적으로 생각해봐야 할 문제가 아닐까 싶다.

사실 나는 공무원으로 있었으면서도 지금까지 우리 정부의 교민정책을 비판하는 입장이었다. 왜 많은 돈과 노력을 투자해가면서 이민 간 사람들을 껴안으려고 그토록 노력을 하는지. 물론 여유가 있다면 가급적 우리말과 문화를 잊어버리지 않도록 하면서 한국인 교민 사회를 지원하는 것도 좋지만, 그것은 2차적인 문제다. 그보다 더 중요한 것은 이민자들이 현지에 적응하고 그 사회에 기여할 수 있도록 돕는 것이다. 우리 국민이 이민 간 나라에 의해서 어떤 소수민족 차원의 차별을 받을 때, 국가 대 국가로서 이를 적극 막아주는 것은 국가의 당연한 도리이다. 이러한 관점에서 교민들을 국내에서 정치적으로 이용하는 것은 전혀 바람직하지 못하다고 본다. 이민 간 사람들에게 왜 국내 정치를 결정하는 선거권을 주는가? 수천 년 나라 없이 떠돌다 겨우 터전을 마련한 이스라엘의 경우를 본받는 것일까?

브라질로부터 축구를 한 수 배우다

모두가 알다시피 브라질은 축구 강국이다. 그 이유는 무엇보다 축구 저변이 넓고 깊기 때문일 것이다. 저변이 넓다는 것은 축구를 좋아하는 사람이 많고, 따라서 어릴 때부터 축구를 업으로 삼고 연마하는 사람이 많다는 뜻이다.

영국 월드컵 8강에 진출한 북한과 우리나라의 양지팀

1966년 영국 월드컵에서 북한이 8강까지 진출하는 대히트를 쳤다. 이탈리아를 1대0으로 이겼고 포르투갈전에서는 전반전 20분 만에 3골을 넣었다가 불세출의 축구 영웅 에우제비오가 4골을 넣는 바람에 아깝게 3대5로 졌다. 북한은 전 세계적으로 굉장한 자국 선전을 한 셈이다.

1980년대 초 포르투갈에 근무할 때였다. 에우제비오와 알게 되어 술을 마시면서 그의 말을 들을 기회가 있었다. 그는 코리아 때문에 자기가 유명하게 되었다는 것을 자랑했다. 1971년 말 서울에 갔을 때 머문 대연각 호텔이 그 후 불에 탔다는 것도 알고 있었다. 그러면서도 그는 남한과 북한을 구분하지 못했다. 내가 자기를 영웅으로 만든 나라의 외교관인 것으로만 알고 있었다.

이러한 북한 축구의 놀라운 실적에 충격을 받은 당시 정부는 중앙정보부를 통해서 한국 축구를 양성하기 위해 양지팀이라는 이름아래 국가 대표선수들을 훈련시켰다. 양지팀은 훈련 과정의 일환으로 브라질 전지 훈련을 갔다. 처음에는 브라질에서도 남북한을 구분하지 못해 대단한 팀이 온 줄 알고 브라질 프로축구 2부리그 팀과 시합을 하도록 했다. 그러나 실력 차이가 너무 커서 결국 동네 축구팀과의 경기로 전락했다. 양지팀이 브라질에 장기 체재하는 동안 30여 차례 시합을 했지만 한 번도 이겨보질 못했다고 한다. 이것이 1960년대 말의 우리 축구의 현주소였다.

우리나라 대학생 축구대표단의 브라질 방문

1976년 8월 말 우루과이에서 개최된 세계대학생 축구대회에서 한국 대표팀이 우승을 했다. 대한축구협회는 이들이 귀국길에 브라질에 들러 적절한 팀과 시합을 하고 싶으니 주선을 해달라고 대사관에 요청해왔다. 대사관에서는 유병훈 공보관을 통해 리우데자네이루의 한 스포츠대학팀과 상파울루의 어느 대학팀과의 시합을 주선했다. 그러나 우리 팀이 우루과이에서 리오에 도착하기 이틀 전에 유 공보관이 갑자기 독감에 걸려 갈 수가 없게 되자 송찬호 대사께서 날 보고 대신 내려가 선수단을 안내하라고 지시했다.

그날로 브라질리아에서 1,200킬로미터 떨어진 리오로 가서 그곳 교민들을 만났다. 그들에게 대학생 축구대표단 도착 사실을 알리면서 공항 영접을 부탁했다. 그날 밤 우리 팀이 5만 명을 수용하는 플라밍고 구장에서 시합하는 꿈을 꾸었다. 그만큼 이번 시합에 대한 기대가 컸기 때문일 것이다. 선수단이 도착하기 한 시간 전부터 20여 명의 교민들과 함께 환영 플래카드를 들고 공항에서 기다렸다. 브라질 관계자도 리무진 버스를 대기시켜 놓고 있었다. 처음으로 브라질 축구 관계자와 인사도 나누었다. 드디어 오전 11시가 되어 선수단이 도착했다. 선수단은 말이 대학생 축구단이지 그 안에는 조광래, 박창선, 신현호, 유동춘, 홍성호 등 국가대표 선수들이 대거 포함되어 있어서 사실상 국가대표 팀이었다. 그야말로 자랑스러운 대한의 건아들이었다. 공항 환영식을 마치고 선수단과 함께 버스를 탔다. 사실 그때까지 어느 팀과 어디서 시합을 하는지 알 수 없었지만 세계대회에서 우승한 우리 팀을 브라질 강팀과 근사한 축구장에서 시합할 수 있도록 주선해 놓았으리라 막연하게 생각하고 있었다.

한 시간이 훨씬 넘도록 버스는 하염없이 달려서 어느새 리오 시내를 벗어나 인가가 한적한 시외로 나가고 있었다. 브라질 관계자에게 얼마나 더 가야 되느냐고 물었지만 조금 더 가야 된다고만 대답할 뿐이었다. 이종하 단장도 도대체 어디로 가느냐고 다그쳐 물으면서 "왜 이런 곳에서 시합을 하느냐, 우리가 세계대회에서 우승했는데 무슨 짓이냐"는 등 푸념을 하기 시작했다. 무슨 변명을 할 수도 없었다. 유 공보관이 원망스러웠지만 묵묵히 불평을 받으면서 초조하게 도착하기만을 기다렸다. 이렇게 한 시간 반 정도를 가서 어느 담벼락 옆에 버스가 섰다. 전형적인 시골 풍경이었다.

브라질 안내자는 "다 왔습니다. 이리 오세요." 하면서 앞장섰다. 벽돌로 된 단층집이었고 넓은 방에 2층 침대가 여러 개 있었다. 안내자는 "여기가 숙소입니다. 여장을 풀고 식사를 하러 가시지요. 식당은 이 근처입니다."라고 했다. 점심시간이 훨씬 지난 후여서 모두 시장한 모습이었다. 이 단장은 폭발했다. "식사는 무슨 식사요. 이런 곳에서 밥이 넘어가겠습니까? 선수들이 모두 지쳐 있습니다. 어떻게 주선을 했기에 이런 곳으로 온 겁니까?" 나도 미안했지만 어떻게 할 수가 없었다. 늦은 점심을 먹고 선수들은 피곤한 몸을 잠시 쉬었다.

잔디구장은 좋아 보였으나 나무 벤치가 몇 개 보였을 뿐 우리가 생각했던 스탠드는 없었고 관중도 100여 명의 동네사람들이 전부였다. 6시가 가까워서 우리 선수들은 몸을 풀기 시작했는데 상대 선수들의 모습이 보이지 않았다. 예고된 7시 경기를 반 시간 정도 앞두고 상대팀 코치가 선수들을 호출하고 있었다. 기다리는 선수가 나타나지 않는 모양이었다. 코치는 교체선수들의 이름을 부르면서 그들에게 유니폼을 하나씩 나누어 주었다. 가만히 보니 주전 멤버가 정해져 있지 않고 오는 순서대로 유니폼을 입혀서 내보내는 것 같았다. 브라질 사람들이 우리를 너무나 깔보고 대하는 것 같아 기분이 좋지 않았다.

7시가 되어서 경기가 시작되었다. 우리 기자들이 내 주위에 모여들어 브라질 축구 관계자들에게 질문할 것들이 있으니 브라질 축구협회 사람들을 불러달라고 했다. 축구협회를 찾았으나 협회에서 나온 사람은 없었고, 대신 그 지역 축구 관계자 두세 사람이 나타났다. 내가 통역을 했다.

"우루과이 세계대학생 축구대회에 브라질도 참가했던데 어떤 선수들이 갔습니까?"

"난 전혀 모르는 일입니다."

"그럼 누가 선수들을 선발합니까?"

"그것도 모릅니다. 잠깐 기다리세요. 내가 다른 친구한데 혹시 아는지 물어보겠습니다."

"(브라질 축구 관계자들과 상의한 후) 아마도 축구 관계자 한 사람이 자기 아는 선수들을 모아서 간 것 같네요. 브라질에서는 프로축구 이외에 아마추어 축구에 대해서는 관심이 별로 없습니다."

"그럼 프로축구 선수는 얼마 정도 됩니까?"

"등록된 선수가 6만 5,000명 정도입니다."

"프로축구 클럽은 몇 개 정도 됩니까?"

"약 900여 개 정도 되는데 이 중에 리오를 대표하는 플루미넨스, 플라밍고, 바스코, 보타포고, 상파울로를 대표하는 산토스, 상파울로, 코린치아스, 팔미라스 등 12개 클럽은 대형 클럽입니다"

"브라질 전국에 잔디구장은 몇 개 정도 됩니까?"

"약 2만 개 정도로 추산하고 있습니다."

여기서 우리 기자들은 할 말을 잊었다. 우리나라와는 비교가 되지 않는 축구 저변을 확인했기 때문이었다. 당시 우리나라에는 효창구장도 맨땅으로 잔디구장이 하나도 없었다.

결국 그날 우리 팀은 0대1로 졌다. 스코어만 진 것이 아니라 내용도 좋지 않았다. 물론 우리 선수들이 상대 선수들보다 더 피곤했을 수는 있지만 그건 변명이 되지 않는다. 그 후 우리 선수들이 상파울루에서도 0대1로 졌다는 소식을 들었다. 1970년 양지팀 생각이 떠올랐다. 이 단장도 그 이후로는 아무 말이 없었다.

어느 중국인의 의리

재외공관 근무를 나가면 보통 한 지역에서 3년 정도를 머무르는데, 내 경우에는 이상하게도 한 지역에서 3년 이상을 보낸 경우가 많았다. 브라질에서도 3년 11개월이라는 긴 시간을 보냈다.

70년대 중반 해외 생활이란 요즘과는 차이가 컸다. 우선 교통과 통신이 발달하지 않아서 국내 사정에 어둡기 일쑤였다. 소식을 듣는다 하더라도 최소한 2주는 걸리는 외교행랑이나 주고받으려면 한 달 이상 걸리는 우편을 통할 수밖에 없었다. 전화로 통화하는 것은 생각도 할 수 없는 상황이었다. 브라질은 우리나라의 지구 반대편에 있으니 그 정도가 더 심했다. 이렇게 국내와 단절된 상황이 지속되니까 오히려 해외생활에 전념할 수 있었다. 호기심 많은 젊은 시절 해외에서 신기한 것들을 만끽했다고도 볼 수 있다. 해외에서 사귄 사람들과도 진심으로 친해질 수 있었고, 마음과 마음이 통하는 경험도 많았다.

당시 브라질에 한국식당은 없었고 그래도 중국음식이 입맛에 맞아 자연스럽게 중국식당을 많이 이용하게 되었다. 대사관 총무로서 무슨 행사만 있으면 자주 이용하던 중국식당이 있었다. 그 집의 주인은 주브라질 대만대사관의 무관이었다가 현지에서 사직을 하고 '중화루'라는 중국음식점을 차린 이였다. 그 집을 꽤 자주 드나들었음에도 평소에는 표나게 가까운 척을 하지 않았지만 묵묵하게 우호적인 관계가 지속되었다.

그러던 중 내가 본국으로 귀국 발령을 받았다는 사실을 그 중국음식점에서도 알게 되었다. 하루는 그 음식점 주인이 날 보더니, 언제 날짜를 잡아서 아는 사람들을 데리고 오라고 했다. 아는 사람 수가 얼마가 되든지 괜찮다고 했다. 고맙다고 대답했지만 그냥 인사로 하는 말인 줄 알고 초청 사실 자체를 곧 잊어버렸다. 그 후에도 나를 보더니 다시 이야기를 꺼내며 날짜를 정하라고 해서 그 자리에서 '모일 모시'라고 말했다. 나는 미안하니까 식구 이외에 한 사람 정도만 더 데리고 가면 되지 않겠나 하고 속으로 생각했다. 약속한 날짜가 되어 결혼을 하지 않아 늘 집에서 혼자 밥을 해먹는 동료 박용렬 씨와 같이 그 중국음식점으로 향했다. 그런데 이상하게도 그 식당 문이 닫혀 있었다. 어떻게 사람을 오라고 해 놓고 문을 닫았을까 의아하게 생각하면서 얼마 동안을 밖에서 서성거리다 보니 조그만 메시지가 문 앞에 붙어있는 것을 보았다. '오늘은 단체 손님 때문에 일반 손님을 받지 않습니다.'라는 내용이었다. '참 이상한 일이다.'라고 생각하면서 동료와 함께 돌아서 나오는데 마침 주인이 대문 밖으로 나왔다. 그는 반갑게 인사를 건네면서 왜 다른 사람들은 안 오느냐고 되물었다.

"예?"
"오늘 많은 친구들을 모시고 오라고 하지 않았습니까?"

아뿔싸, 나는 낭패감을 느꼈다.

"50명이 와도 좋고 70명이 와도 좋다고 하지 않았습니까?"
"그런 줄 모르고 그냥 내 가족과 친구 한 사람만 곧 올 겁니다."
"하여튼 안으로 들어오십시오. 오늘은 미스터 리 송별을 해 주려고 문을 닫았습니다."
"…."
"대답이 없어 미리 충분히 준비를 하고 있었습니다."

그날 박용렬 씨, 나와 집사람 그리고 4살 된 딸아이 모두 네 명이 백 명분의 음식을 먹게 되었다. 음식의 양보다도 이전에 메뉴에서 볼 수 없었던 다양한 요리들에 놀랐다. 아마 명절 같은 때에 자기들끼리 요리해서 먹는 음식인 모양이었다. 땅속에서 썩힌 재료, 해삼, 전복 같은 귀한 재료를 이용한 음식도 나오고, 그때까지 맛볼 수 없었던 진귀한 음식들이 많이 나왔다. 값으로 표시할 수 없는 진수성찬이었다.

이 일을 통해서 중국사람들은 자기가 신세를 졌다 싶으면 크게 갚는다는 것을 알았다. 또 한 가지 느낀 것은 동양적 미덕인 겸손과 양보가 때론 이렇게 오해를 빚을 수도 있구나 하는 것이다. 손님을 초대하고 응하는 과정이 불분명하여, 나는 나대로 조그맣게 생각을 했고, 그 중국음식점 주인은 그대로 많은 사람이 오리라 생각했던 것이다. 그래서 서양에서는 초대장을 보내고 이를 확인하는 과정이 있는 게 아닐까 하는 생각이 들었다.

진귀한 나라, 진귀한 경험 – 남태평양의 섬나라들

브라질 근무와 존스홉킨스대학교 연수를 마친 후 1980년 말 외교부에 근무하는 동안 남태평양 섬나라에 출장을 다녀왔는데 당시에는 그저 스치듯 보아 넘겼으나 지내놓고 보니 일부러 가서 보기 힘든 나라들에서 소중한 경험을 했다는 생각이 든다. 사진 기록도 변변히 못했고 찍은 사진들조차 제대로 보존하지 못해 대부분 기억에만 남아 있을 뿐이다. 그곳에서 겪은 일들 중에 기억이 나는 부분들을 소개해본다.

솔로몬 아일랜드(Solomon Islands)는 남태평양에서 멜라네시아(Melanesia)에 속하는 섬나라로 1978년 영국에서 독립한 영연방 국가이다. 내가 방문했던 1980년 말 당시에는 10여 개의 정부 부처가 있었는데 건물이 별도로 없고 모두 해변가에 텐트로 된 막사에 자리하고 있었다. 한 부처의 직원 수가 10명 안팎이었으니 미니정부인 셈이었다. 현지어와 영어가 섞인 피진어가 국어지만 영국 식민지였던 탓에 모두가 영어를 잘했다.

그 나라를 방문한 지 벌써 30년이 훨씬 지났다. 그동안 경제발전을 이루어 오늘날 솔로몬의 국민소득이 1인당 2,000달러에 가깝다니 아마 지금쯤은 꽤 근사한 정부청사를 지었을지도 모르겠다. 1978년 솔로몬이 독립하던 해에 우리나라와 수교를 맺었고, 주호주 대사가 겸임국으로 관할하여서 제2대 겸임국 대사로서 신임장을 제출하는 것이 우리 일행의 방문 목적이었다. 조약과 직원인 나는 다음 행선지인 키리바시에서 어업협정관련 일을 하는 것이 출장의 주요 임무이지만, 솔로몬과 나우루에서는 주호주 대사님을 수행하는 임무도 띠고 있었다.

도착한 날 호텔 인근에서 시끌벅적한 소리가 들려 가보았더니 무슨 파티를 벌이고 있었다. 솔로몬 사람들 중에는 남녀를 불문하고 비만인 사람들이 유난히 많았다. 그 뚱보들이 음악에 맞추어 몸을 덩실덩실 움직이는데, 보는 내 기분이 다 좋아지면서 춤이란 이런 것이구나 하는 생각이 들었다. 반면에 결혼하지 않은 솔로몬의 젊은이들은 한결같이 가냘프고 날씬해 어떻게 저렇게 변할 수가 있을까 하는 의문이 들었다. 서머셋 모엄(William Somerset Maugham)의 소설《달과 6펜스》가 떠올랐다.

솔로몬에서 또 하나 기억나는 것은 일본군 전사자에 대한 추모비다. 솔로몬 정부에서 내준 차를 타고 섬을 한 바퀴 돌아보는데, 어느 언덕에 일본인 관광객들이 많이 모여 있었다. 그들은 일본군 전사자 추모비를 찾아왔다고 했다. 2차대전 때 이곳에 진주해 있던 일본군과 연합군 사이에서 벌어진 전투에서 죽은 일본군 전사자들이 여기에 묻혀 있다고 했다. 일본인들은 이 먼데까지 일부러 찾아와서 참배를 하는구나 하는 생각에 일본 고위관리들의 신사참배 장면이 떠올랐다.

나우루(Nauru)는 남태평양의 미크로네시아(Micronesia)에 속하는 섬나라로 바티칸 시국, 모나코 왕국 다음으로 세계에서 세 번째로 작은 나라이다. 나우루 섬 전체가 새똥으로 만들어진 인광석으로 덮여있기 때문에, 인광석 값에 따라 재정수입 규모가 결정되었다. 국제 인광석 값이 올라간 1960년대 말에는 공식적인 개인별 국민소득이 3만 달러가 넘어 한때 세계 최고 수준이 되기도 했다. 인구가 적어 개인별 국민소득은 높지만, 인광석에서 나오는 수입에 과도하게 의존하기 때문에 인광석이 고갈되면 국토가 수몰되어 나라 전체가 없어질지도 모르는 숙명적인 문제를 안고 있었다. 들리는 말로는 1990년대에 들어 거의 고갈되었다고 한다. 이 나라를 방문할 1980년 당시에는 지구온난화 문제가 대두되지 않았기 때문에 이를 인지하지 못했는데 현재 이 나라의 존립을 위협하는 것은 해수면 상승이라고 한다.

이국땅에서 '아리랑'을 들으면 그 기분이 어떨까? 1975년경 브라질에 있었을 때, 브라질리아에서 50킬로미터 정도 떨어진 어느 한적한 시골의 디스코텍에서 틀어주는 아리랑을 듣고 나도 모르게 눈물이 핑 돈 적이 있다. 그런데 1980년 말 나우루에서도 난데없이 아리랑을 듣게 되었다. 그날은 하메르 디로부르트(Hamer Diroburt) 재무장관이 우리 일행을 점심식사에 초대했는데 장소는 우리가 머문 호텔 안에 있는 일본 식당이었다. 당시 나우루에는 호텔이 하나밖에 없었는데 그 호텔 안에 일본 식당이 있었다.

하메르 장관은 점심을 먹은 후 디저트가 나오기 전에 갑자기 아리랑을 처음부터 끝까지 불렀다. 너무 뜻밖이라서 우리는 어안이 벙벙했다. 그는 아리랑을 배우게 된 내력을 설명했다.

"1944년경 일본군이 우리 섬에 들어왔습니다. 우리는 속수무책으로 일본군이 시키는 대로 했는데, 나도 그들이 시키는 대로 낮에는 방공호를 파는 등 일을 했습니다. 그런 생활을 세 달 정도 하고 있던 어느 날, 평소 나를 친절하게 대해주던 일본군 한 사람이 바닷가로 불러내 술을 권하면서 말을 걸었습니다.

그 군인은 다른 일본군들과 달리 영어를 조금 했는데, 자기는 일본인이 아니고 코리아에서 왔다고 했습니다. 코리아의 위치를 알리느라 지도를 그려보이기도 했습니다. 그 사람은 때론 말하다 말고 눈물도 흘리고 노래도 불렀는데, 나는 그 노래가 좋아서 가르쳐달라고 했습니다. 그때 배운 노래가 바로 아리랑입니다."

이국땅에서 아리랑을 듣는 것만으로도 가슴이 울컥하기 마련인데, 40여 년 전 남태평양 섬나라에서 아리랑을 부르며 고국을 그리워하던 동포가 있었다는 얘기를 들으니 더더욱 마음이 무거웠다. 그 후로 아리랑을 들을 때면 나우루 땅에 울려 퍼지던 선율과 함께 나라 잃은 슬픔에 젖은 한 남자의 모습이 떠오른다..

키리바시(Kiribati)는 미크로네시아 태평양 중앙에 있는 섬나라로 태양이 가장 먼저 뜨는 곳이다. 원래 1788년 영국 해군이 길버트 제도에 상륙한 후 영국의 식민지가 되었고, 길버트 엘리스 제도(Gilbert and Ellice Islands)가 1975년에 두 부분으로 나누어진 뒤 1979년 길버트 제도가 키리바시로 독립되었다.

비행기 위에서 본 키리바시는 말발굽 같은 모양을 하고 있었다. 윤하정 대사님께서 이곳이 2차대전 때 일본군 2만 명이 미군의 함포 사격으로 전멸한 곳이라고 설명해주셨다. 섬이 말발굽 모양으로 되어 있어 함포사격 때 피할 장소가 없었다는 것이다. 키리바시의 주요 항구가 있는 베티오(Betio) 섬은 2차세계대전 중에 미군과 일본군의 치열한 전쟁이 벌어진 곳이기에 전사자들을 추모하는 기념비 등의 전쟁 유물들이 남아있었다.

우리가 도착한 다음 날 윤 대사께서 이레미아 따바이(Iremia Tabai) 대통령에게 신임장을 제정하기 위해 키리바시 의전관의 안내에 따라 대통령이 있는 장소로 갔다. 뜻밖에도 대통령 집무실이 나무 위에 있었다. 우리는 사다리를 타고 나무 위로 올라갔다. 외국 대사가 신임장을 제정하러 사다리를 타고 나무 위로 올라가는 곳이 이 나라 말고 또 있을까 싶었다. 좁은 공간에 대통령이 가운데 있었고, 양편에 10명 정도의 사람들이 정장을 하고 도열해 있었다. 따바이 대통령은 원주민으로 32세였는데 위에는 아무것도 걸치지 않고 그냥 반바지만 입고 있었다. 주위에 서 있는 사람들은 모두 백인이었다. 대통령이 일일이 소개를 했다. 부통령, 외무장관, 검찰총장……. 대통령은 자리에 앉자마자 대뜸 김대중 씨 이야기를 꺼냈다.

"김대중 씨는 민주운동 투사로서 당연히 석방되어야 합니다. 한국과는 다른 모든 관계가 좋은데, 이 좋은 관계를 심화시키기 위해서는 먼저 김대중 씨가 석방되어야 합니다."

"잘 알겠습니다. 각하의 말씀을 한국 정부에 전달하겠습니다."

이런 상황을 지켜보면서 대통령을 보좌하는 사람들이 사전에 대통령에게 이런 말을 하도록 조언해주었을 것이라는 생각이 들었다. 남태평양의 나라들이 형식상 독립은 했지만 아직도 영국의 영향이 지대하구나 싶었다.

키리바시 인구는 10만 명 정도인데, 피전어의 일종인 길버트어가 사용되지만 공용어는 영어이다. 영연방 국가로 나우루와 마찬가지로 대만과 수교하고 있다. 우리나라와는 1980년 5월에 수교하였고 그해 12월 어업협정을 체결하였는데, 우리가 그해 12월 말에 갔으니 수교 후 제일 먼저 찾아간 한국사람이 아닐까 싶다. 윤하정 대사께서는 신임장을 제정하셨고, 거기서 키리바시 정부 측과 만나서 갓 체결한 어업협정을 마무리했다.

아련한 향수의 포르투갈

브라질 근무에 이어 존스홉킨스대학교 국제대학원(SAIS)에서 1년간 공부한 후, 귀국해서 여권3과장을 하다가 1982년 초 두 번째 포스트인 포르투갈로 갔다. 들리는 이야기로는 인사 발령 당시 나의 포르투갈어 능력이 고려되었다고 한다. 당시 인사위원회에서는 나를 창설공관 등 하드포스트(어려운 곳)에 보내려는 이야기가 오고 갔는데, 인사 담당 간사가 나를 봐준다는 뜻에서 포르투갈어라는 특수언어를 인사기준으로 내세워 하드포스트 발령을 모면했다고 한다.

포르투갈로 가는 길

포르투갈은 언어 면에서는 한결 수월했지만 위치로 보아 완벽하게 만족스러운 포스트는 아니었다. 아직 외교관으로서 배워야 할 것이 많은 시기에 메리트가 별로 없는 포스트라는 생각이 들었다. 사실 1981년 초 외교부에서는 한직으로 여기는 여권3과장으로 부임해서 그해 9월까지 '해외여행자유화를 위한 확대조치'를 성공적으로 수행해냈기 때문에 어느 정도 보상이 있을 것으로 내심 기대하고 있었다. 그런데 이러한 기대와는 전혀 다른 인사발령이어서 다소 실망스럽기도 했다. 하지만 한편으로는 어떤 포스트에 가더라도 나름의 의미와 가치가 있을 것이라 믿고 내색하지 않았다. 1979년에도 한직이라고 생각되는 외환계장으로 발령을 받았지만 그 자리에서 아무도 생각하지 못한 중요한 일을 했던 경험을 통해, 어떤 자리든 내가 할 수 있는 일은 많기에 생색나는 자리를 차지하기 위해 다투는 것은 옳지 못하다는 생각이었다.

식민지 경영에서 EU 가입까지, 포르투갈의 역사

15세기 강력한 해양국가로서 오랫동안 쌓은 부 덕분에 포르투갈 사람들은 현재에도 높은 문화수준을 구가하고 있다. 말하자면 조상 덕을 보면서 살고 있는 것이다. 18세기 산업혁명을 따라잡지 못해 유럽에서는 후진국이 되었지만 모잠비크, 앙골라, 카보베르데, 기니비사우 등 아프리카뿐만 아니라 인도의 고아, 마카오, 동티모르 등 여러 곳에 식민지를 경영하였다. 브라질은 포르투갈의 식민지로 출발하여 19세기에는 자회사와 같은 관계를 형성하였다. 그렇기 때문에 포르투갈 대외정책의 최우선순위는 자국 식민지 경영을 보호하는 것이었다. 제2차세계대전 중에 중립을 선언한 것이나, 전후 나토에 가입하는 등 서방체제의 편을 든 것은 모두 자국 식민지 경영이 유리하도록 국제적 힘의 판도에 편승한 것으로 볼 수 있다.

포르투갈 사람들의 문맹률은 30%에 육박하지만 온순하고 정직한 기질을 가지고 있어서 사회질서를 문란하게 하는 범죄가 적은 편이고 대체로 평화로운 분위기를 유지해오고 있었다. 1933년 이래 계속된 포르투갈의 독재 체제는 장기독재자 살라자르가 1968년 의자에서 넘어져 뇌손상으로 은퇴한 뒤에도 계속되었다. 독재 정부는 1974년 앙골라 등 아프리카 식민지 전쟁에 참전했던 위관장교들이 중심이 된 무혈 쿠데타로 종식되고 포르투갈의 민주화가 시작되었다. 그러나 급격한 좌경화(공산화)가 진전되자 이에 반발한 이아네스 중령이 1975년 반혁명을 주도하여 성공하였다. 그때부터 노조활동이 왕성해져서 시뻘건 플래카드나 시내의 곳곳에 선동적인 그래피티(낙서예술)를 도배해놓고 있어 언뜻 보면 마치 공산주의 국가처럼 보였다. 실질적인 좌파 지지자들의 비율은 전체 국민의 약 15% 전후 밖에 되지 않지만 대부분 매우 적극적으로 활동하기 때문에 겉으로 보기엔 마치 과반 이상처럼 느껴졌다. 선거에서도 강경 좌파세력들의 참여율이 높기 때문에 투표 결과는 20%를 상회했고 실제로 집권한 적도 있었다. 1980년대에 와서는 극단적 좌파 성향이 다소 누그러지고 온건 좌파인 사회당이나 중도 세력이 대두했다.

좌파인 이아네스가 대통령으로 있으면서 의회해산권만 가지고 정치적 중재 역할을 하고 있었고, 중도계인 사회당의 마리우 소아레스와 중도우파인 사회민주당(PSD) 간의 정권 다툼이 한창이었다. 잠시 사회민주당이 승리한 적도 있었지만(핀토 발세마웅 수상 등) 결국 소아레스가 총선에서 승리했다. 이후 소아레스가 EU 가입을 추진하면서 EU 가입 여부는 당시 포르투갈 최대의 정치·경제 현안이 되었다. 소아레스 수상은 EU 가입으로 침체된 경제를 자극해서 경제 발전의 모티브를 잡겠다고 주장했고 산업계 쪽에서는 EU 가입이 그나마 존재하는 산업을 완전히 붕괴시킬 것이라고 맞섰다. 당시 서유럽의 국제사회당(Socialist International)의 부의장이었던 소아레스 수상은 미테랑 수상 등 SI 내의 영향력 있는 정치인들의 도움을 받아 결국 EU 가입을 결정하게 되었다.

나는 1985년 8월 말에 포르투갈을 떠났는데, 그 다음 해에 포르투갈의 EU 가입이 시작되었다.

한동안 포르투갈을 잊고 지내다가 불가리아 대사로 근무할 때 여름 휴가차 2000년 8월, 15년 만에 포르투갈을 방문했다. 한눈에 포르투갈이 많이 달라진 것을 느꼈다. 우선 고속도로와 건물 등 도시 인프라가 새로 워졌다. EU 가입 반대자들이 내세우던 기존 산업 붕괴론이 틀렸고, 낡은 틀을 깨고 새 틀을 짜기 위해서 진통이 필요했다는 생각이 들었다. 그 많은 반대를 물리치고 앞으로 나간 소아레스 당시 수상의 선견지명과 추진력이 놀라웠고, 그 공로로 대통령까지 된 것이 당연하게 여겨졌다.

해양의 지배자 포르투갈의 식민정책

이 조그만 나라가 어떻게 해양의 지배자로 세계를 휘저었을까? 그 역사적 배경은 식민지 경영과 관련이 깊다.

포르투갈인들은 진취적이면서도, 라틴계의 공통적인 특성인 낙천적

1500년 브라질을 발견한 포르투갈의 항해사 까브랄(Cabral P. A.) 동상

알깐따라의 바스코 다가마 기념탑

인 성향을 가지고 있다. 지정학적으로 오른편에 스페인이라는 라이벌 강국이 존재하기 때문에 결국 왼편의 대서양과 아래쪽의 지중해로 나갈 수밖에 없었다. 이것이 포르투갈이 바다로 눈을 돌리게 된 근본적인 이유다. 포르투갈인들은 15세기부터 해양 선진국으로 발돋움하여 세계지도를 제일 먼저 만든 나라가 되었다. 15세기 말 희망봉을 발견한 것으로 잘 알려져 있는 항해가 바스코 다가마도 포르투갈인이었다. 포르투갈의 탐험가와 항해가들은 새로운 땅을 발견하고 선점하여 여러 전략적 요충지를 자국의 영역으로 표시했다. 포르투갈인들은 아프리카 대륙 서단(西端)의 기니비사우, 카보베르데, 상투메프린시페와 자원의 요충지인 앙골라를 식민지화 했고, 아프리카 남단(南端)인 희망봉을 거쳐 아프리카 동단(東端)인 모잠비크, 잔지바르, 소말리아를 자국 영토로 표시했다. 나아가 인도에 제일 먼저 상륙한 유럽국가가 되었고, 그 여세로 마카오, 중국, 일본, 동티모르까지 진출했다. 이 중 희망봉, 소말리아, 인도, 말라카 해협 등 많은 식민지를 나중에 영국에게 양여했는데, 이는 포르투갈과 앙숙인 스페인과 프랑스의 안보위협으로부터 자국을 보호해주는 것에 대한 대가로 볼 수 있다. 인도 본토는 일찌감치 영국에게 양보했고, 고아만 자국 식민지로 경영했다.

문화에서 드러나는 포르투갈인들의 민족성

식민지 경영에 있어서 포르투갈인들의 개방적이고, 은근하고, 유순한 성향은 다른 라틴 계통, 특히 스페인과는 뚜렷이 구분된다. 앞서 말한 것처럼 브라질의 경우와 같은 인종적 혼혈은 다른 식민지에서는 그 유례를 찾아볼 수 없다. 이러한 현상은 포르투갈인들이 스페인인들과도 다르고, 앵글로색슨이나 게르만들에 비해 배타성이 적다는 증거가 아닐까 싶다.

■ 소를 죽이지 않는 포르투갈의 투우

포르투갈과 스페인의 차이를 엿볼 수 있는 예로는 투우가 있다. 포르투갈의 투우는 소를 죽이지 않고 맨손의 투우사가 소의 움직임을 일시적으로 정지시키는 것으로 게임을 끝낸다. 대부분의 포르투갈인들은 소를 죽이는 것을 싫어하는 경향이 있어 스페인처럼 소를 죽이는 방식은 허용되지 않는다.

포르투갈식 투우는 투우보조사가 붉은 갑옷을 입힌 말을 타고 투우장 안으로 들어오면서 시작된다. 손에는 약 50여 센티미터 길이의 막대기 6개를 들고 있는데 그 막대기 한쪽 끝에는 화려한 리본이 매여 있고 다른 쪽 끝에는 육안으로는 잘 보이지 않으나 1~2센티미터 정도 길이의 뾰족한 침이 달려 있다. 투우소가 발굽으로 땅바닥을 긁으면서 돌진하면, 말을 탄 투우보조사는 돌진해오는 소를 향해 정면으로 충돌할 듯이 말을 몰다가, 충돌 직전에 옆으로 살짝 피하면서 소의 잔등 위에 침을 꽂는다. 이렇게 해서 6개의 침을 소의 잔등에 꽂은 후 투우보조사는 말을 탄 채 무대 안으로 들어가고, 투우소만 등에 침이 꽂힌 채 투우장 한가운데에 서있다.

잠시 후 진짜 투우사가 맨손에 붉은 색깔의 망토를 손에 들고 스타디움 안으로 들어온다. 그 뒤편에는 손에 아무 것도 들지 않은 열 명 정도의 보조사가 대기한다. 투우사를 본 소는 본능적으로 붉은 망토를 향해 돌진한다. 소가 투우사 근처에 오면 투우사는 망토를 옆으로 살짝 빼면서 소가 옆으로 스쳐지나가도록 유도한다. 이렇게 몇 번을 돌진하게 해서 힘을 어느 정도 뺀 후, 망토를 자신의 몸 앞에 내세워 흔들면서 소가 자신의 정면으로 돌진하도록 유인한다. 그리고는 돌진하는 소의 머리를 자기 몸으로 받아내서 소의 움직임을 순간적으로 정지시킨다. 이때 소의 양 뿔이 투우사의 가슴을 감싸듯이 투우사 몸의 양쪽으로 튀어 나오는데 자칫 뿔이 투우사의 가슴이나 배를 찌르면 큰 부상을 당할 수도 있다.

소의 움직임이 정지된 짧은 시간에 뒤쪽에서 대기하고 있던 투우보

포르투갈의 투우는 스페인의 투우처럼 소를 죽이지 않고 투우사가 소를 제압하는 것으로 게임을 끝낸다.

조사들이 재빨리 뛰어나와, 소의 꼬리와 다리를 잡고 움직임을 둔하게 한다. 그 사이에 투우사는 몸을 피하고, 곧 투우보조사도 퇴장한다. 스타디움의 다른 쪽 문이 열리면 목에 방울을 단 40~50마리의 다른 소들이 일제히 방울소리를 울리면서 스타디움으로 우르르 몰려나와 부상당한 투우소와 섞인다. 부상당한 투우소는 영문도 모른 채, 다른 소들과 함께 반대편 문으로 퇴장한다. 이로써 한 게임이 끝나고, 이러한 과정을 네 번에서 여섯 번 정도 되풀이하는 것으로 그날의 투우 경기는 종료된다.

■ 포르투갈의 전통 민요 파두

포르투갈에는 전통 민요인 '파두'가 있다. 언젠가 이 파두를 우리나라 연속극인 〈사랑과 야망〉의 백 뮤직으로 들어본 적이 있는데, 구성지고 슬픈 가락이 우리 정서와도 통하는 부분이 있는 것 같다. 파두는 옛날부터 항해를 떠나 오랫동안 돌아오지 않는 남편과 자식을 기다리며 불렀던 노래로, 아낙네들이 바닷가에 앉아 뜨개질을 하며 부르는 데서 유래되었다고 한다. 포르투갈의 파두는 브라질의 삼바와도 대비된다. 한쪽은 구성지고 느린 단조로 들리는 반면, 다른 한쪽은 유쾌하면서 빠른 장조로 들린다. 그러나 정작 그 내용은 정반대다. 파두는 희망을 가지기 위해 부르는 노래이고, 삼바는 노예들이 탈출할 수 없는 비참한 현실에 대한 절망

포르투갈의 유명한 파두 가수 아말리아 로드리게스

감에 부르짖는 절규라는 것이다.

이렇게 포르투갈 문화에서 보이는 것처럼, 포르투갈인들의 성격은 온순, 점잖음, 실용, 은근, 인내심 같은 단어와 어울린다. 언젠가 포르투갈에서 소설가 고(故) 이병주 선생님을 만나서 나누었던 이야기가 생각난다. 포르투갈의 은근한 매력에 끌려 여러 번 방문했다는 이 선생님은 남이 잘 안 보는 구석구석에도 정성스레 화분을 매달아놓고, 겉모습의 화려함보다 소박함을 선호하는 포르투갈인들이 진정으로 멋을 아는 민족이라고 하셨다. 거리 이름이 안 보이는가 했더니 건물이나 기둥 한쪽의 예쁜 타일 위에 조그만 글씨로 어김없이 거리 이름을 붙여 놓은 것, 조그맣고 차분한 거리의 간판들, 오가는 사람들의 조용한 표정 등, 그의 포르투갈 찬미는 끝없이 이어졌다. 아닌 게 아니라 자세히 보면 건물 색깔, 입고 다니는 옷 색깔, 심지어 자동차 색깔들도 튀는 게 없는 것이 되바라지고 요란한 것을 좋아하지 않는 것 같았다. 오히려 간혹 우중충하게 보여서 실제보다 좀 오래된 느낌을 줄 정도다.

건물 한쪽에 조그맣게 붙여 놓은 거리 이름에서 포르투갈인들의 소박한 멋을 느낄 수 있다.

포르투갈과 스페인의 식민정책

포르투갈인들은 식민지에 피(血)와 말(言)이외에는 남겨놓은 것이 많지 않다고 한다. 프랑스나 영국과 비교해볼 때 인프라는 물론, 문화나 제도도 거의 남겨놓지 않는 것 같다. 특히 인프라 구축에 매우 인색했는데, 포르투갈이 남겨놓은 인프라란 고작 가톨릭 성당과 같이 종교와 관계되는 것이 대부분이었다. 짐작컨대 포르투갈 식민 형태의 특징은 피식민지에서 장기적으로 어떤 이상향을 건설하는 것이 아니라, 당장의 상황에서 큰 투자 없이 원주민들과 원만하게 지내면서 원래의 식민 목적인 수탈을 용이하게 한 것이 아닐까 생각한다. 이런 점에서 포르투갈의 식민 형태는 비록 수탈이라는 목적은 비슷할 지라도 그 수단과 방법에 있어서 스페인, 영국, 프랑스, 벨기에 등과 구분된다.

스페인은 주로 중남미 지역에 식민지를 경영했는데 스페인의 원주민 토벌은 매우 잔인하고 배타적이었다. 우리가 잘 아는 잉카문명을 멸망시킨 이야기나, 생명을 앗아가는 스페인의 투우 방식에서 이러한 면을 엿볼 수 있다. 브라질을 제외한 대부분의 중남미 지역에 식민지를 가지고 있던 스페인은 원주민을 보이는 대로 토벌했다고 한다. 이러한 학살을 면하기 위해 원주민들은 산속으로 피신해 있다가, 19세기 초 스페인 왕조가 약화되었을 때 숨어있던 산림에서 나와서 스페인으로부터 독립을 쟁취한 것이다. 그래서 과거 스페인 식민지였던 중남미 지역의 사람들을 살펴보면, 브라질처럼 피가 섞인 경우가 많지 않다.

포르투갈의 식민지들은 민족자결주의라는 시대적 조류와 포르투갈 국력의 쇠락에 따라 20세기 중반 이후 모두 해방되어 독립국가가 되었다. 1960~1970년대에 아프리카의 기니비사우, 카보베르데, 앙골라, 모잠비크, 상투메프린시페 등이 독립하였고, 1970년대에는 고아가 인도에 의해 강점되었다. 동티모르도 인도네시아에 의해 병합되었다가 2002년에 와서야 독립국가가 되었다. 마카오는 홍콩과 운명을 같이하여 1990년대에 조차계약 만료 이후 중국에 돌려주었다. 그에 비해 중남미의 스페인 식민지들은 모두 스페인이 나폴레옹에 의해 점령당하고 쇠약해짐에 따라 1810년을 전후하여 모두 독립했다. 그만큼 스페인 식민 경영은 강압적 성격을 띠었지만 식민 기간은 상대적으로 짧았다.

포르투갈의 음식 문화

브라질의 페이주아다와 흡사한 포르투갈의 꼬지도 아 포르트게사

포르투갈에서도 잊을 수 없는 음식을 만났다. '꼬지도 아 포르트게사(Cozido à Portuguesa)'는 앞서 말한 브라질의 페이주아다처럼 돼지고기로 만든 음식이다. 페이주아다가 검은콩을 넣어 쑤었기 때문에 검은 갈색인데 비해, 꼬지도 아 포르트게사는 돼지 살코기, 내장, 비계껍질 같은 부위를 흰콩과 함께 삶아 누르스름한 빛을 띤다. 돼지고기 요리가 주요리

꼬지도 아 포르트게사는 브라질의 페이주아다와 비슷하면서도 색다른 풍미가 있다.

로 나오고, 배추나 야채 삶은 것이 함께 곁들여 나온다.

또 하나 다른 점은 브라질에서 페이주아다를 먹을 때는 사탕수수로 만든 까이삐린냐를 반주로 곁들여 마시면서 유쾌한 삼바를 듣는 데 비해, 포르투갈에서 꼬지도 아 포르트게사를 먹을 때는 적포도주를 반주로 마시면서 구성진 파두를 듣는다는 것이다. 파두 국민가수 아말리아 로드리게스(Amalia Rodrigues)의 노래를 들으면서, 적포도주를 곁들여 꼬지도 아 포르트게사를 먹으면 어느새 포르투갈의 해양 전설 속으로 빨려 들어가는 기분이 된다.

항해시대 배 위의 음식, 바칼랴우

■ 항해의 나라 포르투갈

포르투갈의 가장 위대한 두 사람을 꼽으라면 루이스 카몽이스와 바스코 다 가마를 들 수 있다. 두 사람 모두 15세기 항해시대의 영웅들로 리스본 알칸타라 지역의 제로니모스 수도원 안에 안치되어 있다. 떼주강에 위치한 제로니모스 수도원은 리스본 시의 대부분 건물이 무너졌던 1755년 리스본 대지진에도 기적처럼 살아남아, 그 안에 있던 이 두 포르투갈 영웅의 무덤이 온전히 보존될 수 있었다.

까보 데 로까 절벽 위 바위에는 루이스 카몽이스의 유명한 시 한 구절이 새겨져 있다. '여기 땅이 끝나고, 바다가 시작되나니(Aqui, Onde a terra se acaba e o mar começa).' 이 지점은 지도상에서 볼 때, 유럽 대륙과 아메리카 대륙 사이에 가장 가까운 지점으로 리스본 근교의 관광명소 중 하나이다. 이 절벽에는 연중 강한 바람이 불어 마치 영화 빠삐용의 한 장면을 연상케 한다.

루이스 카몽이스와 바스코 다가마가 잠들어 있는 제로니모스 수도원

포르투갈은 15세기경 해양선진국으로서 많은 신대륙을 발견하고 개척했는데 바스코 다가마의 희망봉 발견은 그 대표적 예이다. 그 무렵의 또 다른 유명한 탐험가였던 콜럼버스도 사실 포르투갈과 깊은 관계가 있다. 그는 이탈리아 지방 출신이었지만 그의 부인이 포르투갈인이었기 때문에 이를 인연으로 포르투갈 왕에게 항해 지원을 요청했었다. 하지만 포르투갈 왕이 이를 거절하자 그는 결국 스페인의 이사벨라 여왕과 그녀의 남편인 페르디난드 공의 지원으로 신대륙을 발견하게 된다.

■ 뱃사람들의 음식, 바칼랴우

이러한 항해시대에 뱃사람들은 한번 바다로 나가면 대개 몇 년씩 돌아올 수가 없었다. 배 위에서 수십 명이 먹을 음식을 해결하는 것은 중요하고도 어려운 일이었을 것이다. 배에 실을 수 있는 식량에는 한계가 있었기 때문에 뱃사람들은 바다에서 쉽게 구할 수 있는 바칼랴우(Bacalhau, cod fish), 즉 대구로 다양한 종류의 요리를 개발했다.

바칼랴우는 한류에 사는 물고기로 소금에 절여놓으면 오랫동안 상하지 않게 보관할 수 있다. 포르투갈에는 소금에 절인 바칼랴우 요리의 종류가 130여 가지나 될 정도로 다양하다. 바칼랴우는 우리나라 대구탕에 들어있는 대구나 말려서 푸석푸석한 대구포의 맛과는 매우 다르다. 쫄깃쫄깃하고 비린내가 전혀 나지 않는다. 오랫동안 소금에 절인 바칼랴우를 마늘과 파 등을 넣어 만든 양념과 함께 불에 구운 맛은 일품이다. 그런데 최근에는 무분별한 남획과 지구온난화의 영향으로 바칼랴우의 개체수가 크게 줄어들어 예전처럼 바칼랴우 요리를 즐기기가 점점 어려워지고 있다.

포르투갈에는 바칼랴우나 린구아두(가자미) 같은 생선 요리 외에도 바닷가재나 바다새우, 전복, 대합 등을 이용한 다양한 해산물 요리가 있다. 해산물을 생각하면 리스본 시내에서 북쪽으로 약 30킬로미터 떨어진 긴슈 바닷가의 무샤슈 식당이 떠오른다. 무샤슈 식당은 외딴 바닷가 모래사장 위에 지은 식당으로 넓은 식당 분위기가 시원함 그 자체다. 식당 밑에는 바닷물을 이용해 바닷가재나 새우 등을 기르는데, 식당 바닥이 유리로 되어 있어 새우나 가재가 기어다니는 것을 볼 수가 있다. 손님이 원하면 그 가재를 그 자리에서 건져 보여주고는, 30분 정도 기다리고 있으면 발갛게 익혀서 가져온다. 보통 3킬로그램 남짓의 대형 가재들인데 한 마리만으로도 어른 네 명이 식사할 수 있을 정도로 푸짐하다. 그 외에도 우리 입에 꼭 맞는 해산물 요리로 '아로이스 드 마리스코(Arroz de Marisco)'라는 것이 있는데, 각종 갑각류 해산물을 쌀과 함께 익혀 죽처럼 쑤어서 나오는 것이다. 이러한 것들을 회상하다 보면 어느 새 입안에 군침이 돌곤 한다.

포르투갈의 포도주

포르투갈은 전통적으로 포도주가 발달한 나라여서 자연히 여러 종류의 포도주를 맛볼 수 있었다. 오늘날은 포도주 하면 프랑스나 이탈리아, 스페인, 독일의 포도주를 떠올리고, 또 근래에 와서는 칠레, 호주, 남아프리카, 캘리포니아의 포도주를 많이 접하는데, 포르투갈 포도주는 우리나라에는 비교적 널리 알려지지 않은 것 같다. 포르투갈 포도주가 대외적으로 많이 알려지지 않는 이유는 무엇보다 마테우스 로제나 가따옹 같은 화학주 이외에는 대량으로 생산하는 포도주가 없기 때문이다.

포르투갈은 국토 면적은 작지만 지중해성 기후, 아열대 기후, 온대 기후가 혼재해 있고, 구릉이 많은 지형을 가져 토질이 다양하기 때문에 포도주의 맛이 지역마다 다르다. 또한 소규모 포도 농지가 많아서 생산자에 따라 포도주의 맛과 질이 달라 균일한 품질의 포도주를 대량으로 생산하기가 어렵다. 따라서 포도주의 상표는 다양하지만 한 상표의 생산량은 제한되어 있어 생산량이 비교적 많은 상품의 일부만이 외국으로 수출되고, 생산량이 적지만 질 좋은 포도주는 대개 국내에서 소비된다. 어떻게 보면 '수출 먼저, 손님 먼저'라는 우리의 풍조와는 다르지 않나 싶다.

뽀르또 와인

이처럼 포르투갈의 포도주가 별로 알려져 있지 않음에도 불구하고, 포르투갈에서 생산되어 많은 양이 수출되는 포도주가 있으니, 뽀르또(Porto) 와인과 비뇨 베르데, 즉 그린 와인이 바로 그것이다. 뽀르또 와인은 포르투갈 북쪽의 뽀르또(O Porto) 지역에서 많이 생산되어 그 지역 이름을 딴 것으로 지금도 그 지역에 뽀르또 와인을 생산하는 공장이 많이 있다. 뽀르또 와인은 영국인들이 특히 좋아해서 포르투갈에서 생산되는 뽀르또 와인의 반 이상이 영국으로 수출된다고 한다. 일본사람들도 오래전부터 영국의 영향을 받아 '보르도'라고 하면서 찾는 술이 바로 이 뽀르또 와인이다. 뽀르또 와인은 보통 와인과는 맛도 다르고 도수도 18도 전후로 상당히 독한 편이다. 한약 냄새가 약간 나면서 단맛이 나는 것이 특징이다. 마치 코카콜라를 만드는 비결이 있듯이, 뽀르또 와인도 그 독특한 맛을 내는 비결이 있는데, 외부사람들은 정확한 비결을 알 수 없다고 한다. 이와 관련하여 전해 내려오는 흥미로운 이야기도 있다.

옛날 포르투갈 북쪽 뽀르또 지방의 어느 부잣집에서 3년 전 참나무통에 담근 포도주가 잘 숙성되었는지 보려고 통을 열어 포도주의 맛을 보았다. 그런데 예년과는 너무 다른 포도주의 맛에 주인은 의아해졌다. 도저히 병에 담을 수 없는 맛이라 결국 통 속의 포도주를 모두 버리기로 했다. 참나무통을 전부 비운 후, 다음 해에 담글 포도주를 위해 청소를 하려고 통 속으로 들어간 주인은 소스라치게 놀랐다. 통 속에서 형체를 알아 볼 수 없게 된 뼛조각들, 사람의 옷으로 보이는 천 조각과 가죽신을 발견한 것이다. 3년 전 그 마을에서는 열 살 난 아이가 실종되어 결국 찾을 수 없었던 일이 있었는데, 주인은 이 뼈가 그 아이의 뼈일지도 모른다는 생각에 너무 놀라 입을 열 수가 없었다. 몇 년이 지나고 그는 문득 포도주를 숙성(熟成)할 때 동물의 살이나 뼈가 맛의 변화를 가져온다는 사실을 깨달았다. 그는 이 사실을 일체 비밀에 부치고, 그 후 여러 가지 동물 고기를 넣어 비밀스럽게 실험을 반복해서 오늘날과 같은 뽀르또 와인을 만들었다고 한다.

뽀르또 와인의 인기가 높아지자, 스페인에서 이를 흉내내어 만든 것이 오늘날 셰리라는 술이다. 프랑스도 뽀르또를 흉내낸 와인을 만들었지만 그 맛은 포르투갈에서 생산하는 뽀르또 와인과는 차이가 있다.

포르투갈이 과연 포도주의 나라라는 것은, 포도주의 종류가 많은 것도 있지만, 포르투갈 사람들의 포도주를 대하는 태도에서도 느낄 수 있었다. 포르투갈 농가에서는 일 년에 한 번 포도주를 담그는 날이 정해져 있다. 마치 우리가 김치를 담그는 김장철이 있는 것과 비슷하다. 포도 농사를 짓는 시골의 가정에서는 수확한 포도로 포도주를 담가 준비된 참나무통에 저장하는데, 옛날에는 이 참나무통의 크기가 그 집의 부를 측정하는 척도가 되기도 했다고 한다. 또한 포르투갈 사람들은 포도주를 사랑하고 늘 식사에 곁들여 마시기 때문에 포도주의 맛을 매우 중요하게 생각한다. 손님을 초대했을 때, 마치 우리나라에서 그 집의 김치 맛이 좋으면 매우 만족하듯이, 포도주의 맛이 그날 초대의 성공 여부를 결정할 정도라고 한다.

나는 지금까지 많은 종류의 포도주를 마셔봤어도 아직 맛을 잘 안다고 할 수가 없는데, 포르투갈 사람들은 포도주 맛을 기가 막히게 잘 아는 것 같았다. 84년경 어느 포르투갈 언론인을 고급 식당에 초대해서 식사를 접대했을 때의 일이다. 그날은 내가 호스트여서 그분에게 좋아하는 포도주를 골라보라고 권했다. 그는 서슴지 않고 한 포도주를 골랐는데 곧이어 테이블에 나온 포도주의 맛을 보더니 두 번씩이나 보이콧을 하는 게 아닌가. 세 번째에는 그 식당의 소믈리에(포도주 맛 감식가)가 나와서 같이 맛을 보면서 포도주 맛에 대해 의견을 교환했다.

"이건 81년산 도우루 포도주 맛하고는 조금 다른 데요. 끝에 신맛이 좀 강해요."
"동의합니다. 아마 저장할 때 햇빛이 많이 든 것 같습니다. 저장소 저쪽 편에 저장된 걸 가져와보겠습니다."

소믈리에도 그의 의견에 동의를 하고 다른 포도주를 내왔다. 새로 나온 포도주도 소믈리에와 같이 맛보고 드디어 그 포도주로 결정했다. 나는 옆에서 미안하기 짝이 없었지만 그냥 보고만 있을 수밖에 없었다. 그 후 20여 년 동안 여러 나라의 여러 곳에서 포도주를 마셔보았지만 그 날과 같은 경험은 한 번도 없었다.

나의 전성시대

포르투갈에서의 3년 8개월간은 참으로 보람있고 즐거웠다. 일단 말이 통하니 폭넓은 인맥을 구축할 수 있었고, 덕분에 맡은 일도 순조롭게 처리되었다. 덩달아 개인적인 생활도 즐거웠다. 집은 대서양 해안도로를 따라 리스본에서 북쪽으로 약 20킬로미터에 위치하고 있는 상 조앙드 에스토릴이라는 곳에 있었는데, 저녁 회식이 있어 술을 마실 것 같으면 차를 집에 두고 기차로 출근을 했다. 일주일에 평균 서너 번은 기차로 출근을 했으니 그만큼 저녁 회식이 많았다는 뜻이기도 하다.

포르투갈 언론인들과의 우정

통상 점심은 일주일 내내 사람들과 만나는 기회였고 주로 함께 식사하는 이들은 정부나 정치계 인사는 물론이고 언론인, 학계, 문화계 인사 등 다양했다. 그 덕분에 포르투갈 정세 파악을 기본으로 정부교섭사항 이행, 홍보 등 착실하게 맡은 일을 수행할 수 있었다. 일례로 디아리오 드 노티시아(Diario de Noticia), 꼬헤이우 다 마냥(Correio da Manha), 우 디아(O Dia), 까삐탈(Capital) 등 주요 일간지나 국영방송국인 RTP 등을 통해 해마다 여러 차례 한국 특집기사와 특집보도가 나왔다. 어느 해에는 한 해에 나온 특집이 무려 50여 회가 되기도 했다. 특집의 주제는 대부분 한반도 정세였는데 그 당시에는 대북한 제압외교가 우리 외교정책의 중요한 목표 중 하나였다.

아직도 포르투갈 최대 일간지인 디아리오 드 노티시아의 데니스 드 아브레우 부사장과 에두아르드 토메 기자, 조지 레이스 꼬헤이우 다 마냥 기자, 히베이로 다 실바 우 디아 기자, 이끄발 아메드 RTP 외신부장 등 나에게 도움을 준 친구들이 생각난다. 접촉할수록 그들과 가까워졌고 많은 도움을 받았다. 이끄발 아메드 외신부장은 우리나라 관련 특집을 낸 다음 날 북한 대사관 직원들이 찾아와서 따지는 바람에 애를 먹었다는 말도 했다. 이들은 특집기사를 내줄 뿐만 아니라 포르투갈의 정치·경제·사회·문화 등 각 분야에서 귀한 정보들을 많이 제공해주었다. 외무성 안에도 가까운 사람들이 많았다. 리마 삐멘텔 의전실 차장, 안나 고메스 아주국 과장, 게이파옹 문화국장 등, 언제든지 도움을 받을 수 있는 귀한 친구들이었다. 이 친구들의 도움으로 본부의 어떠한 지시사항도 큰 어려움 없이 해결할 수 있었다. 소아레스 수상의 방한도 이 기간 중에 이루어졌다. 덕분에 대북한 제압외교가 실효를 거둘 수 있었고, 우리나라 이미지를 향상시키는 여러 가지 활동도 할 수 있었다.

내가 참사관으로서 이임하면서 포르투갈을 떠날 때 주요 일간지에서는 일제히 “우리의 친구 이 참사관이 떠나다”란 제목으로 소식을 전했다. 마치 대사가 이임하듯이 공항 귀빈실을 이용하도록 한 전례 또한 흔치 않을 것이다. 분에 넘치는 이러한 대우는 포르투갈에서 근무하는 동안 그곳 언론인들과 접촉이 많았던 덕이라고 생각한다.

소박하지만 높은 수준의 생활

내가 머물던 1980년대 초반 유럽의 최빈국 중 하나였던 포르투갈의 국민소득은 우리나라와 거의 비슷한 수준으로 2,300달러 정도였다. 그러나 피부로 느끼는 포르투갈인들의 생활수준은 우리보다 상당히 높게 느껴졌다. 산업 활동은 활발하지 않았으나 관광 수익과 이민 송금이 국가 수입의 과반을 차지하고 있어 생존경쟁이 우리보다는 덜한 것 같았다. 대부분의 국민들이 한 달간 하계휴가를 누릴 수 있었고 하루 8시간의 노동시간도 잘 지켜졌다. 옛날부터 쌓아온 부의 잔재가 남아있어 국민의 80%가 자기 집을 소유하고 있는 데다가 빵과 고기, 포도주 같은 생필품 가격이 싸서 기본적인 의식주 생활에 큰 문제가 없어 보였다. 이처럼 의식주와 밀접한 생필품들의 값이 싸면 같은 수준의 국민소득이라도 생활양상이 훨씬 더 느긋해지는 것 같았다. 그런데 2014년 포르투갈의 국민소득이 2만 7,000달러 정도라고 하니 지금도 우리나라와 비슷한 수준인 셈이다. 우리가 숨 가쁘게 살아온 것 같이 그들도 그랬을까, 아니면 우리보다 느긋한 생활을 하면서도 비슷한 수준의 발전을 이룰 수 있었던 것일까 궁금하다.

포르투갈에서 3년 8개월을 보내는 동안 이윤희 대사, 김기수 대사와 노영찬 대사, 세 분의 대사님을 모시면서 공사 간에 큰 탈 없이 보냈으니 어쩌면 나의 전성기였다는 생각도 든다. 얼마전 타계하신 김기수 대사님 영전에 다시 한 번 명복을 빌어본다.

국제사회주의자(SI) 총회에서 윤이상 씨와의 조우

1983년 4월 초였다. 본부에서 포르투갈 남부의 알부페이라 시에서 개최되는 국제사회주의자협회(Socialist International, 사회주의 신봉자들간의 우호관계증진을 통하여 정책 및 활동 방향 조정을 위한 정치적 모임으로서 1951년 유럽에서 설립. 현재는 전세계 100개국으로부터 약 160개 정치단체가 가입되어 있으며, 본부는 런던에 있다.) 총회에 참석해서 그 경과를 보고하라는 지시가 내려왔다. 4월 10일 본부의 지시대로 리스본에서 약 250킬로미터 거리에 있는 포르투갈 남쪽 해안 도시 알부페이라까지 차를 몰고 갔다.

SI 총회 장소는 많은 참석자들로 붐볐다. 나는 무사히 도착했다는 것과 회의 분위기 등 관련 상황을 대사관에 전화로 보고하기 위해 회의장 로비에 마련된 전화부스 앞으로 갔다. 당시 장거리 전화는 교환수를 통해서 걸도록 되어있었는데 일단 원하는 전화번호를 교환수에게 통보한 후 자기 차례를 기다려야 했다. 내 앞에는 10여 명의 사람들이 차례를 기다리고 있었는데, 내 바로 앞에 서있던 한 백인남자가 나를 돌아보며 씩 웃었다. 온화한 태도와 보기 좋은 흰 턱수염과 백발이 인상적이었다. 얼마 후 런던과 전화가 연결되었다는 교환수의 말이 들리자 그 신사가 대열에서 벗어나 전화부스 쪽으로 나갔다. 그는 다시 한 번 뒤를 돌아보더니 나를 향해 장난스럽게 웃으면서 한쪽 눈을 찡긋했다. 마치 '내가 먼저 전화를 받아 미안합니다.'라고 말하는 듯했다.

회의장에 들어가기 위해서 엘리베이터를 탔는데 마침 가슴에 명패를 단 SI 사무국의 젊은 직원들 두 명이 서있었다. 키가 큰 백인남자들이었는데 자기들끼리 말하는 악센트로 보아 영국인 같았다. SI 총회에 대해 알아볼 수 있는 좋은 기회라고 생각해서 나는 한국대사관 참사관이라고 소개하고 이번 회의에 관한 브로슈어(안내서)가 있는지 물었다. 그러나 뜻밖에도 그들은 "그건 회원들에게만 배포하는 겁니다. 회원이 아니면 아무 것도 알려줄 수 없습니다."라며 매우 냉담하게 대답했다. 무안을 당한 셈이었다. 그때까지만 해도 나는 SI에 대해서 잘 모르고 있었다. 아마 SI 사무국 직원들은 1950년대 죽산 조봉암 씨 사형 이래로 한국 정부의 사회당에 대한 핍박의 역사를 잘 알고 있어 한국에 대해 매우 부정적인 시각을 가지고 있던 게 아닌가 하는 생각이 들었다. 그로부터 수개월 후 SI 부회장이었던 소아레스 수상의 방한을 교섭하는 과정에서 포르투갈 사회당 간부들과 접촉할 기회가 있어 이러한 추정을 확인해 볼 수 있었다. 그들은 조봉암은 물론 한국의 김철 사회당 당수(1926-1994)도 잘 알고 있었고, 한국의 정치 현실 중 우리나라 군사정권의 어두운 면도 나름대로 알고 있었다.

총회 회의장은 정회원석과 옵서버석으로 나뉘어 있었다. 옵서버석의 '한국 해외거주자 대표(Representative of the oversea's Residence of Korea)'란 명패가 놓인 자리에 동양인으로 보이는 세 사람이 앉아 있었다. 그중 한 사람은 신문에서 얼굴을 봤던 윤이상 씨였다. 회의가 시작되기 전에 그에게 다가가 한국대사관에서 왔다고 소개를 하면서 만나 뵈어 반갑다고 했더니 윤이상 씨는 대뜸 "한국 정부에서는 왜 나를 이상하게 보면서 따라다니느냐? 내가 뭘 잘못했느냐?"고 따지듯이 말했다. 나는 "한국 정부가 무슨 목적으로 귀하를 따라다니겠습니까? 내가 여기 온 것은 SI 총회의 분위기를 파악하기 위해서 입니다."라고 대답했다. 나도 기분이 좋지 않았다. 괜히 인사를 했나 하는 생각도 들었다.

그렇게 무안을 당한 후 회의가 끝나기 전에 회의장 밖으로 나왔다. 이번에는 먼발치에 북한대사관 직원으로 보이는 김일성 배지를 단 사람들 네댓 명이 앉아서 자기들끼리 소곤거리다가 나를 보고 하던 말을 멈추었다. 그 앞으로 지나면서 목례를 했더니 아무런 표정이 없었다. 또 한 번 무안을 당했다. 나 혼자 고군분투하는 양상이었다. 북한사람들이 왜 여기 이렇게 많이 왔을까 혹시 윤이상 씨 그룹과 관계가 있는 것이 아닐까 하는 생각이 들었다. 눈여겨보았더니 누군가 벤을 가져와서 북한사람들을 태워 가고, 또 나중에 같은 차가 와서 윤이상 씨 일행을 태워 가는 것도 보았다. 같은 숙소를 쓰는 것이 아닌가 하는 생각이 들었다. 어쨌든 그들 간에 서로 교류가 있는 것은 확실해보였다.

이튿날 현지 신문 1면에 "PLO 대표 암살"이란 헤드라인으로 눈에 익은 얼굴이 실렸다. 어제 내 앞에 서있던 바로 그 신사였다. 시간을 유추해보니 전화를 받은 후 반 시간도 채 되기 전에 일어난 일이었다. 신문기사에 따르면 사르타위(Sartawi) 박사는 PLO 대표로서 이번 회의에 옵서버로 참석했는데 PLO 내 강경파 세력이 온건파인 사르타위 박사를 제거했다고 했다. 실제 암살을 한 자들은 튀니지 계통의 이슬람교도였다. 그 조용한 포르투갈에까지 중동의 불티가 튀고 있는 것을 목격한 경험이었다.

이 참사관 사망 보도

포르투갈에서 근무하던 당시 내가 머물던 집은 리스본에 있는 대사관에서 약 20킬로미터 떨어진 사옹 조앙 드 에스토릴(São João de Estoril)이라는 곳에 위치해 있었다. 내가 리스본에 도착한 때는 1982년 1월 말이었는데 막 태풍이 지나간 뒤였다. 도착한 다음 날 대사관 동료인 임대용 서기관이 안내하는 대로 대서양 해안가 도로를 따라 드라이브를 했다. 파도가 넘실대는 그 해안가가 너무나 인상적이어서 여기 어디쯤 살아야겠다는 생각이 들었다. 어릴 때부터 바닷가를 동경하며 바닷가에 살고 싶은 마음이 있었는데, 그 첫인상이 계기가 되어 사옹 조앙 드 에스토릴 지역 바닷가의 조그만 아파트에 자리를 잡은 것이다. 업무상 저녁에는 술을 곁들인 식사가 자주 있어서 기차로 출퇴근하는 경우가 많았다. 리스본의 종점 까이스 드 소드레(Cais do Sodre)역에서 사옹 주앙 드 에스토릴역까지 기차로는 40분 정도가 걸렸다.

그날도 차를 두고 기차로 출근을 했는데 대사관 잔무를 처리하기 위해 임대용 서기관과 함께 미리 저녁을 먹고 일하고 있었다. 저녁 8시쯤 임 서기관이 전화를 받아보라면서 수화기를 넘겨주었다. 잘 아는 포르투갈 방송국 기자였다. 그는 전화를 받자마자 다짜고짜 괜찮냐고 물었다. 처음에는 그냥 농담인 줄 알았는데 그 사람 말이 방금 리스본 근교에서 코리안 외교관이 교통사고로 죽었다는 텔레비전 뉴스 보도가 있었다는 것이었다. 그때까지만 해도 별다른 생각 없이 듣기만 했다. 그런데 조금 있으니 계속해서 아는 사람들의 문의 전화가 오는 것이 아닌가! 어떤 사람은 좀 더 구체적으로 한국 외교관이 갈색 메르세데스벤츠 230E를 타고 가다가 리스본 근교에서 트럭과 충돌해서 이 참사관 등 세 명이 죽었다는 이야기를 전했다. 차가 트럭 밑으로 들어가서 형체를 알아볼 수 없을 정도라 정확한 상황은 조사 중이라고 했다.

갑자기 불길한 생각이 머리를 때려서, 떨리는 손으로 집에 전화를 걸었다. 내 차가 바로 갈색 벤츠 230E였던 것이다. 벤츠 230E 중에도 갈색이라면 흔한 색깔은 아니었다. 혹시 집사람이 차를 끌고 나간 것이 아닐까 하는 데까지 생각이 미쳤다. 따르릉 따르릉……, 수십 차례 벨이 울렸지만 아무도 전화를 받지 않았다. 혹시나 해서 다시 걸어보아도 마찬가지였다. 여덟 살, 두 살짜리 아이들을 데리고 밤늦게 나갈 리도 없을 텐데 하는 생각이 들자 가슴이 쿵 내려앉으면서 더욱 당황하게 되고 눈앞이 캄캄해졌다. 요즘 같으면 휴대전화로 언제 어디서나 쉽게 상대의 행방을 알 수 있겠지만, 그때는 휴대전화라는 개념조차도 없을 때였다. 전화가 되질 않으니 가서 직접 확인해보는 수밖에 도리가 없었다. 집이 대사관에서 20킬로미터나 떨어져 있으니, 아무리 빨리 달려도 30분은 족히 걸렸다. 1초가 길게 느껴졌다. 임 서기관의 차를 타고 전속력으로 밤공기를 갈랐다. 그는 나와 친형제처럼 가까이 지내는 사람이어서 내 심정을 이해하고 나를 안심시키려 했다. 차를 타고 가는 30분 남짓의 시간 동안 별별 억측과 상상이 머릿속에 떠올랐다. 처음으로 아내의 존재가 크게 다가왔다. 아내가 아무 일 없이 무사하기만 하다면 앞으로는 좀 더 잘 대해주어야겠다는 생각도 들었다.

집 모퉁이를 돌자마자 어제 세워놓은 그대로 집 앞에 서있는 내 차가 눈에 들어왔다. 안도의 숨을 내쉬고 집에 들어서니, 집사람과 아이들이 예상보다 빨리 들어온 나를 보고 영문도 모른 채 반겼다. 내가 집으로 전화를 걸었을 때에는 아이들과 함께 잠시 집 앞에 산보를 다녀왔다고 했다. 하필이면 바로 그때 전화를 걸었던 것이다.

사건의 전말은 다음과 같았다. 북한 대사관 직원 세 명이 리스본 남부 지방으로 출장을 다녀오다가 리스본 근교에서 대형 트럭과 충돌하는 교통사고를 당해 사망한 것이다. 이 사고는 텔레비전 뉴스로 즉각 보도되었다. 북한 외교관의 차량번호는 41번이었고, 한국은 42번이었으나 TV에서는 그냥 '꼬레아 외교관 미스터 리'라고만 나왔다. 게다가 화면에 나온 사고로 찌그러진 차의 모습이 우연히도 내 차와 같은 차종과 색깔이었으니, 그 보도를 접한 내 지인들은 내가 죽은 것으로 알아들은 것이다. 하필이면 죽은 북한 외교관 중에 이 참사관이란 사람도 있었다.

그 며칠 후 국경일 리셉션이 예정되어있었는데, 바로 당일까지도 예정대로 리셉션을 개최하느냐는 질문을 많이 받았다. 외국에서는 남한과 북한을 구분 못하는 경우가 많은데 이 에피소드도 하나의 예였다. 이 일로 인해 가족의 소중함을 전보다 한층 더 느낄 수 있었다.

최초의 한국화 전시회

1980년대 초까지 난 그림에 대해서 문외한이었다. 조금이나마 이에 눈뜨게 해주신 분이 조약과에 서기관으로 근무하셨고, 당시에는 과장이시던 최성홍 전 장관이셨다. 그는 대개 점심시간을 이용해서 중앙청 인근에 있는 화랑을 방문하는 것이 취미였는데, 그분과 동행할 때마다 친절하게 그림을 감상하는 법, 화가에 대한 설명, 화단의 생리 등, 해박한 지식으로 그림과 관련된 기본 지식을 가르쳐주셨다. 어느 날 최 과장은 경복궁 동쪽에 있는 한 화랑을 들렀는데 그 화랑의 주인이 J사장이었다.

그렇게 알게된 J사장과 포르투갈 전시를 목표로 계속 접촉을 했고, 이를 계기로 1984년 처음으로 포르투갈에서 한국 화가들의 전시회를 개최하게 되었다. 포르투갈에 부임한 이래 알게된 포르투갈 화가들의 도움으로 전시장을 정했고, 초청장도 만들어 요로에 보내는 한편, 포르투갈 언론을 통해 한국 현대 화가들의 전시회를 소개했다. 전시 며칠 전에 J사장이 김환기, 이우환, 박서보, 김영주 등 수준 높은 화가들의 그림 50여 점과 판화 30여 점을 직접 들고 왔다. 대부분 액자가 없었는데 그중 상당수는 현지에서 액자를 급히 맞추었고 몇 점은 액자가 없는 채로 전시되었다. 전시장에 그림을 걸고 배치하는 작업은 J사장의 지휘하에 포르투갈 화가들이 도와주었다. 전시회를 주선한 목적은 문화외교였는데, 전시가 성황리에 진행되어 기본 목적은 달성했다고 생각했다. 많은 관람객들의 발길이 이어졌고, 현지 언론들은 한국 화가들의 작품을 소개하면서 찬사를 아끼지 않았다. 언론의 긍정적 평가가 계속되자 포르투갈 문화계의 원로들을 포함한 많은 인사들이 방문하기도 했다.

그러나 문제는 J사장이었다. 전시회가 진행되는 중에도 그는 연일 밤늦게까지 폭음을 했다. 술만 취하면 전시회는 첫날 그 성공 여부가 결정되는데 이번 전시회에서 손해를 많이 봤다면서 불만을 토로했다. 걸핏하면 자기가 말기 암 환자라고 하면서도 거의 매일 아침 술에 취해 일어나지 못할 정도였다. 사실 내가 주선해서 열다섯 점 이상의 그림을 팔았으니 얼핏 계산해도 최소한 4~5만 불은 손에 쥐었을 텐데 도대체 그가 무엇을 원하는지 이해가 되지 않았다. 리스본과 뽀르또에서 한 달 반 동안의 전시가 끝나고 J사장이 돌아갈 때가 되자, 그는 항공료를 지불할 돈이 없다며 나에게 대신 내주면 서울에 가서 보내주겠다고 했다. 또 전시작품도 가져갈 돈이 없으니 대사관 창고에 넣어두었다가 귀국할 때 이삿짐에 넣어 서울까지 갖다달라고 했다. 어처구니가 없고 기분이 좋지 않았지만 달리 어떻게 할 도리가 없었다. 그가 떠나지 않고 곁에 있다는 것만으로도 나에겐 부담이었다. 결국 대사관에 피해를 주지 않기 위해 개인적으로 항공표도 사주었다.

그가 돌아가고 나서 가만히 생각해보니 그림의 소유권에 대한 의문이 생겼다. 도대체 그 그림들은 누구의 소유란 말인가? 그걸 그냥 창고에 넣어두어도 되는 것일까? 이런 의문이 계속 일어나면서 대사관 창고에 보관해둔 그림들이 마치 화약고처럼 느껴졌다. 약 1년 반 후 1985년 8월말 포르투갈 근무를 끝내고 귀국하면서 그 그림들을 이삿짐과 함께 가져왔다. 그때쯤엔 J사장이 그림의 실제 소유주가 아니며 결국 그림을 착복하기 위해 화가들을 기만하였을 가능성이 크다고 생각하게 되었다. 자칫하면 내가 억울하게 그림을 떼먹은 사람이 될지도 모른다는 데까지 생각이 미쳤다. 그렇다면 이 그림들을 J사장에게 돌려주는 것이 아니라 작가들에게 직접 건네줄 수밖에 없었다.

어떻게 작가들에게 그림을 돌려주어야 할까 곰곰이 생각한 끝에 한 작가의 연락처를 알아냈다. 김주영 작가를 만나 자초지종을 설명하고 내 뜻을 전하며 모든 작품을 작가들에게 돌려주는 방안에 대해 상의를 했다. 김주영 씨는 안 그래도 다른 작가들과 함께 그림의 소재에 대해 걱정하고 있었다며 자기들이 J사장한테 속고 있는 것 같아서 청와대 민정실에 진정까지 냈다고 했다. 나는 시간과 장소를 정해주면 그 시각에 작품을 갖다 놓을 테니 작가들이 직접 받아갈 수 있도록 연락을 취해달라고 했다. 시간과 장소를 정하고 신문로의 어느 빈 사무실에 용달차로 그림을 싣고 갔더니 20여 명의 작가들이 기다리고 있었다. 그들은 자초지종을 들어서 알고 있다며 이렇게 그림을 찾게 되니 감격스럽다고 했다. 어떻게 알았는지 J사장도 뒤늦게 나타나서 씁쓸한 웃음을 지으며 사라져가는 그림들을 닭 쫓던 개처럼 물끄러미 바라보고 있었다. 항공료나 운반비 같은 것에는 일언반구도 없었다. 고맙다는 말도 물론 없었다.

진귀한 나라, 진귀한 경험 - 제로의 나라, 기니비사우

기니비사우(Guinea Bissau)는 아프리카 서쪽 끝, 적도 부근에 있는 나라로 포르투갈의 식민지였다. 포르투갈에 근무할 때 기니비사우에 출장 명령이 내려왔다. 1983년 12월 하순이었다. 출장목적은 수교 교섭을 위한 정부사절단 합류였다. 당시는 남북한이 국제외교에서 첨예하게 대립하고 있을 때여서 미수교국과 한 나라라도 더 수교하는 것이 우리 외교에서 무척 중요하던 때였다. 1980년대 중반까지는 아프리카에서 대체로 북한이 남한보다 더 우세한 형국이었는데, 그 주된 이유는 북한이 아프리카 신흥국들에 대한 대규모 원조약속을 하고 있었기 때문이었다. 그러나 결국 북한의 약속들은 실행되지 않았고 우리의 경제력 팽창과 맞물려 이러한 북한 우세 형국은 점점 반전되었다. 기니비사우도 당시 북한과만 외교관계를 맺고 있다가, 1983년 우리와 수교 원칙에 대한 사전 교섭이 있었고, 내가 출장 갈 때쯤 이미 수교에 대한 양측의 원칙적 합의가 있었다. 다만 형식상 장관급을 단장으로 한 사절단이 가서 수교합의서에 서명을 하고 원조를 주는 것으로 되어있었다.

기니비사우는 세네갈과 가깝기 때문에 주세네갈 대사관에서 겸임하고 있었다. 세네갈에서는 기니비사우로 가는 직항 항공편도 있어서 그곳에서 최동규 동자부장관을 단장으로 하는 사절단과 합류해야 했다. 세네갈의 수도 다카르에서 하루를 보낸 후 일곱 명으로 구성된 사절단이 기니비사우로 들어갔다. 수도 비사우의 공항은 그야 말로 초가삼간 같은 구조물이었다. 그때까지 나는 그렇게 조그맣고 초라한 공항을 본 적이 없었다. 공항에서 숙소로 가는 도로는 겨우 차 두 대가 지나갈 정도의 아스팔트 길이었는데, 그것도 군데군데 구멍이 나있어 우리가 탄 차는 요동을 치며 달렸다.

정부 사절단이었기 때문에 기니비사우 정부가 배정해준 영빈관으로 향했다. 영빈관이라고 해봤자 우리 기준으로 보면 초라하기 짝이 없었다. 우리 정부 사절단 대표가 체재하는 사흘 동안은 영빈관에 머물렀다. 영빈관에 있는 동안에도 음식이 맞지 않아 장관을 포함한 일행 모두가 라면을 해먹을 정도였다. 장관 일행이 떠난 이후 나와 국제상사의 박윤규 부장은 원조물품인 경운기를 조립해서 기니비사우 정부에 전달해줄 목적으로 열흘간 더 체재해야 했다.

우리는 영빈관을 떠나 기니비사우에서 하나밖에 없는 호텔로 숙소를 옮겼다. 이 호텔은 방갈로 형태의 움막이었는데, 시멘트 바닥도 아니고 맨땅 위에 세운 텐트였다. 식당에서는 메뉴가 없이 하루에 한 가지씩 정해진 음식만 무조건 50달러에 제공해 손님에게는 선택의 여지가 없었다. 음식은 때론 말라비틀어진 조그만 생선 한 마리, 때론 무슨 요리인지도 구분이 안 되는 고깃덩어리 같은 것이 나왔다. 누군가 말했듯이 '제로의 나라', '세상의 끝'이라는 표현이 실감났다.

박 부장은 경운기 기술자였지만 혼자서 30여 대를 조립하느라 꼬박 닷새 정도가 걸렸다. 그동안 나는 호텔에서 대기하며 무료함을 달래야 했다. 하루는 호텔 경내를 돌다가 겉보기에 그럴듯해 보이는 옥외수영장을 발견하고 그곳으로 향했다. 막상 수영장 안에 들어가니 밖에서 보는 모습과 다르게 타일은 엉망으로 붙어 있고, 바닥의 돌은 군데군데 깨져있었다. 헤엄을 잘 못 치는 나는 겨우 물에 떠서 얼마간 있다가 다시 물 밖으로 나오곤 했는데, 문득 무릎 부분에 따끔한 느낌이 들어서 보니 깨진 타일에 살점이 떨어져 나가 피가 흐르고 있었다. 수영을 포기하고 밖으로 나와서 걷다가 이번에는 울툭불툭한 바닥에 발을 삐끗했다. 발등은 순식간에 부어오르고 꼼짝을 할 수가 없었다.

그때 한 군인이 헐레벌떡 뛰어와서 비에이라 국방장관이 급히 보자는 전갈을 전했다. 결국 그 군인의 등에 업힌 채로 국방장관 자택으로 갔다. 비에이라 장관은 내 발을 보더니 좋은 약이 있다며 자기 부인을 불러내었다. 가만히 보니 우리나라에서도 흔히 볼 수 있는 태국제 호랑이기름이었다. 비에이라 장관 부인은 호랑이기름을 정성껏 바르고는 그 발 위에 붕대를 칭칭 감아주었다. 이윽고 비에이라 장관은 농기계 조립이 완료되면 그걸 싣고 자기 고향으로 가서 시운전을 하자고 했다. 거절할 수가 없었다. 어차피 그 정부에 주어진 것이 아닌가! 그러나 곰곰이 생각하니 뭔가 좀 이상하다는 느낌이 들었다. '이 나라 정부에 기증한 것을 국방장관 개인이 자신의 정치적 목적을 위해 활용한다? 더욱이 얼핏 보기에 국방장관과는 무관한 농기계가 아닌가!' 과연 원조란 무엇인가 하는 의문이 생겼다. 하지만 이 나라 정치의 내부구조를 잘 모르는 나는 그 자리에서 아무런 의사표시를 할 수가 없었다. 어차피 힘 있는 사람에게 혜택이 돌아가는 것이 후진국의 생리 아닌가!

이럭저럭 크리스마스 다음 날 경운기 조립이 끝났다. 박 부장은 조립을 끝냈으니 사진을 찍어야 한다고 했다. 사진을 찍기 위해서는 현지인들이 경운기를 시운전하는 포즈를 취해줘야 하는데, 그 부근에 사람이 보이질 않았다. 트랙터가 36대였기 때문에 최소한 그만큼의 인원은 필요했다. 이리저리 살피다가 멀찌감치 서있는 두어 사람을 불러보았다. 그중 한 사람이 뭔가 싫어서 다가오자 우리는 모나미 볼펜 한 자루와 모자 하나를 쥐어주었다. 그러자 불과 10분도 안 되어서 어디서 나타났는지 100명도 넘는 사람들이 우르르 몰려왔다. 그렇게 해서 우린 경운기 조립을 완성하고, 증명이 될 사진까지 찍었다.

경운기 조립 작업이 끝났다고 비에이라 장관에게 통보하자 장관은 12월 29일에 자기 고향에 가서 기념식을 하자고 했다. 그날이 되어 우리는 대기해 놓은 헬리콥터를 탔다. 소련제 헬리콥터였는데 어마어마하게 컸다. 그 헬리콥터 안에 36대의 경운기가 다 들어가고, 또 지프차 몇 대가 더 들어갔다. 도착지에는 이미 수백 명의 동네 사람들이 비에이라 장관을 기다리고 있었다. 텐트 속에 마련한 귀빈석으로 가서 자리를 잡았다. 마을 족장의 환영사, 비에이라 장관의 일장 연설, 그리고 우리를 소개하는 의식이 끝나고, 박 부장의 경운기 시운전이 있었다. 사람들이 일제히 큰 박수를 보냈다. 마치 벌써 식량문제가 해결된 듯한 축제 분위기였다. 그날 밤 늦게 다시 헬리콥터를 타고 천막 호텔로 돌아왔다.

세네갈로 떠나는 정기 항공편을 타자면 이틀을 더 기다려야 했다. 1983년 12월 31일이었다. 내일이면 이곳을 탈출한다고 생각하니 견딜 만했다. 아침에 호텔 데스크에 가서 50달러를 교환했다. 왠지 평소보다 훨씬 많은 100달러 상당의 현지화를 교환해주어서 잘못 계산한 것이 아니냐며 되돌려 주니, 어젯밤 12시부터 환율이 100% 인상되었다고 했다.

그날 오후 비사우 외곽지역을 무작정 드라이브 했다. 운전기사가 내 발을 가리키면서 떠날 때 운동화를 자기에게 달라고 했다. 그동안 나에게 성심성의껏 봉사했기 때문에 그렇게 하겠다고 말했다. 얼마 후 그는 이번에는 서

츠를 가리키면서 그것도 자기를 줄 수 없느냐고 했다. 또 알겠다고 했다. 오후에는 비에이라 장관을 찾아가서 내일 떠난다고 했더니 새우 몇 상자를 준비해놓았으니 내일 공항으로 보내겠다고 했다.

그 후 포르투갈을 떠나 다시 외무부에서 마그레브 과장으로 근무하고 있을 때, 비에이라 장관이 우리 국방장관의 초청을 받아 한국을 방문했다. 그때 포르투갈어 통역으로 차출되어서 그를 다시 만났는데, 나를 알아본 것 같았지만 별로 반가워하는 기색은 없었다. 아마도 그가 체재 중에 너무 융숭한 대접을 받다보니, 계급이 낮은 나를 아는 체하기가 민망했는지도 모른다. 그 당시 그는 단순한 국방장관이 아니라 실권을 쥔 국방장관으로 명실공히 기니비사우의 최고 실력자였다. 나중에 들리는 말로는 그 후 쿠데타를 일으켜 대통령이 되었고, 얼마 후 다시 역 쿠데타가 일어나서 살해되었다고 한다.

다양성의 나라 인도

세 번째 포스트인 인도에서는 3년 3개월간 살았다. 그러나 인도에 대해서는 무엇을 어디서부터 어떻게 이야기해야 할지 선뜻 떠오르지 않는다. 인도를 잠시 둘러본 사람은 인도에 대해 할 이야기가 많을지 모르지만, 인도에 오래 머물수록 할 이야기가 적어진다고 한다. 그 이유는 인도가 다양성의 나라이기 때문일 것이다. 어떤 한두 면을 보고 이야기하다보면 전혀 다른, 또는 반대되는 이야기가 나온다. 어느 나라 어느 사회든 이런 점이 있겠지만 인도는 그 규모나 질에 있어서 비교할 곳이 없다.

문명대국 인도의 다양성

인도를 잠시 여행해보면 덥고, 지저분하고, 가난하고, 터무니없는 일들이 수시로 일어나는 나라 같지만 좀 더 폭넓게 들여다보면 정반대의 모습도 있다. 오뉴월에 인도를 여행한 사람들은 엄청난 무더위에 인도의 날씨가 나쁘다고 생각하겠지만, 연말연초에 인도를 여행한 사람들은 인도의 쾌적한 날씨를 무척 마음에 들어할 것이다. 뉴델리(New Deli)와 지리적으로 붙어있는 올드델리(Old Deli)에 가보면 소나 돼지 같은 동물들과 한데 뒤엉켜 노천에서 살아가는 사람들이 부지기수인 반면, 샨티니게탄과 같은 뉴델리의 부촌 지역을 가보면 깨끗하게 정돈된 거리에 거창하고 좋은 집들이 즐비하다. 또 인도에는 희대의 사기꾼들도 많지만 간디 같은 성자(聖者)들도 많다. 원시와 초현대가 공존하고, 동물 같이 살아가는 사람이 있는가 하면 유럽 중류층 수준의 생활을 누리는 사람들도 수천만 명이나 된다. 돈이 없어 결혼식을 못 올리는 인구가 태반인데 비해, 부자들의 결혼식에는 수백만 달러를 쓰는 경우도 흔하다. 인도의 길거리에는 아직도 달구지들이 많지만, 그 이면에는 원자력과 핵무기를 자체적으로 만들고, 순수 자국의 기술로 개발한 대륙간탄도탄 아그니 미사일과 지구를 돌고 있는 인공위성이 있다. 인도의 우주탐사선은 화성까지 도달했으며, 그 개발과정에서 얻은 수많은 첨단기술과 지식도 쌓여 있다.

이처럼 굳이 인류문명의 발상지인 갠지스강과 불교의 창시자인 석가모니의 탄생지였음을 들추지 않더라도, 문명대국 인도의 다양성은 인도를 방문하는 사람들을 매혹시키기에 충분하다. 그러나 다양성이 강한 만큼 결집력이 약하기 때문에 아직도 인도 곳곳에서는 분리주의운동이 일어나고 있는 것을 볼 수 있다.

세계적으로 유명한 무하마드 알리와 칼 루이스가 서울 올림픽 전후에 서울을 방문해 거만하게 굴던 장면을 기억하고 있던 나는 그들이 인도에서는 너무나 겸손한 태도를 보이는 것에 의아했다. 그들은 한결같이 위대한 나라 인도에 방문하게 되어 감개무량하다면서 기회가 되면 다시 오고 싶다고 이야기했다. 당시 나는 인도에 간 지 얼마 되지 않아 덥고 지저분하다고만 느끼고 있었기 때문에 그들이 과연 진심으로 그런 말을 한 것인지 의심했었다. 위대한 나라 인도를 제대로 이해하기까지는 더 많은 시간이 필요했다.

다양한 종족, 다양한 언어

■ 다양한 민족이 공존하는 인도

인도에는 아리안(Arian)족, 드라비다(Dravida)족, 몽골리안(Mongolian)족 등 피부색과 생김새가 다른 여러 인종들이 공존하고 있으며, 서로 말이 통하지 않는 수많은 언어들도 공존하고 있다. 아리안족은 백인으로서 인도의 상류층을 구성하고 있고, 원래 북쪽에 거주하고 있었으나 지금은 인도 전역에 분포되어 있다. 드라비다족은 피부색이 검고 인도의 하부계층에 많이 분포되어 있으며, 타밀나두(Tamil Nadu) 등 남쪽 지역에 많이 거주하고 있다. 스리랑카에 거주하는 대부분도 드라비다족이다. 몽고족은 비가 많이 온다는 앗삼주 등 인도의 동북부 지역과 미얀마 접경지대에 분포되어 있는데 동양인과 흡사한 외양을 가지고 있다. 이들 중 어떤 사람들은 우리나라 사람과도 구분이 잘 안 될 정도로 그 외양이 유사하다.

1990년대 중반 샤샨크(Shashank) 주한 인도대사는 앗삼주 출신으로서 몽고족 계통이었다. 그가 한국에 부임해있을 당시, 서울 지리도 파악할 겸 자신의 외교관 차량을 직접 운전해서 서울 시내를 다니다가 교통경찰에게 신호위반으로 적발되었다. 그 경찰은 그를 한국인 운전기사로 착각하고, 계속 영어로만 말하는 그를 건방지다고 생각해서 경찰서로 연행했다. 경찰서에서 통역을 통해 주한인도대사임이 확인되고, 경찰 측은 샤샨크 대사에게 공식적으로 사과까지 했다. 몽고족의 생김새가 우리나라 사람과 워낙 비슷하다보니 생긴 해프닝이었다.

■ 공식언어만 16개인 인도의 다양한 언어 문화

인도의 다양성을 잘 드러내는 것으로 무엇보다 언어를 들 수 있다. 인도 헌법에는 16개의 언어가 공식언어로 지정되어 있다. 그래서 인도 국회에서는 16개의 공식 통역 부스에서 16개의 언어로 동시통역을 한다. 화폐에도 16개 언어가 표기되어 있는데, 예를 들면 10루피짜리 지폐에는 16개의 인도 공식언어와 영어로 10루피라고 쓰여 있다.

서로 다른 언어를 쓰는 사람들이 섞여 살고 있기 때문에 많은 인도인들은 어릴 때부터 언어체계가 다른 말을 자주 접하며 자라난다. 덕분에 그들은 외국어를 배우는 속도가 매우 빠르다고 한다. 인도에 있을 때 실제로 그러한 경우를 목격한 적도 있다. 인도 외교부의 중국 담당 과장을 만났을 때, 그는 중국어가 유창할 뿐 아니라 한자도 많이 알고 있었다.

"어떻게 중국어와 일본어를 그렇게 잘 합니까? 그 나라에서 살았습니까?"

"예, 일본과 중국에 각각 2~3년 정도 살았습니다."

"우리의 경우 한 나라에 2~3년 살았다고 그 나라 말을 유창하게 하기가 어렵습니다."

"제가 생각해도 인도사람들은 말을 참 잘 배우는 것 같아요. 저 말고도 중국말 잘 하는 사람들이 많습니다."

"짧은 시간에 전혀 생소한 말을 배울 수 있는 비결이 무엇입니까?"

"굳이 말씀드리자면, 제 생각엔 언어를 온몸으로 흡수하는 것이라고 봅니다. 인도사람들은 그런 점에서 태어날 때부터 훈련이 잘 되어 있습니다."

뉴델리에 거주하는 싱 목사는 한국에 1년 밖에 살지 않았지만, 교회에서 한국인들을 상대로 한국말로 설교한다. 물론 부인이 한국인이기 때문에 그럴 수도 있다고 생각할지 모르지만, 거꾸로 10년 동안 외국인을 부인으로 삼고 있는 한국사람이 외국어로 그렇게 말을 잘 할 수 있을지를 생각해보면 확답하기 쉽지 않을 것이다. 인도인들이 언어를 습득하는 방법을 보면 외국어를 배울 때는 문법보다 말부터 배우는 것이 효과적이라는 생각이 든다.

뿌리 깊은 카스트(caste) 제도

외국인인 우리가 인도에 있으면서 만나는 수준의 사람이라면 대부분 인도 사회에서는 상위 20% 이내에 속하는 중상류층이라고 한다. 나머지 80%의 인도인들은 도회지에서 멀리 떨어진 내지(內地)에 살고 있기 때문에 보통의 외국인들은 접할 기회가 없다. 따라서 그 80%에 속하는 사람들의 생활양식과 사고방식, 풍습 등은 거의 알 수 없다고 봐야 한다. 내가 인도에 있었던 90년대 초, <더 타임스> 지에서 인도의 어느 시골에서는 아직도 처녀의 피를 제물로 바치고 있다는 이야기와 카스트가 다른 한 쌍이 결혼을 해서 마을 족장의 판결에 따라 두 젊은이를 사형시켰다는 이야기를 읽은 적이 있다. 무서운 옛이야기에서나 들었을 법한 풍습이 아직도 존재하고 있다는 것이다. 그 기사를 읽고 마치 아직도 공룡이 어딘가 살아 있다는 이야기를 들은 것처럼 충격을 받았던 기억이 난다.

인도 사회제도의 중추는 힌두교와 카스트 제도일 것이다. 이 제도는 수천 년 동안 인도의 사회적 기준과 가치를 형성하고 있지만, 밖에서 보기에는 이해하기가 쉽지 않다. 아무리 문화나 관습이라지만 우리가 생각하는 인류 보편적 가치와 배치되는 점들이 많기 때문이다. 그렇지만 아이러니하게도 인도 사회는 이 제도 때문에 안정을 유지하고 있다. 어느 영국대사관 외교관과 이야기를 나누던 중 그는 이런 말을 했다. "인도는 수천 년 동안 사회 혁명이 없이 지내온 인류 역사상 유일한 나라입니다" 수백 년간 인도를 지배했던 영국인들의 지혜가 담겨 있는 그 말을 아직도 생생히 기억한다.

인도는 카스트 제도에 의해 각자의 신분이 규정 되는 신분사회다. 예를 들어 주인은 자기가 거느리고 있는 하인과 같은 울타리 안에 살고 있지만 신체적 접촉은 금기시 된다. 주인이 정장을 하고 외출을 나가다 하인과 옷깃이 스치면, 다시 발길을 돌려 새 옷으로 갈아입고 나갈 정도라고 한다. 또, 인도에는 슈퍼마켓 같은 것이 별로 없다. 그래서 매우 불편하게 생각했는데, 누군가가 슈퍼마켓 주인은 대개 돈 있는 상류계급 사람들일 텐데 거기에 신분이 낮은 하인들도 들락거리면서 상전 노릇을 할 가능성이 있기 때문에 슈퍼마켓이 거의 없는 것이라고 설명해주었다.

국제회의에 가보면 인도사람들이 활개치는 것을 흔히 볼 수 있다. 여성문제, 인권문제, 노동문제 등 어떤 주제가 나오더라도 인도 대표들은 활발히 참여한다. 정작 인도 내에서의 여성, 인권, 노동 문제를 보면 너무 모순이 많아서 할 말이 없을 것 같은데도 말이다. 아마 그들이 말하는 '사람'이란 개념에는 불가촉천민(Untouchables)은 포함되어 있지 않는 것이 아닐까 싶다.

인도의 카스트 제도는 수천 년의 역사 만큼이나 그 뿌리가 깊다. 1947년 인도가 영국으로부터 독립해서 민주헌법을 만들 때, 사회적으로 낙후되어 도저히 공정한 경쟁을 할 수 없다고 생각되는 하부계층을 공식적으로 인정하고 이들을 구제해야 한다는 생각을 헌법에 반영하였다. 영국인들이 1930년대에 조사한 인구통계를 참고해서 1947년 독립 당시 하부계층을 22.5%로 규정하고, 이들이 공정한 경쟁을 통해서 살아갈 수 있도록 국가적으로 지원하는 뜻으로 이들의 교육과 고용 등에 대한 특혜를 규정했다. 당시 인도의 인구 약 2억 명의 22.5%는 약 4,500만 명, 오늘날 인구인 14억 명으로 보면 3억 1,500만 명이나 되는 어마어마한 숫자다. 그러나 선의의 목적에도 불구하고, 이 조치는 카스트 제도의 모순을 해결하는 것이 아니라 오히려 그 모순이 뒤엉키게 하는 상황을 초래했다. 일부 하층민들은 헌법에 의해서 교육과 직업에 있어 혜택을 받기도 했지만, 대부분의 하층민들은 이러한 제도가 있는지조차 몰랐다. 혜택을 받는 일부 하층민들은 대대로 혜택을 받는 하층민 귀족을 형성하였다.

더욱이 이 22.5%에 속하는 불가촉천민 외에도, 사회적으로 차별을 받아서 도저히 혼자의 힘으로는 일어설 수 없는 광범위한 하부계층 사람들이 자신들에게도 혜택을 달라고 요구하는 지경에까지 이르렀다. 정치권에서는 이들의 환심을 사기 위하여 그 요구를 적극 수용하는 쪽으로 나갔다. 1979년 헌법을 개정하여 다시 28.5%를 후진계층(Backward Class)으로 규정하고, 이들에게도 교육과 고용에 있어 혜택을 주었다. 이 당시 인도 사회는 이 문제로 인해서 매일 데모를 하고, 분신자살만도 전국적으로 수백 건에 이를 정도로 혼란스러웠다.

이로써 인도 내에서 혜택을 받는 인구는 인도 전체 인구의 반이 넘게 되었으나, 오히려 인도 사회에 불공정 논란은 끊이지 않고 있다. 모순을 해결하기 위해 국가가 인위적으로 어떤 조치를 취할 때, 그것이 문제를 해결하는 것이 아니라 오히려 문제를 더 복잡하게 만들 수도 있다는 교훈을 주는 것은 아닐까.

이러한 이야기도 벌써 20여년 전의 일이니 아마 지금쯤은 인도 사회도 상당히 변했을지 모르겠다. 세계가 점차 개방되어가는 시점에서, 인도 역사상 처음으로 소리 없는 사회혁명이 일어나고 있는 것일까?

종교적 갈등 때문에 일어난 아요디아 사원 사건

4,500여 년 전 불교가 인도에서 발생했다는 것은 잘 알려진 사실이다. 불교는 힌두교에서 나왔기 때문에 당연히 힌두교는 불교보다 오래전에 발생했다. 그러나 정작 오늘날 인도에서 불교를 믿는 신도는 전체 인구의 1%가 채 되지 않는다는 것을 아는 사람은 그리 많지 않다. 인도에서 불교는 약 2,200여 년 전 아소카 왕 때 최고로 번성하였지만, 그 이후로는 쇠퇴하여 현재 불교의 영향력은 매우 축소되어 있다.

불교가 인도에서 쇠퇴한 것은 아소카 대왕 이후 힌두교와 불교 간에 거대한 종교 논쟁을 거치면서, 인도인들이 힌두교가 불교보다 더 정확하다고 인식하면서부터라고 한다. 언젠가 나와 교류가 있던 델리대학 종교학과 교수에게 이에 대해 물었더니, 그는 아주 쉽게 비유를 들어주겠다며 이렇게 설명했다. 바닷물에 물 한 동이를 부었을 때 바닷물이 많아졌다고 볼 수 있느냐고 물으니, 힌두교는 그만큼 물이 더 불었다고 대답한 반면, 불교는 변함이 없다고 대답했다고 한다. 이에 인도인들은 힌두교의 대답이 보다 더 정확한 대답이라며 힌두교의 손을 들었다는 것이다. 어쨌든 인도에서는 힌두교도가 83%가 넘고, 불교도는 1%에 미치지 못 하고 있다.

이처럼 인도에서 힌두교가 대세를 이루는 가운데 둘째가는 종교는 불교가 아닌 회교이다. 회교는 15세기경 무굴제국의 건설과 함께 인도에 뿌리를 내렸다. 당시 회교 세력인 무굴제국이 인도의 중심지역에서 정치, 사회를 지배했기 때문에 힌두교를 강압적으로 누르고 세력을 확장하였다. 그러나 19세기 무굴제국의 쇠락과 함께 인도 내의 회교도 힘을 잃고 힌두교에 압도당하기 시작했다. 이러한 역사적인 배경에서 1980~90년대 크게 문제가 된 아요디아 사원 사건이 일어났다.

아요디아(Ayodya)에는 오래전부터 힌두교에서 최고로 숭배하는 크리슈나(Krishna) 신을 모신 힌두사원이 있었는데, 16세기 회교 세력이 인도에서 세를 확장하면서 크리슈나 사당만 남겨둔 채, 힌두사원을 없애고 그 자리에 거대한 회교사원을 세웠다. 오늘날 이 아요디아 회교사원은 그 규모와 역사 때문에 회교도들 사이에서도 중요한 성지로 인식되어 해마다 많은 성지순례자들이 참배하고 있다.

그런데 힌두교도들이 아요디아 회교사원을 없애고 다시 원래대로 힌두사원을 지어야 된다고 주장하면서 1980년대 말부터 구체적으로 힌두사원 건립을 준비하기 시작했다. 이에 회교도들은 세계적인 회교 성지를 없애는 것이 불가하다며 힌두교도들의 이러한 움직임에 극렬히 저항했는데, 이때 힌두교도와 회교도 양측 간에 물리적 충돌로 많은 사상자들이 발생하면서 정치 문제로 비화되었다.

이 사건은 인도 내 종교 간 분쟁의 대표적인 사례로 기록되고 있는데, 그 해결이 쉽게 나지 않는다. 설사 무력에 의한 점거라도 오랜 세월 동안 하나의 문화와 규범으로 자리 잡고 있을 경우, 이를 인정하느냐 아니면 이전으로 되돌아가느냐 하는 문제로 귀착하기 때문이다. 만일 과거가 잘못되었음을 인정하여 이를 바로 잡고자 할 때, 기존의 질서가 무너지고 사회적 혼란을 초래할 수 있다. 이 또한 우리에게 하나의 교훈으로 시사하는 바가 적지 않을 것이다.

인도가 영국을 좋아하는 까닭은?

피식민국가들이 대부분 해방된 오늘날, 피식민국이었던 입장에서는 식민국들에 대한 부정적 인식이 클 것이다. 우리나라가 일본에 대해 갖는 응어리진 감정만 보아도 쉽게 짐작이 가고 남는다. 그런데 이상하게 영국의 지배를 받은 나라들은 프랑스의 지배를 받은 나라들에 비해 상대적으로 부정적 감정이 덜한 것 같다. 그 때문에 오늘날 과거 영국의 통치를 직간접적으로 받은 70여 개의 나라들이 영연방(British Common Wealth Nations)이란 테두리를 구성해서, 아직도 어떤 연대감을 느끼고 있는 것은 아닐까. 실제로 인도에서는 영국 국경일인 여왕의 생일 기념 리셉션에 초대만 받아도 영광으로 생각하고, 그 초대장을 대대로 가보로 전할 정도라고 한다. 후에 근무했던 케냐의 정치·경제·사회·문화에 최대의 영향력을 행사하는 국가도 바로 영국이었다. 이에 비해, 아이보리코스트 같은 나라는 비록 식민종주국이었던 프랑스로부터 말과 문화를 전해 받았지만 프랑스에 대한 반감이 만만치 않다.

영국의 식민 통치 방식은 인도에서 보듯이 간접통치를 하거나 또는 남아공, 호주, 뉴질랜드의 예와 같이 이주한 영국인 중심의 자치 정부를 형성하는 방식이다. 반면 프랑스의 식민 통치는 프랑스인이 직접 군대와 경찰력을 보유하여 질서를 유지하는 직접통치 방식이었다. 일본의 우리나라에 대한 식민 통치는 후자, 즉 프랑스와 같은 형태에 더 가까운 것이었다. 일본의 통치 방식이 우리 민족에게 직접적으로 위해를 자행해왔기 때문에 한국인들에게는 그 수모가 깊이 각인되어 있는 것이다.

영국의 식민지 통치 방식은 다른 나라와 비교해볼 때 매우 영리하고 현명하다는 생각이 든다. 나는 식민 지배를 받고서도 영국에 대한 반감보다 영국과 맺은 인연을 유지하기를 원하며, 아직도 영국을 존경하고 영국에서 교육받기를 원하는 인도인들의 모습을 늘 놀랍게 지켜보았다. 그래서 영국이 인도를 식민 지배했음에도 반감보다 오히려 좋은 이미지를 유지하고 있는 이유를 생각해보았다. 첫째는 간접통치, 둘째는 영국의 합리적 제도, 즉 민주주의 전수, 그리고 개방정책 때문이라고 생각했다. 인도에서 영국은 '마하라자'라는 지방 토후들에게 통치를 맡기고 뒤에서 이들 마하라자들과 거래를 했다. 그러니 같은 수탈을 하더라도 민중들 앞에 '나쁜 영국'이 아닌 마하라자가 영국을 대신해서 욕을 먹고 방패막이가 된 것이다. 이러한 통치 방법은 영국의 다른 식민지에서도 비슷한 양상으로 나타났다. 또 하나는 영국이 가지고 있는 인류보편적인 가치이다. 인권이나 민주주의와 같은 인류보편적 가치를 식민지에도 강요하다시피 전파하려고 노력했던 것이다. 또한 영국의 식민 통치에서 무엇보다 중요한 것은 개방정책이다. 많은 식민지 국가 출신의 엘리트들을 영국으로 불러 교육시키고 정착도 허용했다. 영국에서 교육받은 엘리트들은 후에 본국으로 돌아가 각계각층의 지도자가 되었다. 이러한 영국식 식민 정책의 결과, 오늘날의 영연방과 같이 좀 느슨하긴 하지만 나름대로 정치·사회적인 공통점을 가지는 하나의 문화권을 형성하고 있는 것이라고 본다.

덧붙여 하나를 더 꼽자면, 그 유명한 분할통치 기술이다. 영국은 인도같이 큰 나라를 독립시킬 때 파키스탄과 방글라데시로 나누어 독립시켰듯이 동아프리카에서 나라를 독립시킬 때도 케냐, 탄자니아와 우간다로 나누었다. 이것은 바로 전형적인 분할통치 방식이다. 꼭 다른 나라로 독립시키지는 않더라도, 한 나라, 또는 동일 지역 내에서도 대립적인 요소를 남겨두는 경우가 있다. 오늘날 인도와 파키스탄, 방글라데시 간의 대립요인, 인도 내의 분리 독립 운동, 스리랑카의 타밀족들의 분리운동 같은 것이 그것이다. 어떻게 보면 이스라엘도 영국의 그러한 사고방식과 무관하지 않을 것이다.

가정부 칼라의 내세관

카스트 제도는 우리가 언뜻 보기엔 모순투성이다. 사람이 태어날 때부터 어떤 신분에 얽매여 평생을 그 틀에 속박되어 살아간다는 것은 이해하기 어렵다. 우리 집 '아야(가정부)'는 칼라라는 이름의 동북부 시킴주 출신 인도 여자로 하층 카스트에 속하는 사람이었다. 착하고 성실하게 일을 잘 하는데 자신의 개인생활은 언제 갖는지, 그 좁은 하인 숙소에서는 어떻게 지내는지 궁금했다. 그래서 한번 슬쩍 물어본 적이 있었다.

"이렇게 더운 날 많은 식구가 선풍기도 없이 집안에서 지내기에 덥지 않습니까?"

"좀 덥지만 괜찮습니다. 이런 날 시동생들은 밖에서 잡니다."

"좀 큰 집에 살면 좋을 텐데……."

"아닙니다. 언젠가 다음 세상에서 그렇게 사는 날이 오겠지요."

다섯 평도 채 안 되는 하인 숙소에서 칼라 부부와 자녀 둘, 시동생 둘까지 여섯 식구가 생활했지만, 그녀는 늘 명랑했고 싹싹했다. 우리가 보기에 비참한 생활을 하면서도 늘 마음속에는 '다음 세상'에 대한 희망을 가지고 있었다. 이처럼 카스트 제도와 힌두교는 잘 결합되어 모든 사람들에게 불만 없이 현세(現世)를 착하게 살아야 한다는 생각을 주입시켜왔다. 누가 카스트 제도와 힌두교를 창조해내었는지 몰라도 아마 소수의 머리 좋은 상류계층 사람들이 하층민들을 효과적으로 지배하기 위한 것이란 생각이 들었다. 5%도 채 안 되는 기득권층이 95%를 장구한 기간 동안 아무 탈 없이 지배하는 세상을 열었으니 참으로 기막힌 머리다.

칼라의 생활에 동정이 가기도 하고 의문이 가는 점도 있어서, 기회가 있을 때마다 칼라에게 이것저것 물어보기도 했다. 그러다 보니 그녀에게는 우리가 잘 알지 못하는 그들만의 소통 통로가 있고, 그것이 상상 이상의 효율성을 가지고 있다는 걸 알았다. 말하자면 그들만의 비밀스런 통신 수단이라고 할까. 그 당시는 휴대전화가 나오기 전이고 그녀는 집에 일반전화도 없었는데도 뉴델리 저쪽 끝에서 일어난 일을 나보다 더 빨리 알고 있는 경우가 여러 번이었다. 그렇게 고생스러운 삶 속에서 우리가 모르는 방법으로 숨통을 트고 있는 듯했다.

우리 집에는 세 명의 고용원이 있었는데 그중 한 명은 아야, 즉 가정부이고, 한 명은 운전기사, 또 한 명은 정원사였다. '쪼끼다(문지기)'가 없으니 다른 집보다 최소한 한둘은 적은 셈이다. 그래서 우리는 칼라에게 집안 청소도 도와주도록 했다. 그러나 그렇게 순종적이고 싹싹하던 칼라가 바닥 청소만은 거부하는 것이었다. 처음에는 이상하다고 생각했지만 시간이 지난 후에 그녀가 바닥 청소를 싫어하는 이유를 알게 되었다. 부엌일을 하는 사람은 그보다 아래 계층이 하는 청소는 하지 않는데, 바닥을 청소하는 사람이 제일 밑바닥 계층이라고 한다. 또 같은 청소를 해도 바닥을 쓸거나 닦는 사람과 탁자나 소파, 벽, 천정, 화장실 등 위쪽 부분을 청소하는 사람이 구분되어 있다고 한다.

'쪼끼다'의 역할

하루 종일 문 밖에만 서있는 쪼끼다는 참 답답해 보이기도 하고 불쌍해 보이기도 한다. 쪼끼다가 하는 일은 주인이나 손님이 오면 문을 열어주고, 나갈 때는 문을 닫아주는 것밖에 없다. 어쩌다 쪼끼다에게 휴지나 쓰레기 줍는 일을 시키면 싫어하는 기색이 역력하다. 그렇게 제한된 역할을 하는 쪼끼다에게도 우리가 잘 의식하지 못하는 또 하나의 역할이 있었다.

어느 날 애지중지하며 키우던 다비라는 이름의 골든리트리버가 하루 종일 보이질 않았다. 밤이 되어도 들어오지 않자 식구들이 모두 나서 애타게 찾았지만 나타나지 않았다. 어찌할 도리가 없이 서로 안타까워만 하고 있었는데, 다음 날 저녁 무렵 어떤 낯선 사람이 다비를 데리고 들어왔다.

"이 개를 2킬로미터쯤 떨어진 시장에서 발견했는데 이 집 개가 맞습니까?"

"예, 맞는데 어떻게 우리 개인 줄 알았습니까?"

"어제 저녁 시장에서 발견하고 사람들에게 이 개가 어느 방향에서 왔는지를 물어물어 찾아왔습니다."

"잘 이해를 못 하겠는데요."

"많은 쪼끼다들이 이 개를 알고 있어서 방향을 가르쳐 주었습니다."

그 후에도 또 한 번 쪼끼다 덕분에 없어진 다비를 찾은 적이 있었다. 그날도 다비가 들어오지 않아, 저녁에 옆집 쪼끼다에게 혹시 다비를 못 보았느냐고 물었더니 몇 시쯤 어느 방향으로 갔다고 말해주었다. 그래서 그쪽 방향에 있는 몇 집을 다니며 쪼끼다들에게 물었더니 그중 두 명이

다비가 간 방향을 가르쳐 주었다. 다시 200여 미터 정도 되는 거리에 위치한 집의 쪼끼다에게 물었더니 머뭇머뭇 하며 맞은편 집 아이가 다비를 데리고 집으로 들어갔다는 것이다. 나는 다비를 찾아야겠다는 생각에 그 집 쪼끼다에게 가서 이 집에 이런 개가 들어왔느냐고 물었더니 고개를 절레절레 흔들었다. 인도에서는 고개를 좌우로 흔들면 '그렇다'는 뜻이고 아래위로 끄덕이면 '아니다'라는 뜻이다. 그 집 문을 두드려 주인에게 묻자, 몹시 미안한 표정을 지으며 웬 낯선 개가 집 앞에 있는데 자기 아이가 하도 개를 좋아해서 데리고 들어왔다면서 다비를 데리고 나왔다. 그때 쪼끼다라는 직업은 정보요원의 역할도 하겠구나 하는 생각이 들었다.

한편, 지금 생각하면 그때 다비를 좋아하는 그 집에 줄 걸 하는 후회도 든다. 내가 인도를 떠날 때 두고 온 다비가 곧 사고로 죽었다는 소식을 들었기 때문이다.

한다 장군과 스포츠

인도의 12억 인구 중에는 힘센 사람, 머리 좋고 말 잘 하는 사람들도 부지기수이고, 각 분야에서 뛰어난 사람들이 많을 텐데 왜 스포츠에서만은 유독 두각을 나타내는 사람들이 별로 없는지 궁금했다. 영연방 국가들 간에 인기있는 필드하키, 크리켓 같은 특정 분야 외에 올림픽이나 월드컵 같은 세계대회에서도 이렇다 할 두각을 나타내는 것을 본 적이 별로 없다. 그 이유를 이리저리 생각해봤지만 뚜렷한 답을 찾기가 쉽지 않았다. 기껏 생각해낸 것이 채식에 의한 신체적 무기력과 '살와리 카미즈', '펀자비', '사리' 같은 불편한 복식(服飾), 펀잡의 사다지들이 쓰고 있는 터번, 극심하게 무더운 기후 같은 것들이지만 확신이 서지는 않았다. 언젠가 인도 사람들과 농담을 하면서, 채식을 하면 제대로 힘을 쓸 수가 있냐고 묻자 누군가 "코끼리도 채식을 하는데 얼마나 힘이 세냐"고 해서 웃은 적이 있다.

당시 대사관에 국방무관이 없었기 때문에 나는 무관 역할까지 했는데, 인도 국방부의 무관담당 부서의 책임자가 한다(Handa) 장군이었다. 한다 장군은 스포츠맨이라 할 만큼 스포츠를 좋아했기 때문에 그와 곧잘 어울려서 친하게 지냈다. 그는 내가 골프를 치는 걸 알고 군인 전용인 아미(Army) 골프장 멤버십을 받아주었다. 그의 말에 의하면 무관이 아닌 외국 민간인 회원은 내가 처음인데, 이 멤버십을 받기 위해 인도 국방성 다섯 장성의 서명과 국방장관의 재가를 받았다며 생색을 냈다. 하루는 한다 장군에게 왜 인도에는 올림픽 금메달리스트가 없는지를 물어보았다. 그는 자기 생각임을 전제하고, 여러 이유가 있겠지만 중요한 이유 중 하나는 인도의 스포츠 정책에는 다른 나라들과 같은 인센티브 제도가 없기 때문일 것이라고 했다. 상당히 일리가 있다 싶었다.

88년 서울올림픽 때, 인도에서 인기가 높고 또 그 수준도 높은 필드하키 종목에서 우리나라가 남녀 금메달과 은메달을 따낸 적이 있었다. 우리나라에서 필드하키는 비인기 종목으로 기껏해야 전국에 선수가 수백 명 정도밖에 안 된다는 이야기를 한다 장군에게 해주었을 때 그는 눈이 휘둥그레지면서 심히 자존심 상하는 일이라고 말했다. 수억 명이 좋아해서 국기(國技)처럼 되어 있는 인도보다 어떻게 나을 수가 있냐는 것이었다.

한다 장군은 1992년 인도를 떠난 그해 스쿼시를 하다가 심장마비로 타계했다고 들었다. 삼가 그의 명복을 빈다.

한다 장군과 함께

인도에 채식주의자가 많은 이유

통계에 의하면 인도 전체 인구의 약 70%가 채식주의자라고 한다. 이는 종교적인 이유가 큰데, 힌두교와 불교에서 윤회설을 내세워서 살생을 금하고 있기 때문이다. 자인교라는 힌두교의 한 종파는 식물도 땅속에 있는 부분만 먹고 땅 위에서 자란 부분은 먹지 않을 정도로 극단적인 채식주의를 택하고 있다. 자인교도는 평소에도 마스크를 하고 다니는데 이는 혹시 모르는 사이에 날벌레 같은 것들이 코나 입 안으로 들어가지 않도록 하기 위해서다. 하지만 따지고 보면 이러한 종교적 교리가 생기게 된 배경에는 인도의 기후와 풍토 같은 주변 환경도 관계가 있을 것이다. 회교 국가에서 돼지고기를 못 먹게 하는 것이 그 지방의 무더운 날씨 탓에 쉬 상할 수 있기 때문인 것과 관련이 깊은 것처럼 말이다.

인도 같이 인구가 많고 대부분의 지역이 척박한 풍토에서는 우유의 역할이 다른 어느 곳보다 크다. 우유로 만드는 음식의 종류가 많고 사람들은 그 음식들로부터 단백질을 공급받는다. 그런데 만약 사람들이 소고기를 먹는다면 소의 개체 수가 줄어들 수밖에 없고, 결국 소가 생산해내는 우유의 양이 줄어들어 장기적으로 볼 때 섭취할 수 있는 영양분이 부족해질 것이다. 이러한 논리적 연관성을 어떻게 수많은 사람들에게 이해를 시킬 수가 있을까? 단순한 홍보만으로는 불가능할 것이다. 이때 '고기를 먹지 말라'는 메시지를 사람들에게 일거에 설파할 수 있는 것이 종교의 힘이다. '살생을 하지 말고, 육식을 하지 말라'라는 교리, 기막힌 현자들의 가르침이 아니겠는가!

인도사람을 식사에 초대할 때는 반드시 사전에 채식주의자인지 여부를 물어봐야 한다. 다른 대비 없이 초대를 했는데 손님이 채식주의자일 경우, 메인요리에 고기가 조금이라도 섞여 있다면 낭패다. 손님은 식사를 입에도 대지 못하고 주인만 먹는 꼴이 되기 때문이다.

채식을 많이 하면 자연히 먹는 양이 많아져서, 나이가 많은 인도사람들은 대개 아랫배가 볼록 튀어나와 있는 경우를 많이 본다. 그들의 식사습관 또한 올챙이배를 만드는 데 일조하고 있다. 인도인들은 대개 저녁 7시경부터 초대받은 집을 방문하여 9시가 넘도록 음료수나 주스를 마시면서 이야기꽃을 피우다가 10시가 가까워서야 저녁을 먹는다. 이때쯤 되면 모두 배가 고파서 식사에 몰두하게 되는데 이상하게도 저녁을 다 먹은 사람은 숟가락을 놓자마자, '초대해주어서 고맙습니다. 안녕히 주무십시오.'라는 인사말과 함께 돌아간다. 이러한 경우가 한두 번의 특이한 경험이 아니라 일상적으로 일어나는 일이라서 처음에는 의아하게 생각했으나 나중에는 당연히 그런 줄 알게 되었다. 이렇게 식사를 하자마자 집에 돌아가서 잠자는 습관을 가지면 어떻게 되겠는가?

생활 속에서 경험한 인도의 부패상

인도의 현대사는 1947년 건국으로부터 시작된다고 할 수 있다. 그러나 그 이전에 이미 300년간 영국의 식민통치하에서 인도인들은 현대적인 행정경험을 쌓았다. 레드테이프(red tape)라는 제도는 이 무렵 인도인들에 의해서 만들어져서 아직까지 관습적으로 내려오고 있는 행정제도로, 부패와 직결되는 제도이다. 행정부에서 중요하고 관심을 요하는 문서의 파일을 붉은색 끈, 즉 레드테이프로 묶어놓는데, 일단 이 레드테이프로 묶인 서류는 처리하는 데 시간이 많이 걸리기 때문에 빨리 해결하기 위해서는 급행료를 내야 한다는 인식이 퍼져 있다. 요즘 우리나라에서 각종 규제를 철폐해야 된다는 말도 규제가 있음으로써 일의 능률을 저해할 뿐만 아니라 부패와 연관되기 때문이다.

한 국가의 부패를 가늠하는 부패지수라는 것이 있다. 0부터 10까지로 나타내는데 어느 나라든지 부패지수가 0인 나라는 없다. 핀란드나 스위스 같이 세계에서도 가장 부패도가 낮다고 하는 나라들도 부패지수가 5 정도로 표시된다. 내가 인도에서 경험한 몇 가지만으로 인도의 부패지수를 매기는 것은 공정하지 않겠지만, 여기서는 재미삼아 내가 겪었던 생활 속의 조그만 부패들을 이야기해보고 싶다.

인도는 4월부터 찌는 듯한 더위가 시작되고 5, 6월경에는 더위가 절정을 이루어 연일 섭씨 40도를 웃돈다. 6월 하순부터는 몬순이 시작되어 기온은 좀 내려가지만 습도가 높아 불쾌지수는 오히려 치솟는다. 기온이 내려간다고는 하지만 밤에도 여전히 35도를 오르내리고 복사열 때문에 사방이 후끈거린다. 이런 날씨에는 손님을 초대하면 안 되는 것이 상식이지만, 인도에서의 생활이 일천할 때라 뭣도 모르고 인도 손님을 초대했다.

막상 초대를 하고보니 만약 이 날씨에 식사 도중 전기가 나가면 어쩌나 싶었다. 여름에는 많은 사람들이 에어컨을 쓰기 때문에 하루에도 몇 번씩 거의 규칙적으로 전기가 나가곤 했기 때문이다. 전력량이 절대적으로 모자라서 당국은 지역별로 돌아가면서 정전을 시키는데 한 번 정전이 되면 최소한 한두 시간은 전기 없이 지내야 했다. 이때는 별 수 없이 웃통을 벗은 채 돌로 된 마룻바닥에 배를 대고 있든지, 아니면 호텔처럼 에어컨이 잘 나오는 곳으로 피신해야 한다.

고민을 하다가 퍼뜩 집 앞에서 자주 전기 공사를 하는 사람들 생각이 나서 가정부 칼라를 통해서 그 전기공들을 불렀다. 칼라는 그런 사람들과 어떻게 연락을 하는지 말만 하면 금방 통했다. 그들에게 사정 이야기를 하고 어느 날 몇 시부터 몇 시까지 우리 집에 전기가 나가지 않도록 해달라고 부탁하면서 300루피를 주었다. 미화로 약 10달러 정도에 해당하는 돈이었다. 그 전기공들은 웃으면서 몇 번이나 안심하라며 고개를 좌우로 흔들었다. 그들의 말을 믿을 수밖에 없었지만 불안하기는 마찬가지였다.

그런데 신기하게도 매일 몇 번씩 나가던 전기가 그 전날부터 한 번도 나가지 않았다. 저녁식사가 끝날 때까지 조마조마한 마음을 가지고 지켜봤지만 끝내 전기는 나가지 않았고, 무사히 손님을 치를 수 있었다. 그 전기공들에게 고마운 마음과 함께, 나도 이런 인도의 부패상을 이용한 동조자라는 생각에 씁쓸한 기분이 들었다.

진귀한 나라, 진귀한 경험 - 은둔의 나라, 부탄왕국

부탄왕국(Kingdom of Bhutan)은 히말라야 산 깊숙이 위치하고 있다. '은둔의 나라'라는 별칭에 걸맞게 관광객을 제한적으로 받아들인다. 1990년대 초까지는 1년에 3,000명만 받아들였는데, 지금은 1만 명까지 허용한다고 한다. 그러한 부탄에 세 번이나 갈 기회가 있었다. 주인도 대사관에서 부탄왕국을 겸임하고 있어서 당시 참사관이던 나는 내가 모신 두 대사님의 신임장 제정 때 수행을 했다. 부탄을 가려면 인도에서 네팔이나 인도의 콜카타(Kolkata)를 거쳐서 들어가는 정기 항로를 통한다. 네팔을 거쳐 두어 시간이 지난 즈음, 비행기 창밖으로 히말라야 산들의 정상이 병풍 속 한 폭의 그림처럼 눈앞에 다가왔다. 기내 방송에서는 봉우리 이름을 일일이 알려주었다. 아름다운 광경에 감탄하며 기억 속에 조금이라도 더 담아가고픈 마음에 두 눈을 크게 떴다. 석양 무렵 발갛게 물든 세계 최고의 산봉우리들이 선명하게 그 속살을 드러내고 있었다. 거리로 치면 비행기에서 산까지 40여 킬로미터 정도가 된다고 했지만 그렇게 선명하게 보일 수가 없었다.

착륙 후 우리가 귀빈실에서 대기하는 동안, 기장과 스튜어디스는 두루마기 같은 부탄 전통의상으로 갈아입고 나타났다. 알고 보니 모든 부탄 사람들은 공공장소에서 전통의상을 입고 부탄 말을 쓰도록 법으로 의무화되어 있다고 했다.

부탄왕국이 이러한 전통을 고수하는 데에는 나름의 이유가 있었다. 1974

부탄의 수도 팀푸

년에 인도는 포르투갈령이던 고아(Goa)를 무력으로 합병했고, 그 여세로 시킴왕국(Kingdom of Sikkim)을 합병하였다. 그러나 유엔을 비롯한 어디에서도 인도에 이를 항의하는 나라가 없었는데, 그 이유는 시킴왕국이 합병당하기 전에 이미 종교, 언어, 풍습 등, 모든 면에서 인도와 구분할 수 있는 정체성이 없었기 때문이다.

시킴의 전철을 밟지 않기 위해 부탄왕국은 종교와 문화 등에서 인도와 차별화 정책을 추구했다. 엄격한 불교국가로서 국민 모두가 소승불교에 속하는 부탄불교를 믿도록 하였으며, 외래문명의 전파를 차단하기 위해 외국인 관광객 수를 제한하고 모든 관광객은 부탄인들의 안내를 받도록 했다. 관광객의 하루 체류 비자 가격은 200달러나 된다.

이런 점에서는 북한 체제와 비슷하지만 부탄왕국은 북한을 매우 경계했다. 왕국과 공산주의는 양립하지 않기 때문이다. 그 때문에 부탄왕국의 외교정책은 한국 쪽에 편향되어 있어 남북한 대립 외교를 하던 시절 당시 우리에게는 매우 유용한 우방국이었다. 또한 부탄왕국은 외교에 있어 인도의 눈치를 보지 않을 수 없었기 때문에 부탄왕국이 한국과 가까워졌다는 것은 곧 인도 외교정책의 내심을 말해주는 것이라고 볼 수도 있었다. 인도는 비동맹 중립국으로서 남북한 등거리 외교를 펼치고 있었는데 1980년대부터 부탄왕국을 통해 인도의 대한반도 정책의 방향을 읽을 수 있었다.

부탄왕국은 군주국가로서, 지그메 싱기웨 왕축 제4대 국왕의 나이가 1990년에 32세 정도 되었으니 아마도 1958년생쯤일 거다. 그 왕에게는 5명의 왕비가 있었는데, 다섯 왕비는 모두 도르지 집안의 친자매들이었다. 왕이 젊으니 왕모(王母)가 여섯 명이 있고, 왕의 조모(王祖母)가 세 명, 왕의 증조모도 있었다. 대사가 신임장을 제정할 때는 선물을 가지고 가는 것이 관례인데, 왕실 선물만 해도 상당했고, 선물 준비는 균형을 이루도록 세심해야 했다.

부탄의 수도 팀푸는 히말라야 산속 분지에 위치하고 있어 공항에 내려서도 두어 시간 차를 타고 높은 산을 넘어가야 했다. 팀푸에는 호텔이 두 개 있

부탄 왕궁

었는데, 하나는 국영으로 영빈관으로 쓰이고 또 하나는 왕의 외척인 도르지 가문에서 소유하고 있었다. 우린 영빈관으로 쓰이는 국영호텔에 머물렀는데 산 중턱에 널찍하게 자리 잡고 있었다.

찌링(Tsering) 외무장관이 대사 부부를 위해 만찬을 베풀었다. 우리가 묵고 있는 호텔 내의 식당이었다. 메인테이블에는 대사 부부와 찌링 장관, 삼부 요인들이 앉았고 내 테이블에는 부탄왕국 외무부 직원들 대여섯 명이 앉았다. 그 중에는 여자 직원도 있었는데 의전실 소속이라고 했다.

부탄 외무성 직원들과 함께

저녁 식사가 끝나고 대사 내외가 자리를 떠서 뒤따라 일어섰다. 그런데 웬일인지 내 식탁에 앉았던 의전실의 예쁘장한 여자가 나를 안내하겠다며 앞장섰다. 이미 오래전에 사라진 풍습이긴 하지만 부탄에는 자기 집에 귀한 손님이 오면 자신의 부인이나 딸을 손님과 같이 하룻밤 재우는 풍습이 있었다고 하는데, 아마도 그러한 풍습의 잔재에서 비롯된 행동이 아닐까 하는 생각도 들었다. 앞서 가던 대사 부부가 뒤를 힐끗 돌아다보며 웃으셨다. 내 방까지 안내해준 아가씨는 문 앞에서 인사를 건네고 추울 거라며 뜨거운 유단포 세 개를 줬다. 영하 15도, 모든 게 꽁꽁 얼어붙어 있는 방 안에서 나를 감싸줄 것은 세 개의 유단포뿐이었다. 다행히 유단포는 오랫동안 뜨거웠다. 하나는 머리에 베고, 배와 발치에 각각 하나씩 올려놓고 잠을 청했지만 너무 추워서 쉽게 잠이 오지 않았다. 거의 뜬눈으로 밤을 지새운 후 다음 날 새벽 5시경 체크아웃을 했다. 아직도 캄캄한 밤중이었다. 준비된 차를 타고 공항으로 향하는데 차의 히터가 전혀 작동되지 않았다. 운전기사는 부탄의 전통의상을 입었는데, 벌어진 옷감 사이로 벌건 허벅지가 드러나 안쓰러워 보였다.

공항까지 가려면 깎아지르는 듯한 절벽길을 두어 시간가량 내려가야 했다. 절벽길 한쪽에는 장검처럼 길쭉한 고드름이 쭉 늘어서 있었다. 너무 추워서 신경이 점점 무감각해지면서 '죽는 것은 한순간이겠구나' 하는 생각이 들었다. 한참을 지나 멀리서는 햇살이 다가오고 있었고 공항의 모습이 보이기 시작하자 '다시 문명세계로 돌아가는구나'라는 생각에 신기한 느낌마저 들었다. 부탄왕국에서 지낸 며칠간은 꿈을 꾸다 온 것만 같았다. 가파른 산꼭대기 절에서 먹었던 버터에 담근 쌀밥 공양, 허허 들판에 그린 깃대만 꽂아 놓은 골프장, 어느 리셉션에서 부탄 귀족들이 더운 물에 코냑을 타 마시며 비록 국민소득이 300달러도 안 되는 나라이지만 국민들은 행복에 가득 차 있다고 말하던 그 강변, 대법원장이라는 사람이 여자들을 양 옆에 끼고 대낮에 폭음을 하던 장면, 산속에 자리한 사원과 궁궐, 멀리 병풍처럼 둘러진 히말라야 봉우리들…….

팀푸사원 앞에서 필자

그런데 이런 은둔의 나라에까지 일본은 최대 원조국으로 자리 잡고 있었다. 일본이 만들어주었다는 식물도감을 통해 부탄에서만 볼 수 있는 식물들이 그렇게 많다는 사실을 처음 알았다. 부탄 식물에 일본 이름도 많이 붙어 있었다. 부탄 사람들은 일본이 그 도감을 만드는 데 10년이 넘도록 정성을 들였다고 하면서 찬사를 아끼지 않았다. '2차대전 중 일본인들이 동남아시아를 휩쓸 때에도 여기까지는 세력이 미치지 않았는데, 전후 일본은 어느새 여기까지 새로운 세력을 뻗치고 있구나' 하는 생각에 마음 한쪽 구석에 허전한 느낌이 들었다.

유토피아의 나라 스위스

스위스는 네 번째 재외공관 포스트로 1992년 초 인도에서 곧장 부임했다. 제네바는 WTO, 유엔 구주(歐洲)본부, ILO, WHO 같은 국제기구들이 있어서 외국인들이 많이 거주하고 있는 국제도시이면서도 조용하고 아름다운 곳이다. 60년대에 제네바에 와본 사람들이 세계 다른 도시들과는 달리 이곳은 큰 변화 없이 그때 그대로라고 이야기하는 것을 들으며 무척 신기했다. 집도 건물도 길거리도 예전 그대로이고, 인구수도 예나 지금이나 큰 차이가 없다고 했다. 레만 호수의 맑은 물도 그대로이고, 빈민 지역이 없는 것 같다고도 한다. 국제기구 회의가 많아서 많은 외국인들이 들락거리는 제네바가 이럴진대 다른 도시야 말할 필요가 없다. 전 국토가 골고루 개발되고, 한 줌의 공간도 사람의 눈이 안 간 곳이 없을 정도로 잘 정돈되어 있으면서 차분하고 친자연적인 인상을 강하게 풍긴다. 여러 개의 소규모 자치국가로 뿔뿔이 나뉘어 있다가 스위스란 나라로 통일된 지도 얼마 되지 않고, 세계2차대전 전까지만 해도 가난했다던 이 나라가 어떻게 이렇게 살기 좋은 나라가 되었을까? 스위스는 우리에게 많은 궁금증을 자아내는 나라다.

작지만 강한 나라, 스위스의 비결

나는 제네바에 있던 3년 동안 그 비결을 곰곰이 생각해본 끝에 나름대로 몇 가지로 정리해보았다. 그것은 지역별 소득 평준화와 인구분산정책, 엄격한 주택정책, 이민정책, 그리고 선택과 집중을 바탕으로 한 국가발전정책 등이다. 물론 이러한 정책이 성공할 수 있었던 것은 기본적으로 스위스의 시민정신, 자치제도와 직접민주주의, 그리고 준법정신이 바탕이 되었기 때문일 것이다.

이러한 궁금증을 해소하기 위한 노력은 근래에도 이어지고 있다. 딸이 스위스에 살고 있어 매년 한두 달은 스위스에 가서 머무는데, 이번에는 제네바 같은 도시가 아니라 로잔 근교의 시골이라 스위스의 농촌 생활까지 엿볼 수 있었다. 이를 통해 과거에 미처 몰랐던 스위스의 다른 면들도 한층 더 이해할 수 있게 되었다.

지역별 소득평준화와 인구분산 정책

스위스 국민들이 높은 소득을 찾아서 여기저기 옮겨 다니는 모습은 많이 보지 못했다. 북한처럼 거주 이전의 자유가 제한된 것도 아닌데 다른 나라들에 비해 인구이동률이 높지 않다. 아마도 스위스 정부가 전국 어디든 소득과 생활수준을 평준화시키고, 인간다운 삶의 터전을 마련할 수 있도록 균등한 인프라를 구축해 놓았기 때문이 아닐까 싶다.

언젠가 둘째 아이가 편도선이 아파서 그 계통의 권위자를 찾아보았다. 소개를 받아 제네바에서 한 시간 반 이상 떨어진 샤또되라는 아주 조그만 산골마을의 병원을 찾아갔다. 산골에 있으리라 믿기 어려울 만큼 깨끗하면서도 조촐한 현대식 건물의 병원에서 그 의사를 만날 수 있었다. 이처럼 의사들이 도시가 아닌 조용한 시골에 있으면서 환자들이 찾아오도록 하는 분위기가 사람들을 도시로 몰리지 않도록 하는 이유 중 하나일 것이라 생각했다. 더불어 환자들이 쉽게 찾아올 수 있도록 유능한 의사의 위치를 알려주는 잘 구축된 소프트웨어 정보망도 도시로 인구가 쏠리는 현상을 완화시키는 것 같았다.

제네바에서 근무하는 동안 시골마을을 방문할 기회가 몇 번 있었다. 인구가 1,000명도 안 되는 마을의 마을회관을 둘러보아도 농구, 배구, 테니스 등을 할 수 있는 실내체육관과 최신 컴퓨터 장비를 갖춘 도서관이 있었다. 도서실은 베른대학 도서실과 네트워크로 연결되어 있어 각종 정보나 데이터를 실시간으로 공유할 수 있다고 했다. 마을회관 안에는 전시장, 연회장 같은 문화공간도 있었다. 이런 건물을 지으려면 우리 돈으로 수백억 원은 들었을 거라는 생각이 들었다. 안내하는 분께 도대체 무슨 돈으로 이런 회관을 지었으며, 어떻게 운영하느냐고 물어보았더니, 스위스 농업은행 등에서 무이자로 영구 임차를 받아 지었고, 마을 사람들, 특히 노인들의 무료 봉사와 적극적인 참여로 회관을 운영한다고 했다.

그 외에도 스위스 정부의 지역별 소득평준화정책의 예는 많이 있다. 스위스 시골에는 집 한 채 한 채가 잘 단장되어 있는 것을 볼 수 있는데, 이를 통해 스위스 정부의 소득분배정책의 손길을 엿볼 수 있다. 지붕을 새로 입히거나, 집 단장을 위해 칠을 할 때 정부가 보조해주는 것은 물론이고, 마당을 깨끗이 하기 위해 낙엽을 쓸어내기만 해도 정부의 보조금이 나온다고 한다. 지금 WTO 체제에서는 농산물 보조금이 엄격히 제한되어 있지만, 스위스에서 이것은 농산물 보조가 아니라 관광자원의 보조이다. 시골 주민들의 소득도 올리고 관광자원의 질도 높이는 일석이조의 정책적 배려인 것이다.

또 스위스는 농가 소득을 높은 수준으로 유지하기 위해서 농민의 수를 전 국민의 2% 정도로 조절하고, 농민면허제도를 정착시키고 있다. 농민학교는 유치원부터 대학교까지 있는데 여기에 다니는 학생들에게는 학비 면제뿐만 아니라 각종 혜택을 주고 있다. 고등학교에 들어가면 1년 동안 농가에 직접 들어가 생활을 하면서 실습 기간을 가지는데, 이때 실습을 희망하는 학생과 해당 농장주 간에 계약이 체결되고, 관련 비용은 농장주가 계약대로 지원한다. 다른 한편으로는 협동농장을 권장하고 지원하면서도 대규모 기업농 형성은 억제하는 정책을 펴고 있다. 이와 같이 스위스의 인구분산정책은 농민정책, 주택정책, 이민정책 등, 정치·경제·사회 분야의 각종 정책들과 거미줄처럼 섬세하게 연관되어 있으면서, 소득평준화 정책이 뒷받침되기 때문에 가능한 일이다.

까다로운 주택정책

스위스의 인구분산정책이 성공한 데에는 까다로운 주택정책도 한몫했다. 자치주인 26개 칸톤(우리나라의 도道에 해당)마다 주택법이나 주택제도가 약간씩 다르지만, 공통적으로 주택을 짓는 것은 물론 주택을 개조하는 것도 매우 엄격하게 규제하고 있다. 우선 토지의 형질변경이 좀처럼 허용되지 않는다. 제네바 칸톤은 법으로 칸톤 전체의 50%가 녹지여야 한다고 규정하고 있으며, 매년 측량을 해서 형질변경이나 추가건축허가 여부를 결정한다. 일 년 동안 제네바 칸톤에서 일어나는 신규 건축은 고작 수십 건을 넘지 않는다.

주택을 개조하는 것도 얼마나 까다로운지 자기 집을 개조하려 해도 일일이 주정부의 허가를 받아야 하는데, 허가 조건도 복잡하고 엄격하다. 심지어 개인 정원의 나뭇가지를 전지(剪枝)하는 것도 제네바 주정부의 허가를 받아야 할 정도이다. 집을 짓기 위해 대지를 살 때는 건축이 가능한 지 여부를 파악하는 것은 물론 대지 안에 있는 나무까지도 잘 살펴봐야 한다. 어떤 종류의 나무는 벨 수가 없어서 고스란히 건축의 방해물이 되기 때문이다.

집을 사고팔 때 개조허가를 받아 놓은 집은 그 개조권이 하나의 권리가 되어 집 가격에 포함된다. 얼핏 생각하면 매우 불편하지만 개개의 주택이 전체적 미관뿐만 아니라 환경보존에도 기여해야 한다는 고려에서 나온 제도로서, 개인의 권리가 공익을 위해 제약당하는 하나의 예일 것이다.

내가 제네바에 근무하던 시기에 주제네바 인도대표부에서는 건물을 구입했는데 인도 측은 이 건물을 개조해서 대표부 건물로 쓸 요량이었다. 그러나 개조허가를 받기 위해 절차를 밟는 과정에서 그 건물이 개조가 불가하다는 것을 알았다. 제네바 칸톤 법에 의하면 50년 이상 된 건물은 '역사적 건물'로 지정이 되고 이렇게 지정된 건물은 외부는 물론 내부 개조도 엄격하게 제한하고 있기 때문이다. 경우에 따라서는 전혀 손을 대지 못할 수도 있다고 한다. 하는 수 없이 인도 측은 개조를 포기하고 다른 방안을 강구한 것으로 알려졌다.

제네바에서 대표부 건물 부지를 확보하면서 몇 가지 놀라운 점을 발견했다. 위에서 말한 것처럼 건축법이 매우 까다롭다는 점과 이러한 까다로운 법을 잘 지켜나가는 스위스 국민들의 준법정신이 매우 높다는 점이다. 그 밖에도 우리에게는 생소한 제도가 있다. 토지공개념의

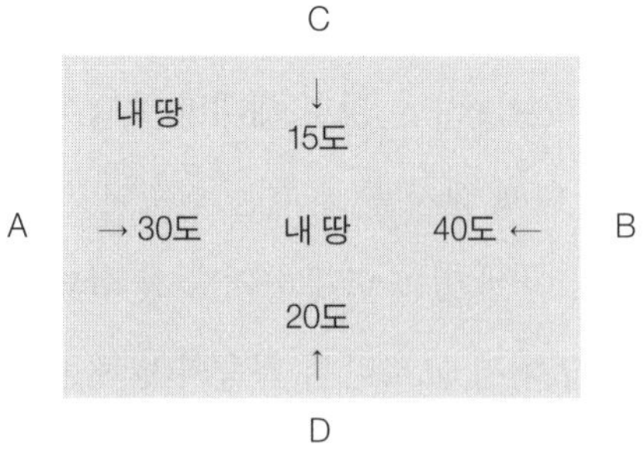

바탕 위에 Cross Construction Service(CCS, 일종의 교차승인지상권)가 있다는 점이다.

CCS란 내 땅의 주변에 A, B, C, D라는 이웃의 토지가 있을 때, A, B, C, D에는 각각 내 땅에 대한 그들의 권리, 즉 내 땅에 대한 이용권을 제약하는 어떤 조건들이 설정되어 있다. 그래서 내 땅의 등기를 떼어보면 A, B, C, D로부터 설정된 제약이 나타난다. 예를 들어 A와는 땅의 경계로 부터 내 땅의 방향으로 30도 각도 이상의 건축을 할 수가 없다고 되어 있고, B와는 40도, C와는 25도, D와는 20도 각도 이상의 건축을 할 수가 없다고 명시되어 있는 식이다. 그러면 결국 내 땅에는 단층, 또는 2층 높이의 건물밖에 지을 수가 없게 된다.

이처럼 CCS 때문에 스위스에서는 자기 소유의 토지에도 마음대로 건축을 할 수 없다. 그래서 우리나라에서는 근접 지역의 땅값이 대체로 균일한 데 비해 스위스는 같은 지역이라도 CCS에 따라 값이 제각기 다르게 매겨진다. 여기서 중요한 것은 이러한 제약은 어떠한 권력이나 권위로도 어길 수 없다는 것이다. 우리나라는 정치적 영향력이나 여론, 또는 돈의 힘이 작용할 가능성이 있지만 여기서는 그런 외적인 영향력이 아예 배제되어 있다.

또 하나 우리나라의 건축제도와 크게 다른 것이 있다. 우리의 경우는 설계에 대한 허가가 나와서 그 설계대로 건축을 하고, 나중에 준공검사를 받으면 합법적 건축이 이루어지지만, 스위스에서는 설계에 대한 허가를 받더라도, 시공 과정에서 단계별로 일일이 주정부의 확인을 받아야 한다. 그렇기 때문에 스위스 내의 외국 건축회사들은 이러한 과정을 소화하기가 힘들다. 그래서 형식상 국제입찰이 있더라도 결과적으로 스위스의 설계사나 건축회사가 스위스 내에서 일어나는 대부분의 설계와 건축을 독점하게 되는 것이다. 이것을 스위스식 독과점이라고 불러도 좋지 않을까 싶다. 건축비 계산도 우리와 개념이 다르다. 우리의 경우 보통 평면적 넓이를 측정하는 평당 가격으로 책정하지만, 제네바에서는 입방미터, 즉 부피로 건축비를 계산한다. 따라서 건물의 천장이 높아질수록 건축비는 올라가게 된다. 이러한 제도는 결과적으로 스위스 전반에 걸쳐 주택의 입체적 공간의 가치에 대한 인식을 높여줌으로써 우아하고 여유 있는 주거 상황을 창출하게 된다.

까다로운 주택정책은 지방자치제도와 맞물려 다양성을 추구하기도 한다. 예를 들어, 보 칸톤(Veau Canton)에서는 칸톤 법으로 모든 주택건물의 창틀은 한 가지 색으로 칠해야 한다고 규정하고 있다. 주택의 소유주는 원하는 창틀의 색채를 정할 수 있지만 이후 마을 자치위원회의 최종 검증을 받아야 한다. 마을 자치위원회에는 색채 전문가들이 있어 소유주가 원하는 색채를 구체화시키는 작업을 한다. 집의 소유주가 녹색을 선택했다면 다양한 녹색 계통의 색채 중에 주변 환경을 고려하여 조화와 균형이 맞는 적절한 색채를 정해준다. 색채뿐만이 아니다. 기존의 주택에 새로 창문을 내는 경우에도 소유주가 마음대로 창문의 위치나 형태를 정하는 것이 아니라 마을 자치위원회에 속한 전문가들이 관여한다. 이러한 제도는 비단 보 칸톤만이 아니라 스위스 전체의 칸톤에서 각각의 실정에 맞게 시행하고 있다. 오늘날 우리가 보는 아름다운 스위스 산골의 집들이 모두 이러한 제도의 결과인 것이다.

스위스의 엄격한 주택정책은 외부로부터의 인구 유입과 인구 이동을 억제하는 역할을 했다. 그러나 스위스의 이러한 정책도 인구 이동이라는 세계적인 추세에 어쩔 수 없이 한계를 맞이하고 있다. 1985년 스위스가 센겐조약(Schengen Agreement)에 가입한 이래, 스위스에도 다른 유럽 국가들과 마찬가지로 노동인구의 유입 압력이 가시화 되고 있다. 때마침 동유럽, 아프리카 등지에서 난민이 몰려옴으로써 제네바 같은 국제도시는 인구 유입과 인구 이동의 허용을 확산하라는 국제적 압력이 더욱 강해지고 있다. 제네바 칸톤의 경우 근래에는 아파트 대피시설 의무화 법령도 폐지되었다고 하니 현재는 스위스 주택정책이 변화의 기로에 서있는 시점이다. 앞으로 스위스인들이 어떻게 이 난관을 슬기롭게 헤쳐나갈지 궁금하다.

엄격한 이민정책과 노동정책

스위스는 이민정책과 노동정책도 매우 엄격하다. 주택정책이 외국인의 거주에 대한 직접정책이라면, 이민정책과 노동정책은 외국인의 거주에 대한 간접정책이라고 할 수 있다. 스위스의 이민정책은 아마도 세계에서 가장 까다로울 것이다. 외국인에 대한 스위스 국적취득 허가는 의회의 의결을 거쳐 국가원수가 서명하도록 되어 있다. 페루 출신의 케야르 전(前) 유엔사무총장이 스위스 시민권 신청을 했다가 거절당했다는 에피소드를 보아도 그 까다로움을 가히 짐작할 만하다. 영주권 부여의 기본조건은 '12년 이상 스위스 거주'이다. 물론 12년 이상 거주한다고 무조건 영주권을 부여하는 것은 아니고, 엄격한 심사제도가 기다리고 있다.

노동허가 또한 조건이 엄격하다. 노동허가 발급에 있어 명시적인 차별은 없지만 결과적으로 볼 때 이탈리아, 스페인, 포르투갈, 동유럽 등 유럽지역으로부터 온 인근 백인 노동자들이 압도적으로 많은 것이 사실이다. 노동의 구조를 보면 이들 외국인 노동자들은 대개 청소, 식당업, 공공사업 노동, 각종 주변 서비스 지원 등 사회 하부구조 직종에 종사하고 있고, 반면에 스위스 사람들은 관리직, 기술직, 전문직 같은 상부구조 직종에 종사한다. 상부에 종사하는 사람들이 더 많은 소득을 창출하게 됨은 물론이다.

또한 스위스에 진출해있는 외국인 회사는 반드시 전체 직원의 30%는 스위스인을 고용해야 한다는 법적 요건이 있다. 내가 대표부에 근무할 때 현지 고용원 9명 모두가 한국인 또는 외국인이었는데, 이는 면책특권이 있는 대표부이기 때문에 가능한 일이었다. 당시 우리 대표부도 스위스 고용원 채용을 검토했었는데, 외국인을 채용했을 때 초기 월급이 3,000프랑 정도인데 비해, 스위스인을 채용할 경우 최소 5,000프랑부터 시작하고, 각종 사회보장제도를 엄격히 따라야 하기 때문에 재정 형편상 어려웠다.

이와 같이 엄격한 이민조건과 노동허가기준, 앞서 말한 제약이 많은 건축제도로 인한 주거 제한, 카르텔 형성으로 인한 높은 물가수준 때문에 스위스에 체류하는 외국인 수는 매우 제한되어 있다. 그래서 제네바에 거주하는 외국인의 경우 앞서 말한 외국인 노동자들 이외에는 국제기구나 다국적 기업 등에서 일하면서 본국에서 월급을 받는 사람들이 대부분이다.

선택과 집중

인구 800만 명의 스위스가 제2차세계대전 이후 갑자기 부유해진 원인 중 가장 중요한 것은 선택과 집중의 국가발전정책이 성공했기 때문이다. 선택과 집중의 배경은 스위스인들이 알프스 산속에 갇힌 약소국이라는 현실인식에서부터 비롯된다. 스위스인들은 명분에 치우치기보다는 실용주의적 정신을 바탕으로 현실의 한계를 타개할 방법을 모색했다. 그래서 인구가 많고 영토가 넓은 강대국과 경쟁해야 하는 여러 산업을 동시다발적으로 일으키기보다, 정밀산업, 의화학산업과 같이 부가가치가 높은 산업을 선택하여 집중적으로 발전시킴으로써 소득 증대를 꾀하고 국민들의 생활수준을 높이는 전략을 택했다.

■ EU에 휩쓸리지 않는 스위스

유럽의 대부분 국가들이 EU 가입을 지지할 때, 1993년 스위스가 국민투표로 EU 가입을 반대한 사실을 보면서 스위스 사람들은 참으로 지혜롭다는 생각이 들었다. 당시 49.3대50.7로 스위스의 EU 가입은 부결되었고, 그 후로는 왈가왈부 말이 없다. 모두가 승복했기 때문이다. EU 가입 투표를 앞두고 시끄럽게 논쟁하거나 떠들지도 않았고, 어느 일요일 조용히 투표를 하고 월요일에 그 결과를 발표했다. 주로 북부 독일계에서 반대했고 남부 프랑스계에서는 찬성했는데, 반대자들은 그 이유로 EU에 가입함으로써 하향평준화 될 가능성을 들었다. 그 결과 격동하는 유럽 한복판에서 스위스는 EU의 어떤 변화에도 크게 영향을 받거나 흔들리지 않고 견실하게 자국 경제를 유지해오고 있다.

■ 높은 품질의 대명사, 스위스메이드

스위스가 시계제조업과 같은 정밀기계산업과 의약품산업이 발달해 있다는 것은 잘 알려져 있다. 스위스 시계는 오늘날과 같은 디지털과 스마트 시대에도 크게 위축되지 않고, 최근에는 시계 분야에 최첨단 IT 산업을 연계해서 더 높은 부가가치를 창출해낼 준비를 하고 있다. 또한 로쉬, 노바티스, 악텔리옹 등의 스위스 제약회사들은 세계적으로 최첨단 기술과 노하우를 가지고 있다. 스위스는 그 외에도 부가가치가 높으면서 경쟁이 치열하지 않을 법한 분야를 예측하여 집중적으로 투자하고 있다. 예를 들어, 일반적으로 스위스의 섬유산업은 규모가 크지 않지만 300수 이상의 첨단기술을 요하는 면방직 제품을 생산해내고 있고, 군수산업은 없다시피 하지만 훈련용 항공기는 세계 최고의 품질로 인정받고 있다. 시계, 칼, 초콜릿 등 다양한 분야의 제품들은 '스위스메이드'를 자랑스럽게 내세우는데, 그만큼 세계에서도 그 품질을 인정받기 때문이다.

여기에는 국제경영개발연구소(IMD)나 다보스포럼(Davos Forum), 세계경제포럼은행(World Economic Forum)처럼 스위스 은행의 자금 지원을 받고 있는 높은 수준의 연구소들이 큰 역할을 한다. 세계적인 경제 흐름이 어떻게 전개되어 갈 것인가를 미리 예측하여 스위스 산업이 나아갈 방향뿐 아니라, 부가가치를 최대한 가져올 수 있으면서도 상대적으로 경쟁력을 가질 수 있는 구체적인 산업분야의 전망까지도 내놓게 되는 것이다. 이와 같이 남들보다 몇 걸음 앞서나가는 정책 덕분에 스위스의 산업은 매우 경쟁력이 높다고 볼 수 있다.

■ 고품질 서비스의 스위스 은행

금융은 단순히 돈 문제를 떠나서 경제, 문화, 관광 등, 사회 전반에 걸쳐 긍정적인 영향을 미쳐 국가의 인프라를 튼튼히 하는 역할을 한다. 스위스 은행은 맡기는 돈에 대해서도 수수료를 청구하는데, 그럼에도 세계에서 가장 안전하고 서비스가 좋은 것으로 알려져 있어 세계 도처로부터 많은 자금이 유입되고 있다.

사람들은 흔히 스위스 은행을 통해 검은 돈이 많이 들어온다고 믿고 있다. 그러나 정작 스위스 금융인들은 절대 그럴 리가 없다고 펄쩍 뛴다. 스위스는 외국인들의 돈을 환영하지만 스위스 법에 따라 실명으로만 받아주고, 또 모르고 받았다 하더라도 나중에 불법적인 자금인 것이 드러나면 해당 국가의 사법 절차에 따라 돌려주거나 한다고 말한다. 말하자면 스위스로 들어오는 돈은 모두 떳떳한 돈이라는 것이다.

어쨌든 세계2차대전 이후 스위스가 갑자기 많은 돈을 만지게 되었다는 사실과 그 이후 전국을 일일생활권으로 만든 도로망과 각종 생활 인프라, 무상 영구대여를 통해 지방자치단체나 단체에게 지원해 주는 여러 시설 등, 전 국토에 걸쳐 온갖 인프라를 깔았다는 사실을 보았을 때, 아마도 스위스가 자국 은행으로 들어온 외국 자금을 적극적으로 활용했을 것이라는 추측을 할 만하다. 그러나 구체적으로 어떻게 그 돈을 이용했는지에 대해서는 외부에서 정확히 알기가 어렵다.

■ 스위스의 농업 정책

선택과 집중 전략이 적용된 또 하나의 분야가 농업이다. 스위스는 남한 크기의 40% 밖에 되지 않는 약 4만 2,000평방킬로미터의 좁은 국토를 가지고 있지만, 경작가능 농지비율은 전 국토의 37%에 달하는 약 1만 5,000평방킬로미터로, 16만 스위스 농민들에게 1인당 약 2만 8,000평 정도가 돌아가는 셈이다. 전국토의 약 18%가 경작 가능한 농지비율이고, 400만 농민의 1인당 점유면적이 약 1,200평인 우리나라에 비해, 무려 23배가 넘는다. 스위스 연방정부는 농민의 수를 전 인구의 2% 정도로 한정하여 농민의 높은 소득수준과 생활수준을 유지한다. 또한 농업과 관광을 연계시켜 농민들이 소득을 올릴 수 있도록 한다. 앞서 말한 정부의 보조금 지원도 이 일환으로 볼 수 있다.

농가의 소득을 높이는 과정에서 자칫하면 부농의 발생으로 농가끼리 소득격차가 심해질 수 있다는 판단으로 한 농가가 소유할 수 있는 토지를 직간접으로 제한하는 다양한 정책도 아울러 시행하고 있다. 한 농가에서 기를 수 있는 소의 수가 38마리로 제한된 것이 그 한 예이다.

한편, 스위스 농가는 우리와는 달리 장자 상속이 아니다. 자식들 중에 농사를 이어 받을 의사가 있는 자식에게 상속을 하지만, 대개 관행상 막내에게 상속하는 경우가 많다고 한다. 이는 농가에서 한 사람이 농사일을 할 수 있는 시간을 최대한 늘리려는 실용적인 이유와도 관련이 있다.

명예제도

스위스에 갔던 해인 1992년 8월 초 밤늦게 제네바 칸톤이 독립한 날을 기념하는 마을축제에 참석했다. 내가 사는 동네인 루트 드 플로리상(Route de Florissant)의 동네 축제인데도 모인 사람이 어른과 아이를 합쳐 수백 명은 되는 것 같았다. 축구장 네댓 개 크기의 넓은 잔디밭에 텐트를 여러 개 치고, 그 안에는 탁자와 의자들을 늘어놓았다. 즉석에서 파는 음료수를 사서 텐트 안에 마련된 탁자에 앉아 마시려고 가족과 함께 자리를 잡았다. 내 바로 앞에서 셔츠 차림으로 맥주를 마시고 있던 한 중년 신사가 동양인인 나에게 호기심이 생겼는지 말을 걸어왔다.

"난 스위스농업은행 부행장인데, 바로 전에 이 지역의 시장이었습니다."

"난 한국 대표부에 근무하는 미스터 리입니다"

그의 소개에 나는 호기심이 나서 어떻게 은행 일과 시장직을 번갈아 볼 수 있느냐고 물었다. 그랬더니 그는 시장에 당선이 되면 원래 다니던 직장을 그만두지 않고 계속 다니면서 근무시간의 30%를 시장직 수행을 위해 할애 받고, 봉급은 종전대로 은행에서 전액을 받는다고 했다. 그 말을 듣고 얼떨떨해졌다.

"시에서는 별도로 봉급 같은 것이 없습니까?"

"물론 없지요. 그러나 시의 일을 위해서 쓴 교통비 같은 실경비는 청구를 해서 받습니다."

"그러면 왜 시장이 되려고 하나요?"

"주민들을 위해서 무엇을 해보고 싶어 하는 사람들이 명예를 걸고 나서지요."

"명예요?"

"그렇습니다."

이러한 명예를 존중하는 마음과, 그 명예란 사회를 위해 기여하는 데 있다는 인식이 스위스 사람들로 하여금 오늘날 스위스 같은 지상천국을 만들어 놓은 것이 아닐까 싶다.

아마 94년경에 있었던 일일 것이다. 대표부의 동료 직원이 본국에서 출장 차 방문한 중앙선거관리위원회 위원장을 안내하면서 스위스 선거 관련 책임자와 면담하는 자리에서 통역을 맡았다. 그런데 선관위 위원장께서 통역을 해드려도 잘 이해하지 못하는 부분이 있어 애를 먹었다는 이야기를 들었다. 스위스의 선출직은 대개 명예직이어서 봉급을 받지 않는다는 요지의 이야기였는데, 우리 측 선관위 위원장은 명예직의 뜻과 내용을 확인하느라 여러 번 비슷한 질문을 했다고 한다. 자기 직장을 다니면서 시장이나 국회의원직을 수행한다면 일의 공정성이 문제될 수도 있고 부정이 발생할 수도 있지 않느냐는 것이다. 우리는 자연스레 그렇게 생각할 수 있지만, 스위스 사회는 전반적으로 정직성을 바탕으로 움직이기 때문에 사사로이 개인적인 이익을 취한다는 것은 상상하기가 어렵다. 내가 알기로도 사회적·정치적으로 이러한 문제가 거론된 적은 별로 없는 것 같다.

명예제도와 대칭되는 점에서 가진 자들에게 차별적인 불이익을 주는 예도 있다. 공립유치원의 등록금이 부모의 소득에 따라 달라지는 것이다. 부모의 소득을 확인하기 위해 세금납부 영수증을 학교에 제출해야 하고, 이렇게 결정된 최소 등록금과 최고 등록금은 두 배 이상 차이가 나기도 한다. 교통위반 벌금에도 차등부과제도가 있어서 사회 지도급 인사가 위반할 경우에는 더 많은 벌금을 부과한다. 근래 제네바에 거주하고 있는 잉바르 캄프라드 IKEA 회장이 교통위반을 해서 보통사람 같으면 300프랑 정도였을 벌금을 차등부과제도의 적용으로 30만 프랑이나 물었던 사례가 있었다. 이런 예는 스위스에서 얼마든지 찾을 수 있다.

스위스의 모범적인 자치제도

아직도 직접민주주의가 존재할 정도로 스위스의 자치제도는 오늘날 세계에서 가장 모범적이라 해도 과언이 아니다. 우리의 도나 직할시에 해당하는 26개의 칸톤은 각자 최대한 자치권을 가지고, 지역 실정에 맞는 정책과 제도를 유지·관리하면서 집행하고 있다. 화폐, 국방, 외교, 통신 같은 국가의 존립과 관계되는 분야는 연방정부의 고유 권한에 속하지만, 그 이외의 분야는 모두 자치단체의 자치권에 맡기고 있다. 각 지방은 각 분야의 실정에 맞도록 높은 수준의 자치제도를 유지할 수 있다. 다시 말하면 자치제도를 통한 다원화와 전문화가 잘 조화되어 있어, 오늘날 우리가 보는 스위스가 된 것이다.

제네바 외곽 유채꽃 들판이 보이는 조그만 마을의 로터리 정원도 어찌나 정성스레 가꾸어져 있는지 감탄이 절로 나온다. 한적한 곳의 가로등 중턱에 단정히 걸려있는 예쁜 화분 하나, 융프라우 산 중턱 한적한 산책로에 구리로 정교하게 만들어 놓은 수로(水路) 덮개, 바람이 심하게 불었던 다음 날 고가 사다리차로 삐뚤어진 간판을 일일이 바로 세우는 일을 하는 사람, 도대체 어떻게 책임분담이 되었기에 이처럼 모든 것이 차질 없이 유지·관리되는지 신기할 정도였다.

어느 날은 산꼭대기에도 집이 있는 걸 보고 거기에도 상수도와 하수처리시설이 있는지 궁금해서 지나는 길에 일부러 들러서 물어본 적이 있었다. 반듯하게 잘 닦여진 아스팔트길이 산꼭대기까지 뻗어 있었고, 아닌게 아니라 10가구도 채 안 되는 마을에 상하수시설과 전기는 물론, 매일 하루에 한 번 우편배달까지 된다고 했다. 이러한 시설과 서비스는 그 지역의 자치단체에서 이용자 부담 원칙하에 제공하거나 자체적으로 해결한다는 것도 알았다. 예를 들어 우편은 그 마을 사람이 배달부로 지정이 되어 매일 정해진 시간에 전달하는데, 우편배달부로 지정된 사람은 공무원 신분이 아니라 명예직으로서 마을 사람들을 위해서 아무런 보수 없이 일한다. 대개 나이 든 할머니들이 많다고 했다.

모범적 자치제도와 관련하여 또 한 가지 이야기하고 싶은 것은 스위스 사람들의 관리 능력이다. 로잔에서 약 18킬로미터 떨어진 코소네라는 동네에는 기차역에서 내려 1킬로미터 거리의 언덕배기를 올라가야 한다. 이 언덕길을 다니는 '후니쿠라'라는 톱니바퀴 산악기차가 있는데, 이 산악기차는 약 3,000명의 코소네 주민을 위해 아침부터 저녁까지 한 시간에 한 번씩 운행한다. 대개 타는 사람이 없거나, 있어도 한두 사람 정도뿐인데도 시간이 되면 어김없이 운행된다. 스위스 사람들의 관리 능력에 감탄했던 기억이었다.

스위스 지방자치제도는 오랫동안 계속 개선되어 오면서 지금에 이르렀다. 자치제도의 기초단위는 '게마인데(Gemeinde)', 즉 '코뮨(Commune)'이라는 행정구역이고 '란츠게마인데'라는 주민총회가 의사결정의 중추 역할을 하고 있다. 주민총회는 직접민주제도 형태를 띠고 있기 때문에 스위스 식의 지방자치제도는 곧 직접민주정치제도를 기반으로 한 제도라는 것을 알 수 있다.

어떤 나라라도 재정자립 없이는 자치제도를 원활하게 운영할 수 없듯이, 스위스의 지방자치제도도 지방의 재정자립과 밀접한 관계가 있다. 스위스는 헌법에 지방자치단체의 조세주권을 인정하고 있어 헌법으로 지방자치제도를 강력히 지원하는 한편, 연방정부의 과세권은 그만큼 제한

스위스의 직접민주주의 현장

된다고도 볼 수 있다. 스위스에서는 조세를 단순히 지방정부의 재원을 확보한다는 차원을 넘어, 칸톤과 칸톤 간의 입지경쟁을 둘러싼 조세경쟁 체제를 통해 연방정부의 정책수행 효율성을 높이고, 절약을 유도하고 있다는 점에서 다른 나라와는 차이가 있다. 또한 지방세 제도를 결정하는 과정에 국민이나 주민의 직접참여를 보장해서 납세자가 과세의 종류와 과세의 정도를 결정한다는 점도 하나의 특징이다. 납세자가 결국 지방세뿐만 아니라 국세의 납세자가 되기 때문에 스위스 국민들은 국익과 지역의 이익 그리고 개인의 이익 사이에서 균형자적인 역할을 하게 되는 것이다. 사실 이러한 제도는 수준 높은 국민의식과 지식수준, 정보력 그리고 무엇보다 정직성이 담보되지 않고는 실현되기 어렵다고 생각한다.

의외로 스위스에는 마약을 하는 사람들이 꽤 많이 있다고 한다. 마약이 양성화되어있어서 더 많아 보이는 면도 있을 것이다. 스위스에서는 마약이나 매춘 등을 무조건 막고 처벌하기 보다는, 가능한 한 양성화하려고 노력하는 것을 볼 수 있다. 취리히나 제네바 같은 대도시에서는 마약이 허용되는 장소를 정해놓고 거기에서만 피우도록 하는데, 실제로 제네바 기차역 앞에는 마약을 피울 수 있는 장소가 있어 대낮에도 눈이 게슴츠레한 사람들을 어렵지 않게 볼 수 있다. 마약을 사고파는 현장에서 적발되면 법에 따라 처벌받지만, 마약을 소지하고 있는 것만으로는 처벌받지 않는다고 한다. 이는 마약을 피우는 현실을 인정하면서도 이를 정책적으로 줄여나가겠다는 뜻을 담고 있는 것이다.

높은 시민정신

이와 같이 스위스는 작은 국토에 국민이 골고루 분포되어 살 수 있도록 기본 인프라를 구축하고, 요람에서 무덤까지 인간다운 삶을 보장하는 정책을 실효적으로 폄으로써 국민들에게 안정적이고 수준 높은 생활을 할 수 있게 한다. 이러한 제도와 정책을 추구하는 근본적인 원동력은 정직성에 바탕을 둔 높은 공동체의식과 다른 이들의 이익을 존중하는 공익관(公益觀), 칼뱅주의(16세기 스위스 지방 출신인 존 칼뱅은 검소하고 청렴한 생활을 통해 구원을 받을 수 있다고 했으며, 청교도에도 영향을 미쳤다.)의 영향을 받은 검소함, 인류애와 생명중시 사상 등을 갖춘 훌륭한 시민정신일 것이다. 이러한 시민정신 덕분에 스위스는 작고 가난한 내륙 약소국으로서 겪었던 과거의 수많은 난관을 극복하고 세계 최고의 일류국가가 될 수 있었다.

■ 더불어 살아가는 스위스의 공익정신

스위스 사람들의 공익에 대한 집착은 남다르다. 그들은 개인의 이익 못지않게 전체의 이익을 중요시 한다. 내 땅, 내 집의 개념에도 교차승인지상권(CCS)과 같은 공익개념이 들어 있다. 내 집이라도 남들에게 보이는 만큼은 공익적 개념이 있기 때문에, 내 집 창틀 색깔에 대한 내 권한이 제약되는 것도 용인한다. 공원, 학교, 도로처럼 모든 사람들이 이용하는 공공재도 개인재산처럼 소중히 여기기 때문에 누구라도 훼손되어 있는 것을 발견하면 당국에 신고하거나 직접 추궁할 수가 있다. 이러한 공익개념을 확실히 하기 위해서는 권력이나 돈의 영향이 공익개념을 왜곡시켜서는 안 된다는 대원칙이 전제되어야 함은 물론이다.

공동체의식과 관련해서 인상 깊었던 경험이 있다. 스위스 동쪽에는 알프스 산맥을 넘는 고개(pass)들이 많이 있다. 이 중에 그림젤파스라는 곳은 매우 험할 뿐 아니라 겨울이면 눈이 많이 내려 왕래가 어려워진다. 그래서 눈이 내리는 10월이 되면 고개의 관리인이 매일 새벽 두 시간 동안 고개를 돌며 길 상태를 점검하고 안전한지 여부에 따라 고개 입구에 '예스(Oui)'나 '노(Non)' 팻말을 걸어놓는다. 덕분에 다른 사람들은 커피숍에 앉아 편안하게 커피를 마시면서 그 팻말을 보고 고개를 넘어갈 것인지를 결정할 수 있는 것이다. 이는 관리인의 성실함을 바탕으로 한 관리능력으로, 스위스의 수준 높은 관리능력의 배경에는 높은 책임의식이 있음을 보여준다.

■ 검소하고 실용적인 생활 태도

국민소득으로 보면 스위스 국민의 1인당 소득은 세계에서 최상위 수준이다. 그럼에도 불구하고 그들은 매우 검소한 생활을 하며 물자를 낭비하지 않는다. 그들은 '자동(automatism)'이란 것을 별로 좋아하지 않는다. 스위스 집이나 건물에는 자동문이 장치되어 있는 것을 좀처럼 볼 수가 없다. 당시 제네바에 주재하고 있던 현대자동차 관계자로부터 이런 이야기를 들었다.

> "1993년경 스위스에 엘란트라 자동차를 5,000대 정도 팔았는데, 처음 얼마간은 시행착오를 겪었습니다. 본국의 생산라인부터 자동기어와 에어컨을 기본적으로 장착하였는데, 수동기어로 바꾸고 에어컨이 없애고 차 값을 깎아달라는 가수요자들이 많아 본부에 건의를 하였습니다. 그래서 스위스에서는 자동기어와 에어컨은 물론 창문 자동개폐도 옵션으로 넣어 팔았더니 좀 팔렸습니다."

제네바 시내에는 크고 작은 공원들이 군데군데 있다. 루트 드 플로리상에도 조그만 공원이 있는데 어느 날 산책길에 공원 구석에 조그만 돌비석 같은 것을 발견했다. 유심히 보니 프랑스어로 이 공원은 누가, 언제, 유언으로 기증을 했고, 그 유언에 따라 제네바 칸톤 정부가 몇 년도에 이 공원 남쪽에 유치원을 설립하였다는 내용이 새겨져 있었다. 그 후 제네바에서 가장 큰 규모의 오 비브(Eau Vive)라는 공원에서도 비슷한 내용의 기념비를 보았다. 나중에야 알았지만, 지금 유엔구주 사무소가 위치한 땅도 어느 독지가가 기증한 것이었다. 왜 기증자들의 자손도 있을 텐데 금싸라기 같은 위치의 땅을 상속하지 않고 기증한 것인지 궁금했다. 그들의 토지와 상속에 대한 개념은 우리와는 무척 다르다. 이는 토지공개념(公槪念)과 관계가 있는데, 토지의 사회성 · 공익성을 인식하여, 사후에는 사회에 기증하는 경우가 많아지고 있다. 또한 서구의 일반적 풍조에서 자식은 일정 연령이 되면 독립을 시키는 문화도 이러한 현상과 무관하지 않을 것이라 생각한다.

스위스 사람들은 겉으로 보기에는 냉정해 보이지만, 자세히 보면 후진국을 돕고, 국제적 난민을 받아들여 보호하는 데에는 매우 적극적인 태도를 보이고 있다. 베트남 난민과 아프리카 난민들뿐만 아니라 동구권 국가로부터 오는 난민들도 많이 수용하고 있다. 그들은 호들갑스럽지 않게 조용히, 그러나 알차게 인류애를 실천하고 있다.

장인제도(apprentice)와 전문성

스위스에 있는 동안 장인제도에 관심을 가지게 되었다. 우리나라는 대학에 가지 않으면 큰일날 것처럼 생각하는데, 스위스에서는 대부분 대학을 가는 대신 어릴 때부터 장인수업을 받는 길을 택한다. 의무교육인 중학교까지는 일반학교를 다니지만, 그 이후에는 일반고등학교(gymnasium)를 지원하는 소수의 학생을 제외하고 70%의 학생들은 베르푸슬레르(Berufslehre)라고 하는 직업예비학교로 진학해서 2~4년 간 직업훈련을 받는다. 여기에는 농업을 포함하여 약 200종이 넘는 분야가 있는데, 이론도 배우지만 주로 현장 실습을 많이 하게 된다. 직업예비학교를 마치면 직업을 갖거나, 응용과학대학에 진학하여 좀 더 깊이 있게 이론적인 공부를 할 수도 있다.

직업훈련과정을 마친 학생들은 장인후보자가 되어 자기가 수련한 분야와 관련된 기업에 취직할 수 있는데, 이들이 받는 봉급은 월 수백 프랑 정도가 된다. 아무 회사나 이들을 채용할 수 있는 것은 아니고, 일정한 자격요건을 구비한 회사만이 장인후보자들을 채용할 수 있다. 장인후보자는 일단 채용하면 최소한 4년 동안은 특별한 이유가 없는 한 해고를 하기 어렵다. 만일 이들의 노동의 질이 회사나 기업과 맞을 경우, 정식으로 고용계약을 체결하고, 이에 따른 새로운 근무조건으로 일하게 된다. 대부분의 경우에는 처음 채용한 곳에서 정식 고용을 하는 것이 관행처럼 되어 있다. 4년제 일반대학을 졸업한 학생들의 초봉이 대개 3,000프랑 정도인 것과 비교하면 처음에는 상대적으로 봉급이 낮지만, 5년 정도가 지나면 직업훈련과정을 거친 사람들도 일반대학 졸업생들과 큰 차이가 없어진다.

직업훈련을 마친 후, 학업을 계속하고자 하는 학생들은 3년 과정의 응용과학대학교(Fachhochschule: University of Applied Sciences, UAS)에 진학할 수 있다. 응용과학대학교는 스위스 전국을 7개 권역으로 나누어 권역마다 하나씩 있고, 지역정부와 국내·외 업체의 후원하에 운영되고 있다. 교과과정은 일반 공과대학과 유사하나 학문적인 연구 수준은 약간 떨어지는 경향이 있다. 하지만 3년 동안 실험 및 현장실습을 위주로 하기 때문에 실무적인 경험을 풍부하게 쌓을 수 있다. 응용과학대학교에서는 직장생활을 병행할 수 있는 야간 과정도 운영하고 있다.

이와 같이 장인제도와 연계되어 있는 스위스의 교육제도는 우리와는 크게 다르다. 스위스에서는 중학교를 졸업하기 전에 학생들의 진로를 결정해야 하기 때문에 스위스 학부형들이나 교사들은 자녀들이 어릴 때부터 무엇에 취미가 있는지, 특기가 무엇인지, 무엇을 하고 싶어하는지에 관심을 가지고 예의주시한다.

많은 학생들이 개인적 특성이나 성향을 고려하여 자유롭게 직업학교를 선택할 수 있는 이유는, 대학교를 나온다고 해서 상위 신분이 형성되지 않고, 또 직업학교를 나오더라도 봉급이나 승진 등에 있어서 실질적인 차별대우를 받지 않기 때문이다. 또 직업학교를 나올 경우 학비가 면제된다는 것도 매우 유리한 점이다. 스위스의 일반대학 진학률은 제네바 칸톤 같이 도시를 끼고 있는 지역은 좀 더 높고, 옵발덴 칸톤(Obwalden Canton)처럼 큰 도시가 없는 지역의 경우에는 비교적 낮아서 평균 25% 전후이다. 반면, 장인제도, 즉 직업훈련과정을 밟는 젊은이들의 비율은 꾸준히 50%를 상회하고 있다.

교육에 있어서도 지방자치단체의 권한이 막강하지만, 9년 의무교육이라든지 장인제도 같은 교육의 골간은 원칙적으로 스위스 헌법으로 규정해놓고 있다. 이러한 헌법의 규정 범위 내에서 구체적인 교육지침은 각 지방자치단체의 정책에 따라 정할 수 있다.

한 나라의 생활수준은 국민들이 얼마나 전문성을 가지는지와 관련이 깊다고 생각한다. 전문성은 기술력을 높여 부가가치를 창출하기 때문이다. 언젠가 전문성과 관련해서 전 주이탈리아 이남기 대사님으로부터 다음과 같은 이야기를 들었던 기억이 난다.

“이탈리아 대사 재임 중 어느 해 국경일 리셉션에서 일본인 세 사람을 만났는데 그들은 섬유 물감을 배우러 밀라노에 와서 27년간을 살았다고 했다. 참 오래 살았구나 생각하면서, ‘이탈리아의 물감에 대해서는 다 아시겠지요?’ 하고 물었더니 아직도 80% 정도밖에 모르고 나머지 20%는 이 사람들이 영 가르쳐주질 않는다면서 안타까움을 감추지 않았다.

그로부터 얼마 뒤 한국 섬유조합에서 1년간 파견된 한국인 세 사람이 귀국인사를 한다고 사무실로 찾아왔다. 앞서 말한 일본사람 이야기가 생각나서, 이탈리아에 와서 성과가 많이 있었냐고 물었더니, ‘예, 대충 다 배웠습니다.’ 하고 대답했다. 한국사람이 일본사람보다 27배나 머리가 좋은 것일까 싶어서 어안이 벙벙했다.”

2001년경 대구시장 자문대사로 있을 때, 우리나라에서 보물로 지정한 마을 중 하나인 경주 양동마을을 간 적이 있었다. 기차에서 내려 걷다가 모퉁이를 돌아서니, 먼 산 중턱에 날아갈 듯한 기와지붕의 양동마을이 나타났다. 그 한옥의 멋에 놀라면서도 가슴이 뿌듯했다. 그러나 막상 집 앞에 도달해서 보니 창문마다 창호지는 찢어져 있고, 마루 밑에는 거미줄이 쳐져있는 관리 상태를 보고 실망해서 또 한 번 놀랐다. 마지막으로 더욱 놀란 것은 여강 이씨 종손의 설명이었다.

“매년 7월이 되면 일본 동경대학 교수가 한 달간 이곳에 머물면서 고가옥(古家屋)을 조사하는데, 벌써 20년째로 금년에도 왔다 갔습니다. 무얼 조사하는지 우리들은 모르겠습니다만 하여튼 대단한 것 같습니다.”

이러한 에피소드들이 모두 일본의 전문성과 관련된 것이라 씁쓸하다. 우리가 한걸음 더 발전하기 위해서는 전문성을 중시하는 일본의 이러한 점들을 본받아야 하지 않을까 싶다.

환경청정의 나라

1993년경 공관 국유화 사업과 관련해서 '쪼케'라는 건축회사와 접촉할 때, 쪼케사(社)의 드 프레 씨에게 평소 궁금하던 것에 대해 물어본 적이 있다. 레만 호수 주변에 스위스와 프랑스 지역을 합쳐 모두 약 160만 호 정도가 살고 있는데도 너무 맑은 물에 관한 것이었다. 당시 나는 제네바 대표부에서 환경업무도 담당했었기 때문에 맑은 물에 관심이 많았다. 그는 프랑스와 스위스가 협약을 맺어 서로 레만 호수로 흘러들어가는 하수구는 만들지 않기로 했다면서 이렇게 설명해주었다.

"제네바 칸톤에는 대체로 500~1,000가구 미만의 소단위 별로 하수처리시설이 있습니다. 그 하수처리시설에서 최첨단기술을 동원해서 완벽하게 하수를 처리한 다음, 거기서 나오는 건더기는 태우고, 오물은 정수하여 상수로 보냅니다. 이렇게 해서 레만 호수로 들어가는 하수구를 원천적으로 봉쇄하니 레만 호수로는 오물이 전혀 흘러들어가지 않습니다.

제네바 칸톤 정부에서는 큰 도로를 따라 큰 하수관을 깔아 놓고 거기서부터 집까지의 지선(支線)은 길이에 비례해서 사용자 부담으로 하수관을 깔아주고 하수세를 징수합니다. 레만 호수만이 아니라 스위스 전국의 모든 하천들이 각 지방자치 단체들을 중심으로 그 실정에 맞게 관리하고 있습니다."

시골마을 포렐의 쓰레기 수거법

쓰레기 관리에는 무엇보다 주민들의 협조가 필수적이다. 아무리 첨단기술을 동원하고 시설을 잘 해놓아도 주민들이 협조하지 않으면 소용이 없다. 로잔 근교 시골에는 동네마다 일반쓰레기 수거함과 별도로 재활용수거함 지역이 있다. 일반쓰레기봉투는 35리터짜리 한 장에 무려 2500원이나 한다. 시골길에는 쓰레기통도 자주 보이고, 특히 개똥 수거함이 수거용 비닐봉지와 함께 많이 보인다. 개똥 수거용 비닐봉지는 무료로 비치되어 있어 누구든지 뽑아서 쓸 수 있다.

로잔에서 30여 킬로미터 떨어진 포렐이라는 시골마을에서 몇 달을 지내는 동안 쓰레기 수거방법을 유심히 살펴본 적이 있었다. 마을에는 동사무소 옆에 예쁘게 만들어놓은 10평 정도 크기의 '쓰레기 집'이 있다. 그 안에 들어가도 쓰레기 냄새는 거의 나지 않는데, 사방의 벽을 창살로 만들어 바람이 사통오달 통하게 했기 때문이다. 그 안에는 일반쓰레기를 비닐봉지에 봉해서 넣는 큰 알루미늄통 두세 개와 재활용쓰레기를 종류

다이영의 개똥 수거 비닐봉지함. 무료로 비치되어 있어 누구든지 뽑아서 쓸 수 있다.

별로 넣는 여러 개의 작은 통이 있다. 문은 늘 잠겨있어 그 안에 들어가려면 열쇠로 열고 들어가야 한다. 각 세대마다 이 열쇠를 나누어주는데, 이는 주민 각자가 '쓰레기 집'을 관리해야 하는 주인이라는 뜻이다. 여럿이 사용하는 공간임에도 늘 주변이 깨끗하게 정돈되어 있었다. 특정인이 도맡아 하는 것이 아니라, 그곳을 이용하는 주민들은 누구라도 항상 정돈하는 것이 몸에 배어있는 것 같았다.

포렐에서 국경일 마을 축제를 구경한 일이 있었다. 축제 장소인 들판에 모인 마을 사람들 수가 300~400명 정도니까 아마 마을 사람 대다수가 참여하지 않았나 싶었다. 젊은이들이 음식을 팔고, 나중에 쓰레기 수거도 했다. 대형 비닐봉지 여러 개를 갖다 놓고 재활용은 종류별로, 일반 쓰레기는 따로 수거했다. 나중에 축제가 끝나고 가보니 조그만 부스러기 하나 없이 너무 깨끗해서 마치 어제 아무 일도 없었던 것 같았다. 더욱 놀란 것은 그로부터 며칠 후였다. 젊은이들은 축제 때 음식을 팔아서 남은 돈으로 농가 끝자락에 있는 농작물 창고에서 그들만의 파티를 열었다. 음악 소리가 들려서 가보니 40여 명의 젊은이들이 춤을 추며 놀고 있었다. 거기서도 인상적인 것은 쓰레기봉지였다. 축제 때와 비슷하게 비닐로 된 쓰레기봉지들을 종이류, 캔류, 비닐류, 플라스틱류, 유리병 등, 종류별로 분류하여 버릴 수 있도록 한쪽 귀퉁이에 질서정연하게 세워놓았다. 다음날 일부러 파티 장소에 가보았더니 종잇조각 하나 없이 파티를 열었던 흔적이라곤 전혀 찾아볼 수 없었다. 이런 것이 스위스의 주민정신이 아닌가 싶었다. 내가 가 본 몇몇 시골들이 모두 이렇게 깨끗하게 관리되고 있었던 걸로 봐선 스위스 전역이 전부 다 이렇지 않을까 짐작한다.

이런 작은 마을보다 좀 더 규모가 큰 중간 정도 크기의 마을에는 대부분 '꿉(Coop)', '미그로(Migro)' 등 대형 슈퍼마켓이 있어서 슈퍼마켓 입구에 유리병, 페트병과 플라스틱 우유통 수거함이 구비되어 있다. 유리병 수거함도 녹색 유리병, 흰색 유리병, 갈색 유리병 등으로 나누어져 있어서 사람들이 시장을 보러갈 때 갖다버리기 편리하게 되어 있다. 어떻게 생각하면 아무리 편하게 분리수거 시설을 갖춰놓아도 아무 데나 버리는 것보다는 귀찮을 텐데, 스위스 사람들은 아무도 함부로 쓰레기를 버리지 않는다. 깨끗한 스위스를 유지하기 위하여 주민 모두의 조그만 정성을 모으는 것이 바로 이들의 협동정신이 아닐까.

깨끗한 스위스를 만드는 보이지 않는 손

도시의 청결은 말할 나위가 없다. 제네바나 로잔 같은 큰 도시에서는 도대체 누가, 언제 이렇게 도시를 깨끗하게 관리하는 것일까 늘 궁금했는데, 알고 보니 새벽 3시부터 6시까지 청소차가 다니며 도시를 깨끗하게 하고 있었다. 그 시각에 일하는 사람들은 시간당 30프랑을 받는데 이는 평균 보수보다 1.5배, 최저임금보다 두 배가 되는 수준이다. 이 일을 하는 근로자들은 주로 동구권 또는 포르투갈, 스페인, 이탈리아 등지에서 온 백인 이주자라고 한다. 쓰레기 청소 같은 지저분한 일은 모두 사람들이 자는 시간에 이루어지니까 대부분의 사람들이 활동하는 시간에는 항상 깨끗한 모습만 보게 되는 것이다.

청정 스위스를 만들기 위해 쓰레기만 철저하게 규제하는 것은 아니다. 자동차의 매연도 엄격히 규제한다. 이를 위한 다양한 조치가 있지만 무엇보다 대형트럭의 통행제한을 들 수 있다. 스위스에서 대형 차량은 전국적으로 통행량이 적은 자정부터 새벽 5시까지 이외에는 운행할 수가 없다.

스위스는 소음에도 매우 민감하다. 제네바에 도착해서 얼마 되지 않았을 때였다. 퇴근 후 아파트 거실에서 딸들과 함께 찰고무로 만든 공을 장난삼아 주고받았는데, 그 공이 마룻바닥에서 몇 번인가 튀었다. 조금 후 현관 벨이 울려서 나가보니 아래층 사람이 올라왔다. 무슨 소리가 난다며 중지해달라는 거였다. 이렇게 피해 주민이 직접 항의하는 경우도 있지만, 경찰에도 자주 신고를 해서 경찰의 방문을 받는 경우도 많다고 한다.

심지어 냄새까지도 엄격히 규제한다. 어디서도 하수도 썩는 냄새가 나지 않는다. 일반 가정에서도 냄새가 나면 즉각 주민들의 항의를 받는다. 어느 한국 가정에서 된장을 담가 베란다에 놓았더니, 얼마 뒤 경찰이 들이닥쳐 당장 치우라고 했다고 한다. 또 어느 가정에서는 설거지를 하고 반나절을 씻지 않고 두었더니 위층에서 냄새가 난다고 항의를 한 적도 있었다고 한다.

청정마을, 제르마트

이런 스위스에서도 한층 더 깨끗하다는 청정마을이 있다. 제르마트라는 조그만 마을인데 파라마운트사 영화의 첫머리에 나오는 마테호른산을 가까이 볼 수 있는 마을이다. 그곳은 자동차도 모두 전기차로 택시, 버스, 화물차 등이 전부 전기 배터리를 동력으로 움직인다. 소음 또한 엄격하게 규제한다.

이처럼 청정 스위스를 만들기 위한 스위스 국민들의 노력은 도처에서 엿볼 수 있다. 법으로 규제하는 측면도 있지만, 궁극적으로는 주민들의 협조와 노력이 없이는 이루어질 수가 없는 일이다. 사람들이 자율적으로 서로 감시하면서 규제하고 있는 것이다.

스위스의 청정 마을, 제르마트

사고예방과 비상사태 대비

선진국과 개도국을 구분하는 기준의 하나로 사고에 대한 예방과 비상사태에 대한 대처능력을 들고 싶다. 이의 대척점에는 안전불감증이 있을 것이다. 모든 선진국 국민들은 돌발 사고에 대비한 준비가 철저하고, 만일 비상사태가 발생한 경우에도 대비가 잘 되어있어 대처가 잘 되는 반면, 개도국 국민들은 대개 그렇지 못하기 때문이다. 1999년경 불가리아에서 근무할 때, 터키에서 대지진이 일어나서 많은 희생자들이 발생했다. 그 지진의 여파는 불가리아에서도 느껴졌는데, 그때 소피아에 주재하는 선진국 대사관들이 고층빌딩에 있는 사무실을 낮은 건물로 옮기는 등, 앞으로 있을지도 모르는 만일의 경우에 즉각 대비하는 모습을 봤다. 일본

대사관 같은 경우는 이미 단층 건물에 들어가 있었기 때문에 물수건 준비, 비상연락망 체계 확립 등 일본 내에서 발생하는 지진 대비 매뉴얼을 강화했다. 우리 대사관은 월드트레이드 빌딩 7층에 있었는데 이러한 상황을 목격하면서도 대비책을 건의할 수 있는 분위기가 아니었다. 그 다음해 초 공관장회의에서 이 문제를 꺼내봤지만 누구 하나 귀담아 듣지 않을 뿐 아니라, 오히려 무슨 뚱딴지같은 소리를 하느냐는 듯 싸늘한 반응만 돌아올 뿐이었다.

스위스에서 20세기 이후 비상사태가 일어난 적은 없었다. 비상사태라면 여러 가지 상황이 있겠지만 최대의 비상사태는 전쟁일 것이다. 제네바의 건물이나 주택의 특징 중 하나가 비상대피소의 존재다. 비상대피소 설치는 법으로 규정되어 있어서 모든 건물은 의무적으로 대피소를 마련하고 있었다. 실제로 내가 살던 아파트 지하에도 대피시설이 있었는데, 그 대피소의 문짝은 두께가 70~80cm는 충분히 될 정도의 철문으로 매우 두껍고 육중해서 혼자서 문을 여닫기도 힘들 정도였다. 대피소 안에는 공동집회소는 물론, 아파트 세대별로 칸막이를 만들어 놓았다. 이 칸막이에는 비상시 한 달간 견딜 수 있는 식량, 전등 등을 비축한다고 했다. 나야 외교관 신분이라 스위스 당국에서 뭐라고 간섭할 수는 없었지만, 스위스 사람들은 철저하게 그 대피소 안에 물과 취사도구, 밀가루 등 식량과 생활필수품을 비축해놓고 일정 기간마다 점검하며 교체해준다고 했다.

이는 스위스의 전 국민 전시 비상체제와 맥을 같이 한다. 사실 영세중립국인 스위스에서 전쟁이 일어날 확률은 희박하지만, 스위스 국민들은 국민개병제 체제를 만들어 놓고, 매년 강도 높은 전시훈련을 시행한다. 또 스위스의 창공에는 어디서든 거의 매일 같이 많은 전투기들이 동시에 연습하는 모습을 어렵지않게 목격할 수 있다. 날씨가 맑은 어느 날 전투기가 비행하는 모습을 유심히 살펴보니 저쪽에서도 흰 연기가 보였고 또 반대편에서도 흰 연기가 보였다. 눈대중으로 몇 개나 되는지 세어보니 대충 열 군데에서 동시에 비행 훈련을 하고 있었다. 이는 전쟁이 일어날 리가 없다고 긴장감을 늦추고 형식상 하는 훈련이 아니었다. 스위스에서 전쟁이 발생한다면 특정한 적을 미리 상정할 수 없으니 적이 노릴만한 가상의 표적을 미리 정해 놓고, 그 표적을 파괴하거나 말살하는 훈련을 하며 전쟁에 대비하는 것이다.

사실 우리나라는 준전시상태이다. 휴전상태이니 법률적으로는 전시라는 뜻이다. 그러나 한국전쟁 이후 60년이 지난 현재 우리는 자유와 번영을 누리다 못해 방종과 무질서의 상황을 초래하고 있다. 대부분의 국민들이 휴전상태라는 것을 망각하고 있는 것이 안타깝게 느껴진다.

제네바 대표부 건물부지 구입 이야기

1993년 어느 날, 주제네바 대표부의 박수길 대사께서 갑자기 관저국유화 문제를 꺼내셨다. 이미 국유화된 관저가 협소하고 초라하다고 생각하신 듯했다. 이상옥 장관께서 제네바 대사 시절 이 관저를 국유화하고 자랑스러워했던 때가 불과 10년 남짓 지났는데 이제는 초라하다고까지 여겨지는 것이, 그만큼 우리나라의 경제력과 국력이 커져서 덩달아 사람들의 안목도 높아진 탓이라는 생각이 들었다.

동서독이 통일되어 수도를 베를린으로 이전하는 것이 결정됨에 따라 본에 있던 우리 대사관도 베를린으로 옮기지 않을 수 없었다. 1993년경 본으로 김태지 주독일대사를 찾아뵈었을 때 그 관저는 건물도 훌륭했고 내려다보이는 정원이 훤해서 훌륭한 면모를 갖추고 있었다. 김 대사는 우리 정부에서 이 관저를 팔라고 하니 아깝다고 하셨다. 국회의원단 몇 분이 와서 초호화 관저라며 지적했지만 현지에 내놓은 대한민국의 얼굴이 이 정도는 되어야 하지 않겠느냐고 하셨다. 호화스럽다는 기준과 국가의 얼굴이라는 기준은 좀 달라야 하지 않을까 싶다.

박 대사께서는 새 관저를 물색하는 일을 참사관인 나에게 맡겼다. 부동산 회사에 연락을 해두었더니 어느 날 레만호수가 내려다 보이는 위치의 좋은 집이 있는데 한번 가보지 않겠느냐고 연락이 왔다. 주인은 시리아 은행가로 집값은 1,300만 스위스프랑, 당시 환율로 계산해서 미화로는 약 1,000만 달러 정도 되었다. 너무 비싸서 우리나라 형편으로는 도저히 엄두조차 낼 수 없었지만 구경이라도 하려고 집사람과 함께 갔다. 겉보기는 평범해 보였지만 막상 집 안에 들어서는 순간부터 말이 안 나올 정도로 굉장하다고 느꼈다.

머리를 빡빡 깎은 40대 정도 되어 보이는 사람이 집주인의 사위라며 직접 안내했다. 2층집인데도 엘리베이터가 있었다. 2층 안방에 들어서니 칠흑처럼 깜깜했다. 스위치를 누르니 은은하게 한 줄기 불빛이 침대 머리맡에 있는 그림 한 점을 발갛게 비추었다. 안내인은 그 그림이 200만 달러짜리라며 자랑을 했다. 다른 스위치를 누르니 나무 커튼이 서서히 열리면서 레만호수가 나타났다. 안방 창밖의 전경은 가리는 것 없이 탁 트여 있어 바로 푸른 호수가 펼쳐져 있었다. 마루의 나무 바닥은 어느 성에서 뜯어온 것이라고 했다. 1층에 내려오니 거대한 부엌과 수영장이 있었는데 반은 실내, 반은 실외 수영장이었다. 여기에 200명을 초대해서 파티를 할 수도 있다고 했다. 어디에 그런 공간이 있을까 싶었는데 스위치를 누르니 거대한 유리 칸막이가 실외 수영장 바닥과 위를 덮어서 완전히 실내로 바뀌었다. 그 유리 칸막이는 보잉사에 특별히 주문해서 설치했다고 했다. 과연 200명은 충분히 앉아서 식사를 할 수 있는 훌륭한 공간이 생겼다. 부엌도 얼마나 넓은지 50평은 충분히 되는 것 같았다. 지하 차고에는 스무 대의 차를 세울 수 있는 주차 공간과 주유 시설, 정비 시설이 갖추어져 있었다. 안내인은 이 집은 자동으로 청소도 되는 시설을 갖추고 있기 때문에 5명 정도의 하인만 있으면 관리할 수 있다고 했다. 집 구경을 하고 나오니 완전히 딴 세계에 갔다온 것 같은 기분이었다.

며칠 후 대사 사모님께 이야기했더니 한번 가서 보고 싶다고 하셨다. 그분도 집 구경을 하고 나서 '우리가 뭐 때문에 사는지 모르겠다. 우리 관저는 거기 비하면 닭장이다'라고 말씀하셨다. 우리가 아는 세상과는 전혀 다른, 상상도 못 할 다른 세상처럼 느꼈다. 이런 집을 보고 나서 감히 본부에 건의할 엄두가 나지 않는 건 박 대사도 마찬가지였던 모양이었다. 그 후 더 이상 국유화에 대해서는 말씀이 없었다.

곧 박 대사께서 임기를 마치고 떠나시고 허승 대사께서 부임하셨다. 허 대사는 내가 경협3과장으로 있을 때 경제국장이셨기에 마음이 편했다. 함께 술자리를 한 적도 많아서 무엇이든지 말씀드릴 수 있는 분위기가 형성되어 있었다. 허 대사께 관저보다 공관 국유화를 건의했다. 이미 국유화된 관저를 다시 국유화하자는 건 현실적이지 않다고 생각했기 때문이다. 그 반면에 현재 대표부가 월세로 들어가 있는 사무실은 20층 건물의 한 층을 쓰고 있었기 때문에 대표부 사무실로서는 다소 부적절한 측면도 있었다. 허 대사께서도 동의하셨다. 문제는 재경부 예산실에서 국유화 예산을 지원해주느냐 하는 것이었다. 먼저 적절한 위치에 부지 선정을 해야 했고 동시에 외교부에 국유화 건의를 해나갈 계획을 세웠다. 그러던 어느 날 한 노신사가 사무실로 나를 찾아왔다. 그는 쪼케 건설사에서 나온 드 프레라고 자신을 소개했다.

"저는 쪼케 사의 시니어 직원 드 프레입니다. 쪼케 건설사는 연간 매출 1,000억 스위스프랑의 스위스 굴지의 건설사입니다. 제가 오늘 찾아온 목적은 귀 대표부에서 건물 부지를 찾는다는 이야기를 듣고 적절할 부지를 소개드리기 위해서 입니다. 소개료는 필요 없고 다만 그 부지에 건물을 지을 때 쪼케 사를 관여시켜 주시면 됩니다. 외국 대표부의 경우에는 공개경쟁입찰을 하지 않아도 됩니다. 그리고 필요하다면 설계회사도 소개해드릴 수 있습니다."

우리는 우선 대상 부지의 위치에 대해서 물었다. 유엔본부 부근인데 인터콘티넨탈과 대각선으로 마주보고 있고 사우디아라비아 대표부의 건너편이라고 했다. 괜찮은 위치 같아서 말로만 듣기보다 실제로 한번 보자고 했다. 가서 보니 과연 위치가 좋아 보였다. 다만 대지가 경사져 있고 대지 위에 큰 나무들이 많이 들어서 있는 것이 눈에 띄었다. 대지는 총 2만 5,000평방미터였는데 가운데 오래된 집이 한 채 있었다. 드 프레 씨는 이 집은 지은 지 150년이 지나 역사적 건물로 지정되어 있기 때문에 허물 수는 없고 다만 허가를 받아서 내부를 개조해볼 수는 있을 것이라고 했다. 또 큰 나무들은 수종(樹種)에 따라 베어낼 수 있는 것이 있고 베어낼 수 없는 것이 있는데 여기에는 가장자리 몇 그루 이외에는 베어낼 수 있는 수종으로 베어내는 것만큼 다른 곳에 심으면 된다고 했다. 허 대사에게 대지 2만 5,000평방미터 중 큰길가 쪽을 'ㄴ' 자 형태로 도려내어서 8,000평방미터만 구입하는 것이 좋겠다고 보고했다. 대표부 부지로 2만 5,000평방미터는 너무 크다고 생각했기 때문이었다. 허 대사는 대표부 직원 중

6명으로 구성된 국유화 추진위원회를 구성하고 나를 간사로 임명했다. 위원장은 허 대사 자신이었다. 곧 추진위원들과 함께 현장 답사를 했다. 그중 일부는 땅이 경사지고 나무가 많다고 부정적 견해를 나타내기도 했다. 그러나 경사진 것은 토목공사를 할 때 깎아내면 되고 나무에 대해서는 드 프레씨의 의견을 전했다. 제네바 시내에선 이 이상 더 나은 위치가 없다고 단언하면서 강력히 건의했다. 찬반이 있었지만 허 대사는 내 의견에 손을 들어 주셨다.

곧 외교부에 보낼 공문을 작성했다. 현재 대상 부지의 위치를 설명하고 부지가격 750만 달러, 앞으로 지을 건축비용 1,500만 달러, 기타 250만 달러 등 총 2,500만 달러의 지원을 건의했다. 당시 외교부에선 1년에 재외공관 국유화 1건이라는 기준을 가지고 그해에는 이탈리아 대사관저 국유화를 추진하고 있던 중이었다. 그러나 이탈리아 대사관저의 국유화는 재경부 예산실에서 부정적인 견해를 가지고 있어서 보류되고 있었다. 이런 상황에서 외교부는 제네바 대표부의 건의를 받고 재경부에 이를 검토해달라고 요청했다. 얼마 지나지 않아 재경부에서는 주이탈리아 대사관저 국유화 대신에 주제네바 대표부 국유화를 승인했다.

우여곡절 끝에 재경부의 원칙적 승인이 났지만, 재경부에서 승인을 할 때 우리가 건의한 2,500만 달러 대신 규모를 1,500만 달러로 축소하면서 대지 구입비는 1,000만 달러, 건축비는 500만 달러로 조정됐다. 건의할 때와는 반대가 된 것이다. 이는 중요한 지역의 땅값은 비싸다는 우리나라의 관념에 기초해서 대지 구입비를 올려 잡은 것이 아닐까 추측했다.

이렇게 해서 국유화가 확정되자 이번에는 쪼케 사와 계약을 체결하기 전에 구체적인 세부교섭계획 수립이 필요했다. 계약당사자 확정 등, 계약체결 사전준비, 8,000평방미터의 구체화, 공항에서 들어올 때 좌회전 가능 여부, 불필요한 나무 제거나 건축 과정에서 환경단체와의 교섭 대행 등의 교섭사안을 만들었다. 교섭 완결까지 1년 반의 시간을 잡고 매주 한 번씩 대사관 회의실에서 정기적으로 만나기로 했다.

한편 우리 측 변호인도 지정해서 계약을 체결해야 했다. 스위스처럼 건축과 관련되는 복잡한 제도와 법적 규제가 있는 곳에서는 변호사가 반드시 필요했다. 스위스의 변호사 비용은 매우 높았다. 시간당 350프랑(당시 우리 돈으로 50만 원 상당)이었고 10분 이상 상담을 하거나 전화를 걸면 한 시간으로 간주되었다. 변호사가 이동하는 시간도 모두 상담 시간에 포함하기 때문에 자칫하면 변호사 비용이 생각보다 훨씬 클 것 같았다. 비용을 절약하기 위해 아무나 변호사와 접촉하는 것이 아니라 오직 나를 통해서만 접촉하도록 건의했다. 대표부의 전화기록이 상세히 나타나도록 전화국에 요청해서 변호사와 접촉하는 시간도 객관화 했다. 그리고는 변호사를 접촉할 때마다 장부에 상세하게 기록해두었다. 그로부터 한 달 후 변호사 측이 약 1만 2,000달러 정도의 변호사 비용을 청구해왔다. 깜짝 놀라서 변호사 측에 구체적인 내역을 보내달라고 했더니 곧 보내왔다. 내가 기록한 것과 대조해보았더니 큰 차이가 났다. 내 기록으로는 2,000달러도 되지 않았던 것이다. 기록한 장부와 전화기록 사본을 첨부해서 서면으로 확인을 요청했다. 다음 날 변호사 측은 자기들의 착오로 실수를 했다며 서면으로 사과를 해왔다. 초반에 그들의 기를 꺾은 셈이다. 그 후로 변호사와의 관계는 아무런 문제없이 잘 진행되었다. 내가 제네바를 떠날 때 변호사 사무실에서 고급 만년필을 선물로 보내왔을 정도였다.

문제의 대지는 30년 전에는 한 명이 소유한 땅이었으나 그 후 상속되어 24명의 상속자 명의로 되어있었다. 계약을 체결하기 위해서는 '갑'인

대한민국 주제네바 대표부 대사와 '을'인 24명의 스위스인이 서명을 해야 했다. 24명이 전 세계에 각각 흩어져 있어서 일일이 의사를 묻고 서명을 받아내기가 쉽지 않았다.

2만 5,000평방미터 중 우리가 원하는 8,000평방미터를 잘라내는 작업도 만만치 않았다. 우리 측은 길과 면해 있는 'ㄴ' 자를 원했는데 길 쪽에 면해있는 약 1,000평방미터가 이미 도시계획에 들어 있어 이 부분을 제외해야 했다. 도시계획이 언제 시행될지 모르기 때문이다. 우리 측은 8,000평방미터를 고수하다 보니까 사실상 9,000평방미터를 얻게 되는 셈이었다. 얼마 후가 될지는 모르지만 앞으로 도시계획 시행으로 새로운 울타리가 형성될 경우 쪼케 사는 울타리 축조공사도 부담하기로 했다.

쪼케 사와 더 큰 교섭사안이 하나 있었다. 해당 부지는 공항에서 오는 길에 좌회전을 하지 않고는 대표부 진입이 불편한 위치였다. 당시 이 지역에는 사우디아라비아 대표부와 러시아 대표부가 있었지만 좌회전이 허용되지 않고 있었다. 나는 이때가 아니라면 앞으로 이 문제를 해결하기가 어렵다고 보고 이 문제를 계약체결의 중요한 조건으로 내세웠다. 이 문제는 쪼케 사가 단독으로 결정할 수 있는 문제는 아니었다. 쪼케 사는 제네바 칸톤 당국과 적극 교섭해서 이 문제를 해결하기로 약속했다. 제네바 칸톤에서는 좌회전 가능 여부를 결정하기 위해 주변 직경 3킬로미터 이내 지역의 교통영향평가를 했다. 그 조사는 형식적인 것이 아니라 일주일 이상 많은 사람들을 동원해서 철저하게 교통량을 파악하는 과정을 거쳤다. 제네바는 건축에 있어서 불필요한 나무를 제거하는 등의 건축 과정에서 환경단체가 어떤 문제를 들고 일어날 지 알 수 없었다. 쪼케사는 이들과도 접촉하기로 했다.

이렇게 계약을 체결하는 데 약 1년 반이란 시간이 흘렀다. 1995년 계약을 체결하고 부지를 확보하는 일을 끝냄과 동시에 나도 제네바를 떠났다. 그동안 많은 시간을 접촉한 쪼케 사의 드 프레 씨와는 인간적인 신뢰관계가 생겼다. 생각해보면 대표부 부지를 확보하는 데는 그러한 신뢰관계가 큰 역할을 했다고 본다. 그를 통해서 스위스의 건축이나 주택제도뿐만 아니라 많은 것을 배웠다. 2007년 경 다시 제네바를 방문했을 때 그와 만나 식사를 한 적이 있었다. 그는 은퇴한 70대 중반의 노인이 되어 있었다. 문득 그가 그리워진다.

발칸반도의 중심국가 불가리아

우리에게 잘 알려져 있지 않은 불가리아에 처음 발을 디딘 것은 1996년 가을이었다. 외교부 감사관으로 재직할 당시 재외공관 감사를 위해 방문한 것이다. 그때만 해도 그로부터 1년 반 후에 그 나라에 대사로 부임하게 될 줄은 전혀 예상하지 못했다. 1998년 5월 불가리아에 대사로 부임했다. 전임자로부터 거기는 치약조차도 없으니 생필품은 미리 이삿짐에 넣어 가는 것이 좋을 것이라는 말을 들었다. 과연 도착해 보니 듣던 대로 물자가 부족했다. 처음 1년 동안은 생필품을 조달하러 자동차로 6시간 정도 거리에 있는 그리스 국경도시 테살로니키까지 갔다. 그러나 부임한 지 1년쯤 지나니 눈에 띄게 큰 변화가 있었다. 어느새 커다란 슈퍼마켓이 생겼고 생필품은 물론 사치스러운 고급 물자들도 많이 눈에 띄었다. 이때부터 불가리아에도 서구 자본주의 영향이 쇄도하기 시작하여 급속히 시장경제의 물살을 탄 것이다.

공산주의에서 자본주의로 가는 과도기

98년 무렵은 불가리아가 공산주의 통제경제에서 자본주의 시장경제로 가는 과도기였다. 89년 구소련의 붕괴에 따라 세계2차대전 전부터 집권하고 있던 공산정권은 그 기반이 와해되었지만 이후 수년간은 좌우가 대립하며 엎치락뒤치락 했다. 종주국인 소련의 붕괴는 불가리아에겐 큰 충격이었고, 따라서 구체제를 고수하려는 공산주의 보수 세력과 새로운 체제를 받아들이려는 자유민주주의 개혁 세력 간에 대립이 심했다. 이 당시 분위기를 나타내는 에피소드가 있다.

대우는 불가리아에 많은 투자를 했다. 쉐라톤호텔과 월드트레이드센터(World Trade Center)도 대우가 투자해서 구입한 건물이었다. 그 당시 불가리아에 대한 외국인 투자국 순위에 한국이 첫 번째로 이름을 올렸고, 덕분에 한국 대사인 나도 불가리아 정부로부터 상당한 대우를 받고 있었다. 우리 대사관도 월드트레이드센터에 입주해 있었다.

어느 날 샌도바라는 여자가 어떤 거창한 직함을 가지고 자선기부금을 교섭하기 위해 대우의 최영상 사장을 방문했다. 마침 알렉산드르라는 대우 현지 직원이 그 장면을 목격하고는 나중에 최 사장에게 샌도바가 어떤 사람인지를 알려주었다.

샌도바의 남편인 샌도프는 1950년대 초 흐르시쵸프가 불가리아를 방문했을 때, 흐르시쵸프에 의해 우수학생으로 선발되어, 모스크바 유학을 갔던 인물이었다. 그 후 승승장구하며 불가리아 내에서 두각을 나타내며 1990년대 초에는 주일 불가리아 대사가 되었다. 그들 부부는 자연스레 골수 공산당원이 되었던 것이다. 샌도바는 소련의 붕괴 후인 90년대 중반에 불가리아 문화부 국장으로 일하고 있었다. 알렉산드르는 그 밑에서 직원으로 있었는데, 샌도바는 알렉산드르가 한국 대사관 측과 접촉해서 한국과의 문화교류를 추진했다는 이유로 그를 해고했다. 그만큼 공산주의 당성이 강했던 샌도바가 변신해서 이제는 자신이 한국의 친구라고 자처하며 자신이 주관하고 있는 자선단체의 이름으로 기부금 각출을 교섭하러 온 것이었다.

소련과 불가리아의 특수 관계

이 혼란기 동안에는 본격적인 시장경제체제가 발붙일 수 없었다. 97년경, 선거 결과 처음으로 중도우파 성향의 정권이 들어서면서 시장경제정책을 조금씩 채택하기 시작했다. 그 효과가 나타나기 시작한 것이 98년 하반기부터였다. 동구의 다른 나라들보다 짧게는 3~4년, 길게는 7~8년 늦게 시장경제체제를 갖춘 것이다. 이처럼 불가리아의 시장경제 개방이 늦어진 데는 이유가 있었다. 소련 체제하에서 가장 혜택을 많이 받은 소련 위성국가 중의 하나였던 불가리아는 그만큼 맹목적인 소련 추종 국가였기 때문이다. 한때는 스스로 소련 연방정부의 한 주가 되겠다고 자처한 적도 있을 정도였다.

1944년경 불가리아가 왕정을 붕괴시키고 소련의 영향 아래 들어갈 때까지만 해도 불가리아는 기후 좋고 부지런한 국민성으로 인해서 인근의 그리스나 터키보다 생활수준이 높을 정도로 잘 살았다. 그러나 공산주의 정권이 들어서면서부터 상황이 달라졌다. 일단 냉전체제하에 공산주의라는 장벽 안에 갇히면서 서방 세계와는 단절된 상황이 되었다. 소련은 자본주의에 대항하기 위해 소련을 중심으로 공산블록을 구축해서, 일종의 컨트롤타워 역할을 하는 코민테른 체제를 창설해놓고, 모든 공산권 국가들이 코민테른 체제를 통해서만 물자를 교환할 수 있도록 했다.

이런 체제에서 소련은 종주국의 리더십을 발휘하여 국가별로 주력 산업분야를 지정해주고, 이에 따라 기존의 산업시설을 해체하고, 해체된 시설 중 중요한 것들을 소련 내로 옮기는 등 재배치했다. 불가리아는 중화학공업을 지정받았고, 필요한 기름, 가스 등의 원자재는 소련이 특혜를 주어 공급했기 때문에 이러한 소련의 조치에 매우 만족했다. 납기 개념도 없이 만들어 놓은 물건은 전부 소진되었으니, 불가리아는 이로 인해 커다란 혜택을 누렸던 것이다. 1950년부터 1970년까지 20년 동안 소련이 불가리아에 준 이러한 혜택을 1960년 불변가격으로 환산하면 25억 달러 정도가 된다고 하니 엄청난 셈이다. 이 무렵 이웃의 루마니아는 평야가 많다는 이유로 농업을 지정받자 이에 불만을 품고 중공 노선으로 기울었던 것과는 대조적이다.

이 기간 동안 불가리아는 완전고용이란 미명 아래 모든 사람들이 일단 일자리를 가지고 있었고, 대부분의 국민들은 힘들지 않게 먹고살 수 있었다. 정부는 노동자의 환심을 사서 그들을 공산주의 신봉자로 만들기 위해 산업시설이나 경제건설 보다는 인민들의 복지를 위한 인프라 구축에 더 힘썼다. 이 당시 불가리아를 방문해본 사람이라면 불가리아의 관광 도로나 위락시설이 산업시설에 비해 과투자된 것을 쉽게 알 수가 있다. 불가리아에 근무할 당시에는 불가리아가 EU에 가입하기 전이었고 고속도로망이 거의 없었다. 소피아에서 그리스 국경까지는 불과 180킬로미터 밖에 되지 않았는데도 4시간은 족히 걸렸다. 물동량이 많은 구간이었음에도 불구하고 도로 사정이 좋지 않았기 때문이다. 그에 비해 겨울에 스키를 타러 산으로 올라가는 길은 대개 조각돌을 깔아놓은 호화스런 도로였다.

이와 같이 소련 덕분에 불가리아는 크게 힘들이지 않고도 잘 살아갈 수 있었고, 불가리아 정부는 소련의 맹목적인 추종자가 되었다. 1985년 소비에트 연방공화국의 한 주였던 우크라이나에서 체르노빌 원자로 폭발 사고가 났을 때 불가리아의 공산당 서기장인 지프코프(Thodor Zhivkov)가 불가리아 내에서 이 사실을 고의적으로 은폐했다는 말이 있었다. 만일 이 사건이 알려지면 불가리아 내에서 소련에 대한 부정적인 이미지가 확산될 것이고, 소련 추종 정책에 커다란 타격이 될 수 있기 때문이었다. 그 결과 불가리아에서는 수년 동안 많은 사람들이 낙진에 오염된 음식물을 섭취하여 이름 모를 병, 즉 원자병에 희생된 것으로 알려졌다. 이처럼 불가리아는 소련과 운명을 같이할 정도로 긴밀한 관계였다. 그런 소련의 붕괴는 불가리아에게는 믿을 수 없을 정도의 충격이었고, 한동안 불가리아 정세는 매우 혼돈스러웠다.

이러한 배경에서 불가리아는 89년 이후 상당 기간 동안 좌파의 견제에 정정이 불안하다가, 97년이 되어서야 본격적으로 우파정권이 들어섰다. 이때까지만 해도 많은 사람들이 여전히 공산주의 사고방식에서 벗어나지 못했다. 놀고먹던 시절이 그리운 사람들이 많은 탓이었다. 자본주의라는 이름만 들어왔지 아직 자본주의가 무엇인지 일반인들에겐 생소했다.

상점에 들어가도 점원들이 서비스 정신이 없는 것은 물론, 같은 상표라도 상점에 따라 그 내용과 가격이 크게 차이가 나기도 했다. 슈퍼마켓에서 어떤 상표의 봉지에 든 쌀이 맛있어서 그 봉지의 쌀을 많이 사놓았더니 봉지마다 질이 다른 쌀이 들어 있어 낭패를 본 적도 있었다. 한번은 어떤 라키아(Lakia, 불가리아 전통 과일주)가 좋다고 해서 어느 상점에 사러 들어갔더니 생각보다 값이 비쌌다. 25레바(1레바는 1도이치마르크, 1달러는 대략 2마르크)였는데 혹시나 해서 그 옆의 상점에 들어갔더니 15레바를 불렸다. 내가 잘못 들은 것이 아닌가 싶어 다시 처음 상점에 들어가서 확인해봤더니 분명히 25레바였다. "옆에 집은 15레바인데 왜 여기는 25레바냐"고 물었더니 그 점원은 "그렇게 생각한다면 옆집에 가서 사라"고 퉁명스럽게 말했다. 시장에 가면 과일이나 야채를 파는 사람들도 처음부터 끝까지 같은 가격을 고집하면서 물건이 시들고 상해가도 값을 깎아주거나 흥정을 하려고 하지 않는다.

공산주의가 쇠퇴한 원인이 바로 여기에 있다. 경쟁의식이 없는 것이다. 이는 사회가 생산적이고 건설적인 방향으로 움직이지 못한다는 것을 뜻하고, 그런 상태가 오래 지속되면 결국 그 사회는 전반적으로 생산성이 낮아질 것이다. 이런 상황에서 자본주의 사회는 시장경제다, 민주주의다 하는 미끼로 공산주의 사회를 경쟁 사회로 유인해내는데 성공했고, 그 과정에서 공산주의 사회는 경쟁력을 잃고 와해되는 결과를 초래했다.

바람 잘 날 없던 불가리아의 역사

불가리아 사람들도 우리와 비슷하게 자국에 대한 높은 긍지를 가지고 있다. 애국심이 높은 불가리아 사람들을 보면 불가리아의 장래가 매우 밝다고 생각한다. 한동안 세계의 화약고였던 발칸반도에 위치해서 역사적으로 바람 잘 날이 없었고, 오랫동안 외세의 지배를 받았지만 이러한 애국심과 자부심이 있었기 때문에 살아남은 게 아닐까.

불가리아인들의 조상인 '불족(the Bul Tribe)'은 우리 민족처럼 오래전 한때 중앙아시아에서 살았다. 어쩌면 우리 민족의 이웃이었는지도 모른다. 소피아대학교 한국학과에서는 그들의 전설적인 조상인 탄크라

(Tancra)와 우리의 단군이 원래 같은 이름이 아닐까 하는 설을 제기하기도 한다. 우리는 동진(東進)한 반면, 그들은 서진(西進)을 하기 시작했고, 수 세기 동안 서진을 계속했다.

서진한 불족은 AD 3~4세기경에 지금의 우크라이나 지역인 흑해 북쪽, AD 7~8세기경에는 지금의 루마니아, 불가리아 지역인 흑해 서쪽까지 진출했다. 7세기 말 아스페르후(Asperho) 왕은 이 지역에 세력을 뻗치고 있던 비잔티움 세력을 몰아내고 제1기 불가리아 왕국을 건설하였고, 9세기 시메온 1세 때는 콘스탄티노플을 포위할 정도로 국력이 신장되어 발칸반도를 완전히 장악했다. 이 무렵 불가리아 왕국은 북쪽으로는 우크라이나, 서쪽으로는 헝가리, 남쪽으로는 그리스, 동쪽으로는 비잔티움제국과 국경을 마주하게 되었다. 이 시기에 기독교가 전파되었고 키릴 형제가 키릴문자를 만들었다. 키릴문자로 쓰인 문학작품들은 동유럽 슬라브 국가들에 전파되어 동유럽의 공식적인 언어가 되었다.

그 후 계속적인 비잔티움제국의 공격으로 11세기 초 비잔티움에 의해 멸망하여, 13세기 동로마가 쇠퇴할 때까지 약 2세기 동안 비잔티움제국의 치하에 있게 되었다. 동로마가 쇠퇴하자 불가리아는 다시 부활해서 잠시 전성기를 맞았으나, 14세기 말(1392년) 이반 쉬쉬만 왕을 끝으로 오토만제국의 치하에 들어가서 19세기 말(1879년)까지 약 500년 동안 오토만제국의 지배를 받는다.

AD 8세기 불가리아 왕국이 창건된 이래 오늘날까지 1300년 동안 170년간 비잔티움제국, 500년간 오토만제국의 통치를 받았고, 20세기에 들어서는 반세기 이상 구소련의 영향권 내에 있었으니 모두 700년 이상을 주변 강대국들의 피식민국으로 있었던 셈이다. 이는 발칸반도가 지정학적으로 매우 중요한 위치에 있어서 강대국들의 영향력 쟁탈전이 활발

벨리코 트리노브 성곽

했던 탓이다.

이처럼 불가리아는 오랜 기간 다른 나라의 지배를 받았지만 오늘날까지 국가의 정체성을 잘 보존한 위대한 나라이다. 무엇보다 회교 세력인 오토만제국 치하에서 500년을 버티며 기독교, 즉 불가리아 정교를 보존하고 그 문화를 가꾸어 온 것은 대단한 일이다. 지금도 소피아에서 동쪽으로 약 150킬로미터 떨어져 있는 릴라 모나스트리(Rila Monastry)나 벨리코 트르노보(Veliko Trnovo)에 가보면 불가리아인들의 위대함을 느낄 수 있다.

해발 3,000미터 높이의 릴라산 남쪽 언저리에 위치해 있는 릴라 수도원은 유네스코 세계문화유산으로 지정되어 있다. 릴라 수도원은 10세기에 세인트 이반 릴스키가 이 지역에서 수도생활을 한 데서 비롯되었는데, 그를 숭배한 그 지방의 유지 프레리오 드라고보라가 14세기 초에 그를 기리고 그의 유골을 보관하기 위하여 외적의 공격이나 자연재해에 대비해 요새처럼 튼튼하게 지었다. 그 후 1833년 사원은 불에 타서 완전히 소실되었고, 현재의 건물은 1830년대에 다시 지어진 것이다. 현재 수도원 내에 있는 25미터 높이의 프레리오 탑만이 원형 그대로 남아 있다.

오토만제국은 14세기 말 급격히 세력을 팽창하여 유럽 중부까지 그 영향력 아래 두었다. 그러나 방대한 지역을 적은 수의 터키인으로 통치하는 것이 어려워서 도시나 거점 위주로 점거하여 통치하였다. 이 때문에 산이 많은 지형인 불가리아에서는 발칸반도를 서에서 동으로 가로지르는 산맥인 스타라 플라니나로 피신하여 사는 사람들이 많았다. 릴라 수도원도 스타라 플라니나 산속 깊숙이 위치하고 있어 화를 면하고 그 정체성을 보존할 수 있었다.

오토만제국 치하에서 기독교와 더불어 불가리아어로 쓰인 책을 읽는 것조차 금지되던 때에 유일하게 종교 수행과 문화 활동을 할 수 있었던 장소가 릴라 수도원이었다. 불가리아가 오토만제국의 치하에 있던 500년

릴라 수도원. 불가리아인들에게 릴라 수도원은 단순히 종교적 건물이 아니라 민족의 정체성을 지켜주는 정신적 지주와도 같았다.

동안, 불가리아인들에게 릴라 수도원은 단순히 종교적 건물이 아니라 자신들의 정체성을 지켜주는 정신적인 지주 역할을 했던 것이다.

오랫동안 불가리아를 지배하던 오토만제국이 멸망하고 그로부터 독립한 1879년부터 불가리아의 현대 역사는 시작된다고 볼 수 있다. 현대 불가리아 역사는 릴라 수도원을 통해 지켜온 종교적 유산과 9세기 키릴 형제가 만든 키릴문자 등, 나라가 없는 가운데 지켜온 문화적 유산을 토대로 새롭게 탄생할 수 있었다.

오토만제국이 휩쓸고 간 불가리아 수도 소피아에는 고대의 유산이 별로 없다. 소피아 한복판에 있는 알렉산드르 네프스키 성당을 비롯한 많은 성당들도 20세기 들어서 지어졌다. 소피아대학교도 19세기 말에 생겼고, 그 외의 고등교육 기관들도 모두 19세기 말을 전후에서야 생기기 시작했다. 소피아 시내에 있는 위인들의 동상도 대부분 1879년 이후에 건립된 것이다.

소피아 이외의 지역에는 오래전에 이룬 문화적 유산이 비교적 상당 부분 남아 있다. 르네상스 초기에 그려진 것으로 알려진 프레스코 벽화가 있는 소피아의 보야나 교회(Byana Church)는 13세기 것이지만, 1845년 발견된 당시 그대로 잘 보존되고 있다. 벽화는 성경 이야기를 주제로 한 것인데, 인물의 생생한 얼굴 표정과 자세, 독특한 개성이 잘 나타나는 표현이 전형적인 르네상스의 인본주의 표현 양식을 취하고 있다. 르네상스는 14세기 이탈리아에서 시작되었다는 것이 지금까지의 역사적 정설이었기 때문에, 13세기 중엽에 그려진 보야나 벽화에서 이러한 화풍이 뚜렷이 드러난다는 것은 의미 있는 일이다.

그 밖에도 현재 불가리아에는 십여 개의 유적과 건축물 등이 유네스

보야나 교회 벽화에는 전형적인 르네상스 표현 양식이 잘 드러나 있다.

코 세계문화유산으로 등록되어 있다. 불가리아 공국 최초의 수도이었으며, 제3의 로마로 불렸던 벨리코 트르노보, 알렉산더 대왕의 부친인 필리포스 알렉산더가 도읍을 한 도시 플로브디프, 앞서 설명한 바 있는 릴라 수도원과 보야나 교회, 흑해 연안에 펼쳐져 있는 고대 그리스와 로마 유적 등은 험난한 역사의 현장을 견뎌낸 산 증인인 셈이다.

디플로매틱 스포츠클럽과 미얀코프

불가리아를 생각하면 으레 생각나는 것이 있다. 보야나 동네의 관저 옆에 있는 디플로매틱 스포츠클럽과 미얀코프의 약손이다. 디플로메틱 스포츠클럽은 공산당 시절에 외교단을 위해 만든 클럽으로서, 그 클럽의 건물뿐만 아니라 건물 내의 모든 시설이 오스트리아에서 수입한 자재로 지어졌다. 겉보기에는 아담하면서도 평범한 현대식 건물 모양을 하고 있는데, 넓은 건물 안 어디에도 회원들이 거의 보이지 않고 늘 한적했다. 수영장은 길이 25미터 폭 15미터였는데, 갈 때마다 늘 깨끗한 물이 찰랑대고 있었지만 수영하는 사람들은 거의 찾아보기 힘들었다. 그에 비해 안마를 하는 쪽은 늘 손님들이 많았다. 안마를 받으려고 신청을 하면 오늘은 안 되고 무슨 요일 몇 시에 오라는 말을 듣기가 십상이었다.

한번은 몸이 찌뿌듯해서 안마를 받으려고 며칠 전에 예약을 해놓았는데, 그 시간에 가보니 안마사가 긴급히 어떤 장관의 부름을 받아 그의 집으로 갔다는 것이다. 이처럼 클럽 이용의 우선순위 맨 위에는 정부 고위관리가 있었다. 아마도 공산주의 시절에는 공산당 간부들에게 우선순위가 돌아갔을 것이다. 그 다음은 외국인이 아니고, 그 클럽의 소속 종업원인 것 같았다. 클럽 종업원 수는 120여 명으로서 보통은 손님의 수보다 많았다. 여름 바캉스 시즌에는 클럽의 지붕을 고친다는 명분으로 7월과 8월 두 달 동안 아예 문을 닫는 경우도 있었다. 물론 종업원들을 위한 편법이었다. 디플로매틱 스포츠클럽의 원래 목적인 외교관 복지는 뒷전이 되었고, 소속된 종업원들은 공산주의식 관료화가 된 지 오래였다. 자본주의든 공산주의든, 혹은 국제기구이든, 조직을 움직이는 사람들이 기득세력화 되어 자신들의 이익만을 챙기려는 관료화 형태는 조직을 쇠퇴하게 만든다. 공산주의 자체가 이 때문에 망한 것이 아닐까 하는 생각도 들었다.

미얀코프는 디플로매틱 스포츠클럽에 소속된 의사였다. 성실하고 무엇보다 탁월한 물리치료사였기 때문에 여든이 가까운 나이에도 일주일에 두 번 정도 나와서 클럽 내 자기의 치료실에서 환자들을 돌봐주고 있었다. 평생을 물리치료사로서 아픈 사람의 몸을 이리저리 잡아당기고 만져서 고치곤 했던 그는 사람의 몸을 만져만 봐도 지금 컨디션이 어느 정도인지, 심지어 감기가 들었는지까지도 알 수 있을 정도였다.

내가 언젠가 테니스를 치다가 어깨가 아파서 갔더니 치료를 해주었는데, 하루 이틀 만에 금방 나았다. 또 불가리아를 방문한 번역협회 전 회장고(故) 방곤 씨가 버스에서 내리다가 넘어져서 호텔에 꼼짝 못하고 누워 있을 때 미얀코프가 호텔로 가서 고쳐준 일도 있었다. 언젠가는 공연 차 불가리아를 방문한 안양예술대학교 무용단원 한 명이 공연 직전 리허설 도중에 허리를 삐어 꼼짝달싹 못하게 되었다. 두 시간 후에는 공연을 시작해야 하니, 공연단 인솔 책임자는 안절부절 못했다. 이리저리 수소문해서 집에서 쉬고 있던 미얀코프를 모셔갔더니 우리가 보는 앞에서 그 여학생의 팔을 뒤틀면서 등을 탁탁 치니까 거짓말처럼 아프던 사람이 벌떡 일어났다. 그 여학생은 배시시 일어나자마자 고맙다는 인사 한마디 없이 그 자리를 황급히 떠났다. 옆에 있던 우리가 당황해서 대신 고맙다고 몇 번이나 인사를 했다. 이런 일들을 겪으며 나는 그를 신통력이 있는 의사로 여기게 되었다.

불가리아에서 안마는 스포츠 아카데미라는 고등교육기관의 한 과목으로 지정되어 있다. 안마로 단순히 근육을 풀어주는 것이 아니라 아픈 곳을 고쳐주기 때문에 우리의 침술과 비슷한 역할을 한다. 안마사로서 자리를 잡으면 의사와 비슷한 대우를 받기 때문에 당연히 안마과도 인기가 높다. 그만큼 경쟁률도 높아서 내가 아는 사람의 자제도 응시했다 낙방하기도 했다. 시대에 따라 인기 있는 직종이 있기 마련인데, 시장경제에 편입된 지금의 불가리아에서도 스포츠 아카데미의 안마과가 계속 인기가 있을지는 모르겠다.

챤코프의 아버지로부터 배운 지혜

불가리아에 근무했을 때 문화부 차관인 챤코프 씨와는 각별하게 지냈다. 그가 한국에 대해 유난히 관심이 많아 자연스레 친해지게 되었는데, 그는 영화감독 출신답게 잘생긴 멋쟁이였다. 그는 특히 우리 문화를 불가리아에 소개하는 데 많은 도움을 주었다. 개인적으로 친분이 생기자, 어느 공휴일에 '꼬쁘리스팃짜'라는 자기고향 마을에 나를 초대해서 문화재로 지정되어 있는 자신의 고향집을 보여주었다. 거기에는 구순인 그의 부친이 살고 계셨다. 연세에 비해 얼마나 정정하고 기억력이 좋으신지, 나이 드신 분이란 생각이 전혀 들지 않았다. 청력도 뛰어나서 보청기 없이도 조그만 소리까지 다 알아들으셨다. 게다가 그 연세에 영어를 얼마나 잘 하는지, 나는 크게 감명을 받았다.

그는 1930년대에 영국 옥스퍼드대학교으로 유학을 갔는데, 그때부터 영어를 잘해서 시메온 국왕의 통역도 맡고, 다른 중요한 공식적인 자리에서도 통역을 도맡아 했다고 한다. 그런데 1944년부터 공산주의 정권이 들어서더니 불가리아 전국에 영어 사용을 금지했다. 1946년 국왕이 해외로 망명하기 전까지 왕실의 행정관으로서 일을 했는데, 국왕이 망명을 하고 나서는 한직으로 밀려났다.

그러더니 1952년 어느 날, 당국에서 갑자기 그를 강제로 정치범 수용소에 가두었다. 결혼해서 아이들도 있었으니 가족과는 생이별을 하게 된 셈이었다. 이는 그가 미국의 스파이이거나 또는 스파이를 할 가능성이 높다는 공산정권의 판단 때문이었다. 거기서 그는 모든 것을 박탈당한 채 11년 동안 갇혀 살다가 불가리아의 공산주의체제가 안정된 60년대 중반에야 풀려날 수 있었다. 이때 그의 나이는 이미 50대였으니 젊은 시절

대부분을 수용소에서 보낸 셈이다. 하지만 그는 이 시련기에도 자신의 시간을 헛되이 낭비하지 않았다. 강요하는 이는 아무도 없었지만 철저히 규칙적인 생활을 함으로써 신체적인 건강을 지키고, 또 공부도 많이 해서 지식과 안목의 지평을 확대했다.

이 이야기를 들으며 그가 얼마나 지혜로운 사람인지 알 수 있었다. 90세가 된 그때까지도 건강한 육체와 정신을 가지고 세상 돌아가는 것을 훤히 꿰뚫어보는 식견에 감복했다.

챠코프의 아버지는 공산주의 때문에 많은 사람들이 조국을 떠나 다른 나라에서 살아가고 있다고 했다. 그중에 인류사에 기여를 한 사람들도 적지 않다고 하면서 이제는 그 사람들이 불가리아 재건에 기여하도록 해야 할 때라고 말했다. 이것은 모두 다 공산주의의 독선 때문이며, 공산주의는 시계의 방향을 거꾸로 가도록 하는 체제라고 덧붙였다. 불가리아를 떠나기 직전에 스토야노프 대통령으로부터 불가리아의 1등 수교훈장을 수여받고, 챠코프 집에 와 있던 그를 방문했더니, 축하해주면서 아내에게 100년도 더 된 옛 불가리아 동전을 꼭 쥐어주었다.

2005년 말, 혼자 동유럽 여행을 하면서 그 생각이 나서 챠코프를 만났다. 챠코프는 부친께서는 이제 95세로 여전히 정신은 맑으시다고 했다.

챠코프 아버지가 주신 옛 불가리아의 동전. 구순의 나이에도 건강한 육체와 정신으로 세상 돌아가는 것을 훤히 꿰뚫어 보는 그의 지혜가 존경스러웠다.

그 후로는 소식을 듣지 못했지만 아마도 지금쯤은 타계하셨으리라 생각된다. 삼가 그분의 명복을 빈다.

장학기금 조성

1996년 감사관, 1997년 문화협력국장을 거쳐 1998년 주불가리아 대사로 부임했다. 감사관을 하면서 재외공관에서 일정한 돈을 영수증 없이 쓸 수 있는 것은 좀 지나치다고 생각했다. 오래전부터 그러한 관행을 유지해 왔으니 이미 고착화되어 적지 않은 외교관들이 그 제도에 안주하고 있었다. 어떤 이들은 영수증을 요구하면 외교가 안 되는 줄 착각하고 있었다. 물론 이런 관습에도 장점은 있겠지만 단점이 장점보다 크다는 생각이 들었다. 전 세계적으로 재외공관에서 영수증 없이 돈을 쓰도록 허용한 나라는 이탈리아 등 극소수뿐이고 미국, 영국, 일본 등 대부분의 나라는 재외공관에서 공적 예산을 집행할 때 엄격하게 영수증을 요구하고 있다. 그렇지 않은 이탈리아의 경우도 공관장에게 포괄적으로 책임을 지우는 일종의 도급제로 우리의 경우와는 다르다.

감사관으로 있는 동안 이러한 제도를 고쳐야겠다는 생각이 들었다. 그래서 감사원과 상의하여 재외공관에서 지출하는 정보비는 경비의 50%에 대한 영수증을 첨부하도록 했다. 예를 들어 관저 만찬경비로 공관장에게 500달러를 지출했다면 적어도 250달러에 대해서는 영수증을 첨부하도록 한 것이다. 그전까지는 아무런 영수증도 없이 500달러를 모두 공관장에게 지급했는데, 일부 공관장들이 아무런 행사나 원인행위도 하지 않은 채 돈을 타간 예가 적발되었기 때문이었다. 이러한 내용의 조치를 장관 결재를 받아 시행했다.

처음에는 뒤에서 엄청나게 비판하는 소리가 들렸다. 어떤 공관장은 그 공관을 방문하는 국회의원들에게 이제 외교를 못해먹겠다고까지 했다고 한다. 어떤 국회의원들은 외무장관을 만나 잘못된 처사를 시정하라는 말도 했다고 들었다. 그러나 세월이 흘러 지금은 50%가 아니라 100% 영수증을 첨부해야 한다니 격세지감이 느껴진다. 비록 당시에는 외교부 내부에서 욕을 먹기도 하고 또 그에 따른 불이익을 받았을지 모르지만, 돌이켜보면 그 시대적 물꼬를 튼 것은 바로 나였다. 그점에서 지금도 그 생각을 하면 자부심을 느낀다.

이러한 과정을 겪은 후 주불가리아 대사로서 만찬경비를 그대로 다 받는다는 건 양심의 가책이 느껴졌다. 부임한 지 수개월 후 우선 1인당 50달러였던 관저 만찬 단가를 30달러로 줄인 후, 만찬경비로 받은 돈 중에 10% 이상을 떼어서 장학기금을 만들었다. 그리고 본국 손님들이 대사관에 내놓고 간 돈 등 가외로 생긴 돈을 직원들의 동의하에 장학기금으로 넣었다. 이렇게 하다 보니 일 년쯤 뒤에는 약 7,000달러 정도의 기금이 모였다. 적은 돈이었지만 다음 해에도 그만큼의 기금이 모일 것이라 생각하고 우선 그 돈으로 장학생을 선발하기 시작했다. 내가 떠난 다음에는 누가 오든 그들의 판단에 맡길 수밖에 없었다. 이후가 불확실하다고 해서 내가 옳다고 생각한 일을 그만두고 싶지는 않았다. 그래서 충분한 금액은 아니었지만 일단 장학생을 선발하는 절차를 밟았다.

불가리아에서는 학생 1인당 매월 50달러만 있으면 학비를 낼 수 있었기 때문에, 4,500달러로 방학을 제외한 연간 9개월간 장학금을 지원해 줄 수 있는 10명의 학생들을 선발했다. 그리고 나머지 기금은 내가 떠나고 난 후에도 최소한 1년은 지속할 수 있도록 남겨두었다. 한 학생당 50

달러가 적다고 생각할지 모르지만 공산주의 체제하에 있었던 불가리아에서는 결코 적은 돈이 아니었다.

소피아대학교의 랄로프 총장은 평소 친하게 지내는 사이여서 특별히 그에게 장학생 선발을 의뢰했다. 선발의 기준은 학업이 우수하고, 가정형편이 어려운 경우로, 3학년 또는 4학년 학생이 대상이었다. 고학년 학생들에게 지원을 해줌으로써 최소 비용으로 최대 효과를 누리기 위해서였다.

내가 떠난 후에도 주불가리아 대사관에서 장학금제도가 지속되기를 바라는 마음은 있었지만, 이후에도 이 제도가 지속되고 있는지는 알아보지 않았다. 이러한 장학기금 조성은 케냐에 가서도 계속했다. 불가리아에서의 경험을 살려서 케냐에서도 3년 동안 비슷한 조건으로 장학생을 선발하여 장학금을 지급한 것이다. 지금 생각하면 아무리 개인적으로 좋은 목적을 가지고 만든 제도라도 지속되지 않으면 의미가 있을까 하는 회의가 든다. 지속되지 않을 가능성이 크다는 것을 알면서도 추진했던 것은 어쩌면 치기어린 만용이 아니었나 하는 생각도 든다.

불가리아에서 받은 수교훈장

외교부 근무 기간 중 훈장을 받아본 적이 없던 내가 불가리아를 떠날 무렵 불가리아 스토야노프 대통령으로부터 '스타라플라니나 1등급 수교훈장'을 받았다. 불가리아 외교부 의전실의 설명에 의하면 이임하는 대사에겐 대개 2등급 훈장을 주는데 국가원수급이거나 특별히 양국 관계 증진에 역할을 많이 한 대사에게 준다고 했다.

훈장을 받는 날 의례적으로 이임 인사 겸 대통령을 예방했다. 예방하

불가리아 스토야노프 대통령으로부터 받은 스타라플라니나 1등급 수교훈장

는 자리에서 오랜 역경을 견뎌 온 불가리아인의 위대한 민족성, 적절한 수준의 인구, 천혜의 환경 등으로 불가리아의 장래가 매우 밝다고 이야기하고, 스토야노프 대통령의 EU 가입 플랜으로 그 가능성은 한층 더 앞당겨질 것으로 확신한다면서 내가 근무했던 포르투갈의 예를 들었다.

"1986년 포르투갈의 소아레스 수상은 국내 산업계의 강한 반대에도 불구하고 비전을 가지고 EU 가입을 성취했습니다. 그 15년 후인 작년에 포르투갈을 다시 방문해서 포르투갈이 긍정적인 방향으로 많이 달라진 모습을 봤습니다. 불가리아도 EU에 가입하면 좋은 방향으로 큰 변화가 있을 것으로 확신합니다."

나는 이렇게 말하면서 포르투갈은 EU에 가입해서 번영하는데 넉넉잡아 15년이 걸렸으니 불가리아에게도 앞으로 수년간이 매우 중요한 시기가 될 것으로 본다고 했다. 그랬더니 스토야노프 대통령은 15년은 너무 길고 7~8년 안에 이 모든 것이 이루어져야 한다고 말했다. 당시 불가리아는 모든 국운을 EU 가입에 둔 시점이라서 EU 가입에 대한 포르투갈의 사례에 매우 흥미를 가졌다. 이렇게 여러 가지 이야기를 하다 보니 당초 예방 예정 시간을 훌쩍 넘겨 버렸다.

그로부터 1년이 흘러 내가 대구시 자문대사로 근무하고 있는데 주불가리아 대사관의 대사비서 소냐로부터 연락이 왔다. 자기가 불가리아 외무장관의 훈장을 받아서 가지고 있는데 어디로 보내면 되냐는 것이다. 불가리아 미하일로바 외무장관이 3년간 재임하던 외교장관직을 떠나면서 양국관계를 강화시킨 데 대해 감사하는 뜻으로 미국 등 네 명의 외국대사를 선정해서 수여한 것인데 내가 그중 한 사람이라고 했다. 반가우면서도 의아한 생각이 들었다. 공식 루트인 대사관을 통해서 보내오면 되지 왜 대사비서 개인이 비공식적으로 보내야 하는가? 이러한 일은 공식적으로 본부에 보고하고 본부를 통해서 나에게 전달하는 것이 당연한 것이 아니겠는가? 어떤 상황이기에 비서가 나에게 비공식적으로 전달하려고 할까? 아무리 생각해봐도 이해가 잘 되지 않았다. 그렇다고 내가 이 문제를 공식적으로 거론하기도 내키지 않았다.

왜 불가리아 외교부장관이 특별히 훈장을 주는지 그 이유는 유추해 볼 수 있었다. 당시 우리나라는 불가리아에 가장 투자를 많이 하는 서너 나라 중 하나였다. 대우가 월드트레이드센터라든지 쉐라톤호텔 같은 대형빌딩들을 구입하면서 투자를 많이 했기 때문이다. 대우의 투자는 불가리아의 우리나라에 대한 기대에 부응하는 셈이었고 외교부장관의 표창은 불가리아 측의 고마움을 표시하는 하나의 증표로 볼 수 있다.

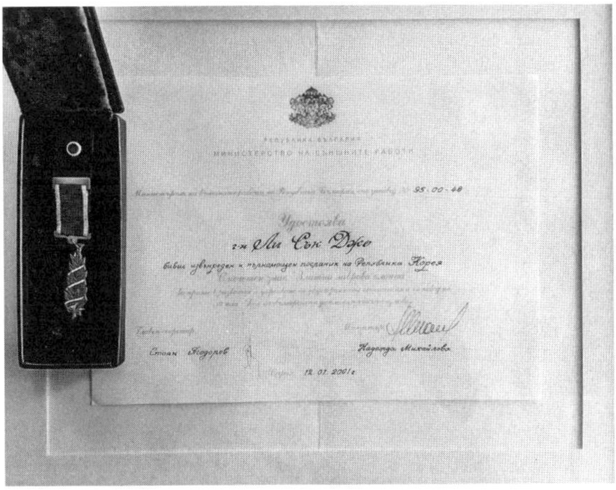

불가리아 외무장관의
표창장과 뱃지

불가리아 최고의 화가로부터 그림을 배우다

1998년 9월 경, 불가리아에서 어느 정도 자리가 잡혔을 때였다. 당시 크게 문제될 현안도 없고, 공휴일엔 갈 곳도 별로 없어 쉬는 날을 무료하게 보내고 있었다. 나는 모처럼 생긴 여유에 그림을 배워볼까 하는 생각이 들었다. 이러한 생각을 하게 된 배경으로, 첫째는 문화협력국 심의관과 국장을 하면서 많은 화가들을 알게 되어 그 영향을 받은 터이고, 둘째는 앞으로 은퇴를 하면 뭔가 취미가 필요하다고 생각해서 지금부터 취미를 발굴해보자는 뜻도 있었다. 비서인 소냐에게 그림을 배울 수 있는 적절한 불가리아 화가를 물색해보라고 했더니, 얼마 후 한 분을 소개하면서 한번 만나보라고 했다.

9월 말 어느 공휴일, 관저로 텁수룩하게 턱수염을 기른 사람이 20년도 더 되어 보이는 고물차를 덜덜거리며 몰고 왔다. 통통하고 건장해보였다. 그는 아트 아카데미의 올렉 고체프 교수라고 자신을 소개했다. 수업

나에게 처음 그림을 가르쳐준 불가리아의 화가
올렉 고체프 교수

료로 한 달에 100달러를 제시했더니 주말에 한 번씩 편리한 시간과 장소에 오겠다고 했다. 일사천리로 계약이 성립되었다. 오랫동안 공산주의 체제하에 있었던 불가리아에는 거의 모든 직종이 한 달에 100달러로 통했다. 의사도 100달러, 교수도 100달러, 청소부도 100달러였다. 당시 100달러는 웬만한 불가리아인들에게 월급에 맞먹는 액수였다. 2층 서재에서 배우기로 하고 미리 장만한 물감, 붓, 팔레트 이젤 등을 내놓자, 그는 또박또박 영어로 설명을 해나갔다.

"역사상 세계에서 가장 천재적인 화가인 레오나르드 다빈치는 원근법을 체계적으로 확립한 최초의 사람이었어요. 그는 우리가 서 있는 지점에서 멀리 있는 것일수록 지평선 위의 하늘색과 같아진다는 것을 밝혀냈습니다."

데생, 원근법, 구도 잡는 법, 명암 터치 방법, 몇 가지 색을 섞어 원하는 색채를 만들어내는 방법 등, 기초부터 차근차근 배우기 시작했다. 한 번 오면 보통 오전 또는 오후 내내 머물렀으니까 아마 매주 서너 시간 정도씩은 배운 것 같다. 처음 한동안은 흑백으로 데생만 하다가 차츰 두 가지

색, 세 가지 색으로 늘려가더니 반년이 지나서는 여러 가지 색을 사용하게 되었다. 그때부터는 사무실 건물로 가서 사생을 하기도 했고, 또 실제 모델을 세워서 인물화를 그리기도 했다. 인물화를 완벽하게 그리기 위해서는 해부학을 공부해야 한다면서 해부학 책도 가져왔다.

이런 기교적인 것도 배웠지만 고체프 교수로부터 배운 것 중 가장 중요한 것은, 실제 보이는 대로 정직하게 받아들이고 피곤하다고 적당히 타협하지 말라는 것이었다. 아무리 귀찮고 시간이 걸리더라도 정확히 보이는 대로 표현하라고 했다. 그리고 명암이나 따뜻한 색, 차가운 색을 잘 관찰해서 알아내도록 했다. 사실 내게는 이러한 것들이 잘 보이지 않았는데, 이런 것이 한눈에 들어오는 날 내 그림 실력이 한 단계 업그레이드되는 것이라는 생각이 들었다. 하지만 아직도 잘 되지 않는 걸 보면 지금도 나는 초보단계를 벗어나지 못하고 있는 것 같다.

이럭저럭 1년이 지나고, 혼자서도 어느 정도 그릴 수 있겠다는 생각이 들었다. 1년 후 꼬박 한 달을 걸려 완성한 첫 작품이 나왔다. 물론 고체프 교수의 코치도 받았다. 완성한 그림을 보고 고체프 교수는 칭찬을 하면

처음 그려 본 아크릴화

서 자기가 가르친 제자 중에 아주 우수한 편이라고 치켜세웠다. 이제 혼자 그림을 그릴 수 있다는 생각에 기분이 들떴다. 어디까지나 아마추어 수준이지만 앞으로 평생 혼자 그림을 그리면서 지낼 수 있다는 건 매우 의미가 있다는 생각이 들었다.

나를 가르쳤던 올랙 고체프 교수는 불가리아 내에서 최고의 현역작가로 활동하고 있다. 해부학적으로 인간의 내면을 진솔하게 표현해내는 화풍으로, 주로 벽화를 많이 그리는데, 멕시코, 이탈리아, 스위스, 프랑스, 일본 등에 초대되어 적지 않은 벽화 작품들을 남기고 있다. 그림에 대한 지식이 많지 않은 내가 그를 평가하기는 어렵겠지만, 적어도 기교면에서는 대단한 화가임에 틀림없다. 공산주의 치하에서 자유로운 사고를 가질 수 없는 한계가 있었기에 폭넓은 사조를 받아들일 기회가 없었던 것이 유감스러운 점이다.

20세기 최고의 피아니스트 중 한 명이라 불리는 불가리아의 피아니스트 알렉시스 바이센베르크는 평생 공산주의 치하에서만 연주를 했다. 공산주의가 붕괴되고 그의 연주가 세계에 알려지자 많은 이들이 그가 세계 최고 수준이라는 것을 인정했다. 그러나 그때는 이미 그의 나이가 80

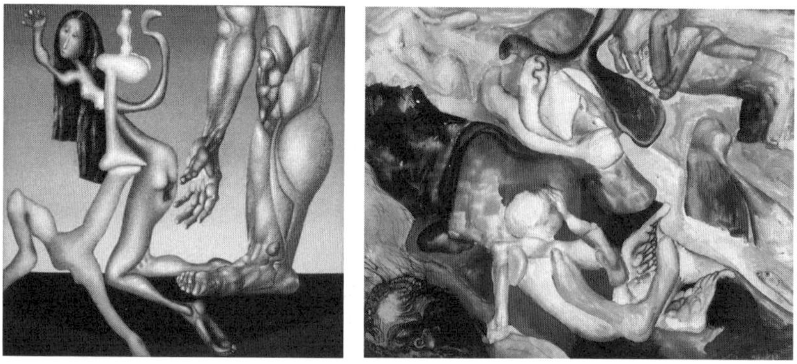

올렉 고체프 작

미술자문위원회와의 인연으로 불가리아에서 열었던 전시회

을 넘었을 때였다. 만일 그가 처음부터 서방세계에서 활동할 수 있었더라면 루빈슈타인 못지않은 피아니스트로 인정을 받을 수도 있었을 것이다.

고체프 교수도 바이센베르크와 같은 경우로 볼 수 있을 것 같다. 홍익대 교수로 2013년 작고하신 이두식 교수는 내가 불가리아에 있을 당시 세 번이나 불가리아를 방문해서 전시회도 가지고 워크숍에도 참석해서 고체프 교수와도 만날 기회가 있었다. 이 교수도 고체프 교수를 높이 평가하면서 그를 한국으로 초청하여 홍익대학교에서 강의할 수 있는 기회를 주기도 했다.

불가리아에 오기 직전 문화협력국장으로서 미술자문위원회를 만든 것이 인연이 되어서 불가리아와 케냐에서 여러 차례의 국제전시회를 개최하고, 이두식 교수와 박항률 교수의 워크숍 참석을 주선하는 등 미술을 이용한 문화외교를 편 것은 지금 생각해도 가슴 뿌듯한 일이다. 특히 불가리아에서 개최한 미술전시회에는 고(故)이대원 총장님, 고(故)이두식 교수, 박항률 교수, 임명진 대사, 주태석 교수, 이석주 화백 등 우리 미술계에서 기라성 같은 화백들이 참가하여 자리를 빛내주신 것은 나로서는 큰 영광으로 잊을 수가 없다. 그분들의 노고에 다시 한 번 감사드린다.

아찔했던 순간들

이상하게도 불가리아에 있는 동안 깜짝 놀랄 정도의 사건 사고가 연이어 일어났다. 그 원인을 보면 나를 포함한 누군가의 부주의, 준비 부족과도 관련이 있었으니 안전불감증과 관련된 인재(人災)라고 할 수도 있을 것이다. 이런 점에서 세월호 사건을 비롯하여, 요즘 우리나라에서 일어나고 있는 크고 작은 사건 사고와도 일맥상통하는 바가 있다고 생각한다. 지나간 과거를 반성하면서 앞으로 가능한한 재난을 막아야겠다는 뜻에서 몇 가지 사건 사고를 정리해본다.

유비무환, 무비유환

1998년에 처음 대사직을 맡아 불가리아로 부임한 나는 1990년 양국 수교 후로부터 제4대째 대사였다. 대사관저는 수교 후 처음부터 대지 2,000평, 지상 2층과 지하층이 있는 건평 160평 정도 규모의 아담한 집을 임차로 쓰고 있었다. 그 집은 1940년대 중반에 지어졌지만, 원래 주인은 불가리아 공산혁명이 일어나 얼마 살아보지도 못하고 집을 버린 채 이탈리아로 망명했다. 그 후 고급주택가에 있던 그 집에는 공산당 정부의 부수상급이 살았다. 1989년 공산주의 몰락 후에는 이전에 몰수한 사유재산의 반환원칙에 따라 이탈리아로 망명한 원 소유주의 자녀들에게 집의 소유권이 넘어갔다. 이후 손자 대까지 상속되어 오다가 1990년 불가리아에 대사관이 설치되면서 대사의 관저로 임차한 것이다.

2000년 4월 어느 공휴일이었다. 그날따라 아침 6시 반쯤 유난히 목이 말라 물을 마시러 1층 부엌으로 내려갔다. 부엌 문 앞에 다다르니 바로 옆의 지하 통로에서 고무 타는 냄새가 심하게 나서 지하 층계를 한두 발짝 내려가 보았다. 지하에서는 연기가 조금씩 부엌 쪽으로 올라오고 있었다. 순간 나는 지하에 있는 두꺼비집에서 불이 난 것이라 판단하고, 이층에서 자고 있는 집사람을 향해 큰 소리로 외쳤다.

"여보, 불났어요!"

화재가 났을 경우 도움을 요청하는 119를 부르려다가, 그보다 관저의 집사인 미뜨꼬에게 전화를 하는 게 낫겠다는 생각이 들었다. 영어가 통하지 않는 불가리아에서 불가리아어로 '불이야'라는 단어가 얼른 생각나지 않았다. 손이 떨려서 다이얼을 돌려 미뜨꼬에게 전화를 거는 데에도 시간이 걸렸다. 미뜨꼬는 그때까지 잠을 자고 있었던 듯했다. 불이 났으니 빨리 119에 신고를 하라고 했더니, 벌써 수화기 저쪽 끝에서 미뜨꼬의 울음 섞인 소리가 들렸다.

그 몇 분 사이에 검붉은 불꽃과 시커먼 연기가 지하에서 넘실댔다. 어느새 집사람은 반지하로 되어 있는 지하 창문의 유리를 깨고 정원에서 물을 줄 때 쓰던 고무호스를 끌어다 넣어 물을 뿌리고 있었다. 그리고는 2층으로 올라가서 내 옷가지들을 챙기느라 분주했다. 한편, 나는 아래층

거실에 있던 그림들을 하나씩 정원으로 들고 나왔다. 이두식 씨 그림, 박항률 씨 그림, 김병종 씨 그림 등, 십여 점의 그림을 모두 밖으로 끌고 나와 일단 정원 한가운데 안전한 곳으로 운반했다. 만일 집이 이층까지 탈 경우에 대비한 것이었다. 위급한 상황에서 그 사람의 성품이나 평소 사고방식이 드러나는 것을 느꼈다. 나중에 집사람에게 그렇게 급할 때 왜 하필 옷을 먼저 챙겼느냐고 물었더니, 만일 옷이 타면 무얼 입고 사무실에 가나 하는 생각이 들더라는 것이다.

그렇게 30분이 흘렀고, 지하실에서는 시커먼 연기가 더욱 자욱하게 나서 이제는 한 발짝도 접근할 수조차 없게 되었다. 지하에서 나오는 연기 속에 검붉은 불꽃까지 넘실대자 이제 집 전체가 불에 휩싸이는 것은 시간문제로 보였다. 나중에 안 이야기지만 불이 났을 때 유리창을 깨면 공기가 주입되어 오히려 불이 더 빨리 일게 된다고 한다. 그 절체절명의 순간에 소방차가 구세주처럼 들이닥쳤다. 그들은 평소 내가 봤던 불가리아 사람답지 않게 매우 민첩하게 움직였다. 그들 중 몇 명은 헬멧을 쓰고 지하실 정문을 통해 안으로 들어가서 자욱한 연기와 싸웠다. 그들의 수고 덕분에 놀랍게도 수 분 후 불길은 잡혔고 연기도 사그라졌다. 다행히 큰불은 막았지만 그 후로도 오랫동안 불에 탄 냄새는 쉽사리 없어지지 않았다.

그때의 화재는 나에게 유비무환이라는 큰 교훈을 주었다. 화재의 원인은 알고보니 전기 과부하였다. 공산주의 시절부터 주택 지역은 일률적으로 한 가구당 25킬로와트씩의 전기가 분배되었는데 관저 건물도 예외는 아니었다. 1990년 관저로 사용한 이래 그때까지 10년 동안 그 문제에 대해서 한 번도 생각해보지 않았던 것이다. 그 사이에 냉장고, 에어컨, 히터 같은 가전제품들이 계속 늘어났다. 대사관저는 손님을 맞는 일이 많기 때문에 가전제품이 많을 수밖에 없었다. 대형 냉장고만 해도 자그마치 6대나 있었다. 화재 이후 사후약방문 격으로 전기소모량을 재보니, 무려 70킬로와트가 넘는다고 했다. 그 화재 사고 이후 소피안스키 소피아 시장과 전력청장에게 이야기해서 관저의 전력 공급을 80킬로와트로 끌어올렸다. 바로 옆집에 사는 데이비스라는 영국대사관 1등서기관은 매년 본국에서 안전요원이 와서 모든 직원들 집의 안전성 여부를 체크해준다는 이야기를 듣고 낯이 화끈거렸다.

80년대 중반 포르투갈에서 비슷한 경험이 떠올랐다. 대사관을 이전하면서 새 건물의 한 층을 임차하여 칸막이 설치 등 사무실을 꾸미는 공사를 했는데, 포르투갈 설계사에게 설계를 의뢰했더니 배전 설비에만 2만 달러 정도가 책정되어 있어 깜짝 놀랐다. 당시에는 전체 공사비가 5만 달러인데 배전 설비 공사가 2만 달러인 것은 과도하다는 생각이 들었다. 그 후 리스본에서 살고 있는 한국인 전문가에게 물어보았다. 그는 원래 누전을 철저하게 방지하려면 배전 공사에 그렇게 많은 비용이 드는데 한국에서는 편법으로 대충 해버리는 경향이 있기 때문에 겨울철에 전기로 인한 누전 화재가 많다는 이야기를 했다.

화재 사건 이후, 한 달 동안 캠핑 비슷한 생활을 했다. 전기선이 관저 밖까지 타들어가서 인근 100미터 범위의 지역까지 전기선을 교체해야 할 정도라고 했다. 전기가 없으니 밤에는 가스램프로 불을 밝혔고, 냉장고도 쓸 수 없어 하루하루 필요한 물품을 조달해가면서 생활했다. 나중에는 이웃집에서 겨우 전기선 한 가닥을 빌려서 냉장고 한 개, 전깃불 몇 개만 켤 수 있게 되었다. 나를 포함한 모두의 무관심과 상식 부족이 낳은 결과였다.

SBS 취재팀 장비 도난 사건

2000년 여름이었다. '자전거 대원의 실크로드 횡단'을 취재하는 SBS 촬영팀이 소피아에 도착한다고 연락이 왔다. 촬영팀은 이탈리아를 출발해서 불가리아를 거쳐 중앙아시아 실크로드를 통과할 계획이라고 했다. 그날 코란도 지프 한 대에 세 명의 선발대가 먼저 소피아에 도착했고, 본대는 하루 늦게 도착한다고 했다. 선발대는 소피아에 도착하자마자 무역센터에 위치한 대사관을 방문했다. 잠시 환담을 나눈 후, 대사관 건물 아래층에 있는 양식당에서 함께 점심식사를 했다. 점심식사 후에 인사를 하고 사무실로 돌아왔는데 자리에 앉자마자 직원이 헐레벌떡 들어와서 취재팀의 차가 보이지 않는다고 했다.

대낮에 대사관이 있는 무역센터 앞에 세워둔 차가 없어졌다니 모두 어안이 벙벙했다. 차량 안에는 취재 카메라뿐 아니라 이탈리아에서 루마니아까지 오면서 한 달 가량 촬영한 필름들이 들어있었다. 일단 경찰에 신고를 하고 기다렸지만, 그날은 아무런 소식이 없었다. 다음 날 아침 일찍 경찰청장을 만났다. 경찰청장 옆에는 5~6명의 강력사건 담당 수사관들이 배석했다.

> "이번 한국에서 온 방송 취재팀의 취재장비 도난은 중대한 사건입니다. 이 사건은 단순한 도난 사건과는 다릅니다. 지금 나는 한국과 불가리아 양국간 교류를 증진하기 위해 노력하고 있습니다. 되도록 많은 한국사람들에게 불가리아를 알려야 하는데 이번 SBS 취재팀의 취재는 매우 중요합니다. 이런 때에 촬영 팀의 취재장비를 도난당했다는 것이 알려지면 한국에서 누가 불가리아에 오겠다고 하겠습니까?"

주불가리아 대사관이 있는
월드트레이드센터

"잘 알겠습니다. 최선을 다해 찾아보겠습니다."

"도난당한 차량도 중요하지만 차량 속에 있는 카메라도 중요하고, 그보다 더 중요한 것은 이미 찍은 필름 20개입니다."

"잘 알겠습니다. 기다려보십시오."

그날 취재팀의 본대가 소피아에 도착해서 아연실색했음은 말할 나위가 없었다. 본대는 자전거 대원 3명과 취재팀장 등 취재팀 3명, 모두 6명이었다. 그들을 위로하면서 당초 계획한대로 관저에서 식사를 했다. 건물 밖 잔디 위에서였다. 모두 허탈한 기분에 식사가 즐거울 리 없었다. 식사를 하는 둥 마는 둥 끝내고 그들은 숙소로 돌아갔다. 그들이 관저를 떠나자마자 경찰청장한테서 차를 찾았다는 통보가 왔다.

"도난 차량을 찾았습니다. 지금 대사관에서 3킬로미터 떨어진 전화국 옆 잔디 위에 있습니다. 급히 가보십시오."

차를 찾았다는 통보를 받고 모두들 기뻐했다. 그러나 30분도 안 되어 또 연락이 왔다. 이번에는 대사관 직원한테서 온 전화였다.

"차는 찾았는데 그 안에 있는 카메라와 필름이 몽땅 없어졌습니다."

또 한 번 허탈해졌다. 어쩌면 경찰에 중요하다고 알려준 물건들만 몽땅 사라졌다. 경찰과 도둑이 내통하고 있다고 느껴졌다. 빼돌리기 수월한 작고 비싼 품목을 적에게 가르쳐 준 꼴이었다. 그 다음 날 취재팀에게 조용히 대처하면서 기다려보자고 했다. 아닌 게 아니라 그날 경찰에서 테이프를 한 개만 찾았는데 와서 가져가라는 통보가 왔다. 테이프는 취재팀의 것이 확실했다. 우린 도둑이 경찰과 내통하고 있고 곧 흥정이 들어올 것이라는 확신이 더 강하게 들었다.

하루가 지나고 대사관에 익명의 전화가 걸려왔다. 자신은 제삼자인데 도난당한 테이프의 행방을 알고 있으니 대가를 흥정하자는 것이었다. 이전에 프랑스 언론의 취재팀도 장비와 테이프를 도난당했는데, 흥정을 하려고 하니 엄청난 금액을 제시했다는 이야기를 들은 적이 있었다. 이번에도 비슷한 수법인 것 같았다. 우리는 그 테이프나 카메라는 그 사람들한테는 소용없는 물건이니, 우리가 지레 달아서 흥정에 응할수록 값을 올릴 거라면서 차라리 무관심한 체 기다려 보는 것이 좋겠다고 말했다. 취재팀도 이에 수긍했다. 그들은 일정을 며칠 연기해서라도 도난당한 물품을 찾고자 했다. 그러나 이상하게도 그 다음부터 도둑들에게 아무런 연락도 오지 않았다. 결국 취재팀은 며칠을 기다리다가 포기하고 떠났다. 지금도 그 도난 사건을 생각하면 SBS 취재팀에게 미안한 마음을 금할 길이 없다.

금호 4중주단의 불가리아 공연 펑크

2000년 2월 6일 오후 7시 구공산당 당사 건물에서 금호 4중주단의 공연이 예정되어 있었다. 우리는 모든 준비를 끝내 놓았고, 이제 공연을 할 공연단만 도착하면 되었다. 그런데 공연 당일 오전 11시 반경 단장으로부터 전화가 왔다.

"저 금호 4중주단 단장입니다. 지금 뮌헨 공항인데 소피아로 가는 비행기를 놓쳤습니다. 스톡홀름에서 비행기를 타고 뮌헨 공항에 도착해 보니 비행기가 문을 닫아 탈 수가 없었습니다. 다음 비행기를 알아봤지만 마땅한 항공편이 없어서 하는 수 없이 불가리아 공연은 포기하고, 다음 공연지인 그리스로 가야겠습니다."

너무 어처구니가 없어 할 말을 잃었다. 전화를 끊고 나니 막막했다. 공연단이 그 비행기를 탔다면, 그날 오후 3시경에는 소피아에 도착했을 터이고, 공연 시간까지는 4시간이 남아서 겨우 공연을 할 수 있도록 스케줄이 짜여 있었다. 이 공연을 취소해야 할 것인지, 아니면 공연을 하루 연기해서 내일이라도 강행할 것인지, 이미 내보낸 600여 장의 초청장은 어떻게 할지, 음악회에 참석하겠다는 뜻을 알려온 국회의장, 장관급 등 여타 귀빈들에게는 또 어떻게 알릴 것인지, TV·라디오 중계를 한다고 했는데 어떻게 해야 할지, 뮌헨 공항에서 사라진 네 명의 연주자들을 어떻게 찾아내어 내일이라도 여기 오도록 할 것인지 등등, 참으로 대책이 서지 않아 난감했다.

하지만 벌써 오후 12시가 넘어가고 있었기 때문에 더 지체하고 있을 시간적 여유도 없었다. 토요일이었지만 일단 전 직원과 고용원들을 사무실로 불러내었다. 우선 공연을 아주 취소할 것인지 또는 연기할 것인지 결정해야 했다. 그리고 그 전에 먼저 내일 같은 장소, 같은 시간에 공연이 가능한지, 연주자들을 찾아내어 내일 소피아로 오도록 할 수 있는지를 확인해야 했다. 그 다음에는 초청된 사람들에게 변경된 일정을 통보하고 TV, 라디오 등, 언론사와 교섭을 하는 것이 순서였다. 장소 문제는 곧 해결이 되었다. 그 다음 날이 일요일이었는데 다행히 다른 스케줄이 없어서 공연이 가능하다는 것이었다. 문제는 뮌헨 공항에서 사라진 공연단을 찾아내는 것이었다.

뮌헨 공항 관리소에 국제전화로 이런 사람들을 찾아봐달라고 부탁해 놓고 기다려보았지만 아무런 연락이 없었다. 답답하고 급한 김에 아직 새벽 시간인 우리나라의 외교부 문화협력국장에게도 전화를 해서 사정을 설명했지만 거기도 속수무책이었다. '궁지에 몰리면 통한다'라고 했던가. 갑자기 금호의 박성용 회장님 생각이 났다. 뮌헨에서 사라진 음악인들이 혹시 박 회장님께 보고를 할 지 모른다는 생각이 들었기 때문이다. 그분이 금호 4중주단을 창설하시기도 하셨고, 금호 4중주단 운용과 밀접한 관계가 있을 것이라 생각했다. 몇 차례 식사를 한 적도 있어 말씀드려볼 수 있을 것 같았다. 실례를 무릅쓰고 새벽 시간일 서울로 전화를 드렸다. 박 회장님은 주무시다가 전화를 받으셨던 것 같은데도, 매우 친절하게 알아봐주겠다고 하셨다. 참으로 감사한 일이었다. 아닌 게 아니라 그로부터 얼마 지나지 않아 뮌헨으로부터 연락이 왔다. 그렇게 해서 그 다음 날 다시 연주회를 여는 것으로 결정되었다.

그날 오후 내내 대사관 고용원은 물론 대우에서 근무하는 현지 고용원들까지 총동원되어 전화로 일일이 사정 설명과 함께 공연 연기를 통보했다. TV 방송국 등 언론 매체에도 별도로 통보를 했다. 그리고 혹시 모르고 오는 사람들을 위해 전단을 만들어 공연장 앞에서 나누어 주도록 했다. 이제 남은 일은 과연 공연단이 내일 그 시간에 맞추어 올 수가 있느냐 하는 것과 또 갑자기 연기되어버린 공연에 얼마나 많은 관객이 올지의 문제였다. 그 다음 날이 일요일이라 많은 관객을 기대하기가 어려운 상황이었다. 진인사대천명이라는 마음으로 잠자리에 들었지만, 그날 밤 잠을 설친 것은 당연했다.

다음 날 조바심 내며 기다리던 공연단도 도착하고, 국회의장과 장관은 나타나지 않았지만, 1000석 규모의 공연장에 대략 700여 명의 관객이 들었다. 또 녹화중계를 위해 방송국 팀도 왔다. 당초 예정대로 진행된 것보다야 못했지만, 그런대로 애쓴 보람이 있었다.

그 후 공연단이 뮌헨에서 비행기를 놓치게 된 데 대한 루프트한자 측의 책임문제도 거론해 보았지만 결론적으로는 우리 측 불찰도 있었다는 것을 인정하지 않을 수 없었다. 외국에서 열리는 공연인데 공연 4시간 전에 도착하도록 스케줄을 짠 것이 무리였다. 그것도 눈이 많이 오는 겨울철인데 말이다. 사실 나는 공연단의 스케줄을 보고 걱정을 했었다. 만일의 경우에 대비해 전세기 비용까지 알아보았지만 너무 비싸서 포기해 버리고 말았다. 그래서인지 공연이 있는 날까지 왠지 불안감이 가시지 않았다. 지금 생각해도 그러한 일들은 구조적인 문제로서 언제든지 다시 되풀이해서 일어날 수 있다는 생각이 든다. 일을 할 때는 책상 앞에만 앉아서, 머릿속으로 대충 편의대로 일을 처리하는 것이 아니라, 다양한 돌발 상황에 대한 대응책은 철저히 준비해야 할 것이다.

아! 케냐

2002년 6월 어느 날 주말에 서울에 올라왔다가 다시 대구시장 자문대사로서 근무지인 대구로 차를 몰고 내려가는 도중이었다. 외교부 기획관리실장이 전화로 나에게 다음 포스트에 대한 몇 군데 옵션을 주었다. 갑작스런 질문이라 시간을 좀 달라고 했다. 하루를 생각했는데 그중에 케냐가 왠지 다른 곳보다 맘에 끌렸다. 오래전 일이 떠올랐다.

1991년 말 인도에서 제네바로 발령이 난 바로 그날, 이 사실을 숨기고 집에 와서 아이들에게 물었다.

"너희들, 다음에는 어느 나라로 가고 싶으냐?"

"스위스"

미리 알려준 적도 없는데 신기했다. 그로부터 3년 뒤 스위스를 떠날 때쯤 같은 질문을 던져보았다. 이번에는 국내로 들어갈 거라는 사실을 알고 있었지만, 다음번 외국에 나갈 때쯤이면 둘째가 대학교에 들어갈 나이라서 이산가족이 될 가능성이 컸다. 그 서글픔을 뛰어넘고 싶었다.

"다음번에 다시 외국에 나간다면 어느 곳을 가고 싶니?"

"케냐 같은 아프리카."

험난한 여정의 시작

케냐 발령을 받고 대구를 떠날 때 이임 인사차 경북대 박찬석 총장님을 찾아갔다. 박 총장은 나에게 이사벨라 버드 비숍(Isabella Bird Bishop) 여사가 쓴 《한국과 그 이웃나라》를 읽어볼 것을 권하면서 케냐에 가서 보고 느낀 대로 덤덤하게 써보라고 하셨다. 나와 같은 좋은 기회가 주어지면 자신 역시 그렇게 해볼 것이라며 현대 인류의 기원으로 알려진 케냐에는 기록할 만한 것도 많을 것이라고 하셨다.

그 후 《한국과 그 이웃나라》를 두어 번 읽으며 몇 가지 느낀 바가 있다. 첫째는 작가에 대한 것으로, 60세가 넘은 나이에 그것도 여자의 몸으로 홀로 와서 조선 천지를 답사하는 모험심과 진취적 태도, 놀라울 정도의 객관적 표현력, 그리고 본 대로 느낀 대로 기록해서 후세에 남기려는 강한 의지 같은 것을 읽었다. 둘째는 내용에 대한 것으로, 그 글을 통해 100년 전 우리나라 사람들의 삶을 매우 생생하게 느낄 수 있었으며, 당시 사람들의 사고방식과 행태는 지금의 그것과도 매우 유사하다는 것을 알 수 있었다. 시대가 변하고 물질적인 문명도 변하고 있지만 민족성은 예나 지금이나 큰 변화가 없는 것이 아닐까 하는 생각이 들었다.

그런데 막상 케냐에서는 지리학자로서 박 총장님이 뜻하는 그런 글을 쓰겠다는 충동을 느껴보지 못했다. 글을 쓴다는 것이 엄청난 일로 생각되었기 때문에 감히 엄두를 내지도 않았다. 그렇게 생각 없이 바쁘게 3년이 지나는 동안 다른 곳에서는 하기 어려운 경험을 하면서 그때서야 문득 '뭔가 기록으로 남겨야 하지 않을까' 하는 생각이 들었다. 이제 나도 곧 은퇴를 해야 한다는 생각에 갑자기 뭔가 남기고 싶은 충동을 느낀 것이다.

케냐 발령이 난 후 외교적으로 큰 현안이 없다는 사실을 알게 되자 온갖 동물들이 뛰어노는 사바나 들판을 연상하며 가슴이 뛰었다. 그러나 막상 케냐에서의 현실은 상상과 많이 달랐다. 물론 여러 번 사파리도 가고 대자연을 접할 기회도 있었지만 그건 조그만 한 측면에 불과했고 평화의 땅 케냐에서도 어려운 일들이 나를 기다리고 있었다. 무엇보다 700여 명 교민 중 극히 일부 교민이 공권력이 없는 케냐의 상황을 악용하여 다른 대다수의 교민을 괴롭히는 횡포를 부려서 이를 제어하느라 애를 먹었다. 어쨌든 그 일은 마무리되었지만 더 이상 떠올리고 싶지도 않고 또 다른 선량한 교민들에게 누가 될까 우려되어 여기서는 언급하지 않으려고 한다.

동아프리카 탄생의 배경과 케냐의 정치사

케냐를 좀 더 잘 이해하려면 정치정세부터 이야기해야 한다. 1960년대 들어와서 영국은 오랫동안 지배해왔던 동아프리카 지역을 독립시켜주었다.

20세기 초만 하더라도 영국은 이 지역을 식민지화해서 장기적으로 통치하기 위해 동아프리카 철도까지 놓았다. 그 당시의 사회상은 영화 〈아웃 오브 아프리카(Out of Africa)〉에서 잘 엿볼 수 있다. 영국은 1960년대 들어 동아프리카 국가들을 독립시켜줄 때 케냐, 탄자니아, 우간다 같이 몇 나라로 나누어 상호 견제와 균형을 이루도록 했다. 국경은 대개 강이나 산 등을 이용해 인위적으로 정했는데, 그러다 보니 다른 부족들끼리 한 나라로 묶이기도 하고, 널리 퍼져 살던 같은 부족끼리 이리저리 갈라지기도 했다. 형은 우간다에, 동생은 케냐에 살게 되는 상황까지 벌어지게 된 것이다. 케냐는 44개, 우간다는 20여 개, 탄자니아는 70여 개의 서로 다른 종족이 모여서 각각 독립된 나라가 되었다.

이처럼 동아프리카 국가들은 한 나라 안에 각기 다른 부족의 풍습과 제도가 공존하면서 다양성을 지니게 되었는데, 이는 국가 면에서 장점도 되지만 단점도 될 수 있다. 핵심은 국민의 결집력이다. 미국의 경우 이민으로 구성된 나라로 사회 각 부분에서 다양성이 매우 크지만 국익을 중심으로 국민의 결집력이 강하기 때문에 다양성이 장점으로 작용한다. 그러나 케냐에서는 국익은 없고 부족의 이익만 존재한다는 생각이 들 정도였다.

키쿠유족은 케냐 전 국민의 약 22%로서 44개 종족 중 가장 큰 종족인데, 1964년 독립 후 초대 대통령인 조모 케냐타 대통령부터 현재 그의 아들 우후루 케냐타 대통령까지 4대를 걸치는 동안 2대 다니엘 아랍 모이 대통령만 빼놓고 모두 키쿠유족 출신이다. 초대 케냐타 대통령은 1978년 사망하기까지 종신 대통령으로 권좌에 있었으며 제2대 모이 대통령은 2002년까지 무려 24년간 집권하는 독재체제를 유지했다.

제2대 모이 대통령은 카렌진족 출신으로 케냐타 대통령의 미필적 고의에 의해 대통령이 된 인물이다. 케냐타 대통령은 처음부터 자신의 후계자로 소수민족 출신으로서 정치적 야심이 없어 보이는 모이를 지목하였다. 소수민족 출신은 대통령이 되기 어렵고 권좌에 오르더라도 기반이 약해서 독재체제로 갈 수 없기 때문에 정국이 안정되고, 키쿠유족 출신이 대통령을 이어받을 수 있을 것이라고 판단했던 모양이다. 케냐타 대통령

조모 케냐타 초대 대통령(좌),
다니엘 아랍 모이 전 대통령(우)

은 초등학교 교사 출신인 모이를 처음에 교육부 장관에 임명했고, 장관직을 무난하게 수행하자 내무장관을 거쳐 1967년 일찌감치 부통령으로 임명하였다.

그러나 케냐타 대통령 사망 후 권력을 쥔 모이는 표변하기 시작했다. 자신의 부족인 칼렌진족의 진흥에 힘쓰며 세력을 강화해나갔다. 1982년에 공군의 쿠데타 시도를 무력으로 진압한 후 그의 권력은 더욱 강화되었다. 그는 헌법을 고쳐 여당인 '케냐아프리카국민당(KANU)'을 유일합법 정당으로 못 박아놓고, 1992년 다당제를 채택하기까지 일당 독재체제를 유지했다.

모이 대통령이 독재의 길을 걷고 있었지만, 케냐를 친서방진영에 묶어두려는 서구진영의 노력은 지속되었다. 1980년대 말부터 미국을 비롯한 서방제국은 민주화 개혁, 인권보호, 부정부패 척결 요구 등을 내세워 모이 대통령을 정치적으로 압박하였다. 케냐의 정치경제 사정이 악화되자 서방제국의 대케냐 원조 중단 위협도 지속되었다. 결국 모이 대통령이 서방의 압력에 굴복하여 서방진영의 요구 중 중요한 부분인 다당제를 수용함으로써, 대립관계를 다소 완화시켰다.

그러나 다당제 채택에도 불구하고 모이 대통령은 야당을 분열시킴으로써 집권을 이어갔고, 정치·경제 부분의 개혁 약속은 지켜지지 않았다. 알카에다 세력의 주케냐 미국대사관 폭발 사건이 발생한 1998년 이후 잇따라 일어난 테러 사건 등을 빌미로 서방 측의 압력은 더욱 거세졌으며, IMF와 세계은행까지 동원되었다. 이러한 배경에서 여든 살이 된 모이가 2002년 대통령 출마를 포기함에 따라 1992년 다당제 출현 이후 줄곧 야당 대표로서 모이 대통령과 대립각을 이루어왔던 음와이 키바키가 대통령에 당선되었다. 모이 대통령은 자신이 대통령으로 재출마할 수 없게 되자 조모 케냐타 초대 대통령의 아들인 우후루 케냐타(Uhuru Muigai Kenyatta) 후보를 지원하였으나 이미 대세가 기울어진 상황에서 역부족이었다. 그 후 2012년 대통령 선거에서 우후루 케냐타 후보가 루야족의 라일라 오딩가 후보를 누르고 대통령에 당선되었으니, 아흔 살이 넘은 아랍 모이 전 대통령의 영향이 아직도 존재하는 듯하다.

우리나라 대사를 지낸 내가 그 나라 정치이야기를 길게 언급하는 것은 도리에 맞지 않을지 모르지만 케냐를 좀 더 이해할 수 있도록 몇 가지 객관적인 사실만 이야기해보았다. 이제 정치 이야기는 그만하고, 내가 듣고 본 케냐의 사회상과 몇몇 부족의 특이한 풍속을 소개해보기로 한다.

〈아웃 오브 아프리카〉의 무타이가 컨트리클럽

흔히 법과 도덕은 한 사회의 질서를 유지하는 데 꼭 필요한 기둥이라고들 말한다. 도덕에 속하는 에티켓은 사회질서를 유지하는 중요한 인프라 중 하나다. 케냐에서 경험한 에티켓에 관한 예를 이야기해보고자 한다.

영화 〈아웃 오브 아프리카〉의 첫 장면에 주인공 카렌 블릭센(Karen Blixen)이 남자들만 출입하는 바에 들어갔다가 무안을 당하고 쫓겨난다.

바로 그 바가 케냐의 수도 나이로비 시내에 위치하는 '무타이가 컨트리클럽' 안에 있다. 2002년 케냐에 부임한 지 1년이 조금 넘은 어느 날, 집사람이 외교단 여성회에서 만난 한 영국인이 무타이가 컨트리클럽의 회원 가입을 권유했다며 이야기를 건넸다. 클럽에 가입하면 수준 높은 시설들을 이용할 수 있는데, 특히 분위기 좋은 고급 식당의 비용이 매우 저렴해서 실용적이라고 했다. 그 후 어느 날 클럽이 어떤 곳인가 알아보기 위해서 집사람과 같이 둘러볼 기회가 있었다. 영국풍의 넓고 깔끔한 분위기가 한눈에 들어왔다. 안내인이 나와서 클럽 곳곳을 안내해주었다. 도서관, 남성전용 칵테일바, 식당, 공연장, 휴게실 등이 있는 클럽하우스 말고도 객실 30여 개를 갖춘 특급호텔, 야외 잔디 볼링장, 수영장, 테니스장, 축구장, 크리켓장 같은 시설이 있는 매우 넓은 공간이었다.

안내인은 클럽을 운영하는 종사자 수는 150명에 달하는데 요리사만 20명이고, 서브하는 인원이 30여 명인 데다, 관리자가 10여 명에 정원사 30여 명, 기타 잡역 50여 명이라고 했다. 회원가입을 하려면 어떻게 해야 하는가 알아보았더니, 가입 신청을 한 뒤 지정된 시간에 면접을 봐야 한다고 했다. 면접 날짜가 잡혀서 갔더니 백인남자들 20명 정도가 서서 칵테일을 들고 이야기하고 있었다. 그곳은 바로 〈아웃 오브 아프리카〉첫 장면에 나오는 '남자들만의 바(stag bar)'였는데, 면접이란 곧 거기에 모인 회원들과 30분 정도 칵테일을 마시며 이야기를 나누는 것이었다. 그들은 매월 둘째 주 수요일 오후 5시에 모여서 이처럼 친목을 도모하는데, 칵테일을 마시는 동안 새로운 회원에 대해 반대하는 의견이 나오지 않으면 정식 회원으로 인정되는 것이다.

무타이가 컨트리클럽은 1912년에 설립된 사교클럽이다. 19세기 영국은 동아프리카 지역을 식민경영하면서 인도양 연안의 몸바사 항구와 빅토리아 호수 사이 1,000킬로미터 구간에 동아프리카 철도를 건설하였다. 나일강은 빅토리아 호수에서 출발하여 약 6,700킬로미터를 흘러 지중해에 도달하는데 동아프리카 철도는 지중해와 인도양을 잇는 전략적 수단이 된다. 철도건설로 인해 당시 나이로비는 붐타운처럼 북적거렸고 유럽에서 많은 사람들이 모여들었다. 영국인이 주류를 이루었지만 백인들 중에는 네덜란드인, 독일인, 덴마크인 등도 있었다. 그들은 대개 철도건설 감독자이거나 자영업자였고, 노동자들은 주로 인도에서 왔다. 유럽에서 온 백인들은 삶의 무료함과 고립감을 달래기 위해 사교클럽을 만들었는데, 그것이 바로 오늘날의 무타이가 컨트리클럽인 것이다.

이러한 역사적 배경을 지닌 클럽은 지난 100년 동안 두어 차례 변화의 전기를 맞았다. 첫 번째 변화는 1964년 독립국가 케냐의 탄생이었다. 당시 이 지역에 체재하던 영국인들은 케냐의 신정부와 교섭을 해서 클럽의 존속을 인정받고 그곳에서 쓰는 모든 물품에 대하여 무관세 혜택도 누리게 되었다. 흑인들 세상에서 백인들만의 천국은 계속되었고, 현지 주민들은 클럽이 무엇을 하는 곳인지도 잘 몰랐다.

두 번째 변화의 전기는 1990년대 남아프리카의 백인 통치 종식과 맥을 같이하여 케냐에 거주하는 백인들의 숫자가 현저하게 줄어들면서 찾아왔다. 식당을 이용하는 회원들의 수가 줄어들면서 재정적 어려움이 닥치자 결국 백인 이외의 회원을 받아들이게 된 것이다. 나는 이러한 상황을 전혀 모른 채 영국인 친구의 권유에 의해서 그 클럽의 첫 번째 유색인 회원으로 가입했다. 내가 가입한 주된 이유는 식당을 이용하기 위해서였다. 5성급 호텔 수준의 훌륭한 식사를 시세의 절반도 안 되는 가격에 즐길 수 있었는데, 대사라는 특수한 직책상 외식을 많이 하는 나에게는 경비를 줄이면서도 목적을 달성할 수 있는 적격의 장소였다. 클럽 회원이

무타이가 컨트리 클럽의 현관(좌)과 로비(우)

된 후 손님들을 데리고 자주 그곳을 이용했다. 모두들 클럽 분위기와 식사를 좋아했다. 당시 라일라 오딩가 장관도 초대했고, 1968년과 1972년 올림픽 육상 금메달리스트로서 IOC 위원인 킵초케 케이노, 세이셸 외교 장관 등도 초대의 대상이었다.

무타이가 컨트리클럽의 에티켓

무타이가 컨트리클럽의 식당에는 우리로서는 얼른 이해하기 힘든 엄격한 에티켓이 존재했다. 식사 때는 꼭 넥타이를 매고 정장을 할 것, 식사 자리에 앉기 전에 칵테일을 하면서 미리 메뉴를 주문할 것, 주문을 한 후 웨이터의 안내를 받아 식탁에 앉을 것, 식사 중에는 상의를 벗지 말 것, 다른 사람에게 방해가 되지 않게 큰 소리로 이야기하지 말 것, 10세 이하의 어린아이를 데리고 오지 말 것, 명함을 주고받지 말 것, 사진을 찍지 말 것, 웨이터들과 이야기를 하는 데 절제를 지키며 과도한 팁을 주거나 선심공세를 하지 말 것 등등.

그렇다면 누가, 왜, 이렇게 복잡하고 불편해 보이는 에티켓을 만들었을까? 나는 그 점에 대해 곰곰이 생각해보았다. 에티켓이란 결국 그 사회의 구성원들이 원하는 정돈된 분위기를 만들고 질서를 지키기 위해서 정하는 것이며, 이러한 에티켓 하나하나는 그러한 목적을 달성하는 데 이바지하기 마련이다. 예를 들어, 식당 안에서 명함을 주고받으면 안 된다는 것은 이 클럽은 비즈니스를 위해 결성된 곳이 아니라, 오직 친목을 도모하기 위한 장소라는 점을 명확히 드러내는 것이며 그 목적을 지켜나가기 위한 에티켓이다.

이와 같이 각각의 에티켓에는 그 뜻이 있지만, 흔히 우리는 그 뜻을 외면한 채 형식에만 매달리기 쉽다. 가령 포크는 왼손에 나이프는 오른손에 들도록 한 것은 음식을 편하게 썰어서 입에 넣을 수 있도록 하기 위해 생겨난 규칙인데, 그러한 뜻을 모른 채 맹목적으로 고수한다. 왼손잡이에게 포크는 오른손에 나이프는 왼손에 드는 것이 더 자연스럽다면 그렇게 하는 것이 에티켓에 맞을 것이다. 이렇게 해서 만들어진 에티켓은 사람들과의 관계에서 명랑하고 즐거운 분위기를 유지하는 데 중요한 역할을 한다.

한번은 우리나라에서 국회의원 한 분이 오셔서 무타이가 컨트리클럽 식당으로 초대한 적이 있다. 그분은 식사 자리에 앉자마자 상의를 벗어 의자에 걸었다. 그러자 곧 웨이터가 달려와 옷을 입도록 정중히 권유했는데, 그분은 그러한 에티켓을 자연스레 받아들이는 대신 얼굴이 벌게지며 언짢아했다. 식사 장소를 잘못 골랐다며 도리어 나에게 역정을 냈다.

이러한 문제는 역으로 '만일 이러한 에티켓이 없다면 그 사회의 질서는 어떻게 될까?' 하는 점을 생각해보면 명확해진다. 만일 클럽에서 우리식으로 모두가 상의를 벗도록 허용한다면 우아하고 정중한 분위기가 잘 유지될 수 있을까? 정장을 하고 있으면 아무래도 행동을 조심하게 된다. 상의를 벗으면 좀 더 편하겠지만 민주주의의 본고장인 영국 사회에서는 개개인의 편의보다 질서와 분위기를 더 존중하는 쪽을 택한 것이다. 개인의 편익과 전체의 질서 간에 어느 쪽을 택할 것인가에 대해 강요된 선택 중 하나가 바로 에티켓이라고 본다.

에티켓과 프라이버시

앞에서 에티켓 이야기를 했으니, 이왕이면 에티켓과 연관되는 프라이버시(privacy)에 관해서도 생각해보자. 왜냐하면 이 두 가지는 사회질서를 유지하는 중요한 축으로 동전의 앞뒷면과 같은 관계에 있기 때문이다. 서구사회에서는 사회질서 문제와 관련해서 프라이버시 보호라는 제도가 있을 정도로 이에 민감하지만, 우리나라 사람들은 무신경한 경우가 많다. 외국에서 오랜 기간 체재하며 우리나라 사람들끼리 다투는 경우를 어렵지 않게 볼 수 있었는데 그때마다 늘 '왜 이 먼 곳까지 와서 서로 다툴까?' 하는 안타까운 마음이 들곤 했다. 30년의 외국생활을 마감할 무렵에야 나름대로 그 원인을 서로의 프라이버시를 존중하지 않는 우리의 문화에서 찾아봤다.

외국에 살면서 동포를 만나게 되면 대개 처음에는 형제자매처럼 친하게 지낸다. 매일 들락거리며 자연스럽게 흉금을 털어놓고, 그러다 보면 상대방 집에 수저가 몇 개 있는지 알게 될 정도로 가까워진다. 이렇게 가까워지다가도 조그만 이해관계가 빌미가 되어 약간씩 틈이 생기기 시작하면 다시는 돌이킬 수 없이 악화되어 충돌하는 경우가 적지 않게 발생한다. 이러한 행태가 외국에서 한국사람들 사이에 생기는 대립과 충돌의 전형적인 원인이라고 생각한다. 물론 국내에서도 그러한 일들이 일어나겠지만, 외국과 국내라는 배경의 차이 때문에 국내에서는 그러한 일이 일어나더라도 그렇게 눈에 뜨이지 않을 뿐이다.

우리는 흔히 프라이버시라고 하면 남에겐 알려선 안 될 개인의 비밀스러운 일쯤으로 생각한다. 그러나 원래의 뜻은 개인에 관한 모든 일을 뜻한다. 몸무게, 나이, 가족 상황, 학교 관계 등이 모두 프라이버시 영역에 속한다. 프라이버시에 속하는 일들을 본인이 스스로 말하기 전에 물어보는 것은 상대방에 대한 실례이다. 프라이버시란 각각의 개인이 서로 독립된 인격체로서 상호 존중한다는 것을 기본 전제로 하는 개념이다. 그리고 주관적 선입견을 배제한 인간관계를 지향하기 위한 것이다.

서로 간에 프라이버시를 존중하면 화끈한 감정에 의한 일시적인 관계는 지양되고, 미지근하지만 지속가능한 관계가 설정된다. 만일 우리가 서로의 프라이버시를 존중하면서 살아간다면, 다투거나 대립할 여지가 크게 줄어들 것이다. 해외에서든 국내에서든 우리나라 사람들은 대개 처음 만나면 나이나 가족사항을 파악하기에 바쁘다. "올해 몇입니까?" "어느 학교를 나오셨습니까?" "누구와 무슨 관계가 있습니까?" 등등 이러한 질문이 선의나 온정에서 비롯한 일상적인 얘기로 이해되고 별로 실례로 여기지 않는다. 그런데 이러한 행위가 이상하지 않게 느껴진다는 것은 한편으로 우리 사회가 정을 바탕으로 두루뭉술하게 살아간다는 것을 뜻하고, 다른 한편으로는 서로 간의 관계를 바탕으로 한 인맥을 중시하는 사회라는 반증이기도 하다. 확실히 우리 사회는 끈끈한 인간관계가 울타리처럼 둘러져 있고 대부분이 그것을 위해 움직이고 있다고도 볼 수 있다.

앞에서 말한 버드 여사의 《한국과 그 이웃나라》에는 이런 구절이 있다. "갓 쓰고 도포 입은 선비들이 장안의 저잣거리를 바삐 움직이는 것은 대개 줄을 대려고 권세가들을 찾아가는 풍경이라는 것을 알았다." 그 당시 서양인에게 비친 이 모습은 옛날의 모습이고, 현대에는 그렇지 않다고 생각한다면 착각일 것이다. 형식과 상황만 바뀌어졌을 뿐, 그 본질은 아직도 많이 남아 있다고 생각한다.

반면 서구 사람들은 어떤 자리에 모여서도 상대방의 프라이버시를 건드리지 않으면서 광범위한 주제를 나누는 데 익숙하다. 아마도 어릴 때부터 다양한 주제로 대화하는 훈련이 된 것 같다. 스포츠, 포도주, 음식, 예술, 지구환경, 서적, 취미 등 몰가치적인 사안들에 대해 어찌도 그렇게 해박한지 감탄이 절로 나올 때가 많았다. 그들과의 대화는 늘 재미있고 생동감이 있었다. 개인의 신상문제는 일체 거론하지 않으며 뒤에서 남의 흉을 보는 일도 없다. 가족끼리 모였을 때에도 서로의 프라이버시를 존중하는 모습이 역력했다. 가족들에게 들려줄 이야기를 미리 생각해두는 것이 아닐까 하는 생각이 들 정도였다.

에티켓과 프라이버시는 서구사회에서 발달해온 문화로 사회 분위기를 건전하게 하고 질서를 바로잡는 데 큰 역할을 해왔다고 볼 수 있다. 서구사회와 같은 개방사회에서 에티켓과 프라이버시는 모든 구성원에게 골고루 통용되는 기준이 된다. 이 기준은 공동생활을 영위하는 데 매우 유용한 수단이 되며, 결과론적으로 그 효과는 이미 입증되었다. 그에 비하면 우리 사회는 유교사회의 계급화된 구조와 중앙집권적 권위의식에서 아직 완전히 탈피하지 못하고 있다고 볼 수 있다. 그렇다고 무조건 서구사회의 기준을 따를 수도 없고, 또 그래서도 안 되겠지만 자칫하면 문화적 동화 내지 종속이라는 결과를 가져올 수도 있다. 문화적 차이는 모방이 아니라 문화 간 선의의 경쟁을 통해 극복해나가는 대상으로 승화되어야 한다. 요컨대 우리 공동체에 적용할 수 있는 합리적인 에티켓과 적합한 프라이버시 영역을 발굴하는 것이 앞으로 우리가 해야 할 일이 아닐까 생각한다.

사바나 벌판에서 열기구를 타다

어릴 때 하늘을 나는 열기구 사진을 보고 그것을 타보는 것이 하나의 꿈처럼 되었다. 그러나 그 꿈을 실현할 기회가 없이 평생을 살다가 뒤늦게 이루게 되었다. 2002년 8월 말 케냐에 도착한 후, 10월 초 신임장 제정까지 어느 정도 시간적인 여유가 있어서 9월 28일 마사이 마라를 여행할 일정을 잡았다. 1인당 500달러 정도 하는 벌룬도 예약했다. 비쌌지만 이 때 타지 않으면 언제 기회가 올까 싶어 집사람을 설득했다.

내가 탄 12인승 비행기가 음파타(Mpata) 공항 활주로에 내렸다. 공항이라지만 건물은 물론 비를 막는 어떤 구조물도 없었다. 활주로 부근 큰 돌에 공항 이름만 영어로 새겨져 있었다. 활주로 건너편에는 사파리를 즐긴 후 돌아가려는 사람들이 기다리고 있었다. 그 일행 중에 무역협회 조

음파타 공항

부회장의 얼굴도 보였다. 어제 나이로비를 떠날 때는 분명히 오후 3시 비행기라고 했는데 12시 비행기를 타러 나온 것이다. 그는 예정을 바꾸어 세 시간 앞당겨 간다고 하면서, "한 번 봤으면 됐지 똑같은 걸 또 볼 필요는 없지요"라고 말했다.

사파리 지프차를 타고 덜덜거리며 흙길을 40~50분 달려 음파타 호텔에 도착했다. 일본 자본으로 지었다는 호텔은 주변 풍경과 잘 조화를 이뤘다. 나지막한 호텔 방은 방갈로 형으로 되어 있었는데, 각각의 방갈로를 숲 담장으로 둘러 서로 격리시켜 놓았다. 호텔이 높은 지대에 있어서 멀리 있는 동물들을 내려다볼 수 있었다. 호텔 방 밖의 노천에는 자쿠지가 있었다. 밝은 대낮에 벌거벗고 더운 물속에 몸을 담근 채 저 멀리서 온갖 동물들이 뛰어노는 것을 바라보노라니 마치 동화 속에 있는 듯한 느낌이 들었다.

점심을 먹고 오후 3시쯤 사파리 게임을 하기 위해 지프차를 탔다. '사파리'란 마사이족 언어로 '(사바나 들판을) 여행한다'라는 뜻이며, '사파리 게임'이란 사파리를 할 때 얼마나 많은 종류의 동물을 보느냐, 빅파이브

음파타 호텔 로비 내부

사바나의 동물들

(사자, 코끼리, 레오파드, 코뿔소, 버팔로) 중에 몇 종류를 보느냐는 그날의 운에 달려 있으니 마치 승부를 가르는 게임 같다고 해서 붙은 이름이다. 지프차 안에서는 일어서서 머리를 들어 올리면 들판을 360도로 볼 수 있었다. 우리 차에는 나와 아내, 그리고 일본인 여자 세 명이 탔다. 그들은 나흘째 같은 장소에서 사파리를 하고 있다고 했다. 내가 동일한 장소를 나흘 동안 보면 지루하지 않느냐고 물었더니 세 명이 일제히 "볼 때마다 모든 것이 새롭고 다양해요."라고 말하며 아직 이틀이 더 남았는데 계속 사파리를 할 거라고 했다. 그 순간 조 부회장의 말이 떠오르며 '어떻게 이렇게 다를 수가 있을까, 일본사람들은 취미도 파고드는 성향이 있다더니 바로 이런 것이구나' 하는 생각이 들었다.

사파리 첫날 밤 '우으- 우' 하는 하이에나의 소리를 들으며 잠이 들었다. 호텔에는 동물들의 접근을 막기 위해 전기 철망으로 울타리가 쳐 있었다. 다음 날 새벽 다섯 시에 벌룬을 타기 위해 선잠을 깨며 일어나 호텔 밖에 대기 중인 지프차를 탔다. 싸늘한 새벽 공기를 뚫고 가까이서 동물들의 울음소리가 들려왔다. 달리는 지프차 주변으로 동물들의 움직임도 느껴졌다. 헤드라이트 빛에 놀란 사슴, 워트호그 같은 작은 동물들이 꼼짝하지 못한 채 그 자리에서 눈에 파란 불빛을 내면서 쭈그리고 있기도 하고, 황급히 숲 속으로 도망가는 녀석들도 눈에 띄었다. 낮은 숲 언저리에는 키 큰 기린의 머리가 드러나 보이기도 했다.

지프차로 삼사십 분을 달려 벌룬이 출발하는 지점에 도착했다. 땅바닥엔 바람 꺼진 벌룬 세 개가 놓여 있었는데 각 벌룬의 끝에는 큰 바구니 같은 것이 달려 있었다. 바구니 속엔 한 사람씩 탈 수 있도록 열 개의 칸막이가 있었다. 얼마 후 벌룬 파일럿이 자기가 운전할 벌룬에 탈 승객 열 명을 불러 모은 뒤 타고 내릴 때 지켜야 할 주의사항을 들려주었다. 우리 벌룬의 파일럿은 호주 여자였는데 자기 남편 역시 다른 회사 벌룬의 파일럿이라고 했다. 우리는 땅바닥에 놓인 바구니 칸막이 속에 들어가서 출발을 기다렸다.

드디어 벌룬에 공기를 주입하는 소리가 쏴아- 하고 들리고, 부풀어오른 벌룬은 순식간에 두둥실 떠올랐다. 멀리 동쪽 지평선에서 붉은 기운이 솟아오르는 모습이 보였다. 얼른 카메라를 꺼내 들었는데 '아뿔싸!' 배터리 부족이라는 표시가 깜박거렸다. 어쩔 수 없이 사진 찍는 걸 포기하고 대신 머릿속에 생생히 담아두겠다고 마음먹었다. 아마 지금도 그 장면을 또렷이 기억하는 것은 당시 그러한 결심 때문이 아니었나 생각된다.

파일럿은 쉬지 않고 안내를 했다.

"지금 고도 80미터입니다. 앞으로 100미터 더 올라가서 기류에 따라 80미터와 180미터 사이의 고도로 날아가겠습니다. 앞으로 약 50분 뒤에는 탄자니아 국경까지 가서 내리겠습니다. 내릴 때는 바구니가 옆으로 눕게 되는데 땅바닥 쪽에 있는 분들은 재빨리 바구니에서 빠져나와야 합니다. 자칫하면 개미떼가 덤벼듭니다.

…… 지금부터 날이 밝아지는데 밑을 보십시오. 동물들이 아침에 일어

나 움직이는 모습이 보일 겁니다."

과연 시시각각으로 날이 밝아오고 있었다. 지평선 동쪽 끝에서는 태양의 등장을 알리는 신호를 보내왔다. 그런 모습을 천상에서 보면서 광활한 대자연의 새벽 공기를 마시는 그 기분을 어떻게 말로 표현할 수 있을까. 저 멀리 하늘에는 다른 벌룬들이 드문드문 보였고, 땅 위에는 강줄기를 따라 하마와 물소, 악어 같은 동물들이 군데군데 모여 새날을 준비하고 있는 모습이 보였다.

우리가 탄 벌룬은 오르락내리락 하면서 착륙 지점을 향해 나아갔다. 벌룬 소리에 놀란 동물들이 황급히 내달렸다. 누가 수백 마리씩 떼를 지어 도망가는데 지그재그 모양을 이루며 달리는 것이 신기했다. 초식동물들은 사자 같은 육식동물에 쫓길 때 효과적으로 추적을 피하기 위해 지그재그로 도망간다고 하는데, 위에서 내려다보니 그 모양이 명확히 드러났다. 다큐멘터리에서나 볼 수 있는 장면을 실제로 보게 되니 장관이었다.

어느새 날이 완전히 밝았다. 아침 7시경이 되어 벌룬이 착륙하기 시작했다. 내가 서 있던 바구니 칸막이는 땅바닥 쪽에 있어서 나는 이미 들은

사바나의 동틀 무렵

대로 바구니 속에서 재빨리 빠져나왔다. 미처 빠져나오지 못한 사람들이 비명을 질렀다. 개미가 몸속으로 들어와 깨무는 모양이었다.

모두들 모여 모닝커피를 마시고 있을 때 갑자기 한 사람이 나를 가리키며 큰 소리로 '해피 버스데이' 노래를 불러서 다들 따라 불렀다. 안내자가 명단을 보고 내 생일이라는 걸 알았던 모양이다. 사실 그날은 음력 날짜였는데 통상 생일을 음력으로 적기 때문에 그러한 일이 일어났던 것이다. 일행이 아침을 먹는 동안 빵이며 버터 같은 것을 올려놓은 빈 식탁 위로 독수리가 날아들어 음식을 채 갔다. 독수리 몇 마리는 여전히 수십 미터 창공을 빙빙 돌며 먹이를 낚아 챌 기회를 엿보고 있었다.

아침을 끝내고 지프차를 타고 두 시간에 걸쳐 사파리 게임을 하면서 호텔로 돌아왔다. 돌아오는 길에 수사자 한 마리가 신체의 한쪽 부분이 사라진 누의 시체를 옆에 두고 누워 있는 모습이 지척에 보였다. 우리를 보고도 눈만 멀뚱거리며 누워 있었는데 이미 먹은 고기를 소화시키는 것 같았다. 그런데 가까이에 또 다른 누 한 마리가 꼼짝을 못하고 서 있었다. 안내자는 "아마도 저 누는 도망을 가다가 발목이 부러졌을 겁니다. 저쪽을 보십시오. 암사자 한 마리가 동료 사자가 나타나기를 기다리면서 앉아 있잖아요? 동료가 나타나면 결국 사자들의 먹이가 되어 내일 아침이면 피 한 방울 남지 않고 사라지고 말 것입니다." 우리들은 동물 세계의 냉엄한 현실을 실감했다. 먹고 먹히는 적나라한 세계, 어쩌면 보이지 않는 곳에서 온갖 형태의 음모로 서로 먹고 먹히는 인간 세계의 음흉한 측면과는 전혀 다른 솔직한 세계일지도 모른다는 생각이 들었다.

소말리아 선원 인질 구출 작전

2004년 6월은 한국사람들뿐 아니라 전 세계 사람들에게 참으로 잔혹한 달로 기억되는 달이다. 한국인 선교사 김선일 씨가 회교 극단주의 세력에 의해 비참하게 참수당한 달이기 때문이다. 이 사건이 일어난 후 국내 여론은 외교부를 더욱 질타하기 시작했다. 외교부는 그 이전부터 비판의 대상이 되어 새 정부 출범 시 첫 번째 개혁대상으로 거론되고 있었는데, 이 사건은 그러한 여론을 한층 더 악화시켰다.

그 무렵 한국인 선원 3명이 인도네시아 선원 8명과 함께 소말리아에 1년 동안 인질로 억류되어 있는데, 소말리아 관할국인 주케냐 한국 대사관에서는 이 사실을 본부에 보고도 하지 않은 채 무시해왔다는 내용의 뉴스가 연합통신과 인터넷에서 보도되기 시작했다. 6월 23일 새벽에 서울에 있는 둘째 동생 석영이가 전화를 해서 "연합통신에 선원문제가 계속 보도되고 있는데, 무슨 일 없느냐"고 물었다. 곧이어 외교부 담당국장의 다급한 전화도 걸려왔다. 이렇게 몇 차례 전화를 받고 사태가 매우 심각하다는 생각이 들었다.

소말리아 내 우리나라 새우잡이 어선의 억류 배경은 대체로 다음과 같았다. 2003년 초, 우리나라 모즈코라는 선박회사의 대리인인 한 씨는 소말리아의 많은 지역세력 중 강력한 세력과 교섭해서 그들로부터 조업권을 얻었다며 모즈코사 소속 선박 3척 중 2척을 소말리아 남부에 위치한 키스마이유 항구 인근 어장에 투입했다고 알려왔다. 대사관에서는 한 씨에게 이 지역은 무정부 상태의 위험한 분쟁지역임을 상기시키면서 최대한 조심하도록 충고했다. 그러나 한 씨는 소말리아는 자신이 누구보다 잘 알고 실력자들을 끼고 있기 때문에 아무 문제없이 조업을 잘하고 있다며 큰소리쳤다. 전쟁 지역에 있는 소말리아 소식에 대해서는 극히 제한된 정보 소스밖에 없었는데, 그 소스 중 하나가 바로 한 씨였다. 대사관에서는 가끔 한 씨에게 선원들의 안위를 확인해줄 것을 요청했지만, 그의 대답은 늘 아무 문제없다는 것이었다.

2003년 11월 대사관의 전준석 영사가 '베이라 3호'의 선장이란 사람에게서 SOS 전보를 받았다는 보고를 해왔다. 즉시 본부에 이를 보고했다. 그러나 본부로부터 오히려 그 선원들은 언제든지 나올 수 있는 상황이니까 기업논리에 따라 해결해야 한다는 대답이 곧 돌아왔다. 본부에서는 현지에 있는 대사관보다 사정을 더 잘 아는 것 같았다. 나는 의아하게 생각하면서도 본부의 지시인지라 가만히 있을 수밖에 없었다.

나는 한 씨를 불러 왜 선장이 전화로 SOS를 쳤느냐, 우리 선박이 억류된 것이 아니냐고 물었지만 한 씨는 절대로 억류된 상황이 아니라고 했다. 그는 소말리아 측 선박 대리인과 항만 이용에 관한 수수료 분쟁이 좀 있긴 하지만 그것도 곧 해결될 것이라고 했다.

2004년 1월 말경 또다시 베이라 3호 선장에게서 다급한 연락을 접하고 이를 본부에 보고하는 한편, 한 씨를 불러서 다시 한 번 알아보았다. 한 씨는 여전히 아무런 문제가 없다는 말과 함께 모즈코 본사에서는 선박을 팔기로 하고 선박 인수희망자를 물색 중인데 조만간 인수 교섭이 끝나면 문제는 즉시 해결될 것이라고 했다.

그러나 시간이 지나도 해결될 기미가 없고 선원들과 선박은 여전히 억류되어 있는 상황이 계속되어, 5월경에는 대사관에서 직접 나이로비에 있는 소말리아 측의 대리인과 접촉하기 시작했다. 소말리아 측은 항구 이용료 이외에 몇 가지 명목의 비용을 대면서 10만 달러를 요구해왔고, 한 씨는 이것은 당초 대리점 계약 내용과 다르고 터무니없는 액수라면서 거절하였다. 소말리아 측 선박대리인과 모즈코사 간의 줄다리기는 계속되었다.

모즈코 회사의 정체와 부산시

한 씨가 말하는 소말리아 측이란 전시상태에서 군웅할거 중인 밀리턴트 중의 하나로 사실상의 해적이나 다름없는 존재들이었다. 말하자면 그는 이 밀리턴트 실력자들과 잘 통하고 있다고 내세운 것이다. 독자들의 이해를 돕기 위해서 모즈코라는 회사에 대해 설명해보면 대략 다음과 같다.

1997년 말 우리나라에 닥친 IMF 경제 위기는 국내 많은 분야에 타격을 주었다. 원양어업도 예외가 아니었다. 원양어선 회사가 가장 많았던 부산 경남지역에서는 수백 척의 원양어선들이 조업을 포기한 채 부두에 묶여 있었는데 그 유지비가 너무 커 골칫덩어리였다. 차라리 배를 송두리째 고철로 팔아넘기자는 말까지 나올 정도였다.

이즈음 부산시의 선박담당 공무원이 기상천외한 발상을 해냈다. 그것은 곧 배를 필요로 하는 개도국에 일정한 조건을 붙여서 넘겨주자는 것이었다. 그렇게 되면 국가 간 관계 강화에 도움이 될 뿐만 아니라 고철로 파는 것보다 훨씬 유리한 조건을 붙일 수도 있다는 계산이 깔려 있었다.

이에 따라 부산시는 말레이시아에 이어 아프리카 동안(東岸)의 모잠비크와 새우어선 양여에 관한 협정을 맺었다. 이러한 움직임은 1995년 지방자치선거가 실시된 후 지방자치단체들이 해외로 눈을 돌려 저마다 외국으로 뛰어나가는 추세와도 맞아떨어졌다. 모잠비크에는 10년 후에 새우잡이배 7척을 인도해주기로 하고, 대신 그동안은 모잠비크에서 새우잡이 조업을 할 수 있도록 허가를 받아냈다. 이에 대한 대가로 조업권을 부여받은 선박회사는 부산에서 모잠비크까지 배를 끌고 가야 하는 의무를 지녔다.

부산시는 이런 조건을 받아들일 회사를 선정하기 위해 입찰에 붙였고, 몇 차례 유찰 끝에 낙찰받은 회사가 모즈코였다. 모잠비크와 코리아의 앞부분을 딴 이름의 이 회사는 오로지 이 목적을 위해서 급조한 곳으로, 이러한 일련의 과정이 자연스럽지 않다는 인상을 지울 수가 없었다. 모즈코사의 자금줄은 일본인이고 Y라는 사람이 모즈코사의 관리책임자로서 사장직에 있다는 말을 들었다. Y는 명문대를 졸업한 엘리트로, 한때 대기업 회사의 일본 지점장으로 일하는 동안 알게 된 일본인을 여기에 끌어들였다고 한다. 하지만 결국 처음부터 일본인 자금줄의 자금을 빼내는 데에만 관심이 있었던 게 아니었을까 하는 의혹이 간다. 어쩌면 Y씨와 부산시 공무원이 처음부터 의기투합해 이러한 아이디어를 만들고 실천했을 가능성도 있다. 아니면 Y씨가 부산시 공무원에게 아이디어를 주고 그 공무원은 이 아이디어를 실현하는 데 앞장섰을 수도 있다.

어쨌든 모즈코사가 운영하게 될 선박 7척은 모즈코사의 비용으로 일단 모두 모잠비크로 옮겨졌다. 그러나 모잠비크에는 새우 어장이 크지 않아 4척만 남기고, 나머지 3척은 소말리아 어장을 염두에 두고 케냐로 보냈다. 케냐에 들어온 3척의 대리인이 바로 한 씨였다. 모잠비크에 남아 있는 4척도 1척은 보험을 탈 목적으로 선박 대리인이 일부러 침몰시켰다는 소문도 있고, 나머지 3척도 조업은 커녕 소유권 다툼이 생겼다는 소문이 있었다.

모즈코사 선박 선원의 소말리아 인질 석방 교섭

케냐에 들어온 3척의 배 중 먼저 2척이 2003년 1월경부터 소말리아에 들어가서 조업을 했다. 베이라 3호는 케냐의 몸바사 항구에 대기하고 있다가 2003년 7월경 선박회사의 지시에 의해 베이라 7, 8호와 임무 교대를 했다. 겉보기에는 자연스런 교대지만 실제로는 2척의 배 대신에 결국 1척만 인질이 된 셈이다.

이 무렵 모즈코 본사나 그 대리인인 한 씨는 이미 이 배들의 운명이 인질이란 걸 알면서도 아니라고 잡아뗀 것이 아닐까 하는 의문도 생긴다. 나중에 선원들에게 들어본 결과 일단 소말리아 영역에 들어간 배들은 마음대로 빠져나올 수 없는 상황이 되었다고 진술하였기 때문이다.

앞서 말한 2003년 11월 본부의 전문 내용이 바로 한 씨의 말이라는 것을 짐작한 것은 그로부터 상당한 시간이 지나서였다. 즉 대사관의 보고를 받은 외교부 담당부서는 이를 선주인 부산시에 알려주었고, 부산시는 평소 연락을 취하고 있던 한 씨에게 이에 대해 물어봤을 것으로 추측된다. 한 씨는 언제나처럼 아무 문제없다는 대답을 했을 것이며, 부산시가 이를 믿고 그대로 외교부에 통보하자 외교부 역시 대사관에 통보한 것으로 추측된다.

2004년 5월경, 더 이상 한 씨의 말만 믿고 기다릴 수가 없어 전 영사로 하여금 나이로비에 있는 소말리아 측 선박대리인, 즉 밀리턴트의 대리인을 통해 석방조건 등을 타진토록 했다. 그 대리인은 계약금, 항구 사용료 등 체불된 3만여 달러를 내야 한다고 했다. 대사관은 그러한 내용을 파악하는 대로 본부에 충실히 보고했다.

이러한 상황에서 6월 20일 김선일 씨 사건이 터진 직후 여론이 출렁이기 시작한 것이다. 나는 사태의 심각성을 직감하고 지체할 수 없다고 판단했다. 본부에 상황보고를 하는 한편, 밀리턴트 측과 직접 접촉해 6월 26일 오전 10시 나이로비의 한 호텔에서 전 영사와 함께 밀리턴트 대리인 모하메드 핫산을 만났다. 핫산은 이미 수일 전에 우리측에 말한 대로 선원 6만 달러, 선박 4만 달러로 총 석방비용 10만 달러가 적힌 명세서를 내밀었다.

바로 그 전날, 다급해진 본부로부터 6만 달러를 보내줄 테니 석방교섭을 빨리 진행하라는 지시를 받아놓은 터였다. 핫산에게 한국 정부가 우선 6만 달러를 지불하기로 결정했음을 알리고, 당장 선원들을 석방해 줄 것을 요청했다. 필요하면 대사관 서한으로 약속을 하겠다고 했다. 핫산은 내가 보는 앞에서 소말리아에 있는 자기 상관과 휴대전화로 통화를 했는데 표정이 심상치 않았다. 전화를 끊은 후 핫산은 자기 상관이 대사의 약속을 믿지 않는다고 말했다.

몇 분간의 침묵이 흐른 후 핫산에게 내가 당신의 상관과 직접 통화를 해볼 수 없느냐고 물었다. 핫산은 한참 만에 휴대전화로 밀리턴트 두목과 연결해주었다.

"나는 한국 대사인데, 한국 정부가 돈을 지불하기로 약속을 했다. 내가 한국 정부를 대신해서 지불 약속을 하겠다. 내 말을 믿어도 된다."

"난 대사의 말을 믿을 수가 없다."

인질범들의 핵심요구, 현찰

호텔을 나와 돌아오는 길에 '나의 공직도 이렇게 끝날 수 있겠구나' 하는 생각이 머릿속을 스쳤다. 이제 방법은 현찰을 가져다주는 수밖에 없겠다는 생각이 들자, 문득 김성환 우간다 명예영사가 떠올랐다. 그는 우간다에서 성공한 사업가였다. 남에게 돈 이야기를 한다는 게 참으로 싫었지만 공적으로 다급한 상황에서 용기가 났다. 뜻밖에 김성환 명예영사는 마침 집에 현찰이 있다고 했다. 구세주를 만난 듯 기뻤다. 곧바로 전 영사에게 전화를 걸어 핫산에게 내일 현찰을 주겠다고 전하라고 지시했다.

그날이 토요일이었지만 김 서기관과 전 영사에게 항공 사정을 알아보고 최단 시간 내에 우간다로 가서 현금 6만 달러를 외교행랑에 넣어 공수하도록 했다. 사실 국가 간 현금 이송은 외환관리법 위반으로 자칫하면 당국에 압류당할 수도 있지만 워낙 다급한 상황에서 긴급 수단을 동원한 것이었다. 두 직원은 그날 밤 8시 비행기를 타고 우간다 수도인 캄팔라로 가서 다음날 아침 7시 비행기로 돌아오도록 되어 있었다.

그날 밤을 한숨도 못 자고 꼬박 지새웠다. 돈을 무사히 가지고 올 수 있을까, 혹시라도 공항에서 제지를 당하면 어쩌나, 가지고 온 현찰을 어디에 보관하며 어떤 방법으로 그들에게 전달할까, 돈을 먼저 주고도 인질이 석방되지 않으면 어쩌나 등등 온갖 걱정이 생겼다. 아내도 같이 잠을 이루지 못하고 근거 없이 서로를 위로할 뿐이었다. 6월 27일 일요일 아침 8시 반, 드디어 김 서기관에게서 전화가 왔다.

"공항에 무사히 도착했습니다."

나는 오랜만에 안도의 한숨을 내쉬었다. 전 영사에게 대사관 금고에 돈을 넣어두라고 한 뒤, 핫산을 불러 우리에게 돈이 있다는 사실을 알리도록 했다. 일요일 오전, 핫산은 밀리턴트의 변호사에게 돈을 전달하라고 요구하면서 선원 7명은 내일 오후에 나이로비에 도착할 것이라고 알려왔다. 돈을 보내는 방법에 대해서는 월요일 아침에 양쪽 변호사 간에 협의하기로 약속했다. 즉, 돈과 인질을 교환하는 작업이었다. 나는 비로소 일이 순조롭게 진행되는구나 하고 안도감을 느꼈다.

나이로비에서 소말리아 키스마이유까지는 비행기로 3시간 거리인데, 매일 아침 10시 30분에 7인승 소형 비행기 한 편이 정기적으로 왕복을 했다. 나이로비를 출발한 이 비행기가 같은 날 키스마이유를 출발해서 오후 6시경에 나이로비로 돌아오게 되어 있었다. 억류 선원은 한국인 3명, 인도네시아인 8명이었다. 우리는 다음날 항공편으로 올 7명 중에 한국인 선원 3명이 반드시 포함되어 있어야 한다고 요구하였다.

27일 이른 아침부터 양측 변호사 간 협상을 초조하게 지켜보았다. 항공기가 키스마이유를 출발할 즈음인 오후 3시까지도 협상은 좀처럼 진전을 보이지 않았는데, 선원 7명이 키스마이유를 출발해 나이로비로 오고 있다고 핫산에게서 연락이 왔다. 잔뜩 기대가 되면서도 마음을 놓을 수가 없었다. '만일 우리 선원이 한 명도 돌아오지 못하면 어쩌나!' 우려는 적중했다. 공항에 마중하러 나간 직원에게서 인도네시아 선원 7명만 있고 한국 선원은 보이지 않는다는 연락이 왔다. 실망스럽다 못해 절망감이 찾아왔다. 이러다가 밀리턴트들이 인질들의 몸값을 올리면 어떡하나 하는 생각도 들었다. 김선일 씨가 사망한 직후의 국내 분위기에 비추어볼 때, 100만 달러를 요구한들 어찌 이를 무시할 수가 있겠는가. 그렇다면 나뿐 아니라 외교부가 참으로 어려운 국면에 처할 수 있겠다는 생각에 또 뜬눈으로 밤을 새울 수밖에 없었다.

다음날 아침 일찍 사무실로 나가보니 밀리턴트들이 새로운 요구를 해왔다고 전 영사가 전했다. 대사관 측 변호사는 배제하고 자기 측 변호사에게 직접 돈을 주라는 요구였다. 인질 석방금을 올리는 것보다는 나았지만 여전히 난감했다. 도대체 뭘 믿고 그들에게 돈을 전해준단 말인가. 결정을 뒤로 미룬 채 우선 전날 알아두었던 7인승 비행기를 띄울 준비를 하라고 지시하였다.

인질과 현찰의 맞교환

비행기가 그날 중으로 나머지 인질 네 명을 실어 오자면 늦어도 오후 12시 30분까지는 나이로비를 출발해야 했다. 하지만 12시가 넘어도 밀리턴트들의 요구는 변하지 않았다. 우리가 6만 달러를 보내든지 아니면 말든지 배짱을 부렸다. 하는 수 없이 3,000여 달러 정도 되는 차트기 비용을 날릴 각오 아래 일단 키스마이유를 향해 비행기가 뜨도록 신호를 보냈다. 차트기가 키스마이유에서 인질들을 싣고 뜨면 조종사가 본사에 연락을 하고, 본사는 대사관에 즉각 연락을 취해줄 것도 항공사에 아울러 요청해두었다. 그동안 생각하고 또 생각했다. 힘들게 구해놓은 6만 달러를 내가 개인적으로 부담하게 될지, 밀리턴트들이 약속을 지킬지 둘 중에 하나다. 잘못되면 돈 6만 달러가 문제가 아니라, 외교부도 나도 모두 곤란해진다. 2시가 되자 더 기다릴 수 없어 전 영사에게 지시했다.

"내가 책임질 테니 밀리턴트 측 변호사에게 돈을 넘기시오."

차트기는 키스마이유로 가고 있는데 달리 방법이 없었다. 1분 1초가 초조하게 느껴지면서 살얼음 같은 분위기가 계속되었다. 나는 오전부터 한 씨를 사무실에 불러놓고 그의 이야기를 듣고 있었다. 그는 그 순간에도 계속 거짓말로 둘러대었다.

"그 선원들은 현지에서 재미 볼 거 다 보고 진작 나오라고 할 때 나오지 않고서는 이제 와서 마치 인질이 된 것처럼 가장하고 있습니다."

인질들을 태운 비행기에서 연락이 와야 할 시간이 되자 초조감은 극도에 달했다. 원래대로라면 늦어도 3시 30분에는 연락이 왔어야 했다. 애타게 기다리던 중 3시 40분이 넘어서 드디어 인질들을 태우고 이륙했다는 전갈이 왔다. 그 당시의 성취감은 뭐라 표현하기가 어렵다. 행복하기까지 했다. 직원들을 불러 사후 수습책을 지시했다. 선원들이 도착하면 사파리파크호텔에 투숙시킬 것, 혹시 환자가 있으면 병원에 입원시킬 것, 인도네시아 대사관에도 통보하고 인도네시아 선원은 공항에서 바로 인도네시아 대사관에 인계할 것, 저녁을 먹고 한 씨와 선원들 간에 직접 대질을 시켜 진상을 파악할 것, 최단 시일 내에 귀국시킬 항공편을 주선할 것, 본부에 지급 전문을 보낼 것 등등이었다. 이런 사후 수습은 행복한 일거리에 지나지 않았다. 밤늦게 선원과 한 씨 간에 대질 심문을 벌이던 직원들에게서 전화가 왔다.

"대질을 시켜보니 선원들이 한 씨를 비판하고, 한 씨는 평소 큰소리치던 것과는 달리 아무 소리 못하고 쩔쩔 매고 있습니다. 한 씨가 지금까지 거짓말한 것이 맞는 것 같습니다."

석방 선원들의 실토

다음 날, 저녁 비행기로 귀국 예정인 선원들에게 오찬을 베풀었다. 선장과 선원들은 그동안 한 씨에게 품었던 원망의 말들을 쏟아놓았다. 얼마 전까지는 대사관에 대해서도 원망을 많이 했다고 하면서, 여기 와서 이야기를 듣고 모두 한 씨의 농간이었다는 사실을 알았다고 했다. 선원들의 이야기는 대충 다음과 같았다.

"2003년 7월 본사의 지시에 의해 소말리아 수역에 들어갈 때까지만 해도 큰 걱정을 하지 않았습니다. 5~6개월 치의 부식도 있었고 기름도 가득해 몇 달간은 별 문제가 없었습니다. 그 후 기름이 떨어졌는데 공급이 되지 않아 수차례 요청을 해서 8월경 한 차례 공급받긴 했습니다만, 10월 말이 되어 식량도 기름도 떨어진 상황에서 본사나 한 씨에게 아무리 전화를 해도 통화가 되질 않았습니다. 한 씨에게는 어쩌다 간신히 통화가 되었으나 '걱정 마라. 곧 보내주겠다' 하는 식으로 넘기면서 계속 거짓말만 했습니다. 본사와는 아예 통화조차 되질 않았고요.

한편 밀리턴트의 허락 없이는 상륙할 수 없고 배를 움직이지도 못했습니다. 밀리턴트들은 매일 배에 올라왔는데, 기분이 좋을 때는 "브라더" 하고 포옹도 하면서 상륙 허가도 내줬습니다만, 언짢을 때는 아무 말도 하지 않고 그냥 공포를 쏴대었습니다.

상륙을 허가받았을 때는 가지고 있는 돈으로 시장에 가서 겨우 가축사료를 사고 마른 나뭇가지를 주워 와서 불을 지펴 밥을 해 먹기도 했습니다. 사료에는 돌이나 불순물이 많아 씹기도 곤란했습니다. 다행히 갑판장이 손재주가 있어 깡통을 잘라서 낚시 바늘을 만들어 그걸로 물고기를 잡아먹기도

2004년6월30일 대사관에서 석방된 선원들과 함께

하고 바닷물로 소금을 만들어 간을 하기도 했습니다.

이렇게 11명이 연명을 하면서 밖으로 열심히 연락을 취해보았지만 아무 소용이 없었습니다. 대사관에 겨우 연락이 닿았습니다만 아무런 조치가 없어 실망했습니다. 인도네시아 선원들도 사정은 마찬가지였습니다. 밀리턴트들이 기분이 좋을 때 하소연해서 소말리아 밖으로 나가는 인편에 가족들과 대사관에 여러 차례 편지를 보냈습니다만 대답은 없었습니다. (내가 그런 편지를 받은 적이 없다고 하자) 그렇다면 아마도 한 씨가 중간에서 모두 가로챈 게 아니겠습니까?"

석방 이후 당국자들의 한심한 작태

선원들이 귀국하고 다섯 달 정도 후인 2004년 12월에 부산시에서 파견한 공무원 2명, 변호사 1명이 케냐에 왔다. 케냐와 소말리아에 남아 있는 선박 3척의 처분문제를 협의하기 위해서라고 했다. 그들에게서 선원들에 대한 이야기를 듣고는 너무나 어이가 없었다. 결국 부산시 담당 공무원들 때문에 생과 사를 오간 선원들인데 그들이 귀국했다는 사실을 뻔히 알고도 다섯 달 동안 대면조차 한 적이 없었다는 것이다. 그러면서도 선원들을 무조건 비하하였다. 언론이 추적하려 하자 선원들이 거짓말을 하고 있다고 오히려 큰소리쳐서 취재 요청을 물리쳤다고 영웅담처럼 말하였다. 목에 힘을 주는 전형적인 관리상이었다.

선박 3척도 몇 년 전 모잠비크에 했던 것처럼 케냐에 선심 쓰듯 넘겨주려는 것이 아닐까 싶었다. 배에 딸린 모든 부채를 떠맡는 대신, 배 자체의 소유권을 넘겨주려는 작전인 듯했다. 나는 이 선박과 선원 문제에 대해 부산시에도 최소한의 도의적 책임이 있다고 외교부에 보고했다. 그러나 부산시는 법적인 책임이 없다면서 모든 책임을 부인했다. 그 법적 책임을 면하기 위해 변호사까지 파견한 것이다.

돌이켜 생각해보자. 1995년 지자체 선거가 부활되면서 지자체의 권한과 활동범위가 넓어졌다. 지방자치단체가 독자적으로 외교활동을 할 수 있는 데까지 왔다. 부산시는 이러한 상황을 이용해 모잠비크에 감축 어선을 선심 쓰듯 넘겨주려 했고, 그 과정에서 몇 년간 조업권을 준다는 미끼로 모든 경비를 부담시키기 위해 민간기업체를 이용하는 꾀를 내었던 것이다. 그런데 이러한 일련의 과정에서 해양수산부의 허가를 받아 선박을 모잠비크에 넘기기로 한 것, 입찰을 통해 선박회사를 선정한 것 등 석연치 않은 면이 있다. 한편 이상하게도 모즈코사는 몇 년 지나지 않아 거액의 자본금이 고갈되어 파산했고, 부산시는 선주로서 법적 책임이 없다고 발뺌했다.

결과적으로 모잠비크는 한국에 대해 크게 실망하게 되었고, 케냐와 소말리아에도 부정적인 여파를 남기게 되었다. 몸바사 항구 어느 부두에서 흉물스럽게 침몰해가는 모습의 배를 상상해보라. 이것이 한국 국적의 배인 줄 웬만한 사람들은 다 안다. 그들은 선주인 부산시와 선박회사 모즈코는 모르지만 선박이 한국에서 왔다는 건 안다. 이 사건에 관련된 모잠비크, 케냐, 소말리아는 물론이고, 모즈코 회사에 자금을 댄 그 일본인은 한국을 어떻게 생각하겠는가? 일은 그들이 저질러놓고, 법적인 책임이 없다는 말만 하면서, 결국 우리나라 이미지에 덤터기를 씌운 격이라면 과장일까. 마치 꾸며낸 이야기 같은 경험담을 떠올리니 지금 다시 그 시점으로 돌아간다면 과연 그러한 난관을 극복할 수 있는 용기가 생길까 싶다. 생각해보니 당시 나에게 그러한 용기를 심어준 것은 직원들, 아내와 같은 주위 사람들의 진심어린 조언과 격려였다. 새삼 이병국 공사와 전준석 영사 등, 당시 대사관의 모든 직원들에게 고마움을 전해본다.

김성환 명예영사 자택에서(오른쪽에서 두 번째가 김성환 명예영사)

6,700킬로미터 나일강의 발원지.
위쪽 동그란 테두리에서 끝 없이
물이 솟아오른다.

나를 도와준 고마운 분, 김성환 우간다 명예영사

해적에 인질로 잡혀 있던 끔찍한 사건이 해피엔딩으로 끝났으니, 그 일을 지금까지 기억하는 사람은 당시 대사관 직원이나 당사자인 선원들 말고는 거의 없을 것이다. 돌이켜 생각해보면 아찔하기도 하고, 무엇보다 그때 선뜻 돈을 빌려주신 김성환 명예영사에게 고마운 마음이 크다. 소말리아 해적과의 협상과정에서 대두된 인질석방금 6만 달러는 시간을 다툴 정도로 매우 긴급히 필요했다. 정부에서는 약속만 하고 인질석방 교섭을 하라고 지시했지만, 현실적으로 현금 없이는 교섭을 성사시킬 수 없었다. 이 기회에 김성환 명예영사에게 고마운 마음도 전하고 그의 성공스토리를 소개해보고자 한다.

김성환 명예영사는 1980년대 말에 케냐로 이민을 왔으나 일부 악질 교민과의 마찰 때문에 우간다로 재이주해서 결국 기업인으로 대성공을 거두었다. 그의 사업은 우간다의 값싼 인력을 이용해 빅토리아 호수에 많이 서식하고 있는 나일퍼치(농어류)를 잡아 생선포로 만든 뒤 유럽으로 수출하는 것이었다.

김성환 회장의 말에 의하면 한참 사업이 잘될 때는 하루에 평균 20만 달러의 수익을 올렸다고 한다. 그러한 사업을 10여 년 한 다음 그는 축적된 자본을 동원해 사업을 확장했다. 2000년대 중반에는 주로 건축자재들을 생산하는 기업체들을 운영했는데 기업 수도 9개나 되었다. 당시 우간다는 반군들과의 전쟁이 계속되는 불안한 상황이어서 정부의 외환 통제가 매우 엄격했다. 따라서 아무리 돈을 벌어도 밖으로 가지고 나오기가 매우 어려웠고 우간다 안에서 계속 확대 재투자를 할 수밖에 없었다. 김회장은 내가 케냐에 있던 당시 케냐에 가구공장을 세웠는데, 그것도 자본을 분산시키기 위한 하나의 방법이었다.

2002년 관할국인 우간다를 방문했을 때 김 회장 사업체를 방문했는데 공장 마당에 올라와 있는 쾌속정에 눈길이 머물렀다. 김 회장은 만약의 경우에 쾌속정을 타고 나일강 쪽으로 대피하기 위한 것이라고 했다. 2004년경 김 회장은 우간다와 유럽을 연결하는 항공화물 회사를 설립하면서 앞으로 상황을 봐서 여객항공사도 세울 계획이라고 했다. 이처럼 백척간두에 서 있는 듯한 불안전한 상황에서 돈이 많이 쌓이면 쌓일수록 그의 걱정도 비례해 커졌다.

공장 마당에 놓여 있는 쾌속정(오른쪽)

2004년 김 회장의 도움으로 어려운 상황을 타개한 데 대해 고맙게 생각해야 할 또 한 측은, 바로 대한민국 외교부다. 그러나 외교부는 감사의 표시를 하지 않았고 돈을 되돌려주는 데도 3개월 이상 걸렸다. 그것도 내가 반기문 당시 외교장관에게 세 번이나 편지를 보내고 나서였다. 그 무렵 외교부는 어느 중동 국가에서 사고가 난 경우를 예시하며 교민들에게 돈을 빌린 경우를 조사하라고 했는데, 곧이곧대로 이 사실을 보고한 나는 문책성 지시를 받아 난감한 상황에 처하기도 했다. 이때 국가란 조직은 개인과 달리 가슴이 없다는 생각이 들어 씁쓸했던 기억이 있다.

김 회장은 여수박람회 유치를 위해 우리나라 정부가 총력을 기울일 때에도 아프리카 표를 모으기 위해 외교부에 적극 협조했다. 외교부의 부름에 호응해서 모로코까지 갔다 오기도 했다. 그러나 어느 누구도 그에게 사의를 표한 흔적이 없었다. 그렇다고 그가 불평하는 걸 들은 적은 없지만 뭔가 잘못되었다는 생각이 들었다. 김 회장에게 감사하는 마음과 함께 미안한 마음이 남아 있는 이유다. 이 기회에 그에게 깊은 감사의 마음을 보내고 싶다.

옥수수가 주식인 나라에서 있었던 일

2004년 6월 어느 날, 케냐 대통령실에서 대통령 기자회견에 참석해달라는 초청장이 왔다. 이 자리에 초청된 외국대사는 한국을 포함해서 미국, 영국, 독일, 프랑스, 일본 등 선진국 대사들과 유엔디피(UNDP) 같은 국제기구 대표 등 20명 안팎이었다. 대통령은 케냐의 동북부 지역에 기근이 들어 300만 명이 굶고 있어 이 지역을 재해지역으로 선포하면서 초청된 나라들이 어떤 방법으로든지 지원을 해줄 것을 요청하였다. 가장 효과적인 지원방법은 현금이나 현물이라고 덧붙였다.

5,000만 명의 우리나라 사람들이 쌀을 먹고 살듯이 3500만 명의 케냐 사람들은 옥수수를 먹고 산다. 세계에서 옥수수를 주식으로 하는 나라는 케냐를 비롯해서 원산지인 멕시코, 페루, 인도 북부, 가나, 나이지리아, 탄자니아, 우간다 등 대략 20여 개국이고, 인구로는 약 6억여 명에 달한다. 케냐는 남북한의 약 2.7배인 58만 제곱킬로미터 크기의 영토를 가졌고, 인구는 남북한 인구의 5분의 2 정도인데 산악지대가 거의 없기 때문에 역사적으로 옥수수 기근은 매우 드문 현상이었다. 자연재해가 들더라도 큰 기근은 없었는데, 2004년의 기근은 자연재해라기보다는 인재(人災)라는 견해도 제기되었다.

케냐 정부로부터 지원 요청을 받고 난 뒤 우리나라가 국제사회에서 원조국가에 속한 데 대해 자긍심이 느껴지면서도 한편으로 우리 정부에 지원 건의를 하는 것이 주저되었다. 정부에 지원요청을 해봤자 그 당시 국내 상황으로 볼 때 받아들여질 가능성이 크지 않았기 때문이다. 2002년까지 우리 정부의 대케냐 무상원조는 그 이전까지 매년 7만 5,000달러이던 것이 2003년부터는 5만 달러 정도로 줄어든 상황이었다. 대북한 지원 증가로 인한 대외원조 여력이 축소되었을 뿐만 아니라, 이미 케냐에 대한 2,000만 달러 규모의 직업훈련원 건립을 위한 정부차관을 주고 있었기 때문이다.

며칠을 생각하던 중 옥수수 박사인 김순권 경북대학교 교수가 생각나면서 '고기를 주는 것보다 낚시하는 방법을 가르쳐주자'라는 생각이 들었다. 대구시 자문대사로 있을 동안 그와 테니스를 같이 칠 정도로 가까이 지냈다. 그의 부인과 집사람이 대학교 동창인 것이 인연이 되었다.

먼저 김 교수에게 전화를 걸어 그의 의향을 물어보았더니 곧바로 흔쾌히 수락했다. 그는 나이지리아에서 16년간 옥수수 품종 개량을 연구했기 때문에 아프리카의 옥수수 상황에 대해 누구보다 잘 이해하고 있었고 관심도 컸다. 그리하여 외교부에 김 교수의 케냐 방문 여비 지원을 건의하는 한편, 케냐 농림부 키르와 장관과 대통령실 카루메 특별보좌관 등을 접촉하여 김 교수의 케냐 방문 의향을 알렸다. 또 김 교수의 케냐 방문 시 키바키 대통령 예방 등 제반 사항에 대해 협조해줄 것을 요청했다. 케냐 정부에서는 김 교수의 방문을 환영하면서 적극적인 협조를 약속했다.

그해 12월 초 김순권 교수가 나이로비에 도착했다. 김 교수는 키바키 대통령을 면담하면서 전폭적인 지지를 확인받았다. 그는 케냐를 떠나기 전에 옥수수 관련 기관과의 세미나, 종자회사 접촉 등의 활동을 통해 파악한 케냐 옥수수 생산의 문제점을 지적하면서 케냐 대통령에게 이에 따른 대책을 건의했다.

김순권 교수가 파악한 케냐 옥수수 정책의 문제점

2004년 옥수수 작황의 실패는 잦은 한발, 위축바이러스, 악마의 풀 번성 등 장기적으로 변화하는 환경에 대처할 적절한 정책이 없었기 때문이다. 그리고 적절한 정책을 수립하지 못한 이유는 케냐 정부(농업성)가 케냐농업연구소(KARI), 케냐식물보건검열서비스(KEPHIS) 등 관련 기관의 지원을 받지 못했기 때문이다. 이는 케냐 정부뿐만 아니라 옥수수 관련 연구소들이 국제옥수수 및 밀개량센터(CIMMYT)와 국제곤충생리 및 환경센터(ICIPE) 등 국제기구에 과도하게 의존한 결과이다. 케냐에서는 나이지리아에 본부를 두고 있는 국제열대농업연구소(IITA)의 아프리카 풍토에 적합한 품종개량 결과를 전적으로 무시하고 있는데, 이는 케냐의 옥수수 정책이 잘못된 방향으로 가게 된 시발점이다.

케냐 정부는 옥수수를 경작하는 농민들에게 종자를 제공하며, 비료와 곡물에 대한 가격정책을 통해 보조금을 주고 옥수수 농업을 보호해야 한다. 한편 IITA에서 개발한 아프리카 풍토에 적합한 품종을 도입해야 한다. 한편 종자는 단일교접 종자를 농민들에게 장려함으로써 각종 질병에 대처해야 한다. 유전자 변형 품종은 아직 불완전한 면이 많기 때문에 현재 상태에서는 함부로 도입해서는 안 된다.

김순권 교수는 2004년 12월 케냐를 떠나기 전에 이러한 내용의 건의서를 케냐 정부와 대통령실에 제출했다. 김교수는 키바키 대통령을 처음 만난 자리에서 나이지리아, 북한, 베트남 등에서 겪은 자신의 경험으로 볼 때 케냐의 옥수수 증산 또한 어렵지 않게 이루어낼 수 있다고 말했고, 대통령은 이러한 말을 신뢰하면서 김 교수의 케냐 내 활동에 모든 지원을 아끼지 않겠다고 약속했다. 그러나 한참 후에야 감지했지만, 김 교수가 보고서를 제출하고 난 후부터 케냐 정부의 태도가 달라지기 시작했다. 김 교수가 2005년 3월 케냐를 두 번째 방문했을 때, 케냐 정부는 그가 요청한 옥수수 농장 방문, 케냐 옥수수 연구소와의 세미나 등에 대한 준비를 거의 하지 않고 있었을 뿐만 아니라 대통령 면담도 받아들이지 않았다. 김 교수에게 협조를 하지 않음은 물론이고 비판까지 하기 시작했다. 이처럼 상황이 반전된 이유를 김 교수는 이렇게 설명했다.

"2004년 12월 8일 최종보고서에서 케냐 정부의 옥수수 정책을 비판하면서 CIMMYT 등 국제기구의 과도한 영향을 지적했는데, 아마도 케냐 정부와 국제기구 측이 이에 대해 반발하는 것 같습니다.

케냐의 옥수수 기근은 국제적인 음모와 케냐 국내 이해관계자들의 합작품으로 추정됩니다. 국제적인 음모란 이렇습니다. 옥수수의 원산지인 멕시코에 센터를 두고 있는 CIMMYT는 사실상 미국이 움직이는 옥수수 연구기관으로서 케냐 등 여러 나라에 지부를 두고 있습니다. CIMMYT는 결국 케냐의 옥수수 작황이 악화되는 방향으로 영향을 미쳤다고 봐야 합니다. 옥수수가 풍부해서 자급자족할 뿐만 아니라 다른 나라에 수출하는 케냐가 미국의 옥수수에 어떤 영향을 미칠지를 생각해보세요. IITA에서는 이미 아프리카에 강한 옥수수 품종을 개발해놓았고, 이를 여러 나라에 적용해서 좋은 결과를 가져왔습니다. 케냐의 이웃나라인 우간다만 해도 이 품종을 들여와서 옥수수 증산에 성공했습니다. 그러나 CIMMYT는 의도적으로 IITA의 연구결과를 무시해왔습니다. 왜 그랬을까요? 그 이유는 다만 위에서 말한 대로 추정될 뿐입니다만, 한 가지 분명한 것은 그들이 케냐 내 옥수수 생산과 관련되는 인사들과 밀접하게 연관되어 있다는 것입니다."

이 대목에서 짚이는 부분이 있었다. 케냐에 주재하는 CIMMYT 임원과 멕시코에 있는 CIMMYT 본부 간의 이메일 교신 내용, CIMMYT 본부에 근무하는 한국인과 우리 외교부 간의 이메일 내용을 접수한 것이다. 깜짝 놀란 사실은 한국에서 농촌진흥공사 고위간부를 역임한 사람들이 은퇴 후 CIMMYT 본부에 근무하고 있었는데, 이들이 김순권 교수의 케냐 옥수수 증산 활동을 비판하고 이를 우리 외교부에 알리면서 김교수에 대한 지원을 중단하라고 권고한 것이었다. CIMMYT 본부가 케냐 지사를 통해서 뿐만 아니라 CIMMYT에 근무하는 한국인들을 통해 한국 외교부에 압력을 행사함으로써 직접 이 사업을 방해한 것이 드러났다. 또

한 이 과정에서 한국인들 간에 오간 김 교수에 대한 모함도 드러났다.

이SH 농촌진흥청 작물과학연구원장이란 분이 남동아프리카과로 전화를 걸어 이렇게 말했다고 했다.

"김순권 교수의 대북 옥수수 지원사업도 현재는 중단된 상태이며 기타 동남아 지역에서 추진하는 사업도 무리한 추진으로 물의를 빚고 있는데 정말 어처구니 없습니다. 이것이 국제정치의 진상입니까?"

이렇게 항의하면서 이와나가 CIMMYT 케냐지부 소장은 CIMMYT 관리이사회 의장인 김KK 박사에게 김순권 교수가 한국정부의 지원을 받아 사업을 무리하게 추진하고 있다는 내용의 이메일을 전했다고 알렸다.

이러한 사태는 IITA의 연구결과를 신뢰하는 김순권 교수와 미국의 영향 아래 있는 CIMMYT 관련자들 간에 마찰을 보여주는 것이다.

옥수수를 둘러싼 국제적 역학관계를 잘 알지 못하는 나는 케냐를 도와주겠다는 순수한 마음에서 김순권 교수의 경험과 지식을 활용해보고자 했지만, 마치 벌집을 쑤신 것 같은 결과만 낳아 크게 좌절했다. 마침내 자칫하면 소탐대실의 결과를 가져올지 모른다는 생각까지 하게 되었다. 미국의 이익을 건드려 우리 국익에도 불똥이 튈지 모른다는 걱정이 든 것이다. 그래서 2005년 6월 케냐를 세 번째 방문한 김 교수와 의논한 끝에 결국 이 사업을 중단하기로 했다. 마침 케냐 대사로서의 3년 임기도 두 달밖에 남지 않은 상황이었다.

나는 이 과정에서 옥수수를 둘러싼 국제적인 힘의 구조를 이해하게 되었다. 한쪽에선 많은 사람들이 굶어 죽고 있는 상황인데도 다른 쪽에서는 이러한 상황을 이용하는 지극히 비인도적인 면도 엿보았다. 케냐 안팎의 옥수수 거래상, 부패된 케냐의 관료들, 그리고 이들에게 직간접으로 영향을 미치는 CIMMYT 관련자들의 행태와 농산물을 둘러싼 국제적인 음모가 그대로 드러난 하나의 드라마에 연루되었다는 생각이 들었다. 비록 내 의도가 성공을 거두지는 못했지만 케냐의 옥수수 증산을 위해 수고해주신 김순권 교수에게 깊이 감사드린다.

유넵과 나

케냐에는 유넵(UNEP, United Nations Environment Programme, 유엔환경계획)이라는 국제환경기구가 있다. 케냐에서 이곳과 맺은 인연은 개인적으로 내게 큰 의미가 있는데 그 이유를 몇 가지 꼽아보면 다음과 같다. 첫째, 제네바에서 발을 들여놓았지만 미완성이던 환경 지식을 유넵을 통해 어느 정도 완성할 수 있었다. 둘째, 유넵에서 총회 임시의장, 상주대표위원회 위원장 등을 역임하면서 국제기구에서의 경험을 쌓을 수 있었다. 셋째, 이러한 경험 덕분에 은퇴 후에 국민대학교에서 지구환경외교를 가르치는 계기가 되었다.

제네바에서 3년간의 경험은 환경문제를 이해하는 데 다소 도움은 되었지만 케냐에서는 새로 시작하는 기분으로 임해야 했다. 유넵에서는 환경실무적인 문제들을 많이 다루었는데 환경문제는 다루면 다룰수록 광범위하고 복잡하며, 국가 간 이해관계가 첨예하게 얽혀 있다는 사실을 알 수 있었다.

이 모든 것이 유넵이 있었기 때문에 가능했는데, 그렇다면 왜 나이로비에 세계 환경문제를 논의하는 중심 국제기구인 유넵이 설치되었을까?

2차세계대전 후 산업화와 더불어 점차 심각해지는 지구환경문제를 논의하기 위해 1972년 스톡홀름에서 최초로 세계정상회의가 열렸다. 그 회의에서 앞으로 세계 환경문제를 다룰 국제기구로서 유넵을 만들었다. 유넵을 케냐에 두기로 결정한 것은 순전히 국제정치적인 이유에서였다. 즉 지구환경문제에 대해서 개도국 측, 특히 열악한 환경에 있는 아프리카 국가들의 관심을 끌기 위해서 본부를 아프리카에 두기로 원칙을 정하고, 아프리카 중에서 상대적으로 환경이 괜찮은 케냐를 택한 것이다. 그리고 기구의 성격을 어떻게 하느냐 하는 문제로 논쟁이 있었는데, 추가적인 재정 부담을 꺼리는 미국 등 일부 선진국들이 독자적 예산권이 없는 기구를 주장했기 때문에 결국 독립 예산권이 없는 유엔 종속기구가 되었다. 만일 유넵에 독립 예산권이 있었다면 선진국들이 자신의 나라에 본부를 유치하려고 노력했을지도 모른다.

환경문제 때문에 스톡홀름회의가 소집되었지만 선진국 측과 개도국 측의 입장이 달라서 막상 환경문제에 관해서는 구체적 합의를 보지 못했다. 그러나 유넵이라는 국제기구를 창설하기로 하였고, 앞으로 이러한 회

나이로비 소재 유넵 본부

환경운동을 전개한 공로로 노벨 평화상을 받은 케냐의 왕가리 마타이 여사

의를 지속하기로 합의한 것은 큰 소득으로 이후 환경문제 논의의 이정표가 되었다. 유넵은 환경보존을 위해서 그 역할을 하고 있고, 1972년 스톡홀름 정상회의 이후 매 10년마다 환경문제를 다루기 위한 세계정상회의가 지금까지 개최되고 있다. 1982년 나이로비회의, 1992년 차우회의, 2002년 요하네스버그회의, 2012년 리우회의가 그것이다.

유넵이 케냐의 수도 나이로비에 있다는 것은 케냐 측으로서는 매우 명예스러운 일이며 국제적 위상을 향상시키는 역할을 하기 때문에 케냐 정부는 유넵을 보호하기 위해 많은 노력을 해왔다. 나이로비 시내의 치안은 매우 불안한 편인데 케냐 정부는 많은 인력을 투입해 유넵과 관계자들을 보호하고 있다. 또한 케냐 내에 있는 동식물을 보호하기 위해서 광활한 지역을 국립공원으로 지정하여 운영하고 있고, 케냐 전역에 대규모 수목림을 조성하는 등 환경 보존을 위해 각별한 노력을 기울이고 있다. 2004년 당시 케냐 국회의원 겸 환경부 차관이던 왕가리 마타이(Wangari Maathai) 여사가 나무심기 등 환경운동을 전개한 공로로 노벨 평화상을 받기도 했다.

제주특별총회 임시의장이 되다

이처럼 세계 환경문제를 다루는 본부 격인 유넵이 케냐에 설립되어 있기 때문에, 그곳에 주재하는 80여 명의 각국 대사들은 자연히 상주대표위원회(CPR, Committee of Permanant Representative) 위원이 되어 활동하게 된다. 집행이사회는 2년마다 한 번 나이로비에서 열리며, 중간중간 특별집행이사회가 회원국 간에 돌아가면서 개최된다.

2003년 나이로비 집행이사회에서 우리나라가 제주도를 제8차 특별집행이사회 개최장소로 신청했고 그 결정이 받아들여졌다. 아울러 나이로비 집행이사회에서는 아시아에 할당된 임기 2년의 집행이사회 부회장에 한국 측 상주대표위원인 나를 선출하였다. 나는 집행이사회 부회장으로서 제주 특별집행이사회를 준비하는 역할을 맡았다. 의제선정, 회의장 준비, 각종 행사 등과 관련해서 본부, 또는 환경부의 지휘를 받아 유넵 사무국과 접촉하고 교섭했다.

제주회의를 준비하면서 기억나는 일이 몇 가지 있다. 첫째는 북서태평양보존실천계획(NOWPAP) 사무소 설치를 둘러싸고 있었던 일이다. 이 문제는 유넵 사무국이 제주회의에서 하나의 성과로 제시하고자 하는 일이었기 때문에 유넵은 반드시 제주회의 이전에 해결하고자 하는 의지를 보였다.

2000년 유넵 집행이사회에서는 NOWPAP 사무소를 한국의 부산과 일본의 토야마에 각각 설치하기로 결정했다. 이때는 그동안 계기가 되었던 동해 표기문제가 일단락된 후였다. 1994년 NOWPAP를 설치하기로

NOWPAP 서명 체결

결정하면서 유넵은 동해를 일본해로 표기하였다. 우리 측은 이에 강력히 항의해서 NOWPAP 사무소 설치문제는 오랫동안 진전이 없었다. 결국 동해를 바다 이름으로 표시하지 않고, 북위 133°-52°, 동경 121°-143°로 표시하기로 합의하면서 NOWPAP 설치가 가시화되었다. 유넵사무국은 이 사무소 개설에 관한 협약을 2004년 제주회의에서 체결한다는 목표를 가지고 일본 측과 이미 합의를 한 상태였다. 한국 측과의 교섭만 미결인 상태였는데, 그 이유는 한국 병무청에서 사무소의 한국인 직원에 대한 특권을 인정할 수 없다는 의견을 제시했기 때문이었다. 유넵은 사무소를 외국에 설치할 경우 그곳에 근무하는 직원에 대해서는 일반 외교관과 같이 특권과 면제를 부여하도록 하는 표준협약서를 해당국과의 교섭 기준으로 제시해왔다. 그리고 그때까지 어떤 나라도 이에 대해 이의를 제기하지 않았는데, 우리 병무청에서는 병역의무에서 예외를 인정할 수 없다고 한 것이다.

제주 특별집행이사회를 바로 앞두고 유넵 사무국과 한국 정부 간에 교섭이 몇 달간 난관에 빠졌을 때 내가 중재안을 제시했다. 유넵에서 한국인 직원을 채용할 경우 한국 측에 미리 의견을 물어본 후 채용한다는 선에서 합의를 보도록 한 것이다. 이 중재안은 교섭을 타결시키는 데 결정적 역할을 했다.

그다음으로 기억나는 일은 유넵의 감투문제였다. 제주 집행이사회를 앞두고 부의장직을 맡았는데, 제주회의 직전에 의장 유고상태가 되어 갑자기 임시의장이 되어 제주회의의 마지막 준비도 하고 개막을 선언하게 된 것이다. 큰 국제회의에서 이러한 경험을 한 것은 나로서는 잊을 수가 없다. 또 제주회의가 끝나고 유넵의 상주대표자회의(CPR) 의장이던 스리랑카 대사가 본국 발령을 받아 귀국하는 바람에 뜻하지 않게 몇 달간 내가 CPR 의장이 되기도 했다. 지내놓고 보니 감투는 그 감투에 걸맞은 내용을 수반하지 않으면 별 뜻이 없다는 생각이 든다. 그런 감투를 쓰고도 어떤 중요한 역할을 한 바가 없기 때문에 지금 와서 생각하면 감투 자체에 의미를 둔 점이 부끄럽다. 무엇이 되느냐보다 그 자리에서 무엇을 하느냐가 훨씬 더 중요하다는 것을 다시 한 번 확인했다.

또한 유넵의 주선으로 북한대표단을 만난 일 역시 기억에 남는다. 2004년 8월 북한 환경청장이 유넵을 방문했을 당시 퇴퍼(Klaus Toepfer) 사무총장의 주선으로 북한 환경청장을 만난 적이 있다. 북한은 환경문제에 큰 관심이 없는 듯 국제환경회의에 적극적으로 참석하지는 않았다. 유넵 사무국에서는 이러한 북한의 태도를 바꾸어보고자 북한의 환경실태를 조사해주는 등 여러 가지 방법으로 노력해왔다. 그 노력의 일환으로 북한대표단이 유넵을 방문한 것이다. 이때 만난 이홍식이라는 북한 측 대표는 앞으로 유넵이 주관하는 국제회의에 적극 참여하겠다고 약속하

제주회의 기간 중 케냐주재
각국 대사와의 만찬

였다. 그러나 약속과 달리 북한 측은 제주회의에 참여하지 않았으며, 그 후에도 여타 국제회의나 국제기구에 적극 참여했다는 소식을 들어보지 못했다.

끝으로 기억나는 일은 제주회의에 대한 주케냐 대사들과 유넵 사무국의 반응이었다. 케냐에 주재하던 대사, 즉 CPR 위원 중 20명 정도가 제주를 방문했는데, 한 나라에 주재하는 대사들이 이렇게 한꺼번에 대거 방한하는 경우는 매우 드물다. 제주회의에 참석한 이들은 여러 가지 점에서 큰 감명을 받았다고 했다. 첫째는 제주회의의 완벽한 준비에 대해 좋은 인상을 받았고, 두 번째는 제주도의 아름다운 경관과 좋은 시설에 대해 높이 평가했다. 어떤 대사들은 23세기 어디쯤 와있는 것 같은 기분을 느꼈다고도 했다. 그리고 내가 그들에게 베푼 토속식당의 만찬 또한 잊지 못해 했다. 회의가 끝나고 케냐에 귀임을 해서 첫 유넵 CPR 회의가 열렸을 때, 퇴퍼 사무총장은 이번 제주회의가 성공리에 마칠 수 있도록 도와준 데 대해 모두 기립박수를 보내자고 제의했다. 이러한 현상도 유넵의 30년 역사에서 보기 드문 일이라고 들었다.

유넵에서의 경험에 힘입어 강단에 서다

2008년 말 마지막 공적 포스트였던 부산의 유엔기념공원(UNMCK) 관리처장직을 그만두고, 이성우 총장의 배려로 국민대학교에서 학생들을 가르치는 기회를 얻게 되었다. 이 기회를 빌어 이러한 기회를 주신 이성우 전 총장에게 심심한 감사 말씀을 드린다. 담당과목으로는 손쉽게 접근할 수 있는 외교사나 국제정치가 아니라 환경외교를 택했는데, 그 이유는 환경문제에 대해 좀 더 공부해서 그 중요성을 젊은 학생들에게 알리고 싶었기 때문이다.

환경문제에 대해 우리나라가 어떠한 입장을 가지고 국제무대에 임하고 있는지, 국제 환경계에서 우리나라가 차지하는 위치는 어떠한지 등을 논의해본다는 면에서 과목의 이름을 '지구환경외교'라고 붙였다. 당시까지만 해도 이 제목으로 학과목을 둔 대학교는 없었다. 두 학기를 가르치는 동안 무엇보다 교재가 없어 애를 먹었다. 그래서 2010년에 2년 동안 강의한 내용을 모아 《지구환경 및 자원외교》라는 책을 펴냈다. 급히 만드느라 오류가 적지 않으며, 급격히 변화하는 환경문제의 특성상 내용을 계속 수정·보완해야 하는데 이에 대한 준비는 해왔으나 결국 수정판을 내놓지는 못했다. 그러나 학생들에게 조금이나마 효율적으로 공부할 수 있는 수단을 제공해주었다는 점에서는 소기의 목적을 달성했다고 생각한다.

마사이족의 대부가 된 안찬호 목사 이야기

흔히 사람들은 마사이족이 숫자를 세지 못할 정도로 둔하고 미개하다고 생각한다. 그러나 나중에 알고 보니 그러한 생각 자체가 편협한 것이었다. 사람의 신체적 기능이나 재질이 민족이나 인종 간에 큰 차이가 없다는 것은 이미 여러 연구를 통해 보고되었다. 다만 서로가 처한 환경이나 문화, 삶의 양상이 다르며 그에 따른 기준도 다를 뿐이다. 표본적이고 피상적인 현상을 가지고 전체를 평가하는 것은 옳지 않다.

마사이 마라에 있는 마사이족 마을을 처음 방문했을 때 우리를 안내하던 마사이족 가이드가 우리가 한국에서 온 것을 알고는 대뜸 "당신들은 개고기를 먹는다면서요?"라고 물었다. 마사이족 사람들이 소의 핏줄에 화살을 쏘아 거기서 나오는 피를 먹는다는 말을 들었을 때 소름이 끼치도록 끔찍하다는 생각을 지울 수가 없었는데, 그 질문을 받고 나자 세게 한 방 얻어맞은 기분이었다. 그들에게는 우리가 매우 미개한 종족으로 보이겠구나 하는 생각이 들었다.

마사이족 사람들은 숫자를 세지 못하는 것이 아니라 숫자에 대해 편리하다는 생각보다는 다른 의미를 가지고 있는 것이었다. 중요한 대상을 숫자로서 나타내는 것은 그들에게는 도매금으로 본다는 뜻이고 귀한 것일수록 이름이 붙어야 한다고 생각한다. 마사이족 인구가 얼마나 되는지 파악하기가 어려운 것은 그들이 유목생활을 하기 때문이기도 하지만, 사람을 숫자로 셀 수 없는 귀한 존재로 보기 때문이기도 하다.

그들은 소나 양, 염소 등도 생명줄처럼 중요하게 생각한다. 가축을 돌보는 일은 대개 어린아이들의 몫인데 자기가 돌보는 가축이 몇 마리인지 아는 대신에 일일이 이름을 기억하고 부른다. 몇십 마리의 염소 이름을 모두 외우는 것이다. 아침 일찍 들판에 풀을 먹이러 가기 위해 개똥이, 점박이, 까불이 등등 이름을 부르면 그에 해당하는 소나 염소들이 한 마리씩 차례로 우리 안에서 튀어나온다. 저녁에 우리 안으로 들어갈 때도 마찬가지다. 실제로 이러한 장면을 목격했는데 아이들이 이름을 일일이 기억하는 것도 그렇고, 가축들이 어쩌면 그렇게 자기 이름을 잘 알아듣는지 정말 신기했다.

안찬호 목사는 1990년대 초부터 14년 동안 마사이족들과 함께 살면서 선교활동을 하셨다. 그동안 40개의 교회와 20개의 학교를 세운 그는, 해외에 거주하는 2만여 명의 선교사들 중에 가장 우수한 선교사로 뽑힌 적이 있을 만큼 봉사정신이 투철하고 인격적으로도 훌륭한 분이었다. 항상 여유 있는 태도를 보이며 모든 문제를 해학적으로 풀어 이야기해서 주변 사람들을 편안하게 해주었다. 그분에게서 마사이족에 대해 들은 이야기 몇 토막을 여기 소개해본다.

원시의 마사이족

"마사이족은 거친 자연과 싸우며 살아가는 매우 용감한 유목민족입니다. 그들의 가장 큰일은 먹을거리를 구하는 것이며 수천 년간 살아오면서 터득한 자신들만의 방법이 있습니다. 얼른 납득이 잘 가지는 않지만 그들의 주식은 소의 피와 우유이고 곡식이나 과일, 야채는 아예 먹을 줄도 모릅니다. 그들에게 소는 단순한 고기 이상의 생명줄과 같은 가치를 지니며 소나 가축을 보호하는 데 최선을 다합니다.

소나 가축은 사자와 같은 맹수들의 표적이기 때문에 마사이족은 사자를 보면 무조건 죽여야 한다고 생각하고 늘 창을 들고 다닙니다. 창의 일차적 사용목적은 사자를 죽이기 위한 겁니다. 그래서 사자를 많이 죽인 사람은 용감한 자의 표상이 됩니다. 그들의 귀를 자세히 보면 구멍이 뚫려 있는데 사자를 한 마리 죽일 때마다 구멍을 내기 때문에 양쪽 귀에 난 구멍이 클수록 더 용감한 사람이라는 뜻이 됩니다.

마사이족의 소똥집도 자세히 보면 모두 사자의 침입을 막기 위한 구조로 되어 있습니다. 소똥집들은 대개 7채 이상이 울타리처럼 원형으로 빙 둘러 있고 소는 그 가운데 몰아 있지요. 사자는 소똥 냄새가 나면 거기에 사람들이 있고 잘못하면 죽는다는 사실을 본능적으로 알기 때문에 여간해서 침입할 엄두를 내지 못합니다.

마사이족은 배타성이 매우 강한 부족이어서 그들 사회에 들어가 선교활동을 하는 것은 정말 쉽지 않았습니다. 처음 마사이 마을에 들어갔을 때 사람들이 받아주지 않아서 온갖 노력과 정성을 기울여봤지만 효과도 적고 시간이 많이 걸렸지요. 케냐에 와서 2년쯤 되었을 때 마사이 마을 사람들에게 영화를 보여주며 즐겁게 해주고 싶어서 나이로비에서 영사기와 〈벤허〉 영화 필름을 구해 왔습니다. 그러고는 마을 사람들에게 '초승달 언덕'이라고 이름 붙여진 언덕 두 번째 나무 밑에 초승달이 있는 밤에 모이라고 했지요. 마을 사람들이 널리 퍼져있어 수십 킬로미터 떨어진 곳에서도 걸어오기 때문에 정확한 시간을 지킬 수는 없지만, 해와 달의 위치를 보면서 대체로 정해진 시간에 맞추어 옵니다. 그들은 마사이 들판을 돌아다닐 때 늘 하듯이 붉은 망토를 걸치고 한 손에 창을 든 채, 호기심 어린 표정을 지으며 하나둘 모여들었습니다.

어느 정도 사람들이 모였을 때 나무와 나무 사이에 쳐놓은 광목 스크린 위에 영사기를 비추었습니다. 그런데 예상치 못한 일이 벌어졌습니다. 아시

다시피 〈벤허〉의 첫머리에는 투구를 쓰고 붉은 망토를 두른 로마 병사들이 행진하는 장면이 나오지 않습니까? 생전 처음 영화라는 것을 본 마을 사람들은 그들을 현실 속 인물들로 착각했습니다. 자신들과 비슷한 붉은 망토를 입고 있어서 영락없이 적군으로 착각한 것이지요. 한순간 술렁임이 일더니 모란(마사이족의 용사)들이 손에 들고 있던 창을 스크린을 향해 일제히 내던졌습니다. 스크린은 순식간에 갈기갈기 찢어졌습니다. 영상이 꺼진 뒤에도 빛과 소리가 계속 나자 그들은 영사기를 향해서도 사정없이 창을 내던져 영사기를 박살냈습니다. 주변에 있던 다른 선교사들은 혼비백산이 되어서 사방으로 흩어졌습니다. 나를 적군의 대장으로 여긴 모란들은 창을 꼬나들고 내 주위를 빙 둘러쌌습니다. 여차하면 찔러 죽일 기세였지요. 나는 하도 어처구니가 없어서 그냥 고개를 푹 숙이고 있었는데, 이를 항복의 표시로 받아들인 그들이 잠시 후 창을 거두었습니다. 훗날 마사이 마을 사람들과 친하게 되었을 때 그때 일을 물으니 마사이족 풍습에 항복하는 적군은 죽이지 않는다는 불문율이 있다고 했습니다.

그로부터 수개월 후 또 하나의 해프닝이 있었습니다. 하루는 자동차를 몰고 마사이 마을을 방문했는데 갑자기 모란들이 나타나 차를 향해 마구 창을 던졌습니다. 서로 얼굴을 아는 처지라 황급히 차에서 내려 이유를 물었더니, 글쎄 처음 보는 차를 이상한 동물로 생각해 공격한 것이었습니다.

자동차와 관련되는 또 하나의 추억은 마사이 마을을 가다가 타이어에 펑크가 나서 겪은 일입니다. 혼자 끙끙거리며 타이어를 교체하는데 마사이 사람들이 구경만 하고 전혀 도와주질 않는 거예요. 내가 화를 내고 도와달라고 해도 여전히 구경만 하는 겁니다. 나중에 넬슨 리사 족장을 만나서 이 이야기를 했더니 그가 오히려 나를 나무라면서 '안 목사, 세상에 무슨 바쁜 일이 있다고 그런 물건을 가지고 그렇게 빨리 움직이나? 느려도 편하게 사는 게 좋지'라고 말했습니다. 세상은 급하게 살수록 불행해진다는 게 그의 말이었습니다. 생각해보면 그의 말에 일리가 있지요. 그러나 아이러니하게도 그 후 마사이족 중에서 제일 먼저 차를 소유한 사람이 바로 리사 족장이었습니다.

유목민족인 마사이족의 문화는 바깥세계와 너무 달라 얼른 이해하기 힘듭니다. 우리가 보기에는 그들이 미개하고 인간답지 않은 삶을 살아가는 것 같지만 그건 어디까지나 우리의 기준으로 판단한 것이지요. 저의 고민이 여기에 있습니다. 그들의 식생활은 분명히 잘못되어 있고, 다부다처제 같은 풍습과 여성들에 대한 과도한 노동력 착취도 옳지 않지요. 이런 것들은 분명히 개선되어야 할 겁니다. 그러나 마사이족이 우리 기준으로 개화되는 과정에서 그들 고유의 풍습과 문화, 즉 정체성을 상실해갈지도 모른다는 걱정이 듭니다. 어떻게 하면 정체성을 지키면서 그들의 생활을 개화시키느냐 하는 것이 앞으로의 큰 과제입니다."

마사이족의 풍습 중 다부다처제, 일부다처제 같은 것은 오늘날 세상 어느 사회의 기준으로 보아도 비정상적이다. 그러나 마사이족의 입장에서 보면 자신들의 생존과 자손 번식에 필수적인 제도였을 것이다. 그러나 생존을 위협하던 많은 요인이 사라진 오늘날까지도 과거의 구습을 유지한다는 것은 바람직하지 않으며 고쳐나가야 할 것이라 생각한다.

마사이족과 어우러지기 위한 통과세

다시 안 목사의 이야기를 소개한다.

마사이족

"내가 처음 마사이족들에게 접근하기 힘들었을 무렵 그들은 나에게 자신들의 주식인 소의 피와 우유를 주었습니다. 우유는 소똥 속에서 발효시키는데 그렇게 만들어진 피 섞인 우유를 한 그릇 받았습니다. 가만히 보니 동물 가죽으로 된 지저분한 그릇에 담긴 우유 속에 시커먼 물체가 보였습니다. 그러나 그들이 보는데 가려낼 수가 없어서 이를 지그시 다물고 들이켰지요. 그랬더니 이에 걸린 것이 뭔 줄 아십니까? 파리였습니다. 만약 내가 그런 걸 가지고 얼굴을 찌푸린다든지 토해냈으면 아마도 그들이 나를 받아들이는 데 더 많은 시간이 걸리지 않았을까 생각합니다. 그때 나는 모른 체하고 참는 것이 내가 가진 소명을 실천하는 데 필요한 하나의 '통과세'라고 생각했습니다.

이런 절차를 거치고 나니까 드디어 나를 자기들 부류 속으로 받아들이기 시작했습니다. 그 무렵 그들은 나를 신뢰하고 그들과 동일시한다는 징표로 호의를 베풀었는데 그것 역시 나에겐 하나의 큰 시련이었습니다. 리사 족장이 나세리아라는 열여섯 살 난 처녀애를 나의 두 번째 부인으로 정해준 것입니다. 이 제의를 받아들이는 것은 내 자유의사에 따른 것이 아니고 일종의 명령이었습니다. 아내와 고민 끝에 한 가지 방법을 생각해냈습니다. 일단 그 제의를 받아들이고 내가 살던 집 앞마당 한가운데 소똥으로 움막집을 지어서 그 처녀애를 살도록 하자는 것이었지요. 그래서 나는 리사 족장에게 제의를 받아들이겠다고 한 뒤, 며칠간 시간을 달라고 해서 소똥 움막집을 짓고 마사이족들의 살림살이 도구들을 넣어준 후 나세리아를 데리고 왔습니다. 마사이 풍속대로 혼인행사를 치렀고요.

혼인을 한 뒤 6개월 이전에 여자를 밖으로 내쫓으면 그 여자는 결함이 있는 사람으로 낙인 찍혀 평생 다시 결혼을 하지 못하고 천대를 받으면서 살아가야 한다는 마사이족의 풍습이 있습니다. 그래서 아내와 나는 어떻게든 6개월은 견디기로 작정했습니다.

그럭저럭 세월은 흘렀고 나는 열심히 선교활동을 하면서 심방(尋訪)을 다녔습니다. 그런데 이 일로 인해 또 한 번 웃지 못할 해프닝이 벌어졌습니다. 마사이족들은 대낮에는 여자들과 아이들만 집 안에 있는데 모두 알몸으로 지냅니다. 대낮에 남자가 집 안에 들어간다는 것은 마사이 풍속으로서는 이상한 일이지요. 낮에는 모두가 주어진 일을 하기 때문에 마사이족의 성교는 밤에만 치러집니다. 그런데 어느 날 리사 추장이 날 찾아와 다짜고짜로 '안 목사는 뭘 먹고 그렇게 세냐?' 하는 겁니다. 처음에는 무슨 영문인지 몰라 어리둥절했는데 가만히 들어보니 내가 대낮에 심방을 다닌 것을 여자들과 성관계를 해온 걸로 오해하고 있었습니다. 말하자면 나를 변태적인 섹스광 같은 사람으로 본 것이지요.

마사이족 남자들은 대개 몇 명의 여자를 거느리고 사는데 사따뚜(밤 9시경) 이전에 그날 자기와 잠자리를 같이할 여자를 데리고 움막에 들어갑니다. 그때 움막 앞에 자신의 창을 꽂아놓는데, 만일 사따뚜 이후에 창이 꽂혀 있지 않으면 다른 아무 남자라도 창을 꽂고 들어가면 그만이랍니다. 남편이 사따뚜 이후에 자기 마누라 움막에 들어가려 해도 다른 사람의 창이 꽂혀 있으면 못 들어가는 것이지요.

6개월 정도가 지난 어느 날, 나는 리사 족장을 찾아가서 이제 나세리아를 나에게서 해방시키고 싶다고 말했습니다. 족장은 남편인 나의 뜻이 그러하다면 그러라고 하더군요. 집에 돌아와 나세리아에게 '지금부터 너는 나를 떠나 다른 곳으로 가서 살아라'라고 말했습니다. 나세리아는 뜻밖이다 싶었는지 의아해하다가 눈물을 흘리면서 고맙다고 했습니다. 그 후 나세리아는 마사이족 출신의 의사와 결혼해 잘 살고 있고, 매년 연말연초에 인사차 나를 찾아오곤 합니다."

추방위기를 모면하다

"케냐에 온 지 얼마 되지 않아 마사이족을 개화하고 기독교를 알리기 위해 애쓰던 중 어느 날 느닷없이 케냐 이민청에 소환되어 심문을 받았습니다. 순쿠리라는 마사이족 출신의 국회의원이 대통령 모독, 정치적 선동, 불법영리활동 등의 죄목으로 케냐 이민청에 저에 대한 추방요청을 하였기 때문입니다. 케냐 이민청장이 추방 여부를 바로 결정하는 재판장 같은 그 자리에서도 저는 왜 제가 거기에 왔는지, 또 거기서 무엇을 결정하는지조차 몰랐습니다.

'귀하는 누구이며 무얼 하는 사람인지 한번 말씀해보십시오.'
'저는 안찬호라는 사람으로 목사인데 케냐에서 선교활동을 하고 있습니다.'

저는 영어로 제 활동을 자세히 소개했습니다. 그런데 얼마나 제 영어가 엉터리였는지 저의 추방을 요청한 순쿠리 의원을 포함해서 제 말을 알아듣는 사람이 한 명도 없었습니다. 이민청장이 최후 판결을 했습니다.

'자 모두들 들으셨지요?'

저는 솔직히 말해서 이 사람이 무슨 말을 하는지 전혀 알아들을 수가 없었습니다.

'여러분들은 어떻습니까?'

(모두들 고개를 절레절레 내저었다.)

'순쿠리 의원님, 어떻게 이런 사람이 대통령을 모독하고 정치적 선동을 할 수 있겠습니까? 더구나 어떻게 영리활동을 할 수 있겠습니까?'

'……'

'순쿠리 의원님, 나는 이 사람을 추방할 수가 없습니다. 말은 못 알아들었지만 그 태도로 보아 매우 진실한 사람이라는 확신이 듭니다. 이 사람은 앞으로 케냐를 위해서 많은 일을 할 것이라는 생각이 듭니다.'

한 나라의 국회의원이 많은 사람들 앞에서 망신을 당하는 장면이었습니다. 그 이민청장은 응무세리라는 사람으로서 케냐에서 보기 드물게 유능한 관리였는데, 저는 그를 은인으로 생각하면서 지내고 있습니다. 그는 그 후에도 저의 후견인처럼 많은 도움을 주었습니다. 반면에 순쿠리 의원은 그 후 태도를 바꾸기는 했으나, 오히려 저를 이용해서 자신의 정치적 입지를 세우려고 했습니다. 이제는 제가 마사이족의 대부 같은 존재로서 마사이족에게 존경을 받게 되었기 때문입니다.

왜 순쿠리 의원이 그 당시 왜 저를 추방시키려고 했겠습니까? 저는 사람들을 모아놓고 서투른 마사이어를 써가며 설교를 했습니다. 지금 생각해보면 대부분 그 말의 뜻을 못 알아들었을 테고, 다만 중간중간에 모이 대통령이나 순쿠리 의원 같은 사람의 이름을 말할 때면 알아들었겠지요. 물론 그 사람들에 대해 나쁘게 얘기하거나 정치적인 의견을 내세우지는 않았는데, 아마도 순쿠리 의원은 국회의원 선거를 앞두고 자신의 정치적 입지를 높이기 위해 내가 대통령을 모독했다는 쪽으로 몰고 간 것 같습니다. 그리고 제가 마사이 사람들에게 다부다처제는 고쳐야 할 풍습이며, 소의 피와 우유 대신에 빵과 야채를 많이 먹어야 한다고 말한 것을 마치 자신들의 풍습을 없애려고 한다는 쪽으로 악용한 것 같습니다. 더욱이 가끔 사람들에게 돈을 받고 차를 태워준 것을 좋지 않게 생각한 것 같습니다. 처음에는 마사이족 사람들을 그냥 태워주었는데 점차 그들의 버릇이 나빠지는 걸 느꼈습니다. 먼 길도 걸어 다니던 사람들이 언젠가부터 조금만 멀어도 내 차를 기다리는 겁니다. 이게 아니다 싶어 한 번 탈 때마다 10센트를 내라고 했지요."

마사이족의 소똥 예찬

2003년 어느 주말에 아내와 함께 나이로비에서 두 시간 거리의 마사이 마라 벌판에 있는 안 목사 집을 방문했다. 그는 자신이 세운 마사이 학교와 교회로 안내했다. 사방이 허허벌판이었는데 안 목사는 마사이 사람들을 들판에 모아놓고 예배를 드렸다. 예배를 드리는 동안에도 사람들은 꾸역꾸역 모여들어 어린애들까지 합해 모두 200여 명쯤 된 듯싶었다.

예배가 끝난 뒤 추장이 우리의 방문을 기념하는 뜻에서 염소 한 마리를 선물로 주었다. 그 염소의 이름이 마사이어로 '좋은 관계'라는 뜻이라 했다. 우리는 나무 아래에 서서 구운 양고기와 소피를 섞은 우유를 대접받았다. 음식을 내온 마사이족 여자가 칼을 들고 고기를 잘라주었는데 소똥 더미에 칼을 넣었다가 빼어 다시 고기를 잘랐다. 말하자면 소똥에 칼을 닦는 것이었는데, 옆에서 보던 아내는 기겁을 하고 고개를 돌렸다.

마사이족들은 소똥을 전혀 더럽다고 생각하지 않으며 매우 소중히 여기는 듯했다. 부자일수록 소똥이 집안에 가득히 쌓인다고 했다. 안 목사에게 전해 들은 마사이족들의 소똥 예찬은 다음과 같다.

첫째, 재료성이 우수하다. 소똥은 물이 없는 곳에서도 손쉽게 구해 집을 만들 때 사용할 수 있다. 날씨가 건조할 경우 오히려 집 안에 습도를 유지해주어 흙이 떨어져나오지 않는다. 둘째, 소똥 자체에 배어있는 기름기 때문에 자연 방수가 되어 우기에는 소똥집이 안성맞춤이다. 셋째, 소똥의 황산과 암모니아 성분이 방충 역할을 해서 모기 같은 벌레들이 집안으로 들어오지 못하게 한다. 넷째, 소똥은 불씨로도 쓰이기 때문에 땔감이 부족할 때는 벽을 뜯어내어 땔감으로 쓸 수도 있다. 다섯째, 보온 효과가 뛰어나 소똥집은 여름에는 시원하고 겨울에는 따뜻하다. 여섯째, 무엇보다 소똥은 맹수로부터 사람을 보호하는 효과가 있다. 맹수들은 사냥감을 고립시켜 사냥을 하는 습성이 있는데, 소똥 냄새가 많이 나면 소들이 인간의 보호를 받고 있다고 생각하기 때문에 좀처럼 공격을 하지 않는다고 한다.

마사이족의 매장 풍속

마사이족에게는 매장 문화가 없다. 안 목사를 비롯해 여러 명의 우리 선교사들이 다부다처제의 폐지, 식생활 개선 등을 알리는 한편, 매장 문화를 심어주기 위해 노력하고 있다. 마사이족들의 죽음과 매장에 대한 이야기를 안 목사에게서 들어봤다.

마사이족의 소똥집

"처음 마사이족 마을에 들어가 살 무렵 어떤 사람이 죽었습니다. 그때 저는 그들이 시신을 들판에 버리려는 것을 막고 관을 만들어 시신을 넣어놓고 이틀 동안 버려서는 안 된다고 버텼습니다. 그러고는 관을 땅속에 파묻었는데 그 다음날 누군가 시신을 꺼내어 밤사이에 들판에 버리고 없더군요. 그 후 나는 그들을 설득하기 시작했습니다. 그러나 솔직히 어느 것이 맞는지 저도 잘 모르겠습니다. 이건 하나의 문화라는 생각이 들기 때문입니다.

그들의 죽음에 대한 관념은 우리와는 다릅니다. 동물들과 더불어 사는 마사이족은 사람들에게 피와 고기를 주고 가죽을 주는 동물들에 대해 매우 감사하는 마음을 가지고 있습니다. 고마운 동물들에게 뭔가 보답을 해야 한다는 생각이 마음속에 자리 잡고 있지요. 그래서 나이가 들어 거동을 못하게 되면 스스로 날을 잡아 조용히 아들에게만 알린 채 들판으로 나간다고 합니다. 혼자서 움직일 기력조차 없을 때는 아들이나 가까운 사람이 병자의 몸에 염소 기름이나 피를 바른 후 들판으로 운반해달라고 하고요.

마사이 사람들은 동물들의 먹이가 된 뒤 남은 시신의 일부를 다른 사람의 뼈나 동물의 뼈와 함께 언덕 위 잘 보이는 곳에 모아둡니다. 구체적으로 누구의 뼈인지는 알 수 없지만 거기에 사자(死者)에 대한 경의와 조의를 표합니다. 그리고 영혼은 영원히 어디에선가 살아서 자신들을 지켜본다고 믿습니다."

케냐 속의 인도인들

케냐에 3년간 살면서 적지 않은 인도인들과 접촉을 했다. 주로 사업이나 장사를 하는 사람들이었지만 커피 농장주, 장미 농장주, 건축가, 호텔 주인, 의사, 교수, 자선사업가, 한국타이어 대리인 등등 다양했다. 그들과의 만남은 즐거울 때도 있고 전혀 그렇지 않을 때도 있었다. 외국에서 또 다른 외국인들과 접촉한 이야기가 흥미로울 수도 있을 것 같아서 몇 가지 소개해보고자 한다.

케냐에 정착한 인도인들의 배경

남아프리카나 케냐에서 보듯이 아프리카 일부 국가에는 영국사람들이 궂은일을 시키기 위해서 인도사람들을 불러들였다. 1960년 이전에는 현재의 케냐, 탄자니아, 우간다 같은 나라는 존재하지 않았고, 영국인들이 19세기 중엽부터 동아프리카라는 이름으로 이 지역을 통치하고 있었다. 영국은 이 지역의 통치를 강화하기 위해 나일강의 발원 지점인 빅토리아 호수와 인도양을 연결하기로 하고, 1896년부터 1901년까지 빅토리아 호수에서 몸바사 항구까지 약 1,000킬로미터에 달하는 동아프리카 철도를 건설했다. 이로써 아프리카 동부 내륙의 개발이 용이해졌을 뿐만 아니라 지중해와 인도양이 연결될 수 있었다. 빅토리아 호수와 지중해는 6,700킬로미터의 나일강으로 이미 연결되어 있었기 때문이다. 비행기와 수에즈 운하가 없었던 시점에서 철도는 굉장한 전략적 자산이 되었다.

동아프리카 철도공사 건설에는 약 3만 2,000명의 인도 노동자들이 참여했다. 이들은 철도공사가 끝난 후에도 대부분 케냐에 머물렀고 인도에 있는 가족들을 불러들이는 경우가 많았다. 1963년 케냐가 독립할 당시 약 18만 명의 인도인들이 케냐에 살고 있었다. 이는 케냐 전체 인구의 1%가 채 되지 않았다. 1963년 신생 케냐 정부는 자국에 살고 있는 4만 2,000명의 백인들과 더불어 인도인들에게 2년간의 기회를 주면서 케냐 국적을 취득하도록 권유했다. 이들이 케냐 국가 건설에 크게 기여할 수 있다고 보았기 때문이다. 케냐 정부는 이중국적을 허용하지 않았기 때문에 이들은 어떤 쪽이든 선택을 강요당한 셈이었다. 그러나 이 기간에 케냐 국적을 취득한 외국인은 인도인을 포함하여 2만 명에 불과했다. 나머지 인도인들은 주로 영국 국적을 취득하거나 사실상 이중국적을 취득한 채 케냐에 머무는 쪽을 선택한 것이다.

케냐인들은 1%도 채 되지 않는 인도인들이 케냐 전체 경제권의 80%를 차지하고 있으면서 케냐 사회에 기여하기를 꺼려한 데 대해 크게 실망했다. 더욱이 카스트 제도에 익숙한 인도인들이 케냐인들을 하인 다루듯 하자 인도인들에 대한 부정적 이미지가 쌓여갔다. 이후 케냐의 종족분쟁이나 정변으로 인한 폭동 때 인도인들에 대한 박해가 눈에 띄게 나타났는데, 인도인들은 이러한 정세에 집합적으로 대처하지 않고 개별적, 산발적으로 대응했다.

인도인들 중에는 재력가들이 많은데 그들은 대개 자신들의 안위를 위해 개별적으로 능력껏 권력에 줄을 대거나 주위의 인심을 사는 일을 해서 일종의 특혜를 받으며 살아가고 있다. 이는 부패 정도가 높은 케냐에서나 가능한 일이다. 나는 그들에게 어떤 도움을 줄 위치가 아니었는데도 케냐에 사는 동안 이러한 사람들을 더러 만났다. 아마도 그들은 외교특권이 있는 나와 같은 사람을 만나는 것 자체가 자신들에게 도움이 된다고 생각했는지도 모르겠다.

농장을 운영하던 파텔 씨와의 만남

지금 와서 파텔 씨와 어떻게 처음 만나게 되었는지 잘 기억나지 않지만 아마도 어떤 파티에서 평범하게 만났을 것이다. 파텔 씨는 나이로비에서 차로 약 3시간 거리에 있는 시골에 농장을 가지고 있었다. 처음 그를 만난 후 상당한 시간이 흘러, 옥수수 증산 문제로 케냐를 방문한 김순권 교수가 옥수수 농장을 방문하고 싶다고 했을 때 파텔 씨 농장이 떠올랐다. 파텔 씨에게 사정을 설명하자 기꺼이 우리들을 자기 농장으로 초대했다. 그는 손수 지프차를 몰며 농장 안을 안내해주었다. 100만 에이커의 농장이 얼마나 광활했던지 한 시간 이상 차를 타고 돌아다녀도 다 돌아보지도 못했다. 농장은 주로 옥수수와 커피를 재배하고 있었는데 퇴비를 만드는 거대한 공장도 함께 있고 자체적으로 만든 농작물 시험연구소도 있었다. 파텔 씨는 날씨가 너무 더워 풍작이 어렵고 옥수수병 때문에 피해도 크다고 했다. 커피는 일단 수확을 하면 독일 커피회사에서 밭떼기로 사간다고 했다. 모이 대통령 농장도 바로 근처인데 가끔 대통령이 자기 농장을 방문한다고 자랑했다.

그의 단층집은 지금까지 내가 본 집 중에서 제일 컸다. 부엌이 우리 평수로 치면 100평 정도 되는 것 같았고, 높은 천장에 거실이 얼마나 넓은지 거실 한쪽 귀퉁이에 놓인 소파 몇 세트가 조그맣게 보였다. 파텔 씨

마누 찬다리아 회장

는 집에서 가끔 파티를 여는데 얼마 전에는 영국 대사도 왔었다고 했다. 현재 자기의 주 사업은 나이지리아에서의 석유사업인데 위험이 따르는 만큼 수익은 크다고 했다. 이러한 부자가 아직도 더 많은 돈을 벌기 위해서 위험을 무릅쓰고 있구나 하는 생각이 들면서, 케냐를 위해서 조금만 마음을 쓴다면 어떨까 하는 생각도 해봤다.

케냐에서 가장 성공한 인도인, 마누 찬다리아

케냐 속 인도인들 중 현세대에서 가장 성공한 사람으로 꼽히는 이가 마누 찬다리아(Manu Chandaria) 회장이다. 그는 전 세계 40여 나라에 200개가 넘는 계열사를 둔 기업 콤크라프트의 대표로, 찬다리아 재단을 세워 빈민가 어린이 돕기와 장학·교육 사업에 힘쓰고 있다. 지금까지 막대한 액수를 자선활동에 기부하였으며, 아프리카 평화재단의 의장직을 맡고 있어 대내외적으로 많이 알려져 있다.

2003년경 찬다리아 회장의 초청으로 몸바사 지역에 위치한 콤크라프트사 계열의 철강회사를 방문한 적이 있다. 그 당시 포항제철의 철강 공급이 부족하여 더 많은 철강을 공급해주도록 포철과 교섭하고 있었는데, 아마도 한국 대사인 나를 통해서 뭔가 교섭력을 높이려는 의도가 아니었나 생각된다. 그 후 찬다리아 회장과는 계속 교류하였는데 케냐 정부의 고위층 접촉 시 그의 도움을 받기도 했다. 그는 인품도 훌륭해서 케냐 내의 인도계에 이러한 분들이 많이 있었다면 인도인들의 좋은 이미지 형성에 큰 기여를 하지 않았을까 하는 생각을 해봤다.

대저택에 살던 인도인 건축가

대사관 관저 앞에는 또 다른 대저택이 있었는데 평소에는 누가 살고 있는지 특별히 관심을 갖지 않았다. 어느 날 영국 국경일 리셉션에서 어떤 인도인이 다가와 대뜸 자신이 관저 앞에 있는 저택의 주인이라며 인사를 건넸다. 명함을 받아보니 건축회사 사장이라고 되어있었다. 자기 집은 물론 관저 건물도 자신이 1980년도에 지었다고 한다. 원래 그 집의 주인은 자신의 인도인 친구였는데 그 집을 지어놓고 온 가족이 여행을 갔다가 사고로 한꺼번에 다 죽었다고 했다. 관저 건물의 내력은 나도 잘 몰랐는데 그분이 그런 이야기를 해서 처음 알게 되었다.

암보셀리의 프레지덴셜 스위트

그 후 그분의 집에 저녁 초대를 받았다. 높은 담장 때문에 잘 몰랐는데 그 집은 관저와는 비교가 안 될 정도로 크고 넓었다. 식구가 몇 사람 되지 않는데 그렇게 클 필요가 있을까 하는 생각이 들 정도였다. 그는 자신의 내력을 설명하면서 자기는 모이 대통령의 측근으로 나이로비의 큰 건물은 대개 자기가 설계한 것이라고 했다. 암보셀리 호텔도 자기가 지은 것인데 호텔 안에 있는 키보빌라라는 별장은 대통령이 일 년에 몇 번씩 와서 묵는 대통령 별장이라고했다. 내가 원하면 그 장소를 이용할 수 있도록 해주겠다고 하길래 마침 집사람의 친구들이 여러 명 놀러 온다는 연락이 와있는 터라 언제쯤 그 호텔을 이용할 수 있는지 물어봤다. 그는 사무실에 나가서 일정을 확인한 후 알려주겠다고 했다.

암보셀리 호텔에는 여러 번 가봤지만 그 옆에 그런 장소가 있는지도 잘 몰랐다. 우린 모두 8명이었는데 사흘 동안 그 별천지를 통째로 이용했다.

케냐 속의 인도인들은 이렇게 잘살고 있고 나에겐 고마운 분들이지만 케냐 사회에 대해서는 참 인색하다는 느낌을 받았다. 전체 인구의 1%도 채 되지 않는 인도인들이 케냐 전체 경제의 80%를 차지할 정도로 경제력이 비대칭적으로 크지만 그들은 몸 담고 있는 케냐 사회에 기여를 하지 않았다. 그들은 돈을 벌 줄만 알았지 쓸 줄은 몰랐다. 케냐인들을 고용하지만 호의적인 대우를 하지 않을 뿐만 아니라 차별을 일삼았다. 이러한 상황이 오래 지속되면서 케냐인들에게 비친 인도인들의 부정적 이미지는 확대되어왔다. 폭동 같은 사회적 혼란기나 선거와 같이 감정이 격해지는 때는 뚜렷한 이유없이 인도인들이 피해를 입는 경우라든가 유독 인도 부자들을 대상으로 한 강도 피해가 많다는 것이 그러한 사실을 증명해준다. 사회적·정치적으로 불안 상황이 예상되면 돈 많은 인도인들은 으레 국외로 피신한다. 마누 찬다리아 같은 분이 몇 명이 더 있었더라도 이러한 상황을 막기는 어려웠을 것이다.

케냐에 거주하는 인도인들의 이야기를 하면서 그 연장선에서 국외에 거주하는 레바논인들의 행태를 잠깐 소개해본다. 인도 근무 10년 후 필자는 불가리아에 근무했다. 레바논인들은 국내에 300만 명이 살지만 그 세 배 이상의 레바논인들이 유럽뿐만 아니라 미국, 중남미 등 국외에서 살고 있다. 필자가 근무한 불가리아에도 약 3,000여 명의 레바논인들이 이민자로 살고 있었다. 불가리아에 살고 있는 레바논인들은 매년 레바논인들 이름으로 밀가루 1,000톤을 불가리아의 불우한 사람들에게 기증해왔다. 이처럼 불가리아인들에게 비친 레바논인들의 이미지가 좋기 때문에 불가리아인들은 매우 감사하고 있고 레바논인에게 매우 호의적으로 대했다. 이는 외국 사회에서 개별적으로 대처하는 케냐의 인도인들과는 달리 집단적으로 대처하여 긍정적인 결과를 얻은 한 예이다.

불안한 치안과 만연한 부패

날씨 월드컵이라는 게 있다면 나이로비를 중심으로 한 케냐 중서부지역이 우승할 수 있을 것 같다. 연중 섭씨 10도와 30도 사이를 오르락내리락하면서 평균기온이 19도이고, 우기와 건기가 있지만 비교적 연중 비가 골고루 오기 때문에 대부분 약간 건조하면서 쾌적하다. 비가 많이 오는 우기에도 비는 대체로 밤에 많이 내린다. 케냐에 살고 있는 한국인들 중 상당수가 잠깐 들렀다가 날씨에 반해서 그만 발이 묶였다고들 할 정도다. 케냐는 새와 꽃의 나라이기도 하다. 다양한 식물과 꽃들이 일 년 내내 눈

맛을 더한다. 보랏빛의 자카란다, 색색의 부겐벨리아의 그 꽃향기! 잠시나마 살았던 관저의 정원에는 사시사철꽃이 피어 있었다. 그리고 이름 모를 새들이 아침마다 자명종처럼 우리를 깨워 기분을 상쾌하게 했다.

그러나 이처럼 아름다운 자연환경과 달리 케냐의 사회환경은 좋지 않다. 치안이 불안하고 부패가 만연해 있었다. 내가 케냐에 도착한 때는 2002년 8월 말이었다. 도착한 지 2주도 채 되지 않았을 때의 이야기다. 어느 새벽 잠결에 총소리를 희미하게 들었는데 아침에 일어나보니 바로 옆집에 강도가 들어왔다고 했다. 신고를 받은 경찰들은 강도가 모두 빠져나간 후에야 들이닥쳤다. 케냐에서는 경찰이 보통 무기를 소지하고 있지 않는데, 이는 영국식이라 했다. 이런 경우 십중팔구 상황이 끝난 뒤에 나타난다. 경찰 내에서 강도와 소통하는 경우도 많다고 한다.

외국인들도 예외는 아니었다. 내가 부임하기 전에는 브라질 대사가 강도를 당해서 브라질 정부가 공식적으로 항의해 몇 년 동안 자국의 대사를 파견하지 않기도 했다. 영국 대사 부인도 골프장 가는 길에 강도를 만나서 금품을 강탈당한 적이 있고, 사우디 대사관 차석도 이임하는 날 공항에 도착하기 전에 강도를 만나 이삿짐을 몽땅 빼앗기도 했다. 운전수가 강도와 결탁해서 이임 일시를 알려줬다고 한다. 외교관들에 대해서도 이럴진대 일반인들에게야 더 말할 필요가 있겠는가. 골프장에도 지대가 낮고 으슥한 5번 홀 구석진 곳에서 강도가 나타나서 외국인 골퍼들의 골프채와 돈을 뺏는 사건도 일어났다. 그곳에서 상습적으로 연이어 강도가 나타나자 경찰이 잠복을 했다가 강도와 총격이 벌어져 강도 5명 중 네 명이 총에 맞아 죽고 한 명은 계곡을 넘어 도망갔다.

범죄자를 일단 놓치고 나면 잡기가 매우 어려운데, 케냐 국민들에게는 우리처럼 주민등록증이 없어서 도망친 사람의 신원을 파악할 수가 없기 때문이다. 우리나라 에스원에서 케냐 측에 주민등록제도 인프라를 무상으로 깔아주고 20년 분할 상환하는 제도를 제의한 적이 있었다. 그러나 케냐 대통령실에서는 몇 달간 검토해본 후 제의를 거절했다. 왜 거절했을까 하는 의문이 가시질 않았다. 그러나 주민등록제도가 생겨서 케냐가 깨끗해진다면 손해를 보는 측이 누구인가 생각해보면 그 답이 될 수 있지 않겠나 하는 생각을 떨쳐버릴 수가 없었다.

2005년 내가 떠나는 날, 부임한 지 며칠 되지 않은 덴마크 대사가 아침 출근길에 30여 명의 떼강도를 만나 경호원들과 총격전이 벌어져 대사 차량에 수십 발의 총알이 박혔지만 대사는 무사했다는 기사를 봤다. 유넵의 자료에 따르면 2003년 한 해 동안 나이로비에서는 하루 평균 10건의 강도 사건이 일어났으며, 이로 인해 상당수가 다치거나 사망했다. 이러한 상황 때문에 2005년 반기문 당시 외교부장관이 케냐를 방문했을 때 건의해서 대사 차량을 방탄차로 교체하였다.

일반 강도 사건과는 별도로 케냐에는 테러에 대한 불안도 항시 있었다. 내가 부임하기 전인 1998년 나이로비 미대사관 폭파 사건이 있었고, 2002년 말 몸바사 지역에 있는 이스라엘 소유 호텔 폭파 사건이 있었다. 그 이외에도 나이로비에서 여러 차례 폭파 미수 사건도 있어 항상 불안한 분위기가 지속되었다. 언젠가 몸바사를 방문했을 때 포르투갈인들이 만든 십자성(포르트 쿠루제이로)을 구경한 적이 있었다. 성 위에 올라가 이곳저곳을 구경하다가 어느 닫힌 방 문틈으로 안쪽을 들여다보곤 소스라치게 놀랐다. 널찍한 벽 전체에 빈 라덴의 초상화가 그려져 있었다. 이래도 되는 건가 싶어 나중에 물어보니 이 지역은 무슬림 수니파 지역이라 빈 라덴을 숭배하는 분위기라고 들었다. 알 카에다에 의한 테러가 언제든지 일어날 수도 있다는 생각이 들었다.

나이로비에 있는 우리 대사관은 15층 건물의 11층에 있었다. 어느 날 대사관에서 아래쪽을 보다가 문득 대사관 바로 앞에는 시나고그 이스라엘 교회가 있고, 바로 밑에는 주유소가 있다는 사실이 새삼 눈에 들어왔다. '아이고, 이거 안 되겠는데' 싶어서 그 이후 대사관 이전 계획을 세웠다. 반기문 장관이 케냐를 방문했을 때 이전 계획을 설명했더니 이해하시고 곧 이전 승낙을 하셨다.

운 좋게 목숨을 건진 선교사 이야기

2004년 8월 말 서울대 치대 의사 8명과 간호원 2명이 언청이 무료 수술을 해주기 위해 자원봉사를 왔다. 엘지에서 스폰서를 하고 사전에 케냐 측과 교섭을 했다. 그러나 막상 의사들이 오는 날에 임박해서 나이로비 병원 측의 담당자는 환자 모집 비용, 병실 이용, 의사와 간호사 수당 등의 명목으로 환자 1인당 1,500달러를 부담할 것을 한국 측에 요구해왔다. 비용을 부담하지 않을 경우 환자들을 수술할 수 없을 뿐만 아니라, 환자 모집비용 등 이미 쓰인 비용을 지불해야 한다고 덧붙였다. 케냐에서 1,500달러라면 큰 금액이다. 봉사자들은 오래전부터 이를 계획해왔기 때문에 취소하지도 못하고 울며 겨자 먹기로 그 요구를 수용했는데, 일주일 동안 33명을 수술하고 나니 약 5만 5,000달러를 지불해야 했다. 수술을 해주러 온 측에서 오히려 돈을 주고 수술을 한 셈이다.

한편 이 의사들이 나이로비에 도착해서 막 봉사활동을 시작한 지 얼마 되지 않았을 때, 케냐에서 선교활동을 하는 한인 목사 한 명이 강도에 피격되어 나이로비 병원으로 실려 왔다. 밤늦게 공항 부근에서 강도를 만나 총알이 관자놀이로 들어가서 다른 쪽 귀 밑으로 관통을 했는데도 천우신조로 생명을 건졌다. 알려진 강도 사건은 이러했다.

박 목사는 미국에서 공부하고 있는 아들을 돌보기 위해 떠나는 부인을 배웅하고 자정 무렵 나이로비 공항에서 돌아오는 길에 강도들을 만났다. 차의 뒷좌석에 타고 있던 박 목사가 머리에 권총을 갖다 대고 있는 강도에게 손으로 권총을 치우라는 시늉을 하는 순간에 방아쇠가 당겨졌다. 총알은 관자놀이로 들어가서 반대쪽 귀 밑쪽으로 나왔다. 박 목사가 눈을 떴을 때 강도와 운전수의 대화가 희미하게 들려왔다.

"너도 이 사람처럼 죽고 싶나?"

"아닙니다. 살고 싶습니다."

"그럼 시키는 대로 해."

"예, 알겠습니다."

이 대화를 듣고는 다시 정신을 잃었던 박 목사가 깨어났을 때는 차 안에 운전수도 강도도 없었고, 오직 엔진 소리만 들렸다. 그는 온 힘을 다해 운전석 쪽으로 피투성이 몸을 끌고 갔다. 그러고는 무조건 불빛을 향해 차를 몰았다. 그러다가 큰 대문을 들이받고는 또다시 정신을 잃었다. 그곳은 전기부품회사였는데 경비원이 나와서 차 안에서 피를 흘리고 있는 박 목사를 발견하고 경찰에 신고했다. 경찰은 박 목사를 나이로비 병원 응급실로 데리고 갔다. 아직 목숨이 붙어 있는 것을 확인한 병원에서는 수혈 등 응급조치를 취해서 일단 생명을 건졌다.

마침 서울대 치과대학 의사들이 같은 병원에서 봉사 중이어서 사건 다음날 아침 박 목사를 직접 검진할 수 있었다. 게다가 의사들 모두 양악, 즉 얼굴 부분 수술 전문가들이었던 것이다. 박 목사는 참으로 운이 좋았다. 박 목사의 부인은 미국에 도착하자마자 남편의 피격 소식을 듣고 곧장 되돌아왔다. 자원봉사대 대표인 정필훈 교수는 박 목사의 부인에게 수술을 하지 않아도 환자의 생명에는 지장이 없으니 당장 수술을 할 필요가 없다면서, 케냐 의사들의 실력으로 봐서는 수술을 하다가 오히려 잘못될 수도 있다고 말해주었다. 아닌 게 아니라 며칠 후 나이로비 병원에서는 설명도 없이 박 목사를 수술실로 끌고 가려고 했는데, 이를 지켜보던 부인이 가로막아서 겨우 수술을 면했다.

박 목사는 2주 정도 입원해 있다가 치료비와 입원비 2,000달러를 내고 퇴원했다. 그런데 며칠 후 난데없이 담당의사로부터 또 하나의 청구서가 날아왔다. 금액도 병원 청구액과 비슷한 2,000달러 정도였다. 박 목사 측에서는 병원에서 착오로 이중청구를 한 것으로 생각하여 담당의사에게 전화를 걸어 이미 병원비를 지불했다고 말해주었다. 그랬더니 담당의사는 지난번 청구는 병원 측이 한 것이고, 이번 것은 담당의사로서 개인적인 청구라고 친절하게(?) 알려주었다. 박 목사 부인은 항의하듯 따져보았으나 당할 도리가 없었다. 하는 수 없이 의사에게 사정을 해서 겨우 청구 금액을 반으로 깎았다고 한다.

케냐에서 겪은 감동적인 이야기

케냐에서 지낸 3년 동안 가슴 찡한 일들을 많이 겪었다. 한국의 슈바이처 이태석 신부님, 케냐의 성자 킵 케이노 박사, 신체적 장애를 극복하고 킬리만자로를 오른 사람들을 만난 감동적인 이야기, 야생의 아프리카에서 강동석의 연주를 들은 일 등 몇 가지를 소개한다.

내 곁을 살짝 왔다 간 천사, 이태석 신부님 이야기

세상을 살다 보면 별의별 사람을 다 만나게 되는데, 막상 만날 때는 그 사람의 진면목을 몰라보다가 나중에야 재평가하는 경우가 드물지 않다. 케냐에서도 이러한 경험을 했다. 만날 때 '참 훌륭한 분이다'라는 생각은 했지만, 돌이켜보면 그는 나 같은 속세의 사람이 평가하기가 부끄러울 정도로 성스러운 천사 같은 존재였다. 바로 2010년 48세란 젊은 나이에 세상을 떠난 이래, 우리 사회에 많이 알려진 이태석 신부님이다.

2002년 말 나이로비에서 유넵에 파견되어 있던 이재현 환경부 과장의 소개로 이태석 신부님을 처음 만나게 되었다. 관저로 초대해 이야기를 나누었는데 신부님은 소박하고 소탈했으며 말씀을 참 재미있게 하셨다. 신부님은 톤즈에서의 일상생활과 그곳 사람들의 비참한 생활상 등을 전해주셨다. 톤즈에 갈 컨테이너가 허허벌판에서 전복이 되어서 꼼짝 못한 일, 직접 병원 건물을 지으며 느끼는 보람, 페니실린 하나면 살릴 수 있는 생명들이 수없이 죽어가는 안타까운 상황, 병에 걸려 죽어가면서도 의약 대신 미신에 매달리는 사람들, 나병 환자들에게 나누어주는 옥수수가루 자루를 받아들고 흐뭇해하는 나환자들, 진단 결과 나병이 아니어서 축하한다고 하자 옥수수가루를 못 받아 오히려 시무룩해하던 사람들, 치료를 받기 위해 아픈 몸을 이끌고 수십 킬로미터를 걸어온 사람들, 피아노나 피리 같은 악기를 가르쳐주면 금방 다 이해하고 연주를 하는 천재성을 지닌 아이가 있는데 그 애의 이름이 '바보야'라는 이야기 등등. 우린 시간 가는 줄 모르고 신부님의 이야기를 들었다.

나이로비 관저에서 이태석 신부님과 함께

신부님은 생필품 등 톤즈에서 필요한 물자를 조달하기 위해 일 년에 두어 번 정도 나이로비에 와서 2주일 정도 머물다 가셨다. 신부님이 나이로비에 오셨다는 소식을 이재현 과장이나 한인 천주교 신자들에게서 들으면 관저로 초대해 만나뵈었는데, 신부님을 만나는 그 자체가 큰 기쁨이었다. 한번은 신부님과 함께 나이로비 성당의 그레고리 교구장님과 수녀님 세 분이 오셔서 저녁을 먹고 즐거운 시간을 가지기도 했다. 신부님은 피리, 피아노, 기타 등 여러 악기를 다룰 정도로 음악에 재주가 있었다. 특히 영화 〈미션〉의 주제곡을 피리로 불 때는 그 감미로운 선율에 감탄이 절로 나왔다. 그날 신부님의 피아노 반주에 맞춰 그레고리 신부님과 마리아 수녀님, 셀마 수녀님이 독일어로 찬송가를 불렀다. 엘리자베스 수녀님은 한국말로 '사랑해'를 불러서 우리를 놀라게 했다. 최근에 신부님을 회상하면서 이때의 동영상을 다시 봤는데 그와 함께한 시간의 소중함이 새삼 가슴에 새겨지며 울컥했다.

신부님의 숙소는 나이로비 천주교 교구 안에 있었다. 나는 관저에서 주무실 것을 제의해봤는데 신부님은 단호하게 거절하셨다. 나이로비에서의 포근한 생활을 경계하시는 듯했다. 아마도 그 경계는 안락함에 안주하는 것에 대한 스스로의 채찍이 아니었을까 싶다. 신부님은 전형적인 외유내강의 표본이셨다.

생전에 그분을 좀 더 적극적으로 도와드리지 못한 것이 못내 후회된다. 지금도 죄송하게 생각하는 것은 신부님이 모처럼 나에게 요청한 일을 들어드리지 못한 것이다. 2004년 말, 신부님은 봉사활동을 하는 톤즈에 병원이 다 지어져서 곧 준공식을 하게 되는데, 가능하다면 대사인 내가 와줬으면 좋겠다고 했다. 나는 처음엔 적극적으로 톤즈에 가는 방향으로 생각을 했지만 곧 현실적인 문제에 부딪쳤다. 대사로서 관할지역을 넘어서 다른 지역으로 갈 때는 본부의 허가를 받아야 한다는 점과 수단에는 우리나라 대사가 카르툼에 주재한다는 점이었다. 수단은 남과 북이 갈려서 서로 전쟁을 하고 있기 때문에, 북부에 있는 한국 대사가 남부에 있는 톤즈를 방문하기는 어렵지만, 관할 대사관은 주수단 우리나라 대사관인 것이다. 본부에 보고를 하지 않고 비공식으로 갈 수도 있지만, 만일 어떤 돌발적인 사태라도 일어나면 당사자인 내가 그 책임을 져야 한다. 더욱이 분쟁지역이 아닌가. 이런저런 생각을 하다가 결국 톤즈에 갈 마음을 접었다. 신부님께 미안했다.

다음날이면 톤즈로 떠나는 신부님께 뭐라도 드리고 싶었으나 마땅한 것이 생각나지 않았다. 수단 남부는 너무 가물어 동물들이 살지 못하기 때문에 그곳에 있는 아이들은 동물이 어떻게 생겼는지도 모른다고 한 신부님의 말이 생각났다. 내가 그린 동물그림 한 점을 드렸더니 아이들이 좋아하겠다고 하시며 가지고 가셨다. 지금 생각하니 부끄러운 그림이지만 신부님은 내 체면을 봐서 가지고 가신 듯하다.

신부님은 힘든 일을 하시면서도 항상 낙천적인 태도를 잃지 않으셨는데 그 때문에 지금도 그분을 생각하면 환하게 웃는 모습만 떠오른다. 돌이켜 생각해보면 그분은 우리가 미처 의식하지 못한 사이에 우리 곁에 왔다 간 천사였다. 내가 왜 그 천사를 진작에 몰라봤을까 하는 자책감은 이내 자괴감이 되고, 신부님 이야기가 나오면 할 말을 잃게 된다.

올림픽 금메달리스트 킵 케이노 박사

킵 케이노(Kip Keino) 박사는 1968년 멕시코시티 올림픽에서 3,000미터, 1972년 뮌헨 올림픽에서 1,500미터 종목을 석권한 금메달리스트로서 케냐의 전설적인 영웅이었다. 당시 세계기록 보유자이기도 했다. 2002년~2004년 무렵 IOC 위원이면서 케냐 NOC 위원장이어서 종종 업무상 그를 방문했는데, 만날수록 겸손하면서도 차분한 모습과 상대방을 편안하게 해주는 데에 마음이 끌렸다. 무엇보다도 그와 시간을 보낼수록 남아프리카의 만델라 대통령을 보는 듯한 느낌이 들었다. 말하는 태도, 실천하는 모습, 외모까지도 비슷했다.

킵 케이노 박사

케이노 박사는 자신이 이루어낸 명성과 부를 개인의 안위와 이익을 위해 사용하지 않고, 가지지 못한 자들을 위해 힘쓰면서 젊은 후배 양성에 몰두했다. 킵 케이노 학교, 킵 케이노 고아원, 킵 케이노 트레이닝센터 등은 모두 그가 운영하는 단체다. 자신의 명성을 이용해 장관직이나 국회의원직 같이 소위 잘나가는 위치를 차지할 수도 있었건만, 정치와는 아예 인연을 끊었다.

엘도레트 근처에 있는 케이노 박사를 방문한 것은 평소 그에 대한 존경심 때문이었다. 나이로비에서 여러 차례 만난 일이 있으나 그가 경영하는 고아원과 학교, 그리고 육상 훈련장을 한번 보고 싶었다. 오랫동안 계획한 후 2004년에야 뒤늦게 겨우 방문하게 되었다. 24만 평에 이르는 케이노 박사 소유의 넓은 땅은 그의 땀과 노력으로 이룬 것이었다. 세계기록을 세운 후 1970년대에 미국 곳곳에서 열리는 마라톤 대회에 참가해서 벌어들인 돈 5만 달러로 땅을 샀다고 했다. 바로 그곳에 학교, 고아원, 육상 훈련소를 지어 운영하고, 가축을 기르고 농사도 지으며 자급자족하고 있었다.

그의 트레이닝 센터를 방문했을 때는 마침 센터에 딸린 게스트하우스에 캐나다 국가대표 마라톤 선수가 트레이닝을 받기 위해 머물고 있었다. 케이노 박사에게 훈련받는 장면을 캐나다 방송에서 다큐멘터리로 찍는 중이었다. 이 장소는 해발 800미터 고지라서 마라톤 연습에는 최상의 조건이라고 했다. 게스트하우스에는 수단 난민 고아들을 돌보기 위해 온 미국 청년도 머물고 있었다. 케이노 박사의 부인이 경영하는 고아원에서 수단 난민 고아들을 보살피고 있었다.

케이노 박사의 학교도 방문했다. 박사는 이 교실은 독일인 누구, 이 건물은 사마란치 IOC 위원장, 이 교실은 현 IOC 총재 로케 씨 등의 도움으로 세워졌다면서 향후 20년에 걸친 학교발전계획을 설명해주었다. 운동장 가장자리 나무들은 영국에서 견학 온 학생들이 심었다고 했다. 나도 시키는 대로 기념식수를 했다. 육상선수였던 그가 운영하는 육상훈련소도 가봤는데 규모는 작지만 알차다는 느낌이 들었다. 바로 그곳이 케냐 육상의 산실로서 해마다 많은 금메달 선수를 배출하고 있었다. 훈련소 2층의 작은 사무실에는 기념품들과 존 매켄로, 랄프 슈마허, 마이클 조던과 같은 세계적 스포츠 영웅들과 찍은 사진이 있었지만, 나는 그보다 케이노 박사의 인품과 그 성실함에 절로 고개가 숙여졌다. 짧은 시간이었지만 케이노 박사와 함께 젊은 운동선수들, 맑은 눈빛의 아이들을 만나면서 자연 속에 머문 시간이 내게는 특별한 경험이었다.

킬리만자로를 오른 장애인들과의 만남

케냐에 부임하던 2002년 말, KBS 다큐멘터리팀과 함께 장애인 3명이 케냐에 왔다. 알래스카 매킨리봉 등반 때 동상으로 두 손을 잃은 김홍빈 씨, 성인이 되어 희귀병으로 시각장애인이 된 김소영 씨, 두 다리가 없는 토니, 그리고 토니를 도와주는 매튜(매튜는 등반가로서 히말라야 K2에서 실종된 여성등반가 에릭슨 하기부스(Ericson Hargeabus)의 친구였다)였다. 그들이 킬리만자로를 등정하는 모습을 찍고 돌아가는 길이었다. 그들을 관저에 초대해서 노고를 위로하고 성공적인 등반을 축하해주었다. 용감한 젊은 산악인들과 함께 하는 저녁 시간은 더할 수 없이 귀하게 느껴졌다.

토니는 9살 때 열차 사고로 두 다리를 잃은 뉴질랜드인이었다. 처음 마주했을 때 너무 안쓰러워서 똑바로 쳐다보기가 힘들었는데, 정작 그 자신은 무척 밝고 명랑했으며 자립심이 강했다. 팔과 손의 힘이 얼마나 센지 손바닥으로 땅을 탁 치면서 몸을 띄워 의자에 앉는가 하면, 웬만한 일들은 모두 자신만의 방법으로 스스로 했다. 그와 자리를 함께한 지 얼마 되지 않아서 우리는 모두 그의 신체의 불편함을 잊어버리고 내내 웃으며 이야기를 나누었다. 도대체 무엇이 이 사람을 이렇게 천연덕스럽게 만들었을까 의문이 들기도 했다. 물론 부모들의 헌신적인 보살핌과 교육도 있었겠지만, 장애인을 비장애인과 꼭 같이 대해주는 깊은 사회적 배려와 제도적 뒷받침이 없었다면 불가능했을 거라는 생각이 들었다.

앞을 보지 못하는 젊은 여성 김소영 씨는 숨을 제대로 쉴 수 없는 고통을 참아가며 산에 올랐다고 했다. 앞이 보이지 않는데 어떻게 앞으로 나아갔을까? 두 손이 없는 김홍빈 씨는 눈보라 속에서 어떻게, 무얼 붙잡고 몸을 지탱했을까? 양다리가 없는 토니는 어떻게 산을 올라갔을까? 그들은 어떠한 목적을 지니고 그 길에 오른 것일까? 그들과 동행한 다큐멘터리팀의 스태프들은 고통과 인내의 여정을 지켜보면서 많은 것을 배웠다고 했다. 어쩌면 그들의 고통은 육체적인 것보다 정신적인 것이 더 컸을 것이다. 육체적 고통으로 정신적 고통을 조금이라도 상쇄해보려는 집념, 그리고 그 집념을 지나서 고통을 통해 자신의 존재를 확인해보려는 의지가 그들을 킬리만자로로 이끌었을 것이다. 위대한 정신력을 지닌 이들과의 만남은 실로 감동적이었다.

바이올리니스트 강동석 씨의 케냐 연주회

바이올리니스트 강동석 씨는 1999년 불가리아에서 만날 때까지 전혀 알지 못했다가, 불가리아에서 활약한 지휘자 최용호 씨가 그를 소개해서 공연까지 이어졌다. 최용호 지휘와 소피아 필하모니 협연으로 이루어진 연주는 성황리에 마쳤다. 550명이 들어가는 불가리아 국립극장은 입추의 여지가 없었고 참석한 관객 모두를 완전히 매료시켰다. 불가리아는 음악의 나라라고 할 만큼 음악적 분위기가 형성되어 있고 연중 공연이 성행했다. 그런 곳에서 한국의 바이올리니스트가 청중들을 열광시켰으니 어찌 가슴이 뿌듯하지 않을까. 우리 모두 한국인의 자긍심을 한껏 느꼈다. 그로부터 몇 달간 불가리아 사람들을 만나면 "그날 공연이 참 좋았다. 지금 강동석 씨는 어디 있나? 언제 다시 한 번 올 수 없나?"라는 인사를 받았다.

그때의 만남이 인연이 되어서 또 한 번 강동석 씨의 연주를 듣게 되었다. 2003년 케냐에 있을 때 최용호 지휘자와 강동석 씨, 그리고 최용호 지휘자를 중심으로 알음알음 모인 수준 높은 음악인들이 소규모 오케스트라단을 만들어 협찬을 했다. 모두 15명이 왔는데 예산이 부족해서 그들 모두를 관저에 체재하도록 했다. 다행히 방이 여러 개여서 한 방에 두 명씩 머물 수 있었다.

연주일까지 사흘이 남아 있었는데 그들은 식사 때를 제외하고는 하루 종일 연습을 했다. 갑자기 관저 전체가 공연장 같은 분위기가 되었다.

우리의 귀는 참으로 오랜만에 호사를 누렸다. 연습하는 소리를 듣는 것만으로도 그렇게 즐거울 수가 없었다. 그들의 수발을 드는 집사람도 고생스럽다는 생각보다 즐거움이 더 컸다. 하나같이 진지한 그들의 모습에서 예술가 정신, 프로 정신이 느껴졌다. '오케스트라'라는 작은 사회는 리더십과 협동심, 그리고 각각의 개성들이 모여 이루는 합작품이라는 사실을 새삼 느낄 수 있었다.

그들이 도착한 지 사흘째 되는 날, 다음 날 프랑스문화원에서의 공연을 앞두고 관저의 풀장에 한국인들을 100명 정도 초대해서 리허설을 했다. 프랑스문화원 객석이 300석 밖에 안 되었기 때문에 기회를 한 번 더 가지는 의미도 있었다. 불빛이 찰랑거리는 밤의 수영장을 배경으로 한 공연은 규모는 작지만 한 폭의 그림 같은 장면을 연출했다. 함께한 동포들은 오랜 해외생활 중 처음으로 맞는 감격스런 장면이라며 좋아했다. 그들이 즐거워하는 모습을 보니 나 또한 흐뭇했다.

드디어 정식 공연일이 다가왔다. 프랑스문화원에서의 공연은 처음부터 혼란스러울 정도의 열기가 있었다. 시작하기 30분 전부터 몰려든 관

강동석 씨 일행 리허설(관저)

케냐 연주자들과 협연

객을 다 수용하기가 어려워 곤혹스러웠다. 직원들에게 한국인들은 가능한 한 나중에 입장해주도록 부탁할 것을 지시했다. 다행히 공연이 시작되었을 때는 대부분의 사람이 입장할 수 있었지만, 한국인 몇 명은 결국 좌석이 없어 되돌아갔다.

강동석 씨가 케냐에 온다고 했을 때 많은 사람들이 의아해 했다. '세계적인 바이올리니스트가 왜 하필 아프리카에? 그리고 오케스트라라니? 그냥 솔로나 간단한 실내악으로 하지. 과연 성공할 수 있을까?' 그러나 이러한 우려와 넉넉치 않은 예산에도 불구하고 강동석 씨의 아량과 여러 사람들의 헌신으로 공연은 성사되었고, 그들은 장소가 어디든, 관객이 누구든 아랑곳하지 않고 최선을 다해 연주에 임해주었다.

공연을 접한 이들은 음악을 듣는 내내 자신이 케냐에 있다는 사실을 잊었다고 입을 모았다. 이런 콘서트를 처음 접하는 케냐 관중들은 악장이 끝날 때마다 박수를 치며 환호했다. '아름다움을 느끼는 마음은 모두가 똑같구나'라는 생각이 들면서 그들의 모습이 그저 귀엽게 느껴졌다. 연주 초반에 케냐의 병아리 합주단(물론 어른들)과 함께 간단한 모차르트의 소야곡 1악장을 연주했는데, 우리 연주자들은 조악한 악기에다가 음도 잘 맞추지 못하는 케냐인들을 존중해가며 끝까지 즐겁게 연주했다.

공연을 성공리에 마치고 모두들 떠나는 날, 마지막 만찬에서 악장 박재홍 씨는 벅찬 마음에 제대로 말을 잇지 못했다. 그동안 많은 곳에서 연주를 했지만 아프리카에서의 이번 연주는 정말 특별했다고 눈시울을 붉혔다. 상기된 얼굴의 협연자들 모두 같은 마음인 듯했다. 그들이 떠나고 난 뒤, 북적대던 집이 마치 안톤 슈낙의《우리를 슬프게 한 것들》에 등장하는 어딘가처럼 갑자기 정지된 듯했다. 태고의 진한 녹색이 물속에 녹아 있던 호수처럼 아름다운 음악혼이 케냐에 깃들 것만 같은 느낌이 들었다.

진귀한 나라, 진귀한 경험 - 멀고 먼 인도양

주케냐 우리나라 대사관이 관할하는 나라는 케냐 이외에 아프리카 대륙의 우간다를 비롯하여, 소말리아, 1993년에 에티오피아로부터 독립한 에리트레아, 아프리카에 인접한 인도양 위의 세이셸, 모리셔스, 코모로 이렇게 6개국이었다. 분쟁지역인 소말리아와 에리트리아는 사실상 관할하기 어려웠지만 나머지 나라들은 필요에 따라 방문하기도 했다. 이들 국가 중 좀처럼 여행하기 힘든 코모로, 모리셔스, 세이셸에 대해 이야기해보고자 한다.

코모로는 아프리카 마다가스카르 동북쪽 인도양 상의 조그만 섬으로, 2003년 초 신임장 제정 시 3박4일 일정으로 방문했다. 동아프리카에서 유일하게 아랍문화권에 속한 곳이며, 다른 섬들에 비해 개발이 덜 되어서인지 첫인상은 현대 문명으로부터 멀리 떨어져 있는 듯한 느낌이었다. 더욱이 케냐와 통신이 되지 않아 고립된 듯한 기분을 느꼈고, 불어와 아랍어 말고는 소통이 되지 않아 답답했다. 우리는 북한보다 4년 늦은 1979년부터 수교할 정도로 남북한 관계에서 코모로는 북한에 더 가까웠는데, 내가 방문할 당시에는 그들이 우리의 원조를 기대하면서 가까워지려고 노력하는 것을 느낄 수 있었다.

코모로의 공식명칭은 코모로연방(The Union of Comoro Islands)이고, 수도인 모로니가 있는 그랑드코모로(Grande Comore), 모엘리(Moheli), 앙주앙(Anjouan), 3개의 화산섬으로 구성되어 있다. 원래 4개의 섬으로 구성되어 있었으나, 1975년 독립할 당시 주민투표에 붙인 결과 마요트 섬은 프랑스 통치 하에 남게 되었다. 마요트 섬에는 현재 프랑스 군사기지가 있고 동아프리카 지역의 근거지가 되고 있다. 독립한 코모로도 사실상 여전히 프랑스의 영향 아래 있다고 볼 수 있다. 코모로는 1975년 독립 이후 2000년까지 25년 동안 19번이나 쿠데타가 일어날 정도로 정정이 불안했다. 프랑스의 후견을 받고 있던 코모로에서 프랑스의 간섭이나 인지 없이 19번이나 쿠데타가 성공할 수 있었겠는가?

1976년 첫 쿠데타를 일으킨 프랑스계 용병 밥 드나르(Bob Denar)는 이후 수차례 쿠데타를 통하여 코모로 정치에 막대한 영향을 미쳤다. 그는 1995년 마지막 쿠데타를 일으켜 1990년 자신이 쿠데타로 내세운 사이드 모하메드 도하르(Said Mohamed Djohar) 대통령을 체포하고 아메드 압둘카림(Ahmed Taki Abdulkarim)을 내세웠다. 드나르의 무리한 행동에 비판의 여론이 일자, 1995년 프랑스는 코모로와 체결한 상호방위조약을 근거로 코모로에 군대를 보내 드나르를 체포하여 재판에 회부하였다. 드나르는 5년의 집행유예를 선고받았으나 한 번도 복역한 적 없이 2007년 78세를 일기로 생을 마감하였다. 이처럼 프랑스는 코모로의 독립 후에도 후견인으로서 직간접적으로 코모로 정세를 요리했다는 것을 짐작할 수 있다.

프랑스는 1843년 마요트 섬을 점령했고, 1886년에는 코모로 전체를 식민지화했다. 1960년대에 불어 닥친 아프리카 약소국들의 독립 물결에 따라, 1961년 코모로는 자치권을 획득했고, 1975년 독립을 선언한다. 그러나 무조건 독립을 시킨 것은 아니었다. 프랑스의 강력한 영향으로 독립 여부를 주민투표에 붙이도록 한 결과, 앞서 말한 바와 같이 마요트 섬을 제외한 3개의 섬으로만 독립을 했다. 코모로의 불만은 불 보듯이 명백했다. 코모로 민족주의

코모로의 수도 모로니

자들 입장에선 마요트 섬도 엄연히 코모로공화국의 일부인 것이다.

신임장을 제정하러 방문한 나흘 동안, 아잘리 아수마니(Azali Assoumani) 대통령을 세 번이나 만났다. 신임장을 제정할 때 한 번, 그 다음은 대통령이 나와 오찬을 하자고 해서 만났다. 두 번째 만났을 때는 전력 공급이 시급하다면서 중형 화력발전기 원조 문제를 구체적으로 언급했다. 마지막 만남은 떠나던 날이었는데, 대통령 관저에서 전갈이 와 가보니 별다른 언급이 없이 조그만 크기의 선물을 주었다. 거절할 수가 없어 받아와서 보니, 나무조각 세 개가 들어 있었다. 못을 박지 않고도 조립을 하면 세울 수 있는 장식용 받침대로 위에 얹는 나무에는 특이한 문양이 새겨져 있었다.

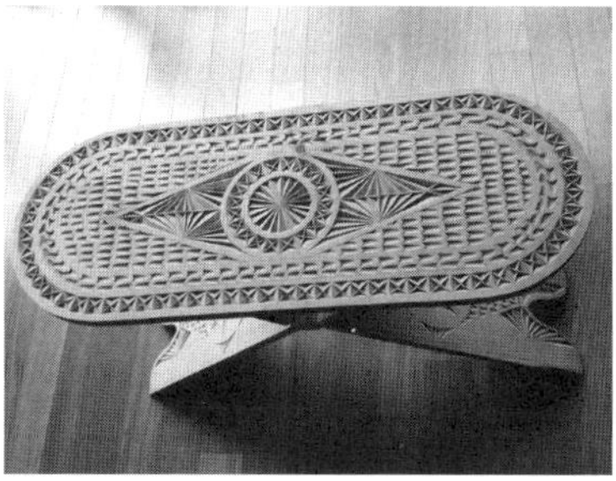

어쨌든 한 나라의 국가원수를 짧은 기간 동안 세 번씩이나 만난다는 것은 흔치 않은 일이다. 대통령의 이러한 행동에 무언가 절실함이 담겨 있는 듯해서 애처로운 생각마저 들었다. 우선 한국의 원조를 통해서 자신의 정치적 입지를 높히려는 뜻이 아닐까 하는 생각이 들었다. 그들이 보기에 한국은 선진국으로 국제적으로 그 영향력이 크고, 중국과 같이 물질적 도움을 줄 수 있을 것이라 기대해서인지도 모르겠다. 코모로 역시 다른 아프리카 나라들과 같이 중국의 영향을 많이 받고 있었는데, 대통령궁과 외무성, 국영방송국, 내셔널 스타디움 같은 건축물이 모두 중국에서 지어준 것이었다.

그러나 무엇보다 프랑스의 영향력이 절대적이다. 참 이상하게도 케냐와 코모로 간에는 전화가 되질 않았다. 케냐에서 코모로에 있는 사람들과 교신을 하자면 이메일이나 케냐에 있는 코모로 명예영사를 통하는 수밖에 없었다. 이에 비해 훨씬 먼 거리에 있는 코모로와 프랑스 간에는 전화 통화가 원활했다. 나중에 들은 이야기로는 코모로의 통신 시스템이 프랑스와 연관되어있기 때문이라고 했다. 어쩌면 이것도 코모로가 프랑스의 영향 아래 놓여 있다는 하나의 증거가 아닐까 하는 생각도 해봤다.

이런 점들을 볼 때 코모로와 프랑스의 관계는 인근 도서국가인 세이셸이나 모리셔스와는 분명히 다른 듯했다. 언어나 통신 면에서 보면 코모로를 관할하는 대사관은 주프랑스 대사관이어야 타당할 것으로 보이나, 주케냐 대사관에서 관할하도록 한 것은 코모로와 프랑스의 부정적 관계를 고려한 조치가 아닐까. 코모로 대통령이 세 번씩이나 만나자고 한 배경에는 설명할 길 없는 프랑스의 압제에 대한 소리 없는 하소연이 아니었을까.

모리셔스(Mauritius)는 인도양의 마다가스카르 섬 동남쪽에 위치한 섬나라다. 18세기 이전에는 원래 원주민만 살았는데 이후 유럽 제국이 잇달아 영토를 차지했다. 처음에는 네덜란드가 점령해 모리셔스라고 이름을 붙였고, 1710년에는 프랑스령, 1814년에는 영국령이 되었다가 1968년에 영연방의 일원으로 독립했다. 따라서 이 나라 사람들은 원주민 언어인 크레올어는 물론 영어와 불어를 자유자재로 구사한다. 그리고 영연방에 속해 있어 영국식 의회정치제도를 모방하고 있다.

모리셔스도 주케냐 대사의 겸임국이고 여타 겸임주보다 할일이 많았기 때문에 대사로서 재임 중 다섯 번을 방문했다. 이 섬은 처음 볼 때부터 로버트 스티븐슨(Robert Stevenson)의 소설 《보물섬》을 연상시켰다. 멀리 보이는 산등성의 모양이 삐쭉삐쭉 동화책 속의 그림에서 본 모양을 하고 있었다. 한 손엔 갈고리, 다른 손엔 날카로운 단검을 잡은 해적 선장이 범선의 돛대 위에

모리셔스 수도 포트 루이스

서 망원경으로 보물이 있음직한 산을 훑어보고 있는 듯한 분위기가 느껴진다. 밝고 화사하며 꿈을 주는 것 같은 모리셔스의 이미지가 인상 깊어 지금도 다시 가보고 싶은 곳 중 하나로 떠오른다.

특별히 모리셔스에 자주 가게 된 이유는 여수세계박람회, 평창동계올림픽, 세계육상선수권대회 등 국가적 행사의 유치교섭 때문이었다. 그때마다 한국 명예영사인 노엘청(Noel Ching) 씨가 도움을 주었다. 노엘청 명예영사는 하카인의 후예로 중국계 모리셔스인이기 때문에 그로부터 집안의 내력을 들을 수 있었다. 특이한 것은 모리셔스에 있는 중국계 대부분이 중국의 광둥성에 거주하던 하카인들의 후예라는 점이다. 모리셔스에 거주하는 중국인들은 얼굴은 우리와 비슷한 영락없는 동양인이지만 하카어 이외에 중국말을 전혀 모르고, 대부분이 영국 또는 프랑스에서 교육을 받았기 때문에 사고방식이나 생활양식은 서구에 가깝다. 한편 많은 중국계 가정들은 요트를 소유하고 있을 정도로 풍요로운 생활을 하고 있다. 언젠가 한번은 그들의

요트 낚시

낚시로 잡은 고기로 함께한 점심

스포츠 요트를 타고 바다낚시를 나갔는데 두어 시간도 안 되어 블루핀이라는 2미터 가량 크기의 물고기를 두 마리씩이나 잡았다. 무엇보다 부러웠던 것은 2만여 명의 중국인들이 서로 단합하고 조화를 이루며 모리셔스 사회에 기여하면서 살아가는 모습이었다.

그 자녀들은 대개 영국이나 프랑스에서 교육을 받고 있고, 돌아와서는 대를 이어 가계를 이어간다. 그 무렵 케냐에서 시끄러운 한인 사회를 경험했기 때문에 그런 모습이 더욱더 부러웠는지 모르겠다. 처음 중국에서 어떻게 여기까지 오게 되었는지 궁금했는데 노엘칭 명예영사가 그 궁금증을 해소해주었다.

하카인들은 원래 중국의 황하강 유역에서 거주하고 있었으나 생활력과 개척정신이 강해서 끊임없이 새로운 땅을 찾아나섰다고 한다. 말하자면 중국 내 유목민이었던 것이다. 4세기경부터 남하해서 현재는 대개 광둥성, 대만과 가까운 장시성과 푸젠성에 거주하고 있으며, 싱가포르와 말레이시아 등 동남아에도 살고 있다. 그 대표적인 인물이 싱가포르의 리콴유 전 수상이다. 이에 비해 20세기 초 모리셔스에 온 하카인들은 대부분 광둥성의 광저우에 가까운 메이시안이란 곳에서 왔다.

1900년경 어느 날, 청(淸)이란 하카인이 작은 고기잡이배를 타고 바다로 나갔다가 깜빡 잠이 들었다. 눈을 떠보니 해류에 밀려 배가 하염없이 떠내려가고 있었다. 망망대해에서 몇 날 며칠을 떠돌다가 탈진한 그는 어느 낯선 뭍에 도달했는데, 그곳이 바로 아프리카 동안(東岸)의 모리셔스였다. 당시 그 섬에는 원주민이 대부분이었고 인도계통 사람들이 조금 있었다. 청 씨는 그 섬에 도착한 최초의 중국인이었다. 원주민들의 정성스런 보살핌 덕분에 건강을 회복한 청 씨는 현지인이 경영하는 사탕수수 농장에서 일하며 말도 배우고 새로운 환경에 적응해나갔다. 어느덧 5년이라는 시간이 흘러 그는 조그만 농토를 사게 되었고, 사탕수수와 커피를 재배하여 큰 성공을 거두게 되었다. 그 후 농토를 늘려 협동농장을 만들고, 마침내 아갈레가섬(Agalega Islands)의 많은 농토를 확보하게 되었다. 또한 늦은 나이에 모리셔스 고등학교와 대학교를 다니며 식견을 넓혔다.

한편, 고향에 있는 가족과 친척들을 모리셔스로 데려와 새 삶의 기회를 주어야겠다고 생각한 청 씨는 가족들을 데려오기 위해 150톤 규모의 증기기선을 구입해 1914년 초 중국땅으로 향했다. 그가 하카를 떠난 지 15년 만의 일이었다.

그러나 안타깝게도 고향의 형제들은 뿔뿔이 흩어진 상태였다. 청 씨는 남아 있는 형과 동생의 가족들, 친지들을 합해 모두 서른세 명을 데리고 그 해 말 모리셔스로 돌아왔다. 그 후 이 소문을 들은 많은 하카인들이 삼삼오오 건너와 현재 모리셔스에 있는 하카인들의 후손은 2만여 명에 이른다.

모리셔스 하카인들과 함께

노엘청 씨의 얘기를 다 듣고 나니 마치 중국판 《걸리버 여행기》를 본 느낌이 들었다. 청 씨 한 사람의 우연한 곡절과 불굴의 의지가 이룩한 성공이 수만 명의 인생을 바꾼 것이다. 중국 본토에 남아 있는 중국인들이 20세기에 많은 풍파를 겪은 일을 비교해보면, 그들이 건넜던 인도양의 풍파는 잠시 동안의 고행이었을 것이다. 한쪽은 100년간의 풍랑이고 다른 쪽은 100일간의 풍랑이었다.

세이셸(Seychelles)은 마다가스카르 동북쪽, 코모로 섬 북쪽에 위치한 서울의 3분의 2 정도 크기의 조그마한 섬나라다. 115개의 섬으로 구성되어 있으나 이 중 33개는 무인도이고, 수도인 빅토리아가 있는 마헤 섬에 인구의 90%가 살고 있다. 프랄린 섬과 라디그 섬에도 행정구역이 있다. 1756년 이곳의 통치를 맡았던 프랑스 재정장관 '장 모르 세셸'의 이름을 따서 세이셸로 불리게 되었다. 1814년부터 영국이 통치해오다가 1976년 독립하여 영연방 국가의 일원이 되었다.

세이셸은 자연의 아름다움이 두드러진 섬나라로 에덴의 동산이 있는 곳, 세상에서 가장 아름다운 산호초의 섬, 세상에서 유일한 거대 야자수가 있는 곳, 사람이 올라탈 수 있을 정도로 커다란 거북들이 사는 곳 등으로 유명하다. 이러한 자연자원 덕분에 관광산업을 주 수입원으로 하고 있으며 유럽에서는 최고의 관광지로 꼽힌다. 산호초가 많은 청정지역인 세이셸 바다는 유네스코에 세계자연유산으로 지정되기도 했다.

이렇게 아름다운 세이셸을 재임 중 세 번이나 방문했으니 나는 여행 운이 꽤 있는 것 같다. 신임장 제정 차 처음 방문했을 때, 바다와 창공이 구분되지 않을 정도로 온통 짙푸른 색에 둘러싸여 있는 풍경을 보고 크게 감탄했다. 단순히 코발트색이나 라군(lagoon)색도 아닌 것 같고, 도대체 무슨 색이라 불러야 할지 모를 정도로 그 빛깔이 독특했다. 알고 보니, 달리 이름 지을 수가 없어서 그냥 '세이셸'이란 색으로 불리고 있다고 했다. 이색적이면서도 단아한 공항 안의 분위기는 도착하기 전 하늘에서 느낀 환상적인 분위기의 연장이었다. 공항에는 폴 초이 명예영사가 기다리고 있었다.

폴 초이(Paul Choy) 명예영사는 중국계로, 모리셔스의 노엘 청 명예영사와는 달리 하카인이 아니었다. 그는 중국말도 전혀 모를 뿐 아니라, 중국과는 아무런 인연이 없다고 했다. 영국에서 경제학을 전공했고 현 정권의 정책을 비판해왔기 때문에 정권으로부터 박해를 받고 추방도 당했으나, 6년 전에 귀국해서 야당을 만들어 정치활동을 하고 있다고 했다. 그는 솔직히 말해 이런 상황에서 자신이 한국의 명예영사로서 한국의 이익을 대변하기에는 부적절할 것으로 본다면서, 새 명예영사를 물색해보는 것이 좋겠다고 하였다. 그의 솔직함에 놀랐지만, 이에 대해 즉각적인 답을 하지는 않았다. 그는 세이셸의 정세와 한국과의 관계에 대해 설명해주었다.

"르네 대통령(France Albert René, 1977년부터 2004년까지 대통령으로 재임)은 사회주의 성향의 독재체제를 유지하면서, 국민적 인기 영합을 위해 과도한 복지정책을 펴왔습니다. 그 결과 누적된 재정적자를 초래하여 국제적으로 국가부도 위기에 처해있습니다. 실업수당이 최저임금보다 많아 고의적인 실업이 발생하는 모순이 드러나고 있는데 7,000달러가 넘는 국민소득은 재정적자 위에서 이루어지고 있기 때문에 매우 불안합니다.

1980년대 초 르네 대통령은 같은 사회주의 국가로서 북한을 더 가까이 했으며, 한국과는 김대중 씨 사형선고를 이유로 단교까지 한 바 있고, 수산관계만 유지하고 있다가 그것도 얼마 가지 않아 중단되었습니다. 한국 내 어느 원양수산 회사의 대표가 세이셸 명예영사로 있었으나, 1990년대 이후에는 유명무실한 상태가 되었습니다. 한국이 괄목할 정도로 경제성장을 이루어 국제적으로 두각을 나타내고 있는 상황에서 세이셸과 한국은 다시 수교를 했으며, 지금 세이셸과 북한의 관계는 소원합니다."

나는 해변에 있는 한 호텔에 여장을 풀었다. 중급 호텔이고 숙박비를 많이 할인했다는데도 하루에 500달러가 넘었다. 그럼에도 불구하고 프랑스, 영국 등 유럽에서 오는 관광객이 넘쳐나고 있었다.

다음 날 오전 르네 대통령에게 신임장을 제정하고, 대통령 면담에 이어 제라미 보네라매 외무부 장관과 미셸 부통령을 예방하였다. 이후 외무부 장관이 주최하는 오찬에 참석하였는데, 부통령을 비롯하여 정부 인사 20여 명이 참석한 자리였다. 오찬을 하는 동안 외무차관이 "오늘 신문에 이 대사 사진이 났는데, 친구들에게서 내가 외국에 대사로 나가느냐는 문의전화를 받았습니다. 내가 이 대사하고 비슷하게 생겼습니까?"라고 해서 폭소를 자아냈다. 그 후 외교부 차관은 나에게 각별히 친근감을 나타내어 소통이 잘되었다.

세이셸 외무부가 주선한 공식일정에 따라 재무부, 보건부, 관광부 등 정부부처 장관들과의 면담이 있었다. 보건부 방문 때는 코이카(한국국제협력단)에서 원조한 의료장비를 보여주었다. 장비 위에 KOICA 기증이라고 쓰여 있었는데 글자가 너무 크다고 생각했다. 개도국에 원조를 줄 때 받는 측이 오랫동안 보람을 느낄 수 있게 해야지 주는 쪽의 생색만 내는 방향으로 생각하면 곤란하다는 생각이 들었기 때문이다. 세이셸의 의료복지는 높은 수준이어서 환자의 병원비와 약값을 국가가 90%까지 부담하며, 국내 병원에서 치료할 수 없는 위중한 환자가 발생하면 싱가포르 병원으로 옮겨 혜택을 받는데 그 수가 1년에 130명 정도 된다고 했다. 국민소득이 8,000달러에 가까운데 왜 의료장비가 부족할까 의문이 생기기도 했다. 세이셸 정부가 환대를 해주는 이유는 아마도 한국으로부터 기대하는 것이 있기 때문일 것이라는 생각이 들었다.

폴 초이 명예영사의 안내로 마헤 섬을 한 바퀴 돌았다. 한 시간 남짓 걸릴 정도로 작은 섬이었다. 섬을 도는 도중에 명예영사는 어느 한적한 해안가

미셸 세이셸 부통령과 함께
(부통령 오른쪽이 외무차관, 왼쪽 끝이 명예영사)

자이언트 거북이(좌) 코코 드 메르 야자 열매(우)

호텔에 차를 세웠다. 바로 이 해안에서 몇 해 전에 주에티오피아 한국대사관 직원 한 사람이 수영을 하다가 익사한 장소라면서 한 달 동안 시신을 찾아 봤으나 실패했다고 했다. 이곳은 물살이 세서 특히 해류가 바깥으로 밀려날 때는 수영을 하면 위험하다고 했다. 알고 보니 1996년경 월드컵을 유치할 때 유치단 업무 수행차 주에티오피아 대사관에서 파견된 외신관이 세이셸을 경유하던 중 있었던 사고였다.

다음 날, 명예영사가 에덴의 동산이라고 불리는 세이셸 제2의 섬인 프랄린 섬을 안내해주겠다고 해서 경비행기를 타고 향했다. 20분이 채 못 되어 섬에 도착했는데 동화에서나 보던 커다란 거북이 한 떼가 모래사장에 모여있었다. 그 거북이들은 세계에서 가장 큰 거북 종류에 속하는 알다브라 자이언트 거북이(Aldabra Giant Turtle)로 세이셸 군도에 약 16만 마리가 서식하고 있다고 했다. 수컷의 등판 길이는 평균 105센티미터, 무게는 120킬로그램 정도로 사람을 태우고도 걸어갈 수 있을 정도로 힘이 세다고 했다. 그 거북을 보는 순간 마치 《걸리버 여행기》 속 거인의 나라에 온 듯한 착각이 들었다.

프랄린 섬의 또 하나의 명물은 세계문화유산인 '발레 드 메르(5월의 계

앙스 인텐던스 해변

곡)' 국립공원에서만 자라는 거대 야자수와 그 열매인 '코코 드 메르(바다의 코코넛)'라고 했다. 발레 드 메르에 들어가니 엄청나게 큰 코코넛 잎이 사방에 널려있었다. 잎 하나의 크기가 집채만 해서 거인 나라에 온 듯한 기분을 더해주었다. 또한 코코 드 메르의 형상은 여성의 상징과 매우 닮아서 그곳이 에덴의 동산이라는 전설을 상기시켜주었다.

프랄린 섬에는 세계에서 가장 아름다운 해변으로 기네스북에 오른 앙스 인텐던스(Ans Intendence) 해변도 있었다. 말로 표현하기 힘든 황홀한 물빛과 명사십리 같은 모래사장이 두 눈을 사로잡았다.

세이셸 명예영사 임명

주케냐 대사로 재임 중 제레미 에밀레 보느라매 세이셸 외무장관과 가끔 만났다. 주요 관심사는 한국과 세이셸의 실질관계를 어떻게 강화하느냐 하는 문제였다. 2004년 봄쯤 우리 관저에서 점심을 같이 했을 때, 나는 양국 간 실질관계 강화를 위해 세이셸 명예영사를 임명해보는 것이 어떻냐고 이야기를 꺼냈다. 이어서 현재 한국인들이 해외관광을 많이 하고 있으니 그들을 세이셸로 유치하기 위해 만약 서울에 세이셸 명예영사를 새로 임명한다면 여행업을 하는 사람이 좋을 것 같다고 말했다.

그 후 시간이 흐른 어느 가을 날, 보느라매 장관에게서 나이로비에 온 김에 한번 만나고 싶다고 연락이 왔다. 그는 명예영사에 대해서 구체적으로 이야기를 듣고 싶다고 했다. 나는 개인 의견이라 전제하면서 이렇게 이야기를 했다.

> "양국 간에 미미한 실질관계를 짧은 시간 내에 자연스럽게 증진시킬 수 있는 방법으로는 한국 관광객 유치가 가장 적합하다고 봅니다. 지난번에 세이셸 관광장관을 만났을 때 현재 외국인 관광객 수가 연간 12만 명 정도로 관광유치 목표인 연간 20만 명에 훨씬 못 미친다는 이야기를 들었습니다. 현재 한국인의 해외관광은 매년 증가하고 있고 작년에는 500만 명을 초과했습니다. 유럽으로 많이들 가는데, 그 사람들 중 일부라도 유치하면 성과가 있지 않겠습니까? 제가 보기에는 한국사람들이 세이셸을 좋아할 것 같습니다."

보느라매 장관은 고맙다면서 좀 더 생각을 해보겠다고 했다. 몇 달 뒤인 2005년 초, 세이셸의 패트릭 필레이(Patrick Georges Pilay) 신임 외무장관이 나를 찾아왔다. 필레이 장관은 세이셸 명예영사를 임명하려고 하는데, 여행 분야에 종사하는 적절한 인사를 추천해달라고 요청하였다. 필레이 장관은 그 아이디어가 나에게서 비롯되었다는 말은 하지 않고, 전임자인 보느라매 장관에게서 들었다고 했다.

당시 나는 여행 분야에 아는 사람이 별로 없었기 때문에 우선 알았다고 대답했다. 그 후 마땅한 인물이 떠오르지 않아 우리 외교부에 공식적으로 요청을 할까 생각하던 중, 평소에 잘 알고 지내던 박항률 화백 부부가 케냐를 방문했다. 그들은 명예영사와 관련한 사정 이야기를 듣더니 자신들이 잘 아는 여행사의 대표가 있는데, 젊은 사람으로 매사에 적극적이라며 그에게 한번 물어보는 게 어떠냐고 했다. 그가 바로 여행춘추 여행사의 정동창 사장이었다.

한국에서 명예영사라는 직책을 가진 분들은 대개 대기업의 대표이었기 때문에 처음엔 좀 망설여졌지만, 실질적으로 일할 분을 추천하는 것이 좋겠다는 생각이 들어 곧 정 사장에게 그의 의향을 묻는 이메일을 보냈다. 그러나 정작 그에게서 대답이 오기까지는 근 한 달이 걸렸다. 나중에 알고 보니, 정 사장도 너무 뜻밖의 일이라서 망설였다고 했다. 이후 나는 정 사장을 추

보느라매 외무장관, 폴 초이 명예영사

천했고, 세이셸 외무부는 정 사장을 명예영사로 임명해줄 것을 주케냐 대사관을 통해서 한국 정부에 신청했다.

케냐에서의 임기를 마치고 돌아온 이듬해인 2006년 정동창 사장이 한국정부로부터 명예영사 인가를 받고 세이셸 명예영사로서 역할을 시작했다. 그는 명예영사를 맡자마자 세이셸을 방문하고, 그로부터 지금까지 불과 7, 8년 동안 마흔 번도 넘게 방문하면서 1,200명이 넘는 한국 관광객을 유치했을 뿐만 아니라 많은 한국인들의 세이셸 투자를 성사시켰다. 한국의 젊은 화가들을 이끌고 전시회도 개최하고, 음악회, 마라톤, 한복 패션쇼, 한식 갈라 등, 다채로운 문화 및 스포츠 행사도 주최했다. 세이셸 정부는 기대를 뛰어넘는 성과에 만족하며 정 사장을 명예총영사로 승격시켰다. 2009년과 2010년에는 미셸 대통령이 방한할 만큼 양국 관계는 전례 없이 돈독해지고 있다.

모처럼 내 생각이 멋지게 현실과 맞아떨어진 데 대해 매우 흡족하게 생각한다. 정 사장은 2011년 기존의 회사를 처분하고 세이셸만 전담하는 '인오션 엠앤씨'라는 여행사를 만들었고 민간 차원에서 양국 간 관계 강화에 힘쓰고 있다. 새삼 정 사장의 민간외교 활동에 찬사를 보낸다.

정동창 명예영사 미셸 대통령과 함께

2부

이역 땅에서 살아간 어떤 북한 이탈인들 이야기

나는 해외근무를 시작한 때부터 이상하게도 북한 사회를 이탈한 분들을 많이 만났다. 브라질에서 반공포로 출신 한 분을 만났고, 인도에서도 그 연장선상에서 반공포로 출신 몇 분을 만났다. 그리고 불가리아에서는 1950년대 말 북한 유학생으로 왔다가 망명을 해서 그곳에 정착한 네 분을 만났다. 이런 만남에 대한 기억이 시간이 흘러 망각의 바다로 들어가기 전에 다시 떠올려 보았다. 혼자 기억하기에는 아까울 정도로 값진 만남이었다는 생각이 들었다. 아마도 외교부 선배나 동료들 중에서도 나처럼 이런 분들을 골고루 만난 경우는 그리 많지 않을 것이다.

이야기를 하려다 보니 자칫하면 나도 모르게 그분들의 명예나 이미지를 실추시키지나 않을까 싶어 조심스러웠다. 그러나 기본적으로 그분들에 대한 존경심을 가지고 있기 때문에 앞으로 나아갈 수 있었다. 그분들은 기구한 인생에도 불구하고 이를 극복한 불굴의 용기를 지닌 분들로 존경의 대상이 되기에 충분한 자격을 갖춘 이들이다.

어느 북한 출신 반공포로의 제2의 인생

1976년 초 어느 날, 허름한 옷차림의 한 중년의 동양인 남자가 주 브라질 한국대사관의 3등서기관 겸 부영사인 나를 찾았다. 꼭 한국사람 같이 생겼으나, 30여 세대의 한국인이 살고 있는 브라질리아에서 그런 사람을 본 적이 없었다. 한국말로 "안녕하세요, 어떤 일로 오셨습니까?" 했더니 그냥 빙긋이 웃기만 할 뿐 말이 없었다. 곧 그 남자가 일본사람일지 모른다고 짐작하고 포르투갈어로 되풀이했다. 그제야 그는 "저는 한국사람인데 영사일로 여기 왔습니다."라고 유창한 포르투갈어로 대답했다. '이상하다. 어떻게 이렇게 나이가 드신 한국 분이 한국말을 모를까?' 하고 생각하면서도 "어디서 오셨습니까?" 하고 다시 포르투갈어로 물었다.

그는 머뭇거리면서 자신은 자동차로 8시간 거리에 있는 볼리비아 국경 가까이 어느 마을에서 온 누구라고 소개하면서 영사 확인을 받으러 왔다고 했다. 점심시간도 다 되었기 때문에 식사를 같이 하면서 이야기를 하자고 하고 중국 식당으로 향했다. 그 당시 우리나라는 해외여행이 어려운 데다가 브라질리아는 더더욱 항공편이 여의치 않았기 때문에 1년 내내 외지에서 오는 한국사람들을 만나기가 어려웠다. 그래서 누구라도 외지에서 온 한국사람이라면 반가워서 이야기를 하고 싶었다. 그곳에 살던 한국인들은 모두 같은 마음이었을 것이다.

그는 두어 시간 정도 식사를 하면서 줄곧 포르투갈어로 이야기를 했다. 중간중간에 고유명사가 나오면 한국말로 말해주었는데, 그때마다 그의 눈동자가 약간씩 반응하는 것을 보고 점차 그의 희미한 기억이 꿈틀거리고 있음을 느꼈다. 그의 인생역정은 대강 이러했다.

"저는 북한군 출신으로 한국전쟁 때 포로가 돼서 수용소에 있다가 1954년 제3국을 택한 88명의 포로 중 한 명입니다. 수용소에 1년 반 정도 있다가 87명의 다른 동료들과 함께 배를 타고 인도로 갔는데 국제적십자사에서 주선을 했습니다. 나를 포함한 대부분의 사람들이 미국과 가까운 멕시코 같은 나라에 가기를 희망했지요. 사실 인도는 처음부터 우리가 살기를 희망했던 나라는 아니었습니다만, 그때까지 우리를 받아들이겠다는 의사를 표시해온 나라가 인도뿐이었습니다. 그래서 우리는 하는 수 없이 한국을 떠나 일단 인도로 갔습니다.

인도에 머무는 동안에도 우리는 다른 나라에서 받아주기를 기다렸습니다. 그러던 중 아르헨티나와 브라질에서 우리를 받아주기로 연락을 해왔고, 자유의사에 따라 80명 정도가 그곳으로 향했습니다. 일부는 아르헨티나로 갔고, 나머지는 브라질로 갔습니다. 저는 처음부터 다른 동료들과는 좀 다른 생각을 하고 있었습니다. 포로가 되고 나서 브라질로 올 때까지 3년여 동안 많은 생각을 했습니다. 포로수용소에서 아예 인간이기를 포기한 사람들을 보면서 '나란 무엇인가, 인생이란 무엇인가, 가족이란 무엇인가, 왜, 무엇 때문에 사는가' 하는 질문이 머릿속에 맴돌았고, 지나간 내 과거가 생각하기조차 싫어졌습니다. 과거의 사람들이 안 보이는 곳으로 가서 제2의 인생을 살아야겠다는 생각이 커갔지요. 또한 지주 집안 출신인 우리 가족이 북한에서 살아남지 못했을 것이란 생각이 나를 완전히 고립된 인간으로 만들었습니다. 그래서 오랫동안 동료들과 어울리지 않고 혼자 외톨이로 지냈습니다.

브라질 당국은 거주지와 직업을 결정할 때 가능한 한 각자의 희망에 맞추어주려고 했습니다. 다른 동료들은 주로 일본인들이 많이 사는 상파울루라는 대도시를 선호했지요. 저는 브라질 지도를 훑어보고는 상파울루나 리우데자네이루에서 제일 먼 곳의 지명을 자세히 보았습니다. 볼리비아 국경 부근 '꾸이아바'라는 마을이 눈에 들어왔습니다. 어디 물어볼 데도 없어서 우리를 안내하는 브라질 사람에게 그곳으로 가겠다고 말했습니다. 그랬더니 그 사람이 의아해하면서 '어떻게 꾸이아바를 아느냐, 정말이냐?'고 되풀이해서 물었습니다. 아마도 다른 동료들은 제가 어디로 가는지 잘 몰랐을 겁니다.

그리고 얼마 뒤 보따리 하나만 달랑 든 채 사흘 밤낮 동안 버스를 대여섯 번 정도 갈아탄 후, 1,000여 세대가 살고 있는 작은 마을에 도착했습니다. 두 세대가 같이 사는 작은 집으로 안내되었고, 브라질 당국은 마을에 있는 한 초등학교에서 교사로 일하도록 주선해주었습니다. 저는 북한에서 고등학교를 나왔기 때문에 산수, 자연 같은 과목을 가르칠 수가 있었지만, 포르투갈어를 모르니 학교 당국에서 말이 많이 필요 없는 체육 과목을 가르치도록 해주더군요. 저는 아이들을 성심성의껏 가르치면서 포르투갈어를 열심히 배웠습니다.

시간이 지나면서 저는 그곳의 언어와 생활에 잘 적응해나갔습니다. 성실히 일한 덕분에 저를 믿고 따르는 사람들이 많아졌고, 동네 처녀들한테도 인기가 좋아서 결혼하자고 하는 여자들도 꽤 있었지요(웃음). 당시 학교에서 같이 근무하던 지금의 아내와 결혼해 아들 둘, 딸 셋을 놓고 살다보니 벌써 20년이 흘렀습니다.

그런데 포르투갈어 실력이 나날이 빠른 속도로 느는 대신 한국어하고는 점점 멀어졌습니다. 지난 20년 동안 한국인을 만난 적도 없고 한국말을 들은 적도 없습니다. 영사님은 제가 20년 만에 처음 만나는 한국사람입니다. 한 7~8년 전까지만 해도 화장실 같은 데서 혼자 있을 때는 한국말로 생각해 보기도 하면서 잊지 않으려고 했는데, 언제부터인지 생각하는 것조차 포르투갈어로 하게 되면서 그만 지금처럼 한국말을 못하는 것은 물론이고, 알아듣지도 못하게 되었습니다.

한편 마을에 중학교가 생기면서 그곳으로 옮겨 학생들을 가르쳤습니다. 대우도 이전보다 좋아지고 일에 대한 보람도 더 많이 느끼게 됐지요. 그런데 작년에 고등학교가 처음으로 생겼습니다. 사람의 욕심은 끝이 없는지 그곳에서 가르치고 싶은데, 브라질 법에 고등학교 교사 자격요건으로 고등학교 졸업증명서를 요구하고 있습니다. 북한에서 고등학교를 졸업한 저는 졸업장을 뗄 수가 없어 한참 고민을 했습니다. 고민 끝에 브라질 교육부에 제 경우를 물어보았더니, 브라질은 북한과 외교관계가 없기 때문에 북한에서 고등학교를 졸업했다는 증명서를 한국 대사관 영사가 발급해주면 인정해주겠다고 했습니다. 그래서 불원천리 여기까지 영사님을 뵈러 온 것입니다."

여러 가지 이야기를 나누다가 내가 북한의 김일성이 지금 문제를 많이 일으키고 있다고 하자, 그는 김일성이 살아 있다는 말에 크게 놀라며 포르투갈어로 "아인다?(아직도?)"라고 하면서 딱 벌린 입을 다물 줄 몰랐다. 그 정도로 그는 한반도에서 일어나고 있는 일에 깜깜무소식이었다. 점심을 먹고 대사관에 돌아와서 그가 원하는 졸업증명서를 발급해주었더니 눈물을 글썽일 정도로 고마워하면서 먼 길도 가볍게 갈 수 있겠다며 돌아갔다.

잊었던 이름을 되찾다

그 후 브라질에 2년 반을 더 있었으나 그에 관한 소식은 들을 수가 없었고 일상생활에 묻혀 그를 까마득하게 잊어버렸다. 세월이 흘러서 가끔 생각나기도 했으나, 그의 이름은 영 떠올릴 수가 없었다. 다만 그를 만났던 사실과 함께 나눈 대화 내용의 일부만 머릿속에 생생히 남아있을 뿐이었다. 1990년대 초 캄보디아에서 발견된 '훈 할머니' 이야기를 접하면서 누구든지 어떤 폐쇄된 상황에서 오랜 세월을 살다보면 자기 이름조차도 잊을 수 있다는 걸 이해할 수 있었고, 그때 다시 한 번 그를 떠올렸으나 곧 잊어버렸다. 이후 참으로 묘하게도 그를 만난 지 30년 가까이 지난 어느 날, 엉뚱한 곳에서 그의 이름을 알게 되었다.

주케냐 대사로 있을 당시 2004년경 케냐에서 선교사로 활동한 이원휘 장로와 무슨 이야기 끝에 사람의 기억에는 한계가 있다는 말을 하면서 훈 할머니의 예를 들었다. 또 다른 예로 내가 직접 겪은 일을 소개하면서 그분의 이야기를 하게 되었다. 그러자 이 장로가 무릎을 치면서 작년(2003년)에 서울에서 열린 선교사 대회에 참가했을 때 바로 옆자리에 있던 70대 중반의 선교사 이야기인 것 같다고 했다. 이 장로는 그 사람은 현재 브라질에서 목사 활동을 하고 있는데 북한 반공포로 출신으로서 오랫동안 한국사람들을 만나지 못해 한국말이 서툴렀다고 하면서 한번 확인해보자고 했다.

'이준희'. 이것이 내가 잊었던 그의 이름이라고 했다. 이준희 씨가 내가 30년 전에 만났던 그 사람인지를 확인해보기 위해 상파울루에 거주하고 있는 정훈명 목사에게 2004년 12월 이메일을 보냈다. 이 장로가 그와 연락이 닿는다는 정 목사의 이메일 주소를 가르쳐 주었다. 즉시 정 목사에게서 그가 맞다는 말과 함께, 지금은 그가 고이아스 지방에 가있기 때문에 상파울루에 오는 대로 알려주겠다고 했다. 30년 동안 잊어버렸던 과거를 되찾은 듯한 기분이었다.

그러나 그 후 이준희 씨는 물론 정 목사에게서도 연락을 받지 못했다. 어쩌면 그는 과거의 기억을 떠올리고 싶지 않은지도 모르겠다 싶어 더 이상 연락을 취하진 않았다.

인도에 거주하던 반공포로 이야기

브라질을 떠난 지 정확히 10년 뒤에 인도에 부임했다. 인도는 왠지 호기심이 가는 곳이었다. 인도 발령을 받아 서울에서 주한 인도대사관 직원을 만났더니, 인도 발령을 축하해주었다. 그러나 솔직히 그 당시에는 왜 축하를 받아야 하는지 잘 몰랐다. 그러다가 인도에 근무한 지 한참 후에야 비로소 그 축하의 뜻을 짐작하게 되었다. 덥고 지저분하고 원시와 현대가 공존하는 곳, 거지와 거지같은 모습의 요기들이 득시글거리는 곳, 불교 발상지이지만 정작 불교 신도는 인구의 1%도 채 되지 않는 곳, 인류 문명의 3대 발상지 등이 내가 인도에 대해 아는 지식의 대부분이었다. 그러나 인도는 이러한 지식을 뛰어넘는 인종도, 종교도, 풍습도 다양한 문화대국이었다. 이것은 말로만 듣고 이해할 수 있는 부분이 아니었다. 무엇보다 그곳에는 고귀한 사람들이 기다리고 있었다.

인도에서 나는 북한출신 반공포로 세 분을 만났다. 1954년경 18만 명이 넘는 포로들 중 대부분은 석방되어 본인 의사에 따라 남쪽이나 북쪽으로 보내졌으나 그들 중 극히 일부는 제3국을 택했다. 국제적십자사의 주선으로 이들을 받아줄 나라를 모색했으나 선뜻 나서는 곳이 없었다. 중립국으로서 한국전에 참전하여 남쪽에 의료진을 파견한 인도가 늦게나마 수용의 뜻을 표명했다. 1947년 영국으로부터 독립한 인도는 비동맹

중립국의 맹주로서 국제적 위치를 굳히기 위해 적극적 역할을 모색했는데, 아마도 이러한 외교적 의도가 한국전 참전과 무관하지 않았을 것이다. 앞서 말한 대로 인도로 간 이들 중 대부분은 그 후 다른 제3국으로 갔지만 몇 분은 아직 인도에 살고 있었다.

이들 반공포로 출신들은 개개인이 모두 생활력과 개성이 강했다. 팔로군 출신으로 기골이 장대하고 절대 남에게 지기 싫어하는 성품을 지닌 지기철 회장은 인도에서 사업으로 크게 성공하셨다. 자기 집 안에 모래를 퍼놓고 모의 벙커를 만들어 매일 벙커샷 연습을 했다고 한다. "매일 160알을 까디요" 하고 흰 이빨을 드러내고 웃으시던 모습이 아직도 눈에 선하다.

"내기 하다가 공이 벙커에 들어가면 대개 큰일 난 거라 생각을 하는데, 나는 안 그렇습니다. 내가 벙커샷을 하는 뒤쪽에서 상대방이 회심의 웃음을 짓고 있을 모습을 상상하면서, 이걸 극복해야 되겠다고 작정하고 연습을 했디요."

이런 정신으로 그는 사업에 임해 가발사업과 인력수출로 크게 돈을 벌었다. 인도를 떠난 후 90년대 후반에 그의 소식을 접했는데 새벽 골프를 치러 가던 중 자동차 사고로 돌아가셨다고 한다. 70대 초반의 나이였다. 그의 영전에 삼가 명복을 빈다.

현동화 회장은 준수한 용모로 봐서도 금방 현명하신 분이라는 걸 알 수 있었다. 가정적으로나 사회적으로나 유복한 생활을 하고 계셨다. 그는 최인호의 소설 《광장》의 주인공의 실존인물 모델이며, 2003년 자서전 격인 《격랑의 세월-인도에 닻을 내리고》라는 책도 나왔다. 부산대학교 정동현 교수가 이분의 구술을 토대로 쓴 책이다.

최인철 씨는 다른 직업 없이 오랫동안 대사관에 근무하셨는데, 내가 인도를 떠난 후 은퇴하셨다가 얼마 전에 작고하셨다고 한다. 그분은 인도의 반공포로 수용소에서부터 알게 되었던 티베트 여인과 인연을 맺어 한평생 오붓하게 사셨는데 슬하에 자녀가 없었다. 속세에 연연하지 않고 사심 없이 자신의 한 인생을 성실하고 깨끗하게 사신 분으로 기억하고 있다.

다른 한 분은 반공포로 출신으로 거지 생활을 하고 있다는 소문만 들었을 뿐 직접 만나보지는 못했다. 내가 인도를 떠날 무렵인 1992년경에 뉴델리에 거주하는 한국인은 200명이 채 안 되었다. 그러나 그 후 인도가 개방되면서 현대차 공장과 여러 사업체들이 들어서고 불과 몇 년 사이에 한국인 수가 급속히 늘어 1990년 중반에는 2,000명 이상에 달했다. 이렇게 많은 한국인들이 살게 되자 그분, 장재하 씨의 존재가 자연스럽게 세상에 알려지게 되었다.

당시 정부에서는 북한 출신으로 한국에 대해 잘 알지 못하는 분들을 방한초청하는 사업을 진행했는데, 장재하 씨도 이때 한국을 방문했다. 그는 한국에 체재하는 동안 남한 내에 살고 있는 북한 출신의 초·중·고등학교 동창들과 친지들을 만났다. 그들로부터 특별한 환대를 받은 그는 더 이상 거지 생활을 하지 않아도 될 정도의 돈을 들고 인도로 다시 돌아왔다. 그는 그 돈으로 무엇을 할까 망설이다가 오토바이를 한 대 샀다. 아마도 하루하루 무거운 걸음을 옮겨야 했던 그의 인생에 오토바이는 자유로움을 선사하는 상징 같은 것이 아니었을까. 그러나 아이러니하게도 그는 새로운 삶을 미처 살아보지도 못한 채, 오토바이 운전 연습을 하다가 버스와 정면충돌해서 사망했다고 한다.

이후에 이분들이 전쟁 이후 제3국으로 건너온 시기를 맞추어 보니 앞서 브라질에서 만났던 이준희 씨와 인도에 거주하던 네 분은 모두 같은 배를 타고 한국을 출발했던 동료들이었다.

불가리아의 북한유학생 망명객들의 이야기

2015년 3월 어느 날 아침, 아내가 갑자기 최동성 씨 이야기를 꺼내면서 지금 살아계시는지를 물었다. 최근 소식은 전혀 모른다고 대답했더니 아내는 인터넷을 한번 찾아보자면서 컴퓨터를 켰다. 곧 아내의 탄식 소리가 들렸다. 최동성 씨가 2014년 1월에 돌아가셨다는 화면이 떠있었다. 그 소식란에는 최 씨가 혼자 자기 방에서 숨진 채 발견되었는데 언제 사망했는지 정확한 일시는 모른다는 것, 장례 비용이 없어 대사관에서 비용을 부담했다는 것, 장례식에 젤레프 전 대통령, 이장직 씨, 교민 일동이 참석했다는 내용 등이 나와 있었다.

최동성 씨 장례식 모습
왼쪽이 이장직 씨, 이장직 씨 옆이 젤레프 대통령

또 다른 불가리아 소식에는 2014년 12월에 이상종 씨가 사망했다는 소식과 함께 이로써 불가리아로 망명한 네 사람이 모두 사망했다고 적혀 있었다. 깜짝 놀라 작년 초까지만 해도 살아계셨던 이장직 씨가 어떻게 되었는지 찾아보았더니 이장직 씨는 그 한 달 전인 2014년 11월에 돌아가셨다는 소식이 있었다.

집사람이 무슨 예감이 들어 뜬금없이 최동성 씨 이야기를 꺼냈는지 정말 알고도 모를 일이다. 단순히 예감이었을까? 늦게나마 최동성 씨, 이장직 씨, 그리고 이상종 씨의 영정에 삼가 명복을 빈다. 불가리아 소식통에는 이들의 대부격이던 젤레프 전 대통령도 2015년 1월 말 타계했다고 되어 있었다. 이로써 북한 유학생 망명과 관련된 이 실화는 대단원의 막을 내린 셈이다.

노(老) 망명객들을 만나다

인도 땅을 밟은 후 10년 뒤인 1998년 5월, 발칸반도 한가운데 있는 불가리아에 처음으로 대사직을 맡아 부임했다. 부임한 지 얼마 되지 않아 교민들과 함께 야유회를 간 자리에서 북한 출신으로 오래전에 불가리아에 망명해서 살고 있는 네 사람을 만났다. 이들 노 망명객들은 자신들의 인생역전을 조심스레 알려주기 시작했다. 영화 〈빠삐옹〉처럼 극적인 이야기였다. 이들 네 명은 성도 이름도 체격도 비슷해 어쩌면 성명철학이나 관상학이 맞을지 모르겠다는 생각도 들었다.

그로부터 며칠 후, 대사관에서 통역사로 근무하던 최동성 씨가 내게 읽어보라며 오래된 종이 두 장을 내밀었다. 손으로 쓴 편지 같았는데, '존경하는 동지들'이라는 말로 시작한 글에는 김일성주의에 반대하기 때문에 망명을 한다는 내용이 쓰여 있었다. 그것은 바로 '망명선언서'였다.

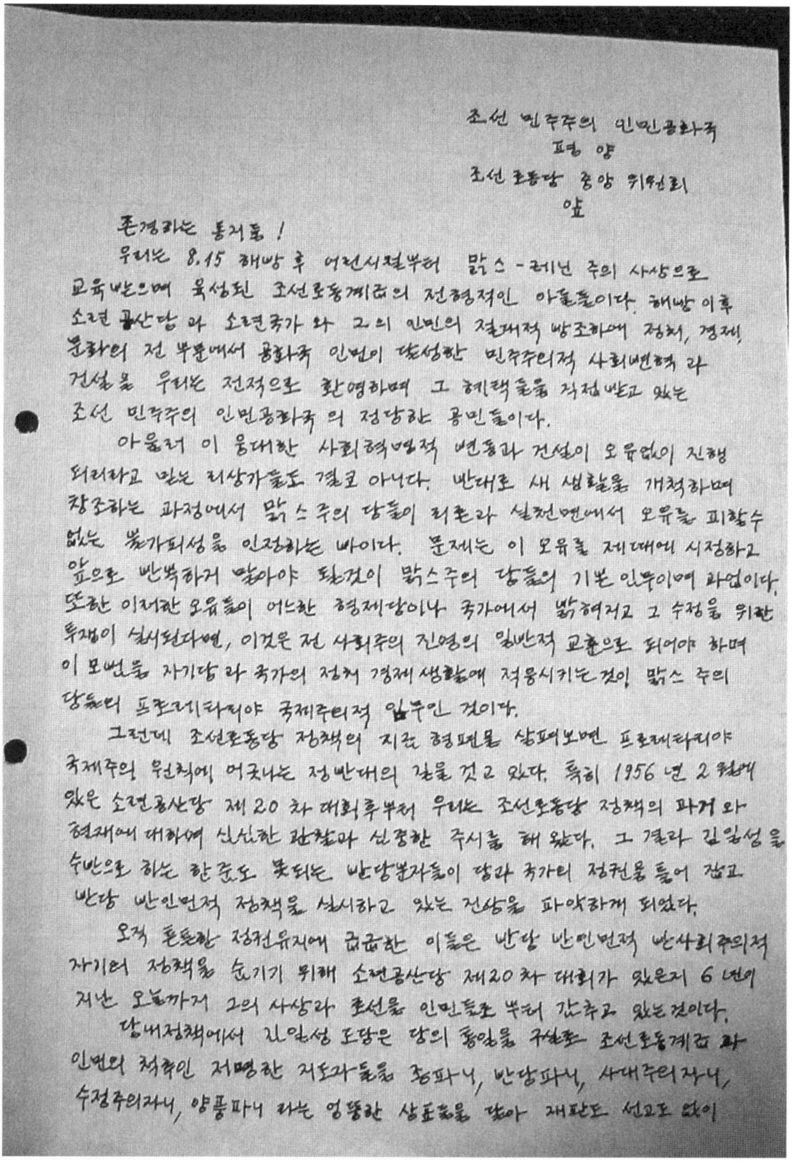

조선 민주주의 인민공화국
평 양
조선로동당 중앙 위원회
앞

존경하는 동지들!

우리는 8.15 해방 후 어린시절부터 맑스-레닌 주의 사상으로 교육받으며 육성된 조선로동계급의 전형적인 아들들이다. 해방 이후 소련공산당과 소련국가 와 그의 인민의 절대적 방조하에 정치, 경제, 문화의 전 부분에서 공화국 인민이 달성한 민주주의적 사회변혁과 건설을 우리는 전적으로 환영하며 그 혜택들을 직접 받고 있는 조선 민주주의 인민공화국의 정당한 공민들이다.

아울러 이 웅대한 사회혁명적 변동과 건설이 오유없이 진행되리라고 믿는 리상가들도 결코 아니다. 반대로 새 생활을 개척하며 창조하는 과정에서 맑스주의 당들이 리론과 실천면에서 오유를 피할수 없는 불가피성을 인정하는 바이다. 문제는 이 오유를 제때에 시정하고 앞으로 반복하지 말아야 될것이 맑스주의 당들의 기본 임무이며 과업이다. 또한 이러한 오유들이 어느한 형제당이나 국가에서 밝혀지고 그 수정을 위한 투쟁이 실시된다면, 이것은 전 사회주의 진영의 일반적 교훈으로 되어야 하며 이 모범을 자기당과 국가의 정치 경제 생활에 적용시키는 것이 맑스 주의 당들의 프로레타리아 국제주의적 임무인 것이다.

그런데 조선로동당 정책의 지난 행정을 살펴보면 프로레타리아 국제주의 원칙에 어긋나는 정반대의 길을 걷고 있다. 특히 1956년 2월에 있은 소련공산당 제20차 대회후부터 우리는 조선로동당 정책의 과거와 현재에 대하여 신심한 관찰과 신중한 주시를 해 왔다. 그 결과 김일성을 수반으로 하는 한줌도 못되는 반당분자들이 당과 국가의 정권을 틀어 잡고 반당 반인민적 정책을 실시하고 있는 현상을 파악하게 되었다.

오직 혼란한 정권유지에 급급한 이들은 반당 반인민적 반사회주의적 자기의 정책을 숨기기 위해 소련공산당 제20차 대회가 있은지 6년이 지난 오늘까지 그의 사상과 로선을 인민들로부터 감추고 있는것이다.

당내정책에서 김일성 도당은 당의 통일을 구실로 조선로동계급과 인민의 적측인 저명한 지도자들을 종파니, 반당파니, 사대주의자니, 수정주의자니, 양풍파니 라는 엉뚱한 상표들을 달아 재판도 선고도 없이

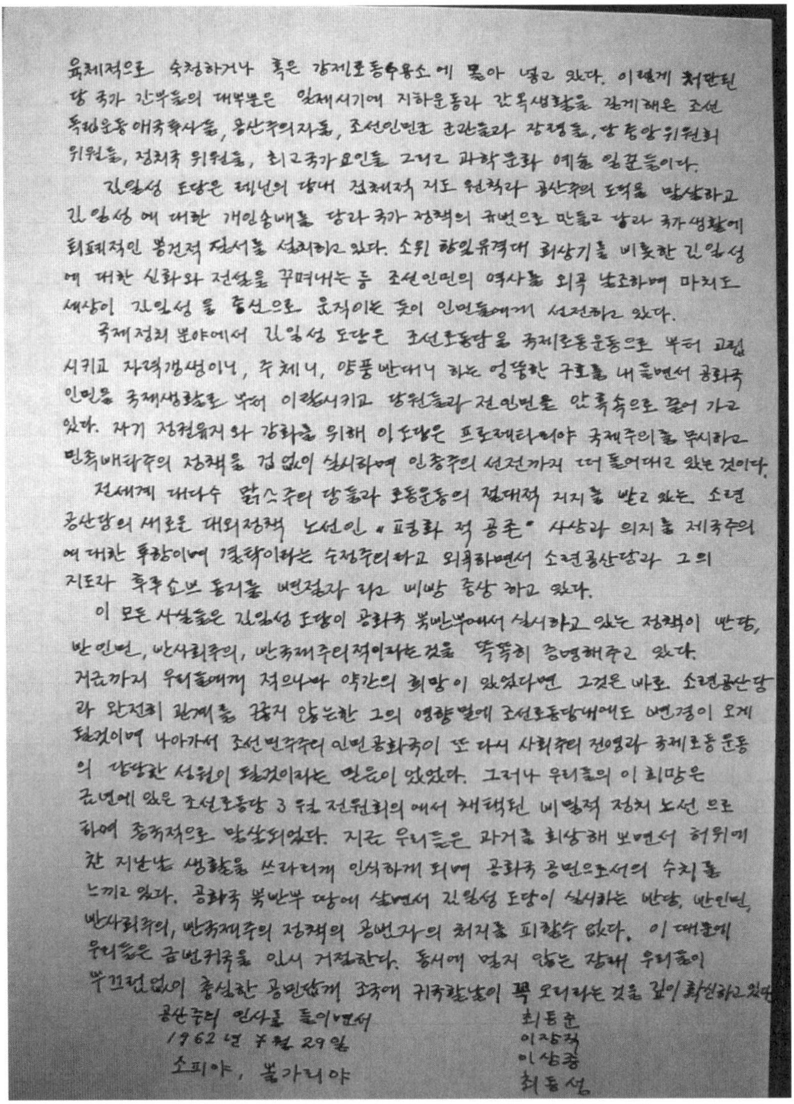

육체적으로 숙청하거나 혹은 강제로동수용소에 몰아 넣고 있다. 이렇게 처단된 당 국가 간부들의 대부분은 일제시기에 지하운동과 감옥생활을 겪게해온 조선 독립운동 애국투사들, 공산주의자들, 조선인민군 군관들과 장령들, 당 중앙위원회 위원들, 정치국 위원들, 최고국가요인들 그리고 과학 문화 예술 일꾼들이다.

김일성 도당은 레닌의 당내 집체적 지도 원칙과 공산주의 도덕을 말살하고 김일성에 대한 개인숭배를 당과 국가 정책의 규범으로 만들고 당과 국가생활에 퇴폐적인 봉건적 질서를 설치하고 있다. 소위 항일유격대 회상기를 비롯한 김일성에 대한 신화와 전설을 꾸며내는 등 조선인민의 역사를 외곡 날조하며 마치도 세상이 김일성을 중심으로 움직이는 듯이 인민들에게 선전하고 있다.

국제정치 분야에서 김일성 도당은 조선로동당을 국제로동운동으로 부터 고립시키고 자력갱생이니, 주체니, 양풍반대니 하는 엉뚱한 구호를 내들면서 공화국 인민을 국제생활로 부터 이탈시키고 당원들과 전인민을 암흑속으로 끌어 가고 있다. 자기 정권유지와 강화를 위해 이 도당은 프로레타리아 국제주의를 무시하고 민족배타주의 정책을 겁 없이 실시하며 인종주의 선전까지 떠들어대고 있는 것이다.

전세계 대다수 맑스주의 당들과 로동운동의 절대적 지지를 받고 있는 소련 공산당의 새로운 대외정책 노선인 "평화 적 공존" 사상과 의지를 제국주의에 대한 투항이며 굴복이라는 수정주의라고 외곡하면서 소련공산당과 그의 지도자 흐루쇼브 동지를 변절자라고 비방 중상 하고 있다.

이 모든 사실들은 김일성 도당이 공화국 북반부에서 실시하고 있는 정책이 반당, 반인민, 반사회주의, 반국제주의적이라는 것을 똑똑히 증명해주고 있다. 지금까지 우리들에게 적으나마 약간의 희망이 있었다면 그것은 바로 소련공산당과 완전히 관계를 끊지 않는한 그의 영향밑에 조선로동당내에도 변경이 오게 될것이며 나아가서 조선민주주의 인민공화국이 또 다시 사회주의 진영과 국제로동운동의 당당한 성원이 될것이라는 믿음이 있었다. 그러나 우리들의 이 희망은 금년에 있은 조선로동당 3 월 전원회의에서 채택된 비맑스적 정치 노선으로 하여 종국적으로 말살되었다. 지금 우리들은 과거를 회상해 보면서 허위에 찬 지난날 생활을 쓰라리게 인식하게 되며 공화국 공민으로서의 수치를 느끼고 있다. 공화국 북반부 땅에 살면서 김일성 도당이 실시하는 반당, 반인민, 반사회주의, 반국제주의 정책의 공범자의 처지를 피할수 없다. 이 때문에 우리들은 금번귀국을 일시 거절한다. 동시에 멀지 않는 장래 우리들이 부끄럼없이 충실한 공민답게 조국에 귀국할날이 꼭 오리라는 것을 깊이 확신하고 있다.

공산주의 인사를 들이면서
1962 년 7 월 29 일
소피아, 불가리아

최동준
이장직
이상종
최동성

손으로 쓴 망명선언문(한글본)

생(生)과 사(死)의 경계에서

망명의 씨앗

한국전쟁 후 미국을 비롯한 자유진영이 한국을 도와주었듯이 공산진영에서도 북한을 도와주었는데, 그중 하나가 무상교육지원이었다. 북한은 동구권 국가들이 준 장학금으로 러시아, 동독, 폴란드 등의 나라에 북한 유학생을 보내고 있었다. 불가리아도 이 중의 하나였다.

최동성 씨는 1955년 화학을 전공하기 위해 다른 160여 명의 북한 유학생들과 함께 소피아대학교로 유학을 왔다. 성실하게 공부에 전념했고 학교 성적도 우수했다. 그러나 시간이 지나면서 말 못할 고민이 자리 잡기 시작했다. 북한 밖에서 바라보니 북한체제가 자신이 생각하던 이상적인 체제가 아니라는 생각이 들었던 것이다. 그러나 어느 누구와도 이 문제를 상의할 수가 없었다. 내성적인 성격의 최 씨는 북한 사회와 불가리아 사회를 비교하면서 북한 내부의 문제점들을 놓고 깊은 회의에 빠져들었다. 1958년경에는 그 고민이 더욱 심각해져서 신경쇠약증과 우울증 증세까지 나타났다. 유학온 지 오래되어 보통 같으면 벌써 북한으로 돌아갔을 터이지만, 그의 경우는 귀국하는 대신 오히려 1년 동안 요양을 하는 혜택을 누렸다. 당시 주불가리아 박성철 대사(훗날 북한 총리까지 오름)의 배려 덕분이었다. 최 씨의 이종사촌이 박성철 대사와 절친한 사이였는데, 그가 박 대사에게 동생을 잘 돌봐달라는 부탁을 해두었기 때문이었다. 최 씨는 1년간 요양 후 그 다음 해 다시 복학을 했지만 원천적인 고민은 오히려 깊어만 갔다.

요양 기간 동안 그는 박 대사의 배려로 북한 대사관에 나가서 북한에서 오는 자료를 볼 수 있었는데, 거기에는 각종 정보들이 있었다. 당시 북한 내부에서는 국제공산주의운동에서 모스크바 지지파와 북경 지지파 간의 대립이 격화되어갔다. 1959년 들어서 북한에서는 내부적으로 북경 지지파들이 우세하게 되었고, 그 배후의 중심에는 김일성이 있었다. 최 씨는 이 과정을 지켜보면서 헤게모니 장악을 위한 김일성의 무자비한 술책에 말 못할 불만이 가슴속 깊이 쌓여가는 것을 느꼈다. 드디어 김일성의 반대파 숙청의 불똥이 유학생들에게도 튀기 시작했다. 1959년 7월 말 어느 날, 북한 정부는 해외 유학생들에게 '김일성 원수의 배려에 의해 해외에서 유학하고 있는 학생들이 우렁차게 수행되는 사회주의 건설 모습을 직접 눈으로 확인하는 조국 견학'을 명령했다. 그들이 말하는 견학이란 결과적으로 사상 재학습이었고, 이때 사상검증을 통과하지 못한 학생들은 학교로 돌아가지 못하는 사태가 이어졌다.

1959년 최 씨 또한 북한에 일시 귀국했는데, 공산주의 광신도가 된 친형의 모습에 몸서리를 쳤다. 착실하고 얌전하던 형은 완전히 딴사람으로 변해 반동적 행위를 바로잡겠다며 어머니에게까지 행패를 부렸다. 또 반당분자들을 노동으로 재교육하는 모습을 보여주겠다며 자신이 사회안전원으로 근무하는 청진 송평구역 노동원(勞動院)으로 최 씨를 데리고 갔다. 그곳은 사실상 강제수용소였다. 그곳에서 최 씨는 많은 사람들이 반나체로 동물처럼 일하는 것을 목격하고 충격을 받았다. 자신이 알고 있던 김을규 아저씨, 함경북도 노동당 위원장 허보현 씨, 전 폴란드 주재 허국봉 대사 등 직업적 혁명가들도 강제노동을 하고 있었다.

다시 불가리아로 돌아온 최 씨는 자신을 잘 이해해주는 젤류 젤레프 연구생(1992년 불가리아 대통령이 된 인물)에게 북한에서의 일들을 알렸다. 그는 불가리아 공산당 당원이었고, 공산당 규약에 의하면 당원은 형제당을 비방 중상하는 자를 관계기관에 고발할 의무가 있지만 젤레프는 그렇게 하지 않았다.

이러한 상황을 이해하는 데에는 약간의 설명이 필요한데, 당시 공산진영 내에서는 내부적으로 소련과 중공 간의 헤게모니 쟁탈전이 있었다. 1950년대 중반까지는 소련이 공산진영을 이끌어왔으나 흐르시초프가 집권하고 나서부터는 스탈린 격하 운동과 함께 공산진영의 혁신운동이 전개되었다. 이를 계기로 마오쩌둥의 중공은 소련에 대해 수정주의라며 반기를 들었고 루마니아와 알바니아 등 일부 동구권 국가들도 중공 편에 합세했다. 기회를 엿보고 있던 북한도 1960년대 들어서는 중공 편에 서기 시작했고, 소련은 북한의 이러한 태도를 못마땅하게 생각하고 있었다. 당시 불가리아 공산당은 북한에 대해 결코 우호적인 태도를 견지하고 있지 않았다고 볼 수 있다.

이런 상황에서 젤레프의 행위는 충분히 이해될 만하다. 최 씨의 행동방향은 정해지고 있었지만, 그것을 실천에 옮기기에는 어려움이 가로놓여 있었다. 자칫하면 죽음을 자초할 수 있는 문제였다. 1961년 북한 당국에서 또다시 그해 7월 해외 유학생을 모국 방문시킨다는 지시가 대사관에 내려와 있었다. 그는 이번에 북한으로 들어가면 다시는 불가리아로 돌아오지 못할 것이라고 생각했다. 유학차 북한을 떠난 지 오랜 시간이 지났고, 자신을 돌보아주던 박성철 대사도 귀국했기 때문이었다. 그렇다고 자신의 생각을 실천하기 위한 마음의 준비가 완전히 된 것도 아니었다. 시급한 것은 북한으로 끌려가는 것을 모면하는 것이다.

어떻게 하면 북한으로 돌아가는 것을 피할 수 있을까 생각하다가 문득 평소 자신에게 유난히 친절하게 대해주던 소피아대학교의 의대생 데니소바가 떠올랐다. 급성맹장이라는 핑계를 대고 그녀에게 수술을 받는다면 일단 고비를 넘길 수 있지 않을까 생각했다. 그는 언제부터인지 데니소바를 짝사랑하고 있었기 때문에 그녀 앞에서 자신의 생각을 말할 용기가 좀처럼 나지 않았지만, 위급한 상황이 닥치자 문득 그녀가 떠올랐던 것이다. 어느새 5월이 되었다. 더 이상 미룰 수가 없다고 생각한 최 씨는 데니소바를 만나 자초지종을 설명하고 맹장수술을 해줄 것을 요청했다. 급성맹장이라는 것을 증명해주고, 하지 않아도 될 수술을 해주는 것은 순전히 의사의 몫이었다. 다행히 데니소바는 최 씨의 이러한 사정을 이해하면서 수술날짜를 잡아주었다. 6월 20일 최동성 씨는 안 해도 되는 맹장수술을 했다. 마취도 제대로 하지 않은 채 수술을 받아서 몹시 아팠지만 예리한 칼끝에서 사랑하는 사람의 손길이 느껴져 참을 만했다. 그 덕분에 그해 7월 조국방문단 명단에서 최동성 씨의 이름이 빠졌다. 물론 이로써 문제를 완전히 해결한 것이 아니라 단지 생각하고 행동할 시간을 조금 번 것에 불과했다.

해를 넘겨 1962년 3월 중순 그의 인생에 전기가 될 또 다른 소식을 들었다. 조선노동당 중앙위원회 전원회의에서 김일성이 소련을 비난했다는 것이다. 이 회의에서 김일성은 소련의 당내 민주화와 대외정책에서의 평화공존 정책을 정면으로 비판했다. 그는 또 한 번 큰 충격을 받았고, 이는 자신의 생각을 행동으로 옮기는 데 결정적인 계기가 되었다. 지금껏 자신이 오랫동안 의심해왔듯이 북한이 드디어 공산주의와 결별하고 공식적으로 김일성 개인주의 체제로 가게 되었음을 선언한 것이라고 생각했기 때문이다. 이때부터 그는 소련으로 망명해야겠다는 생각을 구체화하기 시작했다.

동지를 구하다

최 씨는 그동안 친구로 사귀어 온 보리스라는 소련 유학생에게 북한이 반(反)소련으로 돌아섰다는 상황을 알려주면서 자신은 소련으로 망명할 의향이 있다고 말했다. 보리스가 보통 유학생이 아니라 어쩌면 KGB 요원일지도 모른다는 생각을 하고 있었기 때문이었다. 아니나 다를까 그의 말을 들은 보리스는 동정을 하면서 자기와 함께 불가리아 주재 소련 대사를 만나보자고 제의했다. 3월 말 그는 보리스와 함께 소련 대사관의 비류코프 총영사를 만나서 단도직입적으로 자신의 망명 의사를 표현했다. 그 후 보리스와 함께 수차례 비류코프 총영사를 방문하고 나서 비로소 그해 6월 초 데니소프 대사를 만날 수가 있었다. 데니소프 대사는 몇 해 전에 북한 주재 소련 대사로 재임한 적도 있어 북한에서 일어난 일에 관심이 큰 사람이었다. 데니소프 대사는 그에 대해 이미 보고를 받아 잘 알고 있는 듯했다. 대사는 불가리아와 자기 나라는 꼭 같은 정책을 가지고 있다면서 불가리아 공산당 중앙위 간부를 만날 것을 권고하는 한편, 그와 같은 생각을 지닌 동조자를 물색해보는 것이 좋을 것 같다는 의견도 덧붙였다.

6월에 들어서 북한 대사관에서는 또다시 유학생들의 조국 견학 방문을 한다고 공고했다. 일부는 7월 초부터 열차 편으로 떠나기로 되어 있었다. 졸업논문을 마치기도 전에 모두 북한으로 돌아갈 수밖에 없는 상황이 되었는데, 북한 대사관에서는 여름방학 동안에 갔다가 곧 돌아온다면서 안심시켰다. 그러나 학생들은 이번에 가면 다시는 돌아올 수 없다는 것과 강제수용소 노동이 자신들을 기다리고 있다는 것을 확신했다.

한편, 최 씨는 데니소프 대사가 권고한 대로 불가리아 공산당 중앙위

측과 접촉하면서 동조자를 물색해보았다. 먼저 같은 화학공정 전문대학에 다니는 이상종 씨를 떠올렸다. 그는 유학생 민청위원장을 역임하기도 해서 좀 께름칙한 점도 있었지만, 개인적으로 좋은 사이였기 때문에 용기를 내보았다. 노동당 3월 전원회의에 대해 이 씨의 의견을 넌지시 물어보면서 조심스레 떠본 결과, 자신과 생각이 비슷하다는 것과 북한으로 귀국할 의향이 없다는 사실을 알아차렸다. 그 후 둘 사이는 급속하게 발전되어 혈맹관계까지 맺고 또 다른 동지를 물색하게 되었다. 먼저 광산대학 졸업생인 최동준 씨를 포섭 대상으로 삼았다. 최 씨가 어린 나이에 부모를 잃은 고아로서 매인 데가 없기 때문에 자신들의 행동에 동조할 가능성이 높다고 보았다. 마침 그가 있는 기숙사의 식당은 비교적 한적했기 때문에 접근하기도 괜찮았다. 그들의 이러한 의도는 곧 결실을 보았다.

최동성 씨는 불가리아 공산당 중앙사를 무작정 방문했다. 책임비서(공산당에서 비서는 매우 높은 직책)를 만나려고 했으나, 그 대신 디모 디체프 국제부장과 로자 지프코바 아시아 담당 책임자 등을 만났다. 그들이 일사천리로 이 정도의 높은 지위의 사람들을 만나게 된 것도 소련 대사관에서 미리 연락을 취했기 때문일 거라고 생각했다. 최동성 씨는 이들에게 상황을 설명한 다음, 세 사람에게 정치적 망명의 피난처를 허용해줄 것을 요청했다. 디체프 국장은 공산주의 국가에서 다른 공산주의 국가로 정치적 망명을 하는 것은 불가능하지만 이번에는 특별한 경우이기 때문에 검토해보겠다는 말만 했다. 이후 그는 로자 지프코바 여사와 구체적 이야기를 나누기 위해 자주 만났는데, 남의 눈에 띄지 않기 위해 아침 6시경에 청사 뒷문으로 가서 9시까지 기다려 겨우 만나곤 했다.

다행히 이들 세 명은 7월 말 항공편으로 북한에 귀국하는 그룹에 속해 시간을 조금 벌 수 있었다. 최동성 씨는 구체적인 망명 시나리오를 작성하면서 망명선언문의 초안을 잡기 시작했다. 아무것도 보장되지 않은 상황이었기에 만일의 경우에 대비해서 자신들의 의지를 나타내는 구체적인 징표가 중요하다고 판단했기 때문이었다. 그리고 소피아에서 꽤 떨어진 루돌피 산으로 망명 피난처를 정해놓았다. 그들은 자신들의 결정을 불가리아 공산당의 로사 지프코바 여사와 소련의 비류코프 총영사에게도 통보했는데, 비류코프 총영사는 소피아 근처에 있는 비토샤 산에 피신할 것을 권했다. 불가리아 정부의 결정을 빨리 알려면 중앙에서 가까운 곳에 있는 것이 좋고, 만약 불가리아 정부가 그들을 체포하려 하면 어디에 있든 별 차이가 없을 것이기 때문이었다. 그들은 그 말에 일리가 있다고 판단하고 받아들였다.

최동성 씨는 망명 피난처에서 견딜 수 있는 자금을 어떻게 확보할 수 있을지 궁리했다. 생각하다 못해 3/4분기 장학금을 미리 타낼 생각으로 문화성 고등교육국장의 승인을 받으러 찾아갔다. 고등교육국장은 소피아 대학교에서 일반화학공정을 강의하는 딤쵸 디미르로프 교수였다. 최 씨는 조국 방문 시 선물을 살 돈이 필요하다는 명분을 내세워 장학금 지불을 요청했다. 디미르로프 교수는 북한 유학생들이 단체로 조국을 방문한다는 소식은 금시초문이라면서, 북한 대사관에 물어보겠다고 수화기를 들었다. 최 씨는 너무 놀라 큰 소리로 애원했다.

> "교수님, 제가 북한에서 선물을 준다는 사실을 대사관에서 알게 되면 저는 죽습니다."

디미르로프 교수는 멍하니 그를 쳐다보다가 비서를 불러서 문서를 작성하게 한 뒤 결재를 해주었다. 이렇게 해서 180레바(미화로 약 250달러)

를 받아내었다. 그 당시 4인 가족의 한 달 생활비가 100레바 정도였으니 꽤 큰 액수였다.

7월 28일, 모국 방문 학생을 싣고 떠날 비행기가 이미 북한에서 날아와 소피아 공항에 대기하고 있었다. 그날 저녁 세 사람의 동지는 자신들만의 은밀한 장소에서 최후의 만찬을 했다. 그 만찬이 끝나면 곧바로 거사를 행동에 옮길 작정이었다. 이때 누군가 방 문을 두드렸다. 세 사람은 본능적으로 창문을 통해 빠져나가려는 자세를 취했다. 최동성 씨는 침착하게 다가가 누구인지 물었다.

"나 이장직인데 문 좀 열어줘."

이장직 씨는 방에 들어서자마자 황급히 "아무 소리도 못하고 양떼처럼 북조선에 끌려가는 거냐?"라고 물었다. 이렇게 해서 갑자기 망명 거사 멤버가 네 명으로 늘어나게 되었다. 어떻게 이 씨가 눈치를 챘는지 정확히 알지는 못하지만, 최동성 씨는 아마도 불가리아 공산당 측에서 북한 체제에 대해 비판적이던 이장직 씨에게 무슨 정보를 주지 않았을까 추측했다.

비토샤 산속에서 작성한 망명선언문

7월 28일 밤, 그들 네 명은 소피아 외곽에 위치한 비토샤 산으로 들어갔다. 모두들 두려움과 홍분에 둘러싸여 있었다. 산속에서 보내는 첫날, 그들은 밤을 새워가며 불가리아어로 망명선언문을 작성하였다. 최동성 씨가 미리 작성한 초안을 토대로 한글본을 먼저 만들고, 그것을 불가리아어로 옮긴 번역본을 작성했다. 최동성 씨는 가장 믿을 수 있는 지원세력인 보리스를 비토샤 산 밑에서 만나 중요 인사들과 관계부서 앞으로 보낼 선언문을 전달했다. 보리스는 이것을 소피아에서 100여 킬로미터 떨어진 도시 플로브디브에 가서 우편으로 부쳤다. 소피아 우편 소인이 찍힐 경우, 그곳에 연루자가 있다는 단서가 될 수 있기 때문이었다. 망명선언문은 불가리아, 소련, 체코, 헝가리 등 5개 공산국가의 공산당 중앙위에 보내졌다. 물론 조선노동당에도 보내졌다.

한편, 28일 밤 점호 결과 네 명의 학생이 없어진 사실을 안 북한 측에서는 대소동이 일어났다. 사라진 네 명을 찾을 때까지 북한 유학생 모두가 떠나는 것을 보류한 채 소피아에 있는 유고, 루마니아, 알바니아 같은 친중공국가와 그리스 공산당과 같이 친중공 성향을 띤 공산당 당원들을 동원해서 소피아 전 시내를 샅샅이 뒤졌다. 사흘이 되도록 이들의 행방이 묘연하자 불가리아 주재 북한대사인 임춘추는 8월 초 깔로스 주까노프 불가리아 외무장관(1997년 불가리아 수상인 안드레이 루카노프의 부친)을 찾아가서 이들을 찾아줄 것을 강력히 요청했다.

불가리아 공산당 중앙위의 핵심 간부이던 주까노프 외무장관은 이 사안이 양국관계에 영향을 미칠 것을 우려해 최선을 다해서 이들을 찾아내 북한 측에 넘길 것을 약속했다. 주까노프 장관이 직접 지시해서 동원된 불가리아 경찰은 비토샤 산속에서 이들을 발견했는데, 체포 직전에 주변에 있던 사복 차림의 불가리아 비밀경찰이 체포를 제지했다. 체포 실패 소식을 보고받은 주까노프 외무장관은 이들을 체포할 것을 다시 한 번 강력히 지시하면서 공산당 중앙위 소속 비밀경찰들의 행동을 비판했다.

"이 문제는 불가리아와 북한 간의 중대한 양국 외교문제로서, 자칫하면 양국 간의 관계에 나쁜 영향을 미칠 것입니다. 우리는 아무리 이들의 개인적인 행동의 정당성이 인정된다고 하더라도 이들의 신병을 북한 측에 인도해야 합니다."

이러한 주까노프 장관의 공산당 중앙위에 대한 비판은 결국 그의 해임으로 이어졌다. 처음부터 불가리아 비밀경찰에게서 북한 유학생들의 동태에 대해 보고를 받은 토도르 지프코프 불가리아 공산당 서기장이 이들을 보호해주도록 지시해둔 것이다. 지프코프 서기장은 이미 불가리아 데니소프 소련 대사의 요청을 받았던 것으로 보인다. 당시 불가리아에 대한 소련의 영향력은 막강했다. 지프코프 서기장은 자신의 설득에도 굴하지 않고 비밀경찰을 맹렬히 비판하는 주까노프 장관을 매우 못마땅하게 생각했다. 이는 당시 불가리아 공산당 내부의 치열한 권력다툼의 단면을 보여주는 것이기도 했다.

어쨌든 주까노프 외무장관이 곧 해임되고 8월 초 새로운 외교부 장관이 취임했다. 산속에 숨어 지내던 네 명은 당시 이러한 사실을 까맣게 모르다가, 이들을 보호하고 있던 비밀경찰인 크리스토프 대령이 찾아와서 돌아가는 전후 사정을 상세히 이야기해주었다. 이러한 정보를 접한 네 사람은 더 이상 지체할 수가 없었다. 불가리아 외상과 북한 임춘추 대사 간에 이루어진 약속은 자신들의 생명을 위협하는 것이었고, 불가리아 측은 북한의 진의를 잘 모르는 것 같았기 때문이다. 그리하여 이들은 위험을 무릅쓰고 소피아 시내로 내려가 당중앙위원회 청사로 향했다. 그곳에서 지프코프 당서기장 면담을 요청했는데, 그 대신에 정치국 위원이며 조직부 담당비서로서 당 서열 두 번째인 보얀 벌가라노프를 만났다. 그런데 그는 실망스럽게도 이들의 의도는 잘 이해하고 있지만, 공산주의 나라에서 다른 공산주의 나라로 망명하는 것은 받아들여질 수 없다면서 북조선에 돌아가서 자신들의 진리를 위해 투쟁하라는 것이 아닌가!

이 네 명의 망명객들은 이대로 주저앉아 목숨을 내놓을 수는 없다고 생각했다. 이들 네 명은 두 패로 나뉘어 구명운동을 벌이기로 했다. 두 이 씨는 불가리아 친지를 찾아갔고, 두 최 씨는 젤류 젤레프 연구생 숙소를 찾아가서 선언문을 보여주며 젤레프의 도움을 청했다. 젤레프는 연구생이었지만, 리더십이 있어 학생들은 물론 교수들까지도 그의 말을 신뢰하는 편이었다. 얼마 후 소피아대학교 학부장인 쯔뱌트코 흐리스토프 교수가 비토샤 산속으로 이들을 찾아왔다. 흐리스토프 교수는 50레바를 주면서 "포기하지 마라. 일이 잘 해결 될 거다"라고 격려했다.

이들이 비토샤 산에 들어간 지 10일 정도 지난 후, 과연 좋은 소식이 들려왔다. 공청 중앙위원회 교육담당 니츠코프 부장과 사회안전국 크리스토프 중령이 음식물과 과자 등을 들고 와 어제 이반 바세프 외상과 임춘추 대사 간에 면담이 있었는데, 일이 잘될 것 같으니 기다리라고 했다. 위급할 때는 지푸라기라도 잡는 심정인데, 이러한 말은 그들에겐 참으로 반가운 소식이었다. 더욱이 소련 공산당 서기장이며 수상인 흐르시초프가 여름휴가를 보낸 후 모스크바로 돌아와 이에 대한 보고를 받고 이들을 도와주라는 결재를 했다고 하였다.

한편, 평양의 북한 당국은 이들이 보낸 망명선언문을 김일성에게 있는 그대로 보고했다. 김일성은 노발대발하면서 나라의 위신을 깎아내리는 이들을 당장 잡아오라는 불호령을 내렸다. 김일성의 지시를 직접 받은 임춘추는 불가리아 외무장관을 다시 찾아가 이들의 색출과 신병인도를 요청했다. 8월 10일경이었다. 그러나 이반 바세프 신임 외상의 답변은 단호했다.

"확인한 바에 의하면 이들은 귀하가 말한 것처럼 불량배가 아니고 아주 성실한 모범 학생들로 판명되었습니다. 이들의 이탈 동기는 졸업논문을 앞두고 귀국을 하게 된 데 대한 불만이 있었던 것으로 보입니다. 졸업논문을 쓰려면 앞으로 5~6개월 걸린다고 하니 이들에게 시간을 줍시다. 이들이 학업을 마치면 신병을 인도할 것을 약속합니다."

임춘추 대사는 불가리아 측의 제의에 불만이 있었지만 거절할 구실을 찾지 못해 순순히 따르는 듯한 반응을 보였다. 그에 따라 두 사람은 다음 내용의 노트를 교환하였다.

1. 졸업 때까지 북한 대사관이 그들 네 명의 학업에 간섭하지 말 것
2. 그 기간 동안 이들 학생들의 반(反)북한 정치활동을 허용하지 말 것

임 대사는 이들의 신병이 불가리아 당국의 수중에 있다는 것을 확인한 것으로 만족해야만 했다. 그리고 일단 이들의 행방을 안 이상, 어떻게 해서든 이들을 수중에 넣을 수 있을 것이라고 생각했을 것이다. 김일성 수령의 지시인만큼 그로써는 양보할 수 없는 사안이었던 것이다. 다음날 크리스토프 중령이 북한과 불가리아 간에 교환된 노트 사본을 들고 와서 이들에게 보여주었다. 이들 네 명의 유학생들은 불가리아 비밀경찰의 비호 속에 다시 소피아대학교 기숙사로 돌아갔다. 이 기간 중에 나머지 북한 유학생은 전원 귀국하였기 때문에 이들 말고 다른 북한 학생은 없었다. 네 학생은 차츰 안정을 되찾았고 다시 정상적인 생활로 돌아간 듯

했다. 사실 큰 틀에서 보면, 이들의 운명은 소련과 중공 간의 권력투쟁 과정에서 소련 추종세력인 불가리아가 친중공 성향의 북한에 대해 보인 비우호적인 태도와 관련이 깊다.

위기의 망명시도

그러나 예나 지금이나 북한은 이 정도에서 머물 성향의 나라가 아니었다. 임춘추는 내심 강제압송의 기회를 엿보고 있었는데, 예상보다 그 기회가 빨리 왔다. 네 사람은 양국 정부대표 간에 서면으로 합의해놓고 강제로 압송까지 하리라고는 생각하지 못하고 방심하고 있었다. 어느 날 소피아 시내에서 영화를 본 뒤 밖으로 나오는데 낯익은 북한 대사관 직원 십여 명과 네 명의 불가리아 경찰이 총을 겨눈 채 이들을 둘러쌌다. 학생들이 저항하자 북한 외교관들은 가죽혁대를 빼서 휘둘렀고 이들의 셔츠는 피로 물들었다. 이들은 결국 북한 외교관의 승용차에 실려 대사관으로 끌려갔다. 이 광경을 목격한 수백 명의 시민들이 외쳤다.

> "이게 무슨 짓이냐? 왜 남의 나라에 와서 대낮에 이런 행패를 부리는가! 중국사람 나가라! 중국인은 야만인이다! 중국사람 추방하라!"

이들은 중국 사람으로 오인되었는데, 당시 중국 공산당이 소련의 노동정책을 비난하는 운동을 전개하고 있었기 때문에 불가리아 사람들에게는 인식이 좋지 않았다. 이 사건 직후 이들을 체포하는 데 도움을 준 경찰관들은 면직되었다. 북한 외교관들이 아무 영문도 모르는 경찰들에게 외교관 신분증을 내보이면서 "영화관 안에 무서운 네 명의 조선 불량배들이 있으니 체포에 협조해달라"고 한 것이었다. 이 사건은 불가리아 신문과 방송에 보도되었고 그로부터 중국인 추방 캠페인도 벌어졌다. 중국 대사관도 가만히 있을 수 없어서 불가리아 국영라디오를 통해 이 사건에 관련된 중국인은 한 사람도 없다고 하였지만 효과가 거의 없었다. 그러나 사태를 파악한 불가리아 자유클럽 라디오는 "김일성 독재를 반대하는 북조선 유학생들과 외교관들 사이에 결투가 있었다. 유혈이 있은 후 학생들이 북조선 대사관 직원에 의해 체포되었다"라고 보도했다.

북한 측이 이들을 폭력으로 체포한 사건은 불가리아뿐만 아니라 소련에서도 큰 충격으로 받아들여졌다. 흐르시초프 당서기는 모든 수단과 방법을 동원해서 북조선 청년을 구제하라고 지시했다. 불가리아 외무성은 임춘추 대사를 추방하였다. 8월 10일 체결한 양해각서를 북한 대사가 정면으로 위반하고 불가리아 경찰을 불법적으로 매수했으며, 시내 한복판에서 유혈적 폭력행위를 벌여 시민들의 안전을 위협하고 불가리아의 국제적 체면을 손상시켰다는 이유에서였다. 북한 측은 이에 대항하여 평양주재 불가리아 대사를 맞받아 추방하였다. 북한 대사 임춘추는 북한에서도 정치적 비중이 큰 사람이었다. 그 전임자였던 박성철 또한 북한 총리까지 지냈고, 1990년대 중반 김정일의 이복동생인 김평일이 대사로 있었던 점으로 미루어보아 아마도 북한은 불가리아 주재 북한 대사관을 비중 있게 생각했던 모양이다.

네 사람이 북한 대사관으로 끌려간 것은 8월 18일이었다. 그날부터 이들은 두 명씩 분리 수용되어 대사관 직원들에게 심문을 받았다. 소피아 시내 외곽에 위치한 북한 대사관은 상당히 넓은 부지 위에 4층 건물을 사용하고 있었다. 그곳에서 20여 명의 북한 대사관 직원 모두가 가족과 함께 생활하고 있었다. 그들에 대한 북한 측 심문의 핵심은 '누가 망명을 조종했느냐'라는 것이었다. 북한에서는 그들이 단독으로 망명이라는 거사를 일으키지 못했을 것으로 보고, 배후세력을 불가리아 당국으로 지목하고 있는 듯했다. 네 사람은 만일 외부의 눈이 없었다면 자신들은 북한 대사관으로 끌려오는 순간 죽임을 당해서 땅속에 파묻혔을 거라고 생각했다. 그들이 설사 거짓이라도 불가리아나 소련 같은 배후를 말했다면 그 직후 자신들을 죽였을 거라고 짐작했다.

그들이 기억하는 심문 내용은 대충 다음과 같았다.

"어리석은 놈들아, 불가리아 나쁜 놈들이 너희들을 이용하고 이제는 잊어버렸다. 이 멍텅구리 놈들아, 그래 너희들 때문에 양국 간 국교를 끊는단 말인가? 불가리아가 너희들의 귀국을 방해하면, 결국 양국 간의 외교관계를 끊게 되어 있다. 어찌 믿을 만한 일이냐? 불가리아는 작은 나라인데 그런 대담성이 어디서 나오겠느냐."

불가리아 사람들은 북한 대사관 측이 심문 도중에 학생들을 죽일 가능성에 대해 우려했다. 소피아대학교 대표단, 불가리아 공청동맹중앙위원회 대표단, 외국대학생위원회 대표단 등 많은 단체와 개인들이 연일 북한 대사관을 방문하여 이들 학생들을 석방해달라는 내용의 탄원을 하였다. 이런 상황에서 북한 대사관과 평양의 교신이 불가리아 당국에 의해 도청되었다.

"학생들을 매수한 장본인을 알아내지 못할 경우 그들을 죽이고 매장하라."

"죽이기에는 너무 늦었다. 계속되는 사회 각층의 항의와 불가리아 요원들의 첨예한 주시 때문에 비밀리에 그들을 죽일 수 없는 상황이다."

처음에는 대사관 직원들이 심문을 담당했다. 각자 심문을 받았기 때문에 서로에게 무슨 일이 일어나는지 도무지 알 수 없는 상황이어서 초조함은 더해갔다. 그러나 심문이 장기화되면서 감시하는 사람들도 지쳐갔다. 감시가 느슨해진 덕에 네 사람은 서로의 표정과 눈빛을 통해 상대방의 생각을 어느 정도 짐작할 수 있게 되었다. 그들 모두 무슨 수를 써서든지 북한으로 가서는 안 된다고 굳게 마음먹고 있었다. 9월 중순부터 평양에서 온 국가안전부 요원들이 직접 심문을 했다. 네 사람은 북한 당국이 자신들을 끌고 가려 한다는 것을 직감적으로 느꼈고, 북한으로 가면 꼼짝없이 죽을 거라고 생각했다.

한편 불가리아 당국은 북한 대사관이 학생들을 몰래 빼돌릴 가능성에 대비해서 불가리아의 국경과 항만을 철통같이 수비했다. 북한 대사관 앞에는 늘 많은 사람들이 장사진을 이루어 대사관 직원들도 신경을 곤두세우고 있었다. 평양 시내에서는 불가리아어로 쓰인 책을 산더미처럼 쌓아놓고 불을 지르며 "제국주의 앞잡이들 나가라!"라는 소리를 질러댔다. 마치 전쟁을 방불하게 했다. 혹시 불가리아 외교관들이 평양 거리에 나타나면 어린아이들이 불가리아어로 "제국주의 앞잡이 봐라!" 하고 소리 질러댔다. 이러한 사실은 평양주재 불가리아 대사관을 통해서 알려진 것이다.

이들을 무사히 북한으로 데리고 가기가 어렵다는 판단이 서자, 북한 측은 중국정부에 이들을 데려가기 위한 중국여권을 발급해줄 것을 요청했다. 그러나 중국은 이를 거절했고 이때부터 두 나라 관계도 삐걱거리기 시작했다. 중국정부로부터 거절을 당한 북한 측은 "불가리아 당국이 북조선 학생들을 매수해서 조선노동당과 북조선 정부의 국제적 위신을 훼손시키려 한다"는 내용의 노트를 불가리아에 주재하는 다른 공산주의 국가들의 대사관에 보냈다. 이 노트가 배달되자 불가리아 주재 외교단은 동요하기 시작했다. 당시 소피아에는 알바니아, 베트남, 몽고 같이 북한 측에 동조적인 국가와 그렇지 않은 곳이 섞여 있었다. 중국 대사관은 중립을 지키고 있었다.

이토록 시끄러운 가운데 이럭저럭 시간은 흘러갔다. 불가리아 측은 처음에는 이들에게 망명처를 제공하려는 의도에서 힘겨루기를 시작하였지만, 어느새 자신도 모르게 방어적인 상황으로 변하였다. 이는 북한 측이 이들을 물리적으로 수중에 넣고 있어서 칼자루를 쥔 셈이 되었기 때문이다. 이런 상황에서 불가리아는 국제적 위신과 체면 때문이라도 이들을 결코 북한으로 돌려보낼 수 없는 입장이 된 것이다. 이러한 불가리아의 입장을 초래하는 데에는 북한 측이 강압적으로 이들을 체포해서 구금한 사실이 결정적 영향을 미쳤음은 말할 나위가 없다.

사건이 터진 지 두 달이 지나자 이들도, 불가리아 당국도 지쳐버렸다. 지친 상태에서 이들은 심문자들이 말하던 대로 혹시 불가리아가 자신들을 잊어버리지 않았을까 하는 걱정을 하게 되고, 또 불가리아 당국은 당국대로 혹시 이들이 북한 측의 집요한 공작에 밀려 자진해서 귀국을 하게 되지나 않을까 걱정하기 시작했다. 그 경우 불가리아 측으로서는 북한의 악선전에 말려들 가능성이 크기 때문이었다.

극적인 탈출

그러던 중 10월 초 어느 날 밤, 이장직 씨와 이상종 씨를 감시하고 있던 북한 대사관 직원의 부인이 "동무들, 에미나이 아기한테 젖을 잠깐 메기고 올 테니까 기다리기오" 하고는 방 밖으로 나갔다. 방문이 닫히자마자 두 사람은 누가 먼저랄 것도 없이 커튼과 침대보를 찢어서 이은 다음, 한쪽 끝을 침대에 매어놓고 다른 한쪽은 창문 너머로 내려 그것을 붙잡고 10미터가 넘는 지상으로 뛰어내렸다. 땅에 닿자마자 대사관 뒤편 담장 쪽으로 내달려서 담을 뛰어넘었다. 그러고는 무조건 반대쪽으로 뛰었다. 이렇게 그들이 북한 대사관을 탈출하는 데 걸린 시간은 불과 5분도 채 안 되었다. 담장을 뛰어넘는 순간부터 이들은 북한 대사관을 감시하고 있던 일단의 불가리아인들에게서 도움을 받았다.

한편, 남은 두 학생은 아무런 사실을 모른 채 북한으로 이송될 처지에 있었다. 10월 18일 예순 살 정도 되어보이는 나이가 지긋한 사람이 들어와 말했다.

"내일 아침 너희들은 비행기로 귀국하게 되는데, 불가리아 측에서 납치를 시도할 수도 있다. 너희들이 흔들리지 않고 애국심을 최대한 발휘해서 평양에 도착하게 되면, 우리 인민은 민족의 영웅으로 맞이할 것이다."

얼마 후 대사관 부인들이 새 양복, 셔츠, 양말, 구두, 모자, 외투 같은 것을 가져왔다. 최동성 씨는 매우 당황하면서도 다음 날 벌어질 상황을 머릿속에 그려보았다.

'만일 비행장에서 안면 있는 사람들을 발견하면, 그건 불가리아 당국이 우리를 잊지 않고 구출하려는 의도가 있는 것이다. 그런데 아는 사람들이 보인다 하더라도 어떻게 하겠는가. 우리에겐 여권도 없다. 그렇다면 남은 방법은 불가리아 경찰에게 고의적으로 행패를 부려 불가리아 법에 의해 자진해서 체포되는 것이 이 상황을 벗어나는 계기가 되지 않을까? 현재로선 달리다른

방도가 없지 않은가!'

북한 측은 디데이를 10월 19일로 잡고 모스크바행 항공권 6장을 구입했다. 그들의 송환을 공식화하기 위해 불가리아 외무성에 이 사실을 통보하는 한편, 불가리아 측의 방해를 우려해 소피아에 있는 외교단에도 목격자로서 공항에 나와줄 것을 요청했다. 10월 19일 아침, 대사관에서는 근사하게 식사를 차려주면서 이들의 마음을 돌이켜보려했다. 이때 대사관 참사라는 사람이 "두 이 씨도 반성하고 2주 전에 국제열차로 귀국했는데, 평양역에서 큰 환영을 받았다"라고 말했다. 이들은 물론 그 말을 믿지 않았지만, 두 동료가 탈출했으리라고는 전혀 생각하지 못했다.

공항에는 북한 대사관 직원이 모두 동원되었다. 최동성 씨는 걸을 힘조차 없어 대사관 직원의 부축을 받아가며 공항 대합실 정문으로 들어갔다. 그런 상황에서도 최 씨는 주변에 있는 사람들을 일일이 살펴보았다. 그의 표현에 따르면 시력이 평소보다 10배는 늘어난 듯 더 자세히, 더 멀리 볼 수 있었다고 한다. 그는 수십 명의 아는 얼굴들을 발견하고 안도의 숨을 내쉬었다.

두 사람이 대합실 중앙에 들어서자 10여 명의 알바니아와 베트남 대사관 직원들이 초콜릿이나 과자, 담배 같은 것을 권하면서 불가리아어로 "조국에 귀국하게 되니 참 행복한 일입니다." 하고 떠들어댔다. 이들의 바깥쪽에서는 북한 외교관들이 사방을 둘러보며 신경을 곤두세우고 있었다. 그리고 멀찌감치 다른 외국 대사관 직원 몇 명이 호기심 어린 눈으로 주시하고 있었다. 곧 탑승을 하라는 방송이 나오고 사람들이 줄을 지어 움직일 때 불가리아 경찰이 여권을 주었다. 불가리아 경찰이 여권을 주는 것은 양측 간에 이미 합의된 약속이었다. 여권을 손에 쥔 이상 경찰과 고의적으로 충돌할 필요성은 없게 되었다.

최동성 씨의 앞에는 네 명의 외국인과 두 명의 북한인, 그의 뒤에는 두 명의 북한인이 서서 줄을 지어 걸어나갔다. 최동성 씨는 출입국 사열을 받기 직전에 여권을 찢어 뒤에 있는 북한인들에게 던졌다. 바로 그 순간, 덩치 큰 불가리아인들이 갑자기 나타나서 그와 북한인들 사이에 끼어들었다. 이때를 놓치지 않고 그는 옆에 있는 벤치에 올라서서 외쳤다.

"존경하는 시민들, 나는 북조선으로의 귀국을 거절합니다."

그 순간 불가리아 경찰들이 우르르 나타나서 "누가 여권을 찢었나, 부랑자 놈!"이라고 외치며 그를 체포해 공항 파출소로 끌고 갔다. 파출소 문을 닫자마자 그 경찰들은 돌아서서 그를 포옹해주며 이마의 땀을 닦았다.

"처음부터 당신들이 그렇게 해주기를 바랐습니다. 그냥 비행기 안으로 들어갈까봐 매우 걱정했습니다."

한편 최동준 씨도 누군가 등을 떠밀며 왼쪽 울타리를 뛰어넘으라고 소리치는 것을 듣고 몸을 움직였다. 1미터 높이도 안 되는 울타리였지만 그마저 넘을 힘이 없어 외투를 벗어 던진 후 겨우 넘어섰다. 이리하여 두 최 씨 또한 북한의 손아귀에서 탈출한 것이다.

그날 밤, 불가리아 당국의 주선으로 소피아 근교 어느 별장에서 네 사람은 감격의 상봉을 하게 되었다. 나중에 안 이야기이지만 불가리아 측에서는 그들을 절대로 북한으로 보낼 수 없다는 원칙 아래 몇 가지 시나

리오를 작성해놓고 있었다고 한다. 만약 그들이 자발적으로 비행기를 탔다면, 불가리아 공군이 그들을 태운 민간 항공기를 강제착륙 시켰을 것이다. 이러한 결정은 당서기장인 지프코프의 지휘 아래 나온 것이었는데, 그 뒤에는 흐르시초프 구소련 서기장의 관심이 뒷받침하고 있다는 뜻이기도 했다.

망명객을 둘러싼 불가리아와 북한의 외교전

네 사람이 구출되고 나서도 그들을 둘러싼 국제전은 계속되었다. 당시 쿠바 사태로 인해 바르샤바 동맹군이 불가리아 내에 비상대기하고 있었고, 또 10월 말 개최되는 제8차 불가리아 공산당대회가 열리기 직전이었다. 여기에는 북한을 포함한 80여 개국의 대표단이 참석하였는데 북한 측은 김일성 지시에 의해 특별히 고등교육상을 파견하였다. 북한의 고등교육상은 불가리아에 도착하자마자 지프코프 당서기장과의 면담을 요청했다. 두 사람은 외교무대에서 있을 수 없는 설전을 벌였다.

> "우리당과 정부의 정책을 반대하는 네 명의 변절자들을 체포하여 우리 정부에 넘겨달라. 이 변절자들은 우리나라 형법에 따라 처벌받아야 한다. 긍정적인 대답이 없을 경우, 8차 공산당대회에서 내가 이 문제를 이슈화시키겠다."
>
> "불가리아는 이 문제를 금년 8월 중순에 있었던 협약으로 해결했고 더 이상 보충할 것이 없다. 말이 났으니 말이지, 상기시키고 싶은 것은 우리가 알아본 결과, 그 학생들은 공부도 잘하고 행실도 좋고, 공산주의 사상으로 튼튼히 무장된 청년들이며, 우리 교수들과 학생들로부터 사랑과 존경을 받는 학생들이다. 북조선 국가에 네 명의 엔지니어가 꼭 필요하면 우리가 지원해줄 수

있다."

"우리에게도 기술자들은 많다. 그럴 필요 없다."

"그렇다면 왜 문제를 계속 제기하나? 끌어가서 죽이려는 것 아닌가?"

"무슨 말인가! 그들을 재교육시켜 애국자로 만들 것이다."

"공산주의자가 재교육을 받으면 반공산주의자가 될 우려는 없는가? 우리는 강제로 북조선 학생들을 체포할 수 없다. 그들이 우리 당의 정책을 지지하고, 불가리아의 법과 도덕을 준수하는데 우리가 그들을 체포할 아무런 근거도 없다."

불가리아 측은 북한의 고등교육상이 당대회 도중에 이 문제를 이슈화할 것에 대비해 그들의 망명선언서를 복사해서 미리 참가자들에게 배포하였다. 이 당시 회의장에는 흐르시초프를 지지하는 개혁파와 중공 측을 지지하는 보수파 간에 첨예한 대립으로 긴장감이 감돌고 있었는데, 이 사건이 개혁파의 승리를 이끌어내는 데 일조를 했다. 그렇지만 이 사건으로 인해 양국 대사는 상호 추방되었고, 대사 없는 공백 상태가 5년간이나 계속되는 등 양국 관계가 악화되었다. 그 사이에도 북한 외무성은

이장직 씨

매년 몇 차례씩 그들을 축출하라는 공한을 보내어 양국 간의 입씨름이 계속되었다.

네 사람의 망명 문제는 1963년 흐르시초프가 실각한 후 또 한 차례 위기를 맞았다. 그들을 든든하게 비호해주던 세력이 사라졌기 때문이다. 불가리아 측은 그들의 송환을 요구하는 북한 측의 압력을 느끼면서 가능한 한 시간을 끌었다. 네 사람을 겉으로 드러나지 않게 다독거리는 한편, 북한에 대한 원조량을 늘리거나 국제사회에서 북한의 입장을 옹호하는 등 상당한 외교적 양보를 감수했다.

돌이켜보면 1950년도에 북한에서 동유럽으로 유학 온 학생들 중 러시아에서 19명, 동독에서 5명이 이탈해 이미 망명을 하였지만 대외적으로 큰 말썽 없이 쉬쉬하고 지나왔다. 그런데 왜 유독 이 사건에 대해서만 북한이 엄중하게 문제를 삼았을까. 첫 번째 이유는 그들이 남긴 망명선언문이 김일성 체제를 반대하는 매우 정치적인 내용을 담고 있었으며, 보고를 받은 김일성이 그들을 잡아들이라는 명령을 직접 내렸기 때문으로 보인다. 두 번째는 불가리아가 러시아나 동독처럼 강대국이 아니라는 점 때문이 아니었을까 싶다.

이러한 상황 때문에 네 사람은 28년간 국적 없이 불가리아에서 숨죽여 지내야 했다. 그들은 소피아에서 200킬로미터 정도 떨어진 도시 스타라자고라에 머물며 학업을 계속해 박사학위를 취득하고, 이후에는 1990년대 중반 정년퇴직을 할 때까지 평범한 공장직공으로 일했다.

망명의 후유증

스타라자고라에 정착한 뒤 최동성 씨는 곧바로 자신들의 망명을 도와준 은인인 보리스를 찾아보았으나 허사였다. 보리스는 이미 본국으로 돌아갔고, 소재 불명이라는 대답만 돌아왔다. 그는 자신이 짝사랑하던 여인에 대해 더 이상 알 길이 없었다. 또 자신의 망명 신세를 생각하면서 찾을 노력도 포기해버렸다. 다만 그녀와 함께 듣던 차이코프스키나 바흐의 음악을 가끔씩 듣는 것으로 위안을 삼았다.

1980년대 말 동구의 봄이 올 때까지 무국적자로 칩거생활을 하던 그들은 88년 서울올림픽 중계방송을 보고 큰 충격을 받았다. 그때까지 오직 공산주의 세계만 알고 지냈으며 북한에서 말하던 대로 남쪽은 거지가 득시글거리는 곳으로만 여긴 것이다. 그러나 텔레비전 화면에 비친 서울의 모습은 자신들의 생각과 천양지판이었다. 일순간 자신들이 지금까지 북한에 속고 살았다는 깨달음과 함께 공산주의 체제에 대한 회의가 들었다. 그들이 망명을 한 이유는 선언문에 명시했듯이 공산주의가 싫어서가 아니라 김일성주의가 싫어서였다. 공산주의에 대한 신념만큼은 변하지 않았던 것이다. 그러나 한국의 실상을 텔레비전을 통해 목격하고는 평생 간직해온 어떤 허상의 신념이 일시에 무너진 듯한 느낌이 들었다.

이후 그들은 모두 철저한 반공산주의자들이 되었다. 1989년경 소피아에 코트라 사무실이 개설되었을 때, 그들은 먼 길을 달려와 코트라 직원들을 붙잡고 주체할 수 없을 정도로 눈물을 흘렸다. 그들 중 세 사람은 불가리아 여자와 결혼을 했는데 최동준 씨의 부인은 끝까지 철저한 공산주의 신봉자였다. 그녀는 어느 날부터 자기 남편과 친형제처럼 지내는 세 명의 북한인들을 자기 집에 출입 금지시켰다. 그들 모두가 공산주의를 저

이상종 씨

버리고 자본주의를 찬양하는 반동이라고 생각했기 때문이었다. 그 부인은 심지어 남한을 동경하는 듯한 자기 남편도 학대했다고 한다. 최동준 씨의 농장에서는 배추가 많이 나서, 소피아에 사는 한국사람들이 그 배추를 사서 김치를 해먹곤 했던 기억이 있다. 최동준 씨는 내가 불가리아를 떠난 그 해 말에 작고했다. 삼가 명복을 빈다.

망명객들과 나

그들에게서 이야기를 들으면서 픽션이든 논픽션이든 세상 사람들에게 그들의 이야기를 알리는 것이 좋겠다는 내 의견을 말한 적이 있다. 만일 그들이 동의를 해서 소설가나 글 쓰는 사람이 이야기를 풀어낸다면 노후생활이 충분히 보장될 수도 있을 거라고 말해주었다. 당시 최동준 씨 이외에는 모두 한국과 관계되는 일을 했다. 한 분은 대사관에서 일했으며 나머지 두 분은 사업을 하고 있었다. 며칠 생각한 뒤에, 그들은 책을 내는 것에는 동의하지 않기로 했다고 말했다. 처음에는 의아하게 생각했으나

최동성 씨

나중에 그들끼리 서로 의견이 맞지 않는다는 걸 알고는 다시 말을 꺼내지 않았다. 어떤 분은 아직도 북한에 살아있을지 모르는 친척의 안위를 걱정하는 듯했고, 또 어떤 분은 북한을 자극해서 또다시 쫓기는 상황에 놓일까 두려워하는 듯했다.

그들 중 최동성 씨는 대사관에 근무했기 때문에 그로부터 비교적 자세히 그 당시 이야기를 들을 수가 있었다. 작은 체구에 연약해 보이는 모습, 결혼도 하지 않은 채 평생 홀로 조용히 살아가는 그의 모습에서 젊은 시절의 그 기백을 상상하기란 쉽지 않았다. "운명은 참으로 묘해서 결국 이렇게 불가리아에 뼈를 묻게 되었네요. 제게도 한때 애인이 있었지요" 하고 수줍게 미소를 짓던 모습이 아직도 생각난다.

최동성 씨와도 인연이 깊어 그들이 망명을 추진했을 때 도움을 줬을 뿐 아니라, 한창 좌우의 이념분쟁으로 불가리아 국내 정세가 불안했을 시기의 대통령이었던 젤레프 씨를 관저에 초대한 적이 있었다. 그는 김치를 유난히 좋아해서 큰 사발로 먹을 정도였다. 공식 만찬에서 그는 뜻하지 않게도 북한 유학생 망명사건을 들려주었다.

"그 사건은 공산주의 세계에서는 꽤 유명했습니다. 그 사건이 있은 다음해 흐르시초프가 국제 공산당대회 연설에서 간접적으로 거론하기도 했습니다. 당시 국제 공산당은 두 갈래로 나뉘어 있었는데 소련과 중공의 공산주의 내 헤게모니 쟁탈전 때문이었습니다. 그 당시 북한은 중공 편에 서있었지요.

나는 그때 학생회장으로 활동하고 있었기 때문에 그 사건에 대한 관심이 컸습니다. 네 사람이 북한으로 가면 처형당할 가능성이 크다고 생각해서 그들을 구출하기 위해 노력했습니다. 그들이 송환되는 날, 나도 그들의 탈출을 도우려고 공항에 나가 있었습니다.

그들은 북한과의 관계 때문에 오랫동안 무국적자로 지내다가 내가 대통령이 되고 난 뒤 불가리아 국적을 취득했습니다. 그리고 최동성 씨는 1995년 내가 대통령으로 한국을 공식 방문했을 때 수행원으로 함께 가기도 했습니다."

젤레프 씨가 말한 부분은 최동성 씨의 이야기와 정확히 일치했다. 최동성 씨가 세상에 전해주기를 기대하면서 나에게 털어놓은 이 이야기들을 좀 더 일찍 많은 이들과 나누지 못하고, 그의 기대를 충족시켜주지 못한 것이 못내 아쉽고 미안할 따름이다.

북한판 러브 스토리

앞서 말한 정치적 망명과는 달리 불가리아에 살고 있던 또 한 분의 망명 스토리가 있다. 한상훈 씨라는 분의 이야기다.

그의 아버지는 평양 부근에서 시장을 역임할 정도로 열성 공산당원이었고, 그 덕분에 한 씨는 1955년에 북한에서 폴란드로 유학을 갈 수 있었다. 유학 생활 중에 한 씨는 폴란드 주재 불가리아 대사관에 근무하는 스테파노프라는 사람과 가까이 지내게 되었다. 어느 날 그가 한 씨를 자신의 집으로 초대했다. 한 씨는 그곳에서 스테파노프의 직장동료인 '에밀리아'라는 불가리아 처녀를 만나게 되었고, 서로 호감을 느낀 두 사람은 교제하게 되었다. 그 후 둘 사이가 깊어지자 이를 눈치 챈 북한 대사관에서 한 씨에게 주의를 주는 상황에까지 이르렀다.

그러나 수차례 경고에도 불구하고 한 씨가 계속 에밀리아를 만나자 북한 측은 1955년 말, 한 씨를 북한으로 소환해버렸다. 한 씨는 갑자기 그녀의 눈앞에서 사라졌지만 에밀리아는 첫사랑인 한 씨를 잊을 수 없었다. 그녀는 북한으로 들어가 그와 결혼하기로 마음먹고 북한 주재 불가리아 대사에게 편지를 썼다. 세 번씩이나 편지를 보냈지만 북한 주재 불가리아 대사에게서는 아무런 답이 없었다. 이에 에밀리아는 불가리아에 있는 부모에게 자신의 뜻을 알리고 도움을 요청했다. 공산당 중앙위원회

북한판 러브 스토리의 주인공
한상훈 씨 (오른쪽 끝)

간부이던 그녀의 아버지는 북한 주재 불가리아 대사와 친분이 있는 인사를 동원해 딸의 뜻을 전했다. 이러한 과정을 통해 드디어 폴란드 주재 북한 대사관에서 에밀리아에게 북한비자를 주겠다는 통보를 받았다.

마침내 에밀리아는 시베리아 벌판을 지나는 2주간의 기차 여행 끝에 평양에 도착해서 불가리아 대사관을 찾아갔다. 그러나 영사라는 사람은 그녀에게 저녁을 같이 하면서도 한 씨에 대해서는 아무런 얘기도 꺼내지 않았다. 사정인즉슨 불가리아 대사는 그녀를 도와주라는 부탁을 받았지만, 개인적인 일로 북한 당국을 접촉하기가 꺼려져 그때까지 이야기조차 꺼내지 않은 상태였고 한 씨의 행방조차 알지 못했다. 영사는 그녀를 달래면서 전후 사정을 설명해주는 한편, 한 씨와 만날 수 있도록 노력해보겠다고 했다.

북한 주재 소티로프 불가리아 대사는 북한 외교부를 통해 자국민인 에밀리아와 북한인 한상훈 씨와의 만남을 주선해달라는 요청과 함께, 그와 결혼을 하려는 그녀의 뜻을 전했다. 그러나 상당한 시일이 지나도록 북한 측에서는 아무런 반응이 없었다. 나중에야 안 일이지만 이 무렵 에밀리아를 북한으로 떠나보낸 그녀의 아버지는 불가리아 공산당의 힘만으로는 북한을 움직이기 어려울 것으로 보고, 친분이 있는 소련 공산당 유력인사를 통해 북한 측에 압력을 넣고 있었다. 그 덕분인지 북한에 온 지 한 달 가까이 됐을 즈음, 드디어 그녀는 한 씨를 만날 수 있었다. 사상 재교육을 받고 있던 한 씨가 그녀 앞에 나타난 것이다. 더욱 놀랍게도 북한 당국은 두 사람의 결혼을 허가해주었다.

외국인 여자가 북한 남자와 결혼하겠다고 자진해서 북한으로 들어오는 것은 매우 드문 일이었다. 아마도 북한 당국이 결혼을 허가해준 데에는 어떤 선전 목적의 계산이 깔린 것이 아닐까 한 씨는 짐작했다. 어차피 소련으로부터 압력이 들어오고 사안이 간단치 않을 바에야 두 사람의 이야기를 대내외적으로 선전함으로써 얻을 수 있는 것이 많을 것이라고 판단한 것 같다. 그러한 추측을 가능하게 하는 것이 바로 한 씨 부부에게 제공된 좋은 아파트였다. 평양에 있는 아파트에서 신혼살림을 차린다는 것은 일반적인 경우가 아니었다. 더욱이 한 씨는 북한 측에서 보면 불량한 범법자가 아닌가. 어쨌든 1956년 2월, 마침내 이들은 부부가 되었다.

그러나 행복은 잠시뿐이고, 에밀리아에게는 또 다른 시련이 시작되었다. 비록 한 씨와 결혼을 했다고는 하나 남편의 얼굴을 제대로 볼 수 있는 시간은 하루 중 얼마 되지 않았고, 주위 사람들과 말이 통하지 않는 폐쇄적인 상황은 견디기 힘들었다. 고독과 불안감이 나날이 짙어졌다. 결혼 후 곧 임신을 했지만 병원조차 마음대로 갈 수 없었고, 임신에 대해 상의할 곳도 없었다. 해산일이 가까워짐에 따라 불안감은 더욱 커져갔고, 북한에서는 안전하게 출산할 수 없겠다고 판단한 그녀는 탈출을 결심하게 되었다. 문제는 남편인 한 씨가 함께 북한을 빠져나올 수 있느냐 하는 것이었다. 한 씨는 태어날 아기를 위해 우선 그녀만이라도 북한을 떠나보내기로 하고 곧 뒤따라가겠다며 그녀를 안심시켰다. 그해 11월 에밀리아는 만삭의 몸을 이끌고 북한 주재 불가리아 대사관의 협조를 받아 북한을 떠났고, 12월 중순에 폴란드에서 딸을 낳았다. 그들의 무남독녀인 테레사는 현재 불가리아에 살고 있다.

한편, 한 씨는 에밀리아의 소식조차 듣지 못하면서 괴로운 날을 보냈다. 그녀를 뒤따라가겠다는 자신의 약속이 스스로 생각해보아도 공허하기 짝이 없었다. 북한 체재를 너무나 잘 알고 있는 그로서는 행동을 옮길 자신이 없었고, 북한을 빠져나온다 하더라도 뒤에 남은 부모형제들의 안위가 걱정되었다. 그러던 중 1957년 2월 어느 날, 한 씨는 평소 안면이 있는 북한 당국의 한 사람을 찾아가 자신의 심정을 토로했다. 아내가 출산을 했는지 알고 싶으며, 또 출산을 했다면 평생 한 번만이라도 혈육을 보고 돌아오고 싶다고 했다. 기대는 하지 않았지만 헛일이더라도 몸부림치고 싶었다. 그런데 이게 웬일인가! 며칠 후 그 당국자는 꼭 귀국하겠다는 서약서를 쓰면 고려해보겠다고 말했다. 그해 3월, 한 씨는 그 친절한(?) 당국자 덕분에 북한을 떠나 폴란드에서 에밀리아와 상봉했다. 꿈만 같은 일이었다. (그로부터 한참 후 한 씨는 북한 당국자가 한 씨가 살고 있던 아파트가 탐이 나서 그것을 빼앗을 목적으로 일부러 그를 탈출시킨 것이 아니었을까 하고 추측했다.)

불가리아 정부는 북한에서 벗어난 한 씨 부부를 위해 소피아에 보금자리를 마련해주었다. 사랑하는 사람과 함께하게 된 한 씨는 행복했지만, 북한에 남겨진 가족들에 대한 미안함은 무거운 돌이 되어 평생 가슴 한편에 남아있을 수밖에 없었다. 전해들은 소문에 의하면 한 씨의 부모는 물론 형제자매까지 모두 강제노역장으로 끌려갔다고 했다.

두 사람의 러브스토리도 1980년 초 에밀리아가 암으로 사망하고, 내가 불가리아를 떠나던 해인 2001년 말 한 씨까지 세상을 떠남으로써 막을 내렸다.

3부

남기고 싶은 이야기 몇 가지

외교부에 몸담고 있는 동안 보고 듣고 또 몸소 겪은 일들이 많지만 모두 다 소개할 수는 없다. 1부와 2부에서 소개한 해외에서 겪은 일들 외에도, 국내에서 겪었던 기억에 남는 일들이 많다. 해외여행자유화와 관련된 이야기라든지 카다피와 미국의 틈바구니에서 어려웠던 이야기, 경제협력과 관련된 이야기, 중경임시정부청사 준공과 관련된 이야기, 미술자문위원회 창설 관련한 이야기들 몇 가지를 더 남겨본다.

해외여행자유화를 위한 확대조치

지금은 해외여행이 본인 의사에 따라 자유롭게 이루어지고 있지만 1980년대 초반까지만 해도 일반인들은 해외여행을 자유로이 할 수 없었다. 해외여행을 하고자 하면 여행목적이 반드시 있어야 하고, 목적지 이외의 나라를 경유할 때에는 경유국이 반드시 여권에 나타나 있어야 했다. 당시 전 세계에서 공산권 국가 이외에 그러한 제한이 있는 나라는 대만과 우리나라 밖에 없었다. 두 나라 모두 중공과 북한이라는 적대국과 대치하고 있었기 때문이었다. 대만도 1970년대부터 30세 이상에게는 여행자유화가 시행되었으니 결국 우리나라에만 이러한 규제가 남아 있는 셈이었다. 1972년 외교부에 입부한 직후 여권과에 6개월간 근무한 적이 있었는데 그때부터 해외여행 제한에 대한 의구심이 생겼다. 우리 국민의 여행을 제한하는 것은 일제강점기의 잔재로서 독립국가를 이룬 지금까지 맹목적으로 따르고 있는 것이라는 생각이 들었다.

1981년 1월 초 청와대 외교수석실에서 여권과장을 호출했다. 허화평 수석의 지시라면서 일주일 안에 해외여행자유화를 위한 나의 의견을 제출하라고 했다. 당시 전두환 신군부 정권은 연일 민심을 수습하느라 새로운 대국민 선심 정책을 내놓고 있었는데 아마 해외여행자유화도 그 일환으로 생각하고 있던 것 같았다. 내 의견을 제출하는 데는 별 어려움이 없었다.

그로부터 일주일도 채 되지 않아 이번에는 국무총리실 조정실에서 해외여행과 관련되는 20여 개 전 부서의 담당과장 회의를 소집했다. 한봉수 국무총리실 조정실장이 제안 설명을 하고, 최동섭 조정관은 준비된 페이퍼를 나누어주면서 여행자유화의 취지를 설명하고는 앞으로 2주일 내에 나누어준 페이퍼 내용에서 한 치도 후퇴하지 말고 전향적으로 생각해서 각자의 자리에서 시행방안을 제출하라고 했다. 최동섭 조정관은 이번 일의 주무부서는 외무부 여권3과장이라고 했다. 페이퍼를 자세히 읽어 보니 내가 청와대에 제출했던 내용 거의 그대로였다.

그 당시 우리 여권에는 목적지와 경유지가 있을 뿐만 아니라 이름의 한자 표기도 있었는데 이는 필경사가 일일이 손으로 썼다. 목적지와 경유지를 없애는 대신 공산권을 포함한 여행제한국가 20여 개국만 여권 앞면에 인쇄하고, 한자를 없애는 대신 생년월일을 표기하도록 건의했다. 그리고 무엇보다 여행목적에 친지방문, 상용 등 이외에 관광 항목을 추가했다. 당시 대만이 30세 이상의 국민에 대해서 관광을 허용하는 것을 참조해서 병역문제를 감안하여 남자는 50세, 여자는 35세로 제안했다. 또 관광 목적의 경우, 위험에 대비한 200만 원 정도의 해외여행 예치금제도를 신설하도록 상신했다. 이전에 근무했던 브라질에서는 모든 여행자가 여행 전에 일정 금액을 예치하는 제도를 시행하고 있었는데, 이를 참고한 것이었다.

여행확대조치를 강구하는 중에 미국과 일본 대사관은 이에 큰 관심을 가지고 내가 하는 일을 예의주시했다. 그들은 자국의 영사적 대비에 참고해야 한다며 여행확대조치의 내용을 미리 알려달라고 했다. 미국은 여행 목적지와 경유지 표기를 없애면 결국 비자 발급 시 자기들이 일일이 확인을 해야 한다며 우려를 표명했고, 일본의 경우 성명의 한자 표기를 그만두면 인적사항 파악에 큰 어려움이 예상된다며 우려를 표명했다. 사실 우리의 해외여행제한정책은 그동안 다른 나라들이 당연히 해야 할 일을 대신 해주고 있었던 셈이었다. 이제 그걸 바로 잡으려고 하니까 다른 나라들이 자기들 일거리가 늘어날 것을 걱정하고 있었다.

여권 관련 범죄 예방을 위한 노력들

당시 여행이 제한되어 있었기 때문에 여권발급 관련 범죄도 빈번하게 일어났다. 우선 내부에서 일어나는 부정행위를 단속하기 위해 여권발급 과정을 내부화했다. 종전에는 직원뿐만 아니라 고용원까지도 진행 중인 여권 서류를 들고 밖으로 들락날락하기가 일쑤였다. 여권 신청을 받으면 관련 서류는 절대 외부로 반출되지 않도록 할 필요가 있었다. 그래서 컨베이어 시스템을 설치하고 심지어 위아래 층을 오가는 서류 엘리베이터도 만들었다. 발급이 완료된 여권의 서류는 곧장 전산실로 이송이 되도록 했다.

위조여권이나 여행 사기단도 극성을 부려서 이 폐단을 시정하기 위해서 여러 가지로 노력했다. 우선 여권의 재질을 바꾸어 쉽게 위조하기 어렵게 만들고, 여권사진을 바꾸지 못하도록 사진 위에 특수용지를 부착했다. 이때 특수용지를 구입하는 과정에서 일본 여권에 부착하는 용지를 공급하는 일본 업체를 접촉했다. 이곳 업체를 통해 여러 가지 관련되는 사정을 알게 되었다.

"지금 세계적으로 여권 위조 범죄가 증가해서 나라마다 방지책에 부심하고 있습니다. 일본도 고심 끝에 몇 년 전부터 저희가 공급하는 용지를 여권 위에 부착하고 있습니다. 저희는 여러 기업체가 공동으로 종이를 붙이는 특수 풀을 개발했습니다. 다양한 지질(紙質)에 따라 떨어지지 않는 여러 종류의 풀이 있는데 한국 여권 지질에 맞는 풀도 있습니다. 시험을 한번 해보시지요.

일본 여권 지질에 맞는 풀은 부착 후 사흘이 지나야 완벽하게 붙는데, 일본은 여권을 만들고 나서 일주일 후에 찾도록 되어 있기 때문에 전혀 문제가 발생하지 않습니다. 한국의 경우에도 그렇게 하면 문제 없을 것입니다."

설명에 믿음은 갔지만 일본 업체라는 게 좀 꺼림칙해서 한국 업체를 물색해봤으나 마땅한 업체가 나타나지 않았다. 일본 업체를 다시 불러 계약 조건으로 무궁화와 거북선 문양을 넣도록 요구했다. 그로부터 며칠 뒤 계약을 했다. 그러나 20일 쯤 후에 청와대에서 연락이 왔다. 어떤 사람이 진정서를 냈는데 왜 한국 업체를 제쳐놓고 일본 물건을 사느냐는 것이다. 사정 설명을 하고 지금이라도 그 사람을 여권과로 보내라고 했다. 곧 그 사람이 나타나서 자신도 동일한 기술을 가지고 있다고 해서 바로 시연을 해보라고 했다. 견본 여권 위에 그가 가지고 온 용지를 부착해서 열을 가했더니 여권의 그 페이지가 쭈글쭈글해졌다. 그 후 그 사람은 다시 나타나지 않았고, 나는 당초 계획했던 대로 밀고 나갔다.

그런데 나중에 관련된 문제가 발생했다. 어찌나 여권 발급을 독촉하는지 여권과 직원들은 늘 청탁에 시달려야 했다. 그 청탁은 대개 청와대나 권력층으로부터 왔기 때문에 거절하기가 매우 힘들었다. 어떤 경우에는 여권 신청부터 발급까지 몇 시간도 걸리지 않아서 도대체 풀이 마를 시간도 없이 여권을 빼내가는 경우가 비일비재했다. 결국 여권 사진을 바꿔서 위조한 대규모 사기단이 적발되기도 했다. 여기에는 고위경찰관까지 개입되어있었다. 풀이 마르기 전에 여권을 빼내어 원래의 사진을 떼어내고 다른 사진으로 대체하는 수법을 썼다고 한다.

위조여권의 수법은 참으로 다양했다. 여권을 고의로 분실하는 경우도 비일비재했다. 한 사람이 1년에 15번 여권을 분실해서 15개의 신여권을 받아간 경우도 있었다. 이 때문에 여권과에서는 1년에 10회 이상 분실한 경우에는 2개월간 여권을 재발급하지 않는다는 솜방망이 조치를 취한 적도 있었다. 진화된 수법도 등장했다. 여권 위조 사기범들은 술집 종업원들에게 공짜로 하와이 4박5일 여행을 시켜준다고 꾀었다. 용돈까지 준다고 했다. 이때 한 가지 조건은 갔다온 다음 여권이 본인에게 돌아가지 않는다는 것뿐이었다. 당시 위조여권 하나에 최소한 1,000만 원이 넘었기 때문에 가능한 일이었다.

여권 발급 업무의 전산화

해외여행을 확대하면 여권발급 건수가 대폭 증가할 것으로 예상되었기 때문에 여권발급 업무를 전산화할 필요가 있었다. 물론 그 이전에도 전산화는 어느 정도 되어있었지만 여권발급 업무의 양적·질적 변화에 따라 완벽한 전산화가 필요했다. 그러기 위해서는 전산시스템을 업그레이드해야 했고, 그 이전까지 쓰던 중형 유니백 컴퓨터를 대형 컴퓨터로 교체해야 했다. 이는 예상보다 쉽지 않았다. 80년대 초에는 지금과 같은 PC도 나오기 전이어서 대부분의 외교부 관리들은 컴퓨터에 대한 지식이 거의 없었다. 대형 컴퓨터의 임대료뿐만 아니라 기자재 공급까지 생각하면 그에 따른 비용은 월 수억 원 대에 이를 것으로 예상되었다. 이런 상태에서 대형 컴퓨터로 교체하는 것을 전문가들에게만 맡겨놓으면 자칫 어떤 부정이 개입할 수 있다고 판단했다. 우선 나부터 최소한의 기본적인 지식이라도 습득해야 했다. 공정한 기종 선택을 위해서 수개월 동안 컴퓨터 공부를 했다.

신원조회 신청제도의 개선

여행확대조치와 관련해서 외교부 창구를 통해 신청하던 신원조회 신청제도도 개선해야 했다. 지금까지 하던 식의 신원조회 신청제도를 폐지하고, 대신 여행부적격자 리스트를 만들어 여권 창구, 항공사 창구와 공항데스크 등에 비치해놓고 이에 해당하는 사람들에 대해서는 일선에서 여행제한을 하도록 건의했다. 전국적으로 약 50만 명이 이에 해당된다고 했다. 외교부에 신원조회 신청을 하면 보통 일주일 이상 걸려서 이에 대한 불만도 적지 않았다. 실제 신원조회를 실시하기 위해서는 관할 경찰서나 파출소의 경찰이 해당자를 찾아가는데 이때 대개 만 원 정도는 사례비를 내는 것이 관례처럼 되어있었다. 그 당시 하루 평균 신원조회 건수는 폭증하고 있었다. 하루 약 1,000건의 신원조회가 실시된다면 그 비공식적 경비는 도대체 얼마가 되겠는가? 이러한 것이 부조리의 온상으로 생각되었다. 무엇보다 여권을 발급받고 어떤 범죄를 저지른 후 국내를 빠져나가면 이를 저지할 방법이 없었다. 여권발급 시점과 범행 시기, 출국일 사이에 차이가 있기 때문이었다.

이런 획기적인 조치를 시행하는 과정에서 관계당국의 많은 반대에 부딪쳤기 때문에 대통령의 재가를 받아도 이대로 시행이 될지 매우 궁금했다. 또 과연 검찰, 경찰, 국세청 등 5개 기관에 분산되어 독립적으로 관리하던 출국금지자 명단이 통합될 수 있을지도 의문이었다.

여권발급 권한의 지방 이전

무엇보다 획기적인 발상의 전환은 여권발급 권한을 지방에 이관함으로써 민원편의를 도모하는 것이었다. 여권발급의 지방 이전은 먼저 제주도와 부산, 광주 등 서울에서 멀리 떨어진 곳과 서울의 구청이 우선대상이었다. 지금 생각하면 오랫동안 중앙집권적인 제도와 사고방식에 젖어 있던 때에 여권발급에 있어 지방분권을 생각한 것은 획기적인 일이었다. 처음에는 여권발급 신청과 발급된 여권의 교부 업무부터 시작해서 차츰 발급업무도 지방으로 이관하게 되었다. 자기의 고유 권한을 축소한다는 건 마치 자기 머리를 자기가 깎는 것과도 흡사하다. 이러한 일을 할 수 있었던 것은 외교부 여권과가 이권에 물들지 않았다는 증거이기도 했다. 사실 외교부 자체는 상대적으로 볼 때 다른 정부 부서에 비해 부패하지 않았다고 생각한다. 만일 외교부가 부패했다면 이러한 발상 자체가 불가능했을 것이다. 여권발급 권한의 지방이관은 여권발급 제도 혁신의 백미였고 그 후 닥친 민주화와도 정확히 일맥상통했다고 볼 수 있을 것이다.

여행자유화를 위한 확대조치의 시행과 그 이후

이러한 모든 개혁조치, 즉 여행자유화 확대조치는 그해 6월경 대통령의 결재로 1983년 1월 1일부터 시행하는 것으로 결정되었다. 거의 대부분은 처음 생각했던 대로 되었지만 남덕우 총리의 주장으로 외환문제를 고려하여 시행 시기를 조정했다. 남 총리께서는 해외여행 경비는 곧 외화이니

만큼 우리나라의 외화보유고 상황이 충분히 고려되어야 할 것이라고 대통령께 건의해서 받아들여졌다.

6개월 동안 눈코 뜰 새 없이 바빴고 밤샘을 하기 일쑤였다. 안세훈 여권심의관께서 연말에 공무원 논공행상을 할 때 나에게 훈장을 준다는 이야기가 나왔다고 일러주셨다. 그러나 그 문제는 그 후 소리 없이 흐지부지 되었다. 왜 그렇게 되었는지 안 심의관도 더 이상 말이 없었고, 나도 굳이 그 이유를 물어보지 않았다. 그렇다고 서운해 하지도 않았다. 처음부터 뭘 바라고서 한 일은 아니었기 때문이다. 하지만 이후 포르투갈로 발령이 나면서 상을 주기는커녕 나를 어려운 곳으로 몰아넣으려는 것은 왜일까, 하는 의문은 아직도 해결되지 않은 채 나만이 간직해오고 있다.

1982년 1월 포르투갈로 부임해서 현지 일에 매달렸다. 1년 쯤 후에 내가 만들어놓은 신원조회제도가 어떻게 되어가고 있는지 궁금해서 알아보았더니 우려했던 대로 관계기관에서 대통령께 부작용이 우려된다며 중단해달라는 건의를 해서 그렇게 재가를 받았다고 한다. 2년 전에 재가한 것을 다시 번복한 셈이다. 국익과 이권부서의 이기심 간의 충돌에서 후자가 승리했구나 하는 생각이 들었다. 동시에 관료들의 힘이 참으로 무섭다는 생각도 들었다.

카다피의 원유를 팔아준 간 큰 사람들

1985년 8월 말 포르투갈에서 마그레브 과장 발령을 받아 본부로 들어왔다. '마그레브'는 아랍어로 서쪽을 뜻하는 말이다. 사우디아라비아의 종교적인 수도 메카를 중심으로 볼 때 마그레브란 아프리카 북부지역을 뜻한다. 리비아, 알제리, 튀니지, 모리타니아, 수단과 이집트가 여기 속하는데 이집트는 중동의 핵심국가이기 때문에 중동과에서 담당했다. 과에서 전화를 받는 직원은 마그레브가 뭐냐는 질문을 수도 없이 받으면서 일일이 설명하다가 지쳐서 언제부터인가는 자세한 대답 대신 "그런 과가 있어요."라고만 했다. 나도 이 지역에 대해 별로 아는 것이 없어 처음부터 배워가면서 일을 처리하는 처지였다.

1985년 말 로마, 비엔나, 베를린 공항에서 폭탄 테러 사건이 동시에 일어났다. 얼마 후 테러의 배후로 리비아의 카다피와 시리아의 아사드 대통령으로 범위가 좁혀졌고, 결국 미국은 카다피를 최종 배후로 지목하면서 보복을 공언하고 있었다. 미국이 어떤 정보를 통해 그러한 결정을 내렸는지 명확히 공표된 바는 없었다. 혹시 이러한 결정이 국제정치에서 힘의 역학관계가 아닐까 싶기도 했다. 왜냐하면 시리아는 오랫동안 러시아의 강력한 지원을 받아왔기 때문에 미국이라도 쉽사리 건드릴 수가 없었다.

일단 리비아가 테러의 배후세력으로 지목된 이래 미국은 다양한 보복을 준비를 하고 있었다. 폭격에 앞서 우선 카다피의 현금을 고갈시키고, 동아건설에서 추진하고 있던 대수로 사업과 같이 리비아로 들어가는 주요 물자의 이동을 중지시켰다. 이를 위해 미국은 우리나라에 협조를 요청해왔다. 동아건설 대수로 공사에 들어가는 물자 중에 직경 2미터의 콘크리트관은 캐나다의 기술로 만들어졌는데, 이것도 문제가 되었으나 결국 공사를 계속 진행하는 쪽으로 해결되었다.

그러나 우리에게 잘 알려지지 않은 문제가 더 있었다. 대우가 안트워프 정유시설을 통해 카다피에게 현금을 제공해주고 있다는 의혹이 제기된 것이다. 미국은 의혹을 제기하면서 시정이 되지 않으면 대우의 미국 진출을 막겠다는 의사를 표시했다.

대우는 오랫동안 리비아에 큰 규모의 건설공사를 해왔는데 점차 공사대금을 받아내기가 어렵게 되어 리비아 측으로부터 공사대금 대신 하루 2만 배럴의 원유를 제공받기로 밀약이 되어있었다. 우리나라 신문에도 기사화된 것으로, 이 무렵 대우는 사전에 정부 허가도 얻지 않은 채 리비아에서 온 원유를 실은 유조선을 포항 앞바다에 부려놓은 적이 있었다. 정치적인 영향으로 우리 정유공장에서 정유를 해주리라 믿었기 때문일 것이다. 우리 정부는 무질서한 원유 유입을 막기 위해서 이를 통제하고 있었다.

국내에서 이 문제가 해결되지 않자 대우는 아예 벨기에의 항구도시 안트워프에 있는 정유공장을 샀다. 그러나 이 정유시설의 하루 처리 규모는 매우 커서 2~3만 배럴의 원유만을 처리하기는 부적절했다. 다른 원유도 돈을 받고 처리해주어야 하는데 마침 리비아 쪽에서 원유처리를 의뢰

해왔고 대우는 이를 수락하여 리비아 원유도 처리해준 것으로 보인다. 리비아는 이렇게 처리된 원유를 현물시장에서 매각함으로써 카다피에게 현금을 쥐어주는 결과를 가져온 것이다.

나는 담당과장으로서 안트워프 정유공장의 존재를 확인하기 위해서 벨기에로 출장을 갔다. 안트워프 정유공장을 방문해서 대우의 사장급 책임자로부터 정유공장에 대해 상세한 설명을 들었다.

"이 정유공장은 하루 50만 배럴을 정유를 할 수 있습니다. 이 공장을 200만 달러에 샀는데 지금 고철로 팔아도 1,000만 달러의 가치는 있으니까 참 잘 샀지요."

정유공장의 존재를 확인한 후 귀국을 위해 브랏셀로 되돌아온 그날 밤, 낮에 만났던 대우 책임자가 나를 긴급히 만나러 브랏셀로 왔다. 무슨 영문인가 싶었다. 알고 보니 낮에 나를 만났을 때에는 내가 정유공장을 방문한 목적을 몰랐다가 본사에서 연락을 받고 나서야 뒤늦게 안 모양이었다. 낮에 고철로 팔아도 1,000만 달러라고 털어놓은 것에 대해 추가적으로 설명을 하겠다고 했다. 나는 금융이나 사업에 어두워서 금방 말뜻을 알아차리지 못했다. 당시 우리나라 법에 의하면 200만 달러 이상의 해외투자는 한국은행의 허가를 받아야 했다. 정유공장의 매수액이 얼마인지 정확히 알 수는 없지만 대우가 실제로 지불한 정유공장 매수대금이 200만 달러를 훨씬 초과할 경우 문제가 생길 수 있는데 아마 대우 측은 이러한 상황을 우려한 것이 아닐까 싶다.

그 후 대우의 미국 내 사업이 타격을 받지 않은 걸 보면 문제는 해결된 듯했다. 그해 말에 마그레브 과장을 그만두고 다른 보직을 받아서 그 정유공장의 운명이 어떻게 되었는지는 알 수 없다. 다만 그때 비정상적인 현실의 한 단면을 본 것 같아 당시 생각을 하면 마음이 즐겁지 않다.

경제협력의 뒤안길에서

70년대 말 우리나라는 경제발전에 힘입어 작은 규모나마 다른 개도국에 원조를 주려는 시도를 시작했다. 우리나라는 1948년 대한민국 정부 수립 후 1970년대까지 지속적으로 외국의 원조를 받아왔다. 특히 미국의 원조가 컸는데 원조 없이는 국가를 지탱해나가기가 어려웠다. 그랬던 나라가 거꾸로 다른 개도국에 원조를 주기 시작한 것이다.

대외원조의 방법을 크게 나누면 세 가지 정도로 분류할 수 있다. 첫째는 무상원조이고, 둘째는 유상차관, 셋째는 기술협력이다. 우리의 대외원조는 무상원조와 기술협력부터 시작했다. 규모는 다른 선진국의 규모에 비하면 미미한 수준이었지만 계속 증가하는 추세였다. 내 기억으로 1980년 당시 무상원조 규모는 1,000만 달러가 채 되지 않았다. 오늘날 우리나라가 OECD 회원국이 된 것뿐 아니라 그 안에서도 원조를 주는 그룹인 개발원조위원회(DAC)의 회원이 된 현실과 비교하면 격세지감이 느껴진다.

돈을 버는 것도 어렵지만 돈을 쓰는 것은 더 어렵다는 말이 있듯이 사실 남의 나라에게 돈을 주는 것도 결코 쉬운 일은 아니다. 자칫하면 원조를 주고도 뺨 맞는 상황이 생기기 때문에 돈을 줄 때도 적절한 대상과 방법을 개발하는 데 많은 시간과 노력을 투자해야 한다.

대한민국 경제협력 사고 제1호

우리나라의 기술협력, 즉 외국인을 훈련시켜 기술을 전수하는 방법은 80년대 초반부터 시작되었다. 우리나라 전문가가 외국에 나가서 외국인을 훈련시키기도 하지만, 주로 개도국 사람들을 우리나라로 불러들여서 훈련시키는 경우가 많았다. 훈련 대상분야가 다양하지는 않았지만 그중에서도 농업분야가 많았다.

1987년 늦가을, 외교부 경제협력2과장 때의 일이다. 어느 날 농촌진흥청에서 연락이 왔다. 교육을 받고 있던 가나인이 병이 나서 수원에 있는 성빈센트병원에 입원해 있다는 것이다. 대외원조의 총괄은 외교부에서 담당하고 있고, 농업분야 교육훈련 담당기관은 농촌진흥청이었다. 이런 경우에는 외교부가 나설 수밖에 없었다. 통보를 받고 성빈센트병원에 입원해 있는 가나인을 문병했다. 그는 일어나서 나를 반갑게 맞으며 방문해주어 고맙다고 했다. 곧 나을 것이라고 낙관적인 태도도 보였다.

그러나 그 이틀 뒤 성빈센트병원의 원장이 전화를 해서 가나인 환자가 중병인데 열대병으로 추정은 되지만 병의 원인을 확인할 수가 없으니 서울대병원이나 다른 큰 종합병원으로 옮기는 것이 좋겠다고 말했다. 순간적으로 오랜 친구인 서울의대의 민양기 교수가 생각나서 민 교수에게 전화를 했다. 곧 민 교수가 서울대병원으로 옮겨오도록 요청해서 그날로 환자를 이송했다. 서울대병원에서는 병의 원인을 파악하는 데 사흘 정도 걸린다고 했다. 사흘 후 민 교수가 정확한 병명을 알려주었다. 두 가지 병명이었는데 '의사(疑似) 시클 셀 에너미아(Sickle Cell Anemia)'와 '의사 황열병'으로, 두 가지 병이 동시에 걸린 것으로 추정된다고 했다. '의사'라는 말은 이 병을 확정할 수 있는 병원체가 우리나라에는 없기 때문에 붙인 것이라고 했다. 시클 셀 에너미아는 적혈구가 낫 모양으로 되어있는 증상으로 주로 아프리카 사람들에게 나타나는데 피곤하거나 면역력이 떨어질 때 적혈구가 혈관을 통과하지 못하면서 발병할 수 있다고 했다.

병명은 알아내었지만 치료를 하는 것은 또 다른 문제였다. 서울의대 측에서는 비관적이었다. 마땅한 치료제나 치료방법이 없어 결국 이대로라면 사망에 이르게 된다는 것이다. 나는 이 일을 매우 심각하게 생각했다. 우리나라에 공식적으로 초청되어 온 사람이 여기서 죽게 된다면 그에 따른 책임문제나 비용문제 등을 어떻게 할지 전혀 선례가 없기 때문이었다. 이러한 상황을 오재희 차관에게 직접 보고하였다.

"가나인 기술연수생이 우리나라에서는 고칠 수 없는 중병에 걸려 있습니다. 병원에서도 치료할 수 없다고 하니 사망하기 전에 시급히 가나로 돌려보내는 것이 좋겠습니다. 만일 우리나라에서 사망한다면 자칫 가나 정부나 그 가족들로부터 항의를 받을지도 모릅니다. 현재 비용을 산출해보니 적게는 3만 달러부터 많게는 8만 달러까지 들 것으로 추정되는데, 상황에 따라 비용이 달라질 수 있습니다. 환자가 본국으로 돌아가려면 의사와 간호원을 대동해야 할 뿐만 아니라 산소통을 기내에 가지고 가야 합니다.

항공편만 하더라도 환자가 8개 좌석을 차지하게 됩니다. 지금 알아보는 중인데 대한항공에선 산소통을 실어주지 않아 서울에서 취리히까지 스위스 항공으로 가야 합니다. 스위스 취리히에서 아크라까지는 다른 스위스 비행기로 갈아타야 하는데 정기노선이 여의치 않을 경우 차트기를 이용해야 할 것 같습니다. 차트기는 3만 달러 정도를 요구하고 있습니다. 병원비와 환자 호송 항공료, 의사와 간호원의 항공료 등을 합치면 대략 순 비용이 6만 달러 정도 소요될 것 같습니다. 지금 환자 가족 측 항의를 감안해서 가족 대표가 긴급 방한하도록 하는 것도 가나 정부에 제의해놓았는데 오늘내일 중으로 답이 올 것입니다. 가족 항공료뿐만 아니라 보상비까지 다 하면 8만 달러 이상이 소요될 것으로 봐야 합니다."

"그럼 보험은 들었나요? 어느 정도 수준의 보험을 들고 있습니까?"

"정부 예산상 최하등급의 보험을 들고 있어서 사망의 경우 가족 보상은 최대 1,000만 원이고 병원비는 500만 원까지 보상받습니다. 달러로 환산하면 약 3만 달러정도 보상을 받게 됩니다. 부족분은 외무부가 지불할 수밖에 없습니다."

"왜 그렇게 낮은 보험을 들었습니까?"

"정부 예산 책정 시 기획원예산실에서 그렇게 정한 겁니다."

"이번 경우를 봐서 앞으로 반드시 보험 단가를 올리도록 하세요."

"알겠습니다."

보험 수가를 높이는 문제는 차관께서 도와주실 거라고 믿고 일이 마무리 되면 기획관리실 예산담당관실에 이야기해보리라 생각했다. 민 교수에게 부탁했더니 자기 밑에 있는 의사와 간호사에게 직접 지시해서 가나까지 환자를 호송하도록 했다. 민 교수는 환자의 사망이 임박한 것 같다는 이야기를 해주었다. 혹시 도중에 환자가 사망할 지도 모르니까 환자가 살아있을 때 혈액을 채취해서 드라이아이스 박스에 넣어가도록 요청했다. 가나에 돌아가서 정확한 사인 규명에 필요할지 모른다는 생각 때문이었다. 한편, 취리히에서 가나까지 환자를 수송하기 위해서 앰뷸런스 항공기와 계약을 체결했다. 대략 3만 달러 정도로 살아있는 환자를 운송할 목적이었다. 여기까지는 일사천리로 진행이 되었지만 혹시 환자가 가나에 도착하기 전에 사망하지 않을지 노심초사했다.

사무실에 드디어 비행기가 이륙했다는 소식이 들어왔다. 비행기에서 항공사를 통해 환자의 상태를 수시로 알려주기로 했기 때문에 밤이 되어도 사무실에서 대기했다. 밤 9시경 홍콩에 무사히 도착했다는 소식을 접하고는 환자의 무사송환을 빌면서 일단 집으로 왔다. 몇 시간 눈을 붙이고 아침 일찍 사무실에 도착했더니 취리히에서 전보가 와있었다. 환자가 취리히에 도착하기 전 인도양 상공에서 사망했다는 소식이었다. 곧 앰뷸런스 계약을 취소하고 일반 항공기로 운송하도록 지시했다. 경비절감을 위해서였다. 시신은 화물로 취급이 되었다. 가나 측에 상황을 설명을 하고 또 끝까지 최선을 다했다는 우리 측 성의를 보일 목적으로 의사를 가나까지 가도록 했다. 간호원은 가나까지 가지 않고 취리히에서 귀국하도록 했다. 하루 뒤 가나 정부로부터 우리 정부에게 고맙다는 메시지를 받은 것으로 상황이 끝났다.

차관께 상황을 보고했다. 차관은 수고했다는 말뿐 며칠 전 꾸짖듯이 지시한 보험료 수가 인상에 대해서는 일언반구가 없었다. 내년도 예산은 이미 확정되었기 때문에 예산을 확보하기란 일개 과장의 힘으로는 어려운 일이었다. 결국 기록을 해두었다가 그 다음 해 예산에 반영할 수밖에 없는데 이렇게 되면 모든 게 불확실해진다. 내가 언제까지 경협과장에 머물러 있을지, 이후에 누가 이 상황을 전하고 예산당국자를 설득할 수 있을지 미지수기 때문이다. 하나의 상황이 끝나면 그걸로 모든 게 끝나는 게 현재 관료들의 현실이 아닌가? 아쉬움이 남는 사건이었다.

그 당시를 회상하니 서울의대의 민양기 교수가 정말 큰 도움이 되었다는 생각이 든다. 이 기회를 빌어 내 친구였던 민양기 박사에게 감사말씀을 드린다.

일그러진 경협 이야기

2002년 여름 불가리아에 이어 두 번째 대사직으로 케냐를 지정받아 그해 가을 부임했다. 1998년부터 우리나라 정부가 케냐에 약 1,500만 달러의 차관을 주고 있다는 사실을 알고 다소 상기되었다. 대사로 일하는 나라에 우리 정부가 많은 원조를 했으니 그만큼 대사로서 일할 수 있는 환경이 좋아졌다고 볼 수 있기 때문이었다. 원조의 목적은 직업훈련원을 지어주기 위한 것이었다. 대지는 케냐 측에서 제공했는데 그 대지 대금을 800만 달러로 추정해서 통상 3,000만 달러 경제협력사업이라고 불렀다.

나이로비에서 자동차로 약 1시간 정도 거리에 있는 아티리버 지역의 직업훈련원은 우리 정부의 차관이 제공되어 건물은 완공된 상태였지만 아직 개원하지 못하고 있었다. 내가 아티리버 직업훈련원을 처음 방문한 때는 그해 12월 17일이었다. 직업훈련원이 왜 개원이 안 되는지 직업훈련원 원장에게 그 이유를 물어봤다. 그는 자동차 수리, 용접 등 4개 분야 훈련과정에 약 160명 정도의 학생들을 모집할 예정이었으나, 예상보다 그 수가 많지 않아 앞으로 인기 있는 IT분야나 기계공학분야 같은 신규과목을 신설해야 할 것 같다고 말했다. 또한 개원하기에는 몇 가지 문제가 남아 있다고 했다. 우선 교사가 모집되지 않는 이유는 통근 문제 때문이므로 교사 숙소를 지어야 한다고 했다. 그리고 교사들과 학생들을 출퇴근 시킬 수 있는 통근버스가 두 대는 필요하다고 했다. 또 약 200명 정도의 사람들이 마시고 사용할 수 있는 양의 우물이 있어야 하며, 도난 방지를 위해 훈련원 외곽에 울타리를 쳐야 한다고 했다. 이외에도 원장이 제출한 미비한 항목의 목록에는 가구 및 집기, 컴퓨터, 전기울타리, 그라운드 정비 및 조경 등 모두 열댓 가지가 적혀있었다. 1,500만 달러의 돈이

도대체 어떻게 쓰였기에 이렇게 부족한 점이 많은지 의구심이 생기기 시작했다.

대사관에 돌아가 알아봤지만 이 문제에 대해 아는 직원이 아무도 없었다. 이미 5년여 전에 시작한 직원훈련원 지원사업에 관여했던 직원들은 모두 교체되었고, 인수인계가 철저히 이루어지지 않은 듯했다. 결국 대사관과 직업훈련원에 보관되어 있는 서류를 면밀히 살펴보고서야 의구심 중 일부가 밝혀졌다. 서류를 보니 컴퓨터나 가구 및 집기는 이미 구입한 것으로 되어있었다. 직업훈련원 원장에게 어찌된 것이냐고 물었더니, 그제야 어느 날 밤 모두 도난을 당했다면서 그래서 직업훈련원 주변에 전기울타리를 만들어야 한다고 했다. 우물 굴착이나 버스 구입, 조경 같은 비용도 사실은 전체예산의 5%에 해당하는 약 75만 달러의 예비비 항목에서 얼마든지 확보할 수 있었을 것으로 생각되어 물었더니 예비비는 이미 소진된 상태라고 했다.

이러한 제반 사항에 대한 감사권은 케냐 측에 있었기 때문에 '왜?'라는 의문만 제기할 뿐 이를 파헤칠 방법도 수단도 없었다. 그런데 그 무렵 현지 교민을 통해서 기가 막힌 사실을 전해 들었다. 한때 카지노 사업을 했던 교민 L씨가 직업훈련원 원장과 짜고 하룻밤 사이에 훈련원 안에 있던 컴퓨터와 가구 및 집기 중 쓸 만한 물건을 모두 차에 싣고 자기 카지노 업소로 빼돌렸다는 것이었다. 이 이야기는 그때 차량을 운반해준 교민 B씨로부터 들었다고 했는데, 나도 나중에 그 사실을 B씨에게서 직접 확인했다. 그때의 원장이 아직도 있으니 결국 나는 도둑들과 점잖게 대화를 해온 셈이었다.

L씨의 부인은 케냐에서 한글학교 교장을 하고 있어서 학교 운영 문제로 그녀와도 몇 차례 만난 적이 있었다. 살펴보니 내가 부임하기 2년여 전

에 우리 정부가 한글학교에 버스를 지원한 서류가 대사관에 남아있었다. 그런데 실제로 한글학교에서 버스가 운용되고 있다는 소리를 들은 적이 없기 때문에 L씨 부인을 불러서 물어봤다. 그녀는 지원을 받았지만 버스 값에 버금가는 통관료가 지원되지 않아서 교민 C씨가 통관료를 부담한다는 조건하에 3년간 버스를 이용하도록 했다고 말했다. 그녀는 이러한 내용의 계약서까지 보여주면서 3년이 다 되어가는 지금 버스를 되돌려 받아야 하지만, C씨가 반환 문제를 거론하지 않아 말을 꺼낼 엄두가 나지 않는다고 했다. 또 버스를 돌려받아도 운영경비가 부족하다는 말도 덧붙였다. 이야기를 듣던 내가 본부에 건의를 해서 운영비를 지원받으면 되지 않겠느냐고 했더니 마침내 또 다른 이야기를 했다. C씨의 포악한 성격 때문에 버스를 돌려받기가 쉽지 않다는 것이었다. 그 소리를 듣는 순간 해당 버스를 직업훈련원용으로 전환해야 되겠다는 생각이 들었다.

직업훈련원을 개원하려면 두 대의 버스가 필요하다고 했는데 달리 버스를 확보할 길이 없었고, 한글학교는 버스가 긴요하게 필요한 상황은 아니라고 판단되었기 때문이었다. 그 후 C씨에게서 어렵게 버스를 돌려받아 한글학교로부터 기증받는 형식으로 직업훈련원에 버스를 마련했다. 물론 본부에도 그렇게 건의를 해서 허가를 받았다. 그 후 나에 대한 C씨의 격렬한 불만은 내가 감수해야 될 부분이었다. L씨는 직원훈련원의 물품을 빼돌려 개원에 방해를 했는데 그 부인은 개원에 필요한 버스를 확보할 수 있는 단초를 제공하였으니 참으로 아이러니한 일이다.

어쨌든 그렇게 해서 버스 한 대는 해결했지만 나머지 한 대는 해결할 방법이 떠오르지 않았다. 고심 끝에 직업훈련원의 마지막 마무리 공사를 맡은 인도계 건설회사가 우리 정부로부터 200만 달러가 넘는 돈을 받고도 계약대로 마무리를 하지 않은 문제에 착안했다. 당시 상황으로 보아이 문제를 들추어낸다고 해도 돈을 돌려받기는 어려울 것이고, 자칫하면 개원만 지체하는 결과를 가져올 수 있을 테니 인도 측 회사로부터 버스 한 대라도 기증을 받는 게 좋겠다는 판단이 들었다. 그들의 부조리에는 당연히 케냐 고위층도 관련되어 있을 것으로 여겨졌다.

인도 측 담당자를 사무실로 불러 얘기를 꺼냈다.

"직업훈련원 마무리 공사와 관계되어 있던데요?"

"예, 그렇습니다."

"아직 직업훈련원을 개원하지 못하고 있는 건 알고 있지요?"

"잘 모르겠습니다. 내가 관여한 부분은 다 마무리되었습니다."

"내가 해야 할 일은 직업훈련원을 개원하는 것입니다. 많은 부분이 미진한데 한 가지 도와주셔야겠습니다."

"무엇입니까?"

"아시다시피 훈련원이 나이로비에서 멀리 떨어져 있어 통근버스가 필요합니다. 버스 한 대를 기증해주십시오."

"그건……."

"내가 이 문제를 따지면서 지난 일을 가지고 외교문제화하려는 건 아닙니다. 우리 화끈하게 그것으로 모든 걸 끝냅시다."

"알겠습니다."

이제 남은 것은 우물 굴착 문제였다. '지성이면 감천이다'란 말이 딱 들어맞게도 의인이 나타났으니, 바로 이용주 선교사였다. 케냐에는 우리나라 교회나 NGO에서 파견한 선교사나 자원봉사자들이 많이 있었다. NGO 소속의 이용주 선교사는 케냐, 수단, 우간다, 탄자니아, 에티오피아 등 아프리카뿐만 아니라 심지어 북한까지 가서 우물을 파주는 봉사를 하고 있었다. 2003년 초 이용주 선교사가 대사관을 방문했을 때 아티리버 이야기를 하면서 우물 문제를 꺼냈다. 이 선교사는 주저함 없이 "먼저 그곳을 답사한 후 말씀드리겠습니다."라고 긍정적으로 대답했다. 그 후 한 달쯤 뒤에 이 선교사가 나타나 "며칠 전에 아티리버 지역을 답사했는데 지표에 암반이 좀 있기는 하지만 120미터 지하에 물이 있어 사나흘 걸리면 우물을 팔 수 있겠습니다."라고 했다. 나는 고맙다고 말하면서 대사관에 예산이 넉넉하지 않아 실비도 안 되는 1,000달러를 지불하겠다고 했다. 며칠 후 이 선교사가 다시 찾아와 60여 미터 지점부터 나타난 암반을 뚫는 데 벌써 세 번이나 굴착기의 코어드릴이 부러졌다면서 예상보다 시간이 많이 지체되겠다고 했다. 그로부터 한 달이 넘어서야 드디어 우물물을 퍼낼 수 있게 되었다. 지금은 그 감격을 재현하기 어렵지만 당시에는 정말 기쁘고 흥분되었다. 그때 고생한 이 선교사에게 다시 한 번 깊은 감사의 마음을 전하고 싶다.

2003년 6월 27일, 우여곡절 끝에 드디어 직업훈련원을 개원했다. 뿌듯한 순간은 잠시뿐이고, 앞으로 잘 관리되고 운영될 수 있을지 걱정이 앞섰다. 경험에 비추어볼 때 개도국에 대한 원조는 성공보다 실패할 확률이 훨씬 더 크다. 원조를 주는 측과 받는 측 모두 기본적인 태세를 갖추어야 하는데 그런 경우가 드물다. 특히 원조를 받는 측의 자세가 중요하다. 예를 들어 아프리카에는 에이즈가 창궐하고 있지만 에이즈 퇴치 원조를 해주면 환자들에게 혜택이 돌아가기 이전에 대부분이 증발해버린다. 그래서 원조를 주는 측에서는 대상국의 현실을 엄밀히 검토한 후 원조를 해야 한다. 일본의 경우 개도국 원조는 턴키(Turn-Key) 방식을 넘어 사후관리까지 포함한다고 하니 우리도 위의 사례들을 교훈 삼아 앞으로 우리나

직업훈련원 개원식(무케레 장관, 부장관)

라의 경제협력이 한층 더 발전하는 계기가 되었으면 한다.

경제협력 사절단

경제협력 이야기가 나왔으니 1987년 경제협력2과장으로 있을 때 우리나라 최초의 원조자금(EDCF)을 집행하러 정부사절단을 이끌고 네팔, 미얀마, 인도네시아, 나이지리아 등 개도국을 방문했던 경험이 떠오른다. 사절단은 외무부, 재경부, 통상부, 정보통신부, 외환은행 등 정부기관의 실무자 8명으로 구성되었다. 지금 와서 그 당시 일을 세세하게 다 기억할 수도 없고 그럴 필요도 없을 것이다. 다만 머릿속에 남아 있는 중요한 이야기만 언급함으로써 앞으로 우리의 대외원조 방향에 약간의 참고가 될 수 있지 않나 생각한다.

경제원조 대상국 중 한 곳이던 미얀마를 방문한 것은 우리의 기술로 이룩한 통신혁명 수단인 TDX(Time Division Exchange)를 마케팅하기 위해서였다. TDX는 전화기 자동교환기술로 당시 우리나라는 세계에서 여섯 번째로 이 기술을 개발하였다. 그 이전의 재래식 교환기로는 폭주하는 전화기 이용 수요를 감당하지 못해서 일반인들은 늘 불편을 겪었다. 가정에 전화기를 들여놓는 것도 어려워 당시 청색전화기, 백색전화기 같은 제도도 나왔다. TDX는 이러한 불편을 일거에 해소하였다. 문제는 이 기술을 확산할 국내시장이 없어서 결국 국외시장을 개척해야만 했는데, 기존 기술이 이미 국외시장을 장악하고 있었기 때문에 매우 힘든 상황이었다. 이에 정부는 시장개척을 도와주기 위해서 경제협력기금을 이용하고자 한 것이다.

사전에 미얀마 당국과의 교섭을 통해 약 1,200만 달러 규모의 TDX 설치에 대한 미얀마 측의 수락의사를 타진하였다. 랑군의 한 구역을 커버하는 TDX를 우리 정부의 차관으로 제공하는 내용이었다. 이미 이 기술을 개발한 필립스, 에릭슨, GE, NEC 등 기득 세력들이 신규 경쟁자의 진출을 보이지 않는 힘으로 방해하고 있었기 때문에 우리에게는 매우 힘든 일이었다.

미얀마보다 앞서 필리핀 당국과 교섭을 시도했는데 처음에 호의적인 반응을 보이다가 이미 그곳에 진출해 있던 선진국 기업체들로부터 집단적 압력을 받아 결국 우리 측 제안을 완곡히 거부했다. 선진국 기업체들이 만일 필리핀이 한국의 제의를 받아들인다면 자신들은 철수하겠다 으름장을 놓았다고 했다.

이와 같이 EDCF는 우리 민간기업체들의 해외시장 개척에 첨병 역할을 하였다. 나이지리아에는 기관차 8량을 제공하는 약 2,000만 달러 규모의 EDCF 지원사업이었다. 차량의 제조사는 대우였는데 처음부터 사업시행자가 명백히 정해져 있어서 형식상 공개경쟁입찰 과정이 있었을 뿐이었다. 나이지리아만 수락하면 사업은 일사천리로 진행하기로 되어 있었다.

EDCF 지원사업은 우리나라가 원조를 받는 입장에서 원조를 주는 입장으로 바뀐 상황에서 아주 좋은 예였다. 기득세력인 선진국 측은 우리의 대외원조에 대해 가상하게 생각하면서도 불공정경쟁의 형태에 대해 우려를 표시하였다. 정부가 개입해서 자국의 특정 민간기업체를 직접적 또는 간접적으로 도와주는 것은 불공정경쟁의 한 형태라는 비판적 입장이었다. 그들은 심지어 정부와 민간이 함께 지원을 하는 혼합형 원조도 비판하였다. 이러한 비판적 입장은 향후 WTO 체제하에서 반영되어 불공정경쟁을 규제하게 된다. 그러나 GATT 체제하인 당시에는 실무를 담당하는 우리에게도 그러한 의식이 거의 없는 상태였다.

오늘날 선진국들은 정부차관과 같은 유상원조는 줄이든지 없애고 무상원조 형태를 늘려가는 추세인 데 반해, 우리는 계속 EDCF를 늘려와 국제적으로 불공정경쟁 논란을 불러일으킬 가능성을 여전히 지니고 있다. 요즈음 국제적으로 금리가 내려간 상황에서 정부차관의 장점은 크게 사라졌기 때문에 우리도 이와 같은 세계적인 추세를 감안해나가는 것이 좋을 것이라 생각한다.

중경임시청사 준공에 얽힌 이야기

1995년 2월 인도 대사관과 제네바 대표부 연속 근무를 마치고 6년여 만에 귀국해 문화협력국 심의관으로 일하게 되었다. 부임한 지 4개월쯤 지난 7월의 어느 날, 차관실에서 급히 올라오라는 호출이 왔다. 이시영 차관은 주중국 대사에게서 온 전문을 보여주며 이렇게 말했다.

"중국 정부가 중경임시정부청사 준공식에서 태극기를 게양하거나 애국가를 부르게 할 수 없다는 중경지방정부의 결정을 존중한다고 하니 큰일이네. 500명이나 되는 사람들이 준공식에 참석한다고 이미 신문에도 발표되었으니 낭패지. 이 복원공사는 문체부에서 주관해 진행한 일이지만 일이 이렇게 되니 외교부가 나서지 않을 수는 없고. 중국사람들 성향은 한번 정해진 입장을 다시 바꾸지 않는다는데, 심의관 생각에는 어떻게 하는 게 좋겠는가?"

우리 정부는 해방 50주년을 맞아 8월 15일 준공 목표로 중경임시정부청사 복원공사를 진행해왔다. 복원의 주체는 문체부 산하의 독립기념관이었다. 7월 말 준공이 되면 중경임시정부청사에서 8월 10일 광복 50주년 기념식을 거행하기로 되어있었다. 기념식에는 독립유공자 후손, 정부대표단, 기자단 등 500여 명이 참석할 예정이었다. 우리 측에서는 이러한 계획을 중경정부에 통보하고 협조를 요청해놓고 있었다.

그런데 7월 20일 중국 외무성이 주중 우리나라 대사관 앞으로 보내온 서한에 중경임시정부청사 준공식에서 태극기를 게양하거나 애국가를 부를 수 없다는 사항이 적혀있었던 것이다. 중국 외무성이 밝힌 이유에는 중경지방정부의 결정을 존중한다는 것 이외에 뚜렷이 납득할 만한 부분이 없었다. 이 차관은 "가만히 있을 수는 없고 자네가 한번 가보게."라고 했다.

이러한 일에 경험은 별로 없었지만 크게 걱정하지도 않았다. 부딪쳐보자는 마음가짐으로 그 다음 날 북경으로 향했다. 도착하자마자 대사관에서 미리 주선해놓은 대로 중국 외무성 담당국장을 만났다. 담당국장은 중국 외무성 서한과 동일한 내용의 말을 되풀이하면서 그것이 중국정부의 최종적 결정이라고 했다. 내가 중경지방정부와 접촉해보겠다고 하니 좋을 대로 하라고 했다.

이튿날 주중 대사관 직원 두 명과 함께 중경으로 향했다. 먼저 중경지방정부 외사판공실장은 출장중이어서 외사판공실 차장을 만났는데, 그

중경임시정부 청사

역시 북경 외무성 국장의 얘기와 같은 맥락의 말로 운을 뗐다. 그러나 그의 말속에는 어딘지 힌트 같은 것이 묻어 있었다. 청사 복원을 맡은 문화실과 외사판공실은 별개의 입장이라면서 외국 사람들이 와서 기념식을 하는 일은 외사판공실 전담이라고 말했다. 그 이야기를 듣는 순간, 이번 준공식과 관련되는 일에 외사판공실이 관여해서 자신들에게 돌아오는 어떤 이익이 있다면 생각을 바꿀 수도 있겠구나 하는 생각이 들었다. 그때까지 독립기념관에서는 약 6억여 원의 예산을 가지고 중경정부 문화실을 통해서 복원공사를 해온 것이었다.

중국이나 북한 같은 공산주의 국가에서는 정부나 군이 이권사업에 직접 손을 댄다는 말을 들은 바가 있기 때문에 단도직입적으로 물었다.

"준공식과 관련해서 외사판공실에서 원하는 게 뭡니까?"

"이번 행사에 참여하는 한국 측 사람들의 여행 절차를 우리에게 맡겨주십시오."

"한국 측 여행사가 이미 모든 준비를 진행 중이기 때문에 사정을 알아보고 말씀드리겠습니다."

얘기가 끝난 후 외무부 문화협력 국장에게 전화를 걸어 중국 측 요구를 들어주는 것이 좋겠다고 건의했다. 그날 회의를 마치고 중국 측을 저녁식사에 초대했다. 식사 자리에서 마오쩌둥 군이 대장정 때 식량 대신 마시고 생존할 수 있었다는 중국 명주(名酒) '우량예'를 대접했다. 그러자 그들 모두 평소에는 자신들도 비싸서 함부로 못 마신다며 좋아했다. 화기애애한 분위기 속에서 다들 거나하게 마셔 이번 협상이 잘 타결될 듯한 느낌이 들었다. 다음 날 본부에서 건의대로 하자는 대답이 왔고, 이를 중국 측에 통보하였다. 이로써 중국 측은 준공식 때 우리 애국가와 국기 사용을 문제 삼지 않게 되었다. 해피엔딩이었다.

며칠 후 본부에 도착했을 때는 언제 그런 일이 있었느냐는 듯이 아무도 이 이야기를 꺼내지 않았다. 내 역할은 거기까지였다. 공치사는 하고 싶지 않았다.

외교부 미술자문위원회 창설

문화협력국 심의관으로서 동숭동에 있는 한국미술협회 사무실을 찾은 것은 1995년 5월의 어느 날이었다. 나는 평소 우리나라의 문화를 대외적으로 알리는 노력이 필요하다고 인식하고, 그 첫걸음을 회화에서 찾아보고자 계획하고 있었다. 내 계획은 외교부 산하에 미술전문가 모임을 만들어 자문을 얻고, 종국적으로는 수준 있는 그림을 확보해서 우리나라 이미지를 향상시키자는 것이었다.

우리나라는 재외공관 국유화 사업이 진행되어 당시 공관은 50여 군데, 관저는 80여 군데의 국유화가 완료된 상황이었다. 그러나 그곳을 장식할 마땅한 한국 그림이 없었다. 게다가 요즘 그림 값이 얼마인가. 웬만한 그림은 한 점에 몇 천만 원을 호가하는데 국가 예산으로 구입하기는 힘들고 옛날처럼 화가들이 기증할 리도 없었다.

이미 있는 그림을 보존하는 일도 중요한 문제였다. 과거 1970년대까지만 해도 사회적으로 그림에 큰 관심이 없어서 화가들이 매우 어려운 상황이었고, 유수한 화가들이 자신의 그림을 소개할 겸 대사관에 기증하는 경우도 적지 않았다. 그런데 이들 진본 그림들이 그 후 관리가 잘 되지 않아 사라지거나 진본이 사본으로 바뀌는 경우도 적지 않게 생겨났다. 그림도 제격에 맞는 장소에 걸어놓아야 돋보이기 마련인데, 그렇지 못한 경우가 많았다.

평소 이러한 문제를 어떤 방식으로든 해결해야 한다고 생각하고 있었고, 마침 그 일을 할 수 있는 자리로 간 것이다. 일면식도 없는 미술협회 회장을 만나러 삼고초려를 했다. 회장은 홍익대 이두식 교수였는데 만나려 할 때마다 자리에 없었다. 세 번 만에 겨우 만나서 미술자문위원회를 만들고자 하는 내 의중을 이야기했다. 이 교수는 대뜸 좋은 생각인데 그렇게 하자면 우선 이대원 총장과 이야기를 나누는 것이 좋겠다고 제의했다. 그 무렵 우연히 만난, 외교부에서 화가로 통하는 임명진 대사와도 이 문제를 의논하였는데 그 역시 이 총장과 만나보는 게 좋겠다고 했다.

그 후 이대원 총장, 이두식 한국미술협회 회장, 임명진 대사, 그리고 나, 이렇게 네 명이 세종문화회관 레스토랑에서 점심을 같이 했다. 이미 두 분으로부터 얘기를 전해 들은 이 총장은 "외교부 산하에 미술자문위원회를 만들자는 건 참 좋은 생각입니다. 아마도 우리나라 건국 이래 처음있는 일이 아닐까 싶네요."라고 했다. 함께 논의한 끝에 자문위원회의 명칭은 '외교부 미술자문위원회'라고 하고, 초대 위원장으로는 이대원 총장을 세우기로 의견을 모았다. 나는 한 걸음 더 나아가 자문위원회의 역할에 대해 명시했는데 요지는 이러했다. 첫째, 외교부 본부 및 재외공관의 미화에 힘쓴다. 둘째, 중견작가의 재외공관 순회전 개최를 도모한다. 셋째, 순회전에 참가한 작품 중 일부를 실비로 구입한다.

자문위원회 명단을 확정하는 대로 위원회 규칙을 정하고 외무장관의 재가를 받기로 하였다. 자문위원회 활동경비 등 예산은 내가 예산실과 협의해 확보하도록 노력하겠다고 했다. 일은 순조로이 진행되었다. 이대원 홍익대 전 총장, 이두식 한국미술협회 회장, 산업디자이너 한도룡, 조각가 최만린, 건축가 이광로, 임명진 대사 등 6명의 자문위원을 구성해

외교부 장관의 재가를 받았다. 이들은 모두 회화, 조각, 실내장식, 건축 등 각 분야에서 저명한 인사들이었다. 그러나 계획대로 예산이 확보되지 않아서 자문위원회의 역할은 매우 제한적이었다. 설상가상으로 나는 그해 말 월드컵 조직위원회 국제협력실장으로 전보되어 내 역할은 여기까지인가 싶었다.

이후 1997년 외교부 문화협력국장으로 돌아오게 되어 다시 자문위원회의 역할을 활성화하기 위해 노력했다. 먼저 평소 알고 있던 예산실의 김광림 국장을 찾아가 미술자문위원회의 창설 목적을 설명하고, 그 역할을 효과적으로 수행할 수 있도록 최소한의 예산을 배정해줄 것을 요청했다. 고맙게도 얼마 후 김 국장은 '재외공관 전시화 지원'이라는 새로운 예산항목을 만들어 1억 원을 배정해주었다. 정부예산에서 새로운 항목을 만든다는 것은 향후 지속적으로 예산이 지원될 가능성이 크기 때문에 매우 의의가 있었다.

이를 계기로 유럽에서부터 현대미술 순회전을 시작할 수 있었고, 전시회를 주최하는 대사관마다 서너 점의 작품을 확보할 수 있었다. 문화협력국을 떠난 후에도 자문위원회의 예산은 증액되어 5억 원이 넘었고 현대미술 순회전은 계속되어 유럽은 물론 아프리카, 미주 등 전 세계로 확산되었다. 순회전을 주최한 재외공관마다 전시작품 서너 점을 확보했으니, 결국 외교부 전체가 그만큼 큰 덕을 본 셈이다. 작품을 제공한 화가에게는 실비 명목으로 약간의 대가를 지불하였으나 사실상 자발적 기증이었다. 이렇게 작품을 기증해준 화가들에게 이 기회를 빌어서 감사드린다.

자문위원들은 외교부의 미적 수준을 높이는 데 큰 역할을 했다. 일례로 이대원 위원장 등 자문위원들의 의견에 따라 외교부의 얼굴인 현판을 바꾸게 되었다. 이대원 위원장의 지휘로 한도룡 위원이 새로운 현판의 엠

숭례문 현판에서 아이디어를 본뜬
외교부 현판

블럼을 직접 도안했다. 숭례문 현판에서 아이디어를 따온 엠블럼은 가로 세로 황금분할비율을 적용했다.

사실 이러한 작업에는 큰 비용이 들기 마련이지만 미술자문위원들은 대가를 바라지 않고 성의를 다해 자발적으로 참여해주었다. 이같은 그들의 노력에 대해 외교부는 최소한의 성의를 표시해야 하는데, 1년 후 내가 불가리아 대사로 재임 중에 전해들은 바에 따르면 아무런 감사 표시도 하지 않았다고 했다. 나는 즉시 정태익 기획관리실장에게 최소한의 성의 표시는 하는 것이 마땅하다고 편지를 썼다. 그 후 외교부가 약간의 성의 표시는 했다고 간접적으로 전해 들었을 뿐이다.

또 한 가지 기억나는 일은 미술자문위원들의 지휘하에 본부에 있는 미술품을 조사하던 중 창고 속에서 200호 정도 되는 청전(青田) 이상범의 그림을 찾아낸 것이다. 그 작품은 시가로 따졌을 때 10억 원도 넘는 대작이었지만 그림에 대해 문외한이던 직원들이 이를 창고 속에 사장시키고 있었다. 전문가들로 구성된 미술자문위원회는 이 그림을 즉시 장관실에 걸면서 외교부가 이런 곳인 줄 몰랐다고 했다. 그 이후 정부의 모든 미술품은 조달청에서 전산 등록을 해 일괄 관리하고 있다고 하니 격세지감이 느껴진다. 아무튼 정부차원에서 미술품 관리에 관심을 가지게 된 데에 외교부 미술자문위원회의 활동이 밑거름이 되었다는 사실에 뿌듯함을 느낀다.

당시의 미술자문위원회는 현재 문화외교자문위원회로 그 범위가 확대개편되었으며, 미술 분야는 그 속에 포함되어 있다. 한도룡 교수와 박항률 화백, 문봉선 화백이 아직도 미술 분야에서 활동하고 있는데 일의 연속성이란 점에서 볼 때 다행이라 여겨진다. 지금은 세상을 떠난 이대원 총장과 이두식 교수, 당시에 수고해준 한도룡 교수……. 모든 자문위원들의 값진 도움에 깊은 감사를 전한다.

월드컵 공동개최에 대한 소감

1996년 초 문화협력국 심의관에서 월드컵 유치위원회 국제협력실장으로 자리를 옮겼다. 평소 축구에 관심이 많던 차에 내심 잘됐다고 생각했다. 그 당시에는 우리가 2002년 월드컵을 유치한다는 보장이 없었다. 아니, 오히려 뒤늦게 월드컵 유치경쟁에 뛰어들었기 때문에 다소 무리라는 평가도 없지 않았다.

1981년 바덴바덴에서 개최된 IOC 총회에서 1988년 올림픽 개최지를 놓고 일본의 나고야와 경합을 벌인 끝에 서울이 제24회 올림픽 개최지로 결정되었다. 당시 상황으로는 나고야가 오래전부터 준비를 했기 때문에 서울보다 유리하다고 판단하고 있었다. 일본으로서는 1964년 도쿄올림픽 이후 두 번째 시도였지만 실망이 매우 컸다. 그러나 곧 실망을 딛고 새로운 계획을 세웠으니 그것이 바로 2002년 월드컵 개최의 뜻이었다.

이미 앞의 브라질 편에서 이야기했듯이 브라질에는 일본 이민자들이 많아 제2의 일본을 만들었다는 말도 있다. 브라질 내에서 일본의 이미지는 매우 긍정적이고 일본과 브라질의 관계는 보통 국가 간 이상이었다. 1974년부터 FIFA 회장을 맡고 있던 브라질의 아발란제 전 회장의 친일 성향은 전혀 이상한 것이 아니었다.

아발란제 회장은 장기 집권을 바라보며 새천년 첫 월드컵 개최지로 일본을 염두에 두고 있었고, 일본 역시 아발란제 회장을 통해 월드컵 개최라는 원대한 목표를 지니게 되었다. 아발란제 회장과 일본은 구체적인 로드맵까지 논의한 것으로 보인다. 아발란제 회장은 월드컵 개최를 계기로 일본 축구를 중흥시킬 필요성을 제기하고 그 방안으로서 프로축구리그를 만들라고 권고했다. 이때가 1983년경이었다.

이후 10년 동안 일본 축구계는 브라질의 도움을 받아 재팬리그를 출범시킬 준비를 했다. 1993년 출범한 재팬리그에 등록한 120명 이상의 외국 축구선수들 중 60여 명이 브라질 선수들이었다. 한때 브라질의 최고 스트라이커였던 지코가 일본 국가대표팀의 감독을 맡았다. 거기다 수백 명의 일본 청소년들이 브라질에서 축구를 배우고 있었다.

이런 상황에서 일본은 1989년 일찌감치 FIFA에 2002년 월드컵 유치 의사를 공식적으로 표시했다. 우리나라는 일본보다 4년 늦은 1993년 공식적으로 2002년 월드컵 유치신청을 냈다. 1990년 김우중 축구협회 회장이 신청을 했지만 유치경비 문제 등으로 적극적으로 추진하지는 않았다. 그러다가 1992년 김영삼 대통령 후보가 선거공약으로 월드컵 유치를 내세우면서 꺼져가던 불씨가 되살아났고, 1993년 정몽준 축구협회 회장이 FIFA에 다시 유치신청을 하면서 공식화하였다.

내가 문화협력중심의관에서 월드컵 유치위원회로 간 것은 취리히 결전을 5개월 앞둔 시점이었다. 이 당시만 해도 상황은 매우 유동적이었다. 정몽준 위원장을 비롯한 유치위원과 임원들은 21명의 FIFA 집행위원들의 지지를 얻기 위해 동분서주했다. 집행위원들은 아프리카, 중남미, 유럽 등 대륙별로 분포되어 있었기 때문에 일일이 찾아다니기가 쉽지 않았다.

월드컵 한일공동개최가 1996년 5월 말 집행위원회 총회에서 갑자기 결정된 것처럼 알려져 있지만, 사실 공동개최에 대한 이야기는 그전부터 나왔다. 1994년 말과 1995년 초 한국과 일본 간에 유치경쟁이 치열해지자 집행위원들은 한국 지지와 일본 지지, 그리고 입장표명을 유보한 국가들로 나누어졌다. 1994년 말 일본의 고노 요헤이 외상이 도쿄를 방문한 한승주 외교부장관과 만찬을 나누면서 처음으로 공동개최론을 꺼냈다. 그러나 그 후 일본 측은 더 이상 이 문제를 꺼내지 않았는데 아마도 아발란제 회장이 일본 단독 개최가 확실하다는 언질을 주었기 때문이 아닐까 싶다. 그때까지만 해도 아발란제 회장은 일본 측의 우세를 믿었다. 3개월 후 1995년 3월 술탄 아마드 샤 아시아축구연맹(AFC) 회장이 공식적으로 공동개최론을 제기했지만 아벨란제 회장은 또다시 이를 거부했다.

FIFA 집행위원 21명 중에 유럽이 7명, 유럽과 대체로 입장을 같이 하는 미국, 그리고 유럽계에서 선출되는 회장 등 최소 9명은 유럽축구연맹(UEFA)과 공동 대응을 하는 경향이 있다. 그 때문에 이들의 입김은 매우 센 편이다. 1974년 이래 FIFA 회장직에 장기집권하고 있는 아발란제 회장의 독선적 태도에 평소 반감이 있던 스웨덴의 요한슨 등 유럽계 집행위원들은 아발란제 회장의 일본 편향에 대해 경고를 보내고 있었다. 그들은 만일 이대로 간다면 한국 측을 지지하겠다고 한 것으로 추정된다. 이에 아발란제 회장은 위기를 느끼고 일본을 설득해서 공동개최를 수용하도록 종용하기에 이르지 않았나 추정한다. 이것이 1996년 5월 말의 상황이었다. 이렇게 해서 공동개최는 5월 31일 취리히에서 결정되었다.

월드컵 공동개최는 월드컵 사상 최초의 사례다. 겉으로 보기에는 첨예한 국제정치적 대립이 빚은 결과이지만, 유럽계 집행위원들은 공동개최라는 카드 뒤에 또 하나의 숨은 의도를 품고 있던 것 같다. 즉 향후 유럽에서 있을지도 모르는 유럽국가 간 개최경쟁에서 공동개최가 숨통을

틀 수 있는 선례가 될 수 있기 때문이다.

유럽은 54개 유럽축구연맹(UEFA)의 구성멤버가 말해주듯이 축구 대륙이라 할 만하다. 나라 수도 많지만 축구 수준이 타 지역에 비해 월등하다. 지금까지 월드컵을 개최한 유럽 국가는 영국, 독일, 이탈리아, 프랑스, 스위스 및 스페인 등 6개국이며 2018년 개최할 러시아까지 포함하면 7개국이 된다. 나머지 47개 국가는 축구 수준이 높고 축구에 대한 열의도 높지만, 월드컵 유치에 필요한 10개 이상의 규격 축구장을 건설하고 유지하기에는 실익이 없다. 그런데 만일 이웃 나라와 공동으로 개최할 수 있다면 사정은 달라진다. 예를 들어 벨기에와 룩셈부르크, 네덜란드가 공동으로 주최하기로 한다면 얼마든지 유치가 가능하다는 이야기다. 지금까지 월드컵은 유럽과 미주에서만 개최되다가 아시아(한국과 일본)와 아프리카(남아프리카)에서 개최되었다. 앞으로 월드컵이 대륙별로 개최되더라도 언젠가는 유럽 차례가 올 것이고, 그때 유럽 중소 국가들이 공동으로 대응할 경우 공동개최 가능성은 매우 높다고 볼 수 있다.

어쨌든 그 역사적 현장에서 이를 지켜볼 수 있었다는 건 나로써는 좋은 기회였고 운이 좋았다고 말할 수 있다.

외교부 감사관은 악역?

월드컵 유치위원회 근무를 끝내고 외교부 감사관으로 보직을 받았다. 어느 부서에서나 그렇겠지만 감사관은 일종의 악역을 담당하는 자리다. 업무에 충실하면 할수록 악역을 하게 되고 대충 넘어가면 잘해야 본전이다.

일제강점기부터 우리 사회는 권력의 자리에 있는 사람들의 권력남용을 막기 위해서 의도적으로 직급을 낮추었다. 그런 관행이 지금까지 내려오고 있는데, 감사관 자리도 그와 같은 점에서 일맥상통한다고 본다. 다른 정부 부서가 그렇듯이 외교부 감사관도 2급 또는 3급으로 보한다고 되어 있으니 국장급과 심의관급 사이에 위치해 있다고 볼 수 있다. 그러나 미국이나 영국 등 서구 선진국들의 감사관 제도를 보면, 외교부 감사관은 해외 감사를 하는 점을 고려해서 직급을 차관보급, 또는 그 이상으로 정하고 장관 직속으로 하는 등 그 권위를 높여놓았다.

실제로 해외 감사를 하면서 대사보다 낮은 직급 때문에 감사를 받는 현지 공관장의 태도가 불성실한 경우를 많이 경험했다. 계급사회인 우리나라에서 해외 감사가 실효를 거두기 어려운 것이 현실이다. 이러한 현상을 감안해서 1998년 외교부 조직개편 때 감사관제도 개편을 건의해보기도 했으나 행자부의 반대로 실현되지 않았다. 외교부에만 특례조치를 취할 수 없다는 이유 때문이었다.

나는 약 10개월간 감사관으로 근무하면서 여러 가지 제도 개선을 위해 힘썼다. 또 하나 기억에 남는 것은 1997년 초 주프랑스 대사관에서의 회계부정 사건이다. 주프랑스 대사관에서는 자체 감사 결과 실제 집행액과 은행잔고 간에 100만 달러 이상 차이가 나는 사실을 발견하고 이를 본부에 보고했다. 감사관실에서 이 문제를 정밀조사하고 있던 중에, 어느 날 이 사실이 일간지에 보도되기 시작했다.

일단 언론에 보도되고 나니 차관 주재로 긴급히 실·국장 회의가 열렸다. 차관은 사건의 개요를 설명한 다음 어떻게 처리했으면 좋겠느냐고 물었다. 아무도 대답이 없자 감사관인 나에게 의견을 물었다. 이전에도 비슷한 상황을 목격한 나는 평소에 가지고 있던 생각을 소신 있게 말할 수 있었다.

"이번 일은 회계담당 행정관이 승진시험을 핑계로 장시간 자리를 비운 채 고용원에게 회계업무를 맡겨서 일어난 부정사건입니다. 이러한 일이 발생하지 않도록 하려면 승진시험제도를 바꾸어야 합니다. 지금 주프랑스 대사관뿐만 아니라 다른 십여 군데 공관도 비슷한 상황에 있습니다. 우리 사회에는 승진시험 공부를 한다고 하면 몇 달씩 사무실에 나오지 않더라도 눈감아주는 온정주의 풍토가 만연해 있습니다. 이러한 문제를 근본적으로 바로잡기 위해서는 앞으로 승진시험을 지양하고 인사평가 같은 다른 방법으로 승진제도를 보완해야 한다고 생각합니다."

차관은 승진시험 대신에 인사고과로 승진을 결정하는 방안을 행정자치부에 건의하도록 지시했다. 이에 인사과장은 승진시험의 폐단으로 외교부 회계부정 사건의 예를 들면서 외교부 승진시험을 인사평가에 의한 승진제도로 대치해달라고 행정자치부에 요청했다. 행자부는 외교부만 따로 정할 수 없다며 이 건의를 받아들이지 않았다. 그러나 이것이 계기가 되어서 그 후 그때까지 실시해오던 전 공무원에 대한 승진시험제도를 일시에 폐지하고 인사평가에 따른 승진제도로 일괄 전환했다.

그런데 몇 년 후 공무원 인사평가에 의한 승진제도에 부작용이 많다는 소식을 듣고 아연실색하지 않을 수 없었다. 좌절감도 느꼈다. 무엇보다 이러한 현상을 보고 느낀 것은 어떤 방안을 선택하든 중요한 것은 정직성이 바탕이 된 공정한 경쟁 풍토가 선행되어야 한다는 점이다.

또한 해외에 많은 공관을 가지고 있는 외교부의 경우는 국내 다른 행정부처와 구별되는 특수성을 인정받아야 한다. 국내 정책입안자들이 그 특수성을 인정하지 않는 데에는 외교부에 대한 질시, 부처 간 이기심 등이 어우러져 있다고 생각한다. 우리나라가 선진적인 행정을 해나가자면 이러한 행태는 근본적으로 시정되어야 할 것이다.

감사관으로서의 역할에 충실히 임했다는 것은 곧 인기가 없는 일을 했다는 이야기다. 자꾸 나타나는 해외 공관의 회계비리는 감사제도 개혁과 같은 장기적인 일에만 전념토록 하지 않았다. 감사관 재임 10개월 중에 공관장 세 명의 비리 사실을 적발해서 해임 내지 경고를 받도록 했다. 또 다른 두 명은 이미 오래전에 퇴임한 뒤여서 끝까지 추적할 수 없었지만 비리혐의를 포착한 것으로 만족해야 했다. 공관장들의 비리는 주로 재외공관 국유화와 관련되어 있었다. 예를 들어 현지 건물 소유주와 담합을 해서 계약을 해놓고 나중에 일정 부분을 돌려받는 식의 비리였다. 일반 직원의 비리는 일일이 거론할 수도 없을 정도로 빈번했다. 특히 후진국에서 근무하는 직원들의 경우에는 그 나라의 부패된 사람들과 유착이 되어 개인의 이득을 취하는 경우가 많았다.

감사관으로서 중심을 잃지 않으려고 노력한 결과 당시 이시윤 감사원장이 나를 표창하겠다고 하기도 했다. 그러나 극구 사양해서 감사담당관실로 표창대상을 돌렸다. 포상으로는 큰 벽시계가 주어졌는데 아직도 감사담당관실에 있는지 모르겠다. 감사원장 표창을 받는다는 건 자칫 '당신은 외교부 직원들을 희생시키는 인기 없는 짓을 많이 했구나'라는 인식을 줄 수도 있겠지만 개의치 않았다. 사람들의 시선을 의식하며 일한 것도 아니고, 어떤 표창을 받기 위해 일한 것도 아니잖은가.

어떤 비리가 있든지 있는 대로 드러내서 그걸 토대로 장기적인 대책을 세웠으면 하는 것이 현장에서 감사를 담당하는 나와 직원들의 순수한 기대였다. 그러나 어떤 사건을 계기로 장기적인 대책을 세우기보다 적절한 수준에서 무마하기를 바라는 윗선의 태도에 회의가 들 때가 적지 않았다. 외교부만 특히 나쁜 조직은 아닐 것이다. 우리 사회의 어떤 조직이든 서로 영향을 주고받는다고 보면 외교부도 우리 사회 조직의 하나로서 이해되어야 할 것이다. 외교부라고 특히 더 나은 것도 없고 더 못한 것도 없을 것이다.

그러나 여기서 우리가 유의해야 할 사항은 외교부는 국내에서 멀리 떨어진 외국에 재외공관을 두고 있기 때문에 자칫하면 감시의 뒤안길에 있게 된다는 점이다. 미국이나 일본 등 가까이 있는 공관에서도 무슨 일이 일어날지 모르는 상황인데, 하물며 저 멀리 아프리카나 중남미 등에 위치한 공관에서 무슨 일이 일어난들 대개는 모르고 넘어가기 십상이다. 공관장들은 아래 직원의 비리를 알게 되어도 자신에게 불이익이 돌아올까봐 그냥 넘어가는 것이 보통이다. 이는 양비론에서 비롯되는 문제로 볼 수 있다. 누가 잘했느냐 잘못했느냐를 구분하지 않고 무조건 양쪽 다 똑같은 취급을 받기 때문이다.

이 때문에 외교부는 특수성을 인정하고 그에 맞는 감사제도를 세워야 할 것이다. 외교부가 반드시 다른 부서와 같이 취급받을 필요도 없고 또 그래서도 안 된다. 앞에서 말한 바와 같이 외교부 감사관의 직급도 달리 취급되는 것이 바람직하다고 본다. 그러나 뭐니 뭐니 해도 외교부 구성원들 각자가 투철한 국가관과 직업윤리로 자신의 일에 임해야 할 것이다.

유엔기념공원 근무의 후일담

2005년 말 외교부를 퇴임하자마자 곧 유엔기념공원(UNMCK, UN Memorial Cemetery in Korea)에서 근무하게 되었다. 만 3년간 유엔기념공원 관리처장(custodian)으로 재직하면서 많은 것을 생각하고 배울 수 있는 기회가 주어졌는데, 개인적으로 소중한 시간이었다. 유엔기념공원에서의 일 중 대부분은 필자가 2008년에 쓴《젊은 영혼들과 함께 한 천일 간의 백서》에 담겨 있다. 여기서는 그 책에서 못다 한 이야기 몇 가지를 소개해본다.

한국전쟁은 이 땅에서 벌어진 일이기에 우리 모두가 그 영향 아래 살아왔고 또 살아갈 것이다. 그러나 시간이 흐를수록 기억은 점차 희미해질 수밖에 없다. 특히 전쟁에 대한 직접적 경험이 없는 전후 세대들은 한국전에 대해 머릿속으로만 이해할 뿐이다. 현재 1955년 이후 출생한 전후세대가 전체 인구의 80%를 상회하고 있다. 이는 대다수의 국민들이 한국전에 대해 잘 모르거나 잘못 알고 있을 수 있다는 뜻이기도 하다.

이러한 상황에서 유엔기념공원의 존재는 귀중하다. 공원 안에 자리한 한국전 참전 외국인 용사들의 무덤은 전쟁의 참상을 일깨워주는 산 교육의 장이다. 좀 더 많은 사람들이 이곳을 찾아오면 좋으련만 안타깝게도 연중 방문자 수는 30만 명도 채 되지 않는다. 이는 히로시마 원폭 희생자

공원이나 하와이 펀치볼 국립묘지, 미국 본토에 위치한 2차세계대전 희생자 묘소 등의 방문자 수에 10분의 1도 되지 않는 숫자다.

앞에서 이야기한 대로 해외에서 만난 북한 이탈자들을 통해 한국전쟁의 흔적을 접한 후 유엔기념공원 관리처장으로 재직했으니, 한국전에 대해 조금 더 이해할 수 있는 기회가 되었다. 나는 오래전에 한국전에 대한 책이나 연구 자료가 나라 안보다 밖에 훨씬 더 많으며, 그에 대한 논의가 다양하게 이루어지고 있다는 사실을 직접 눈으로 보고 경험했다. 사실 이것은 대한민국 사람으로서는 부끄러운 일이었다.

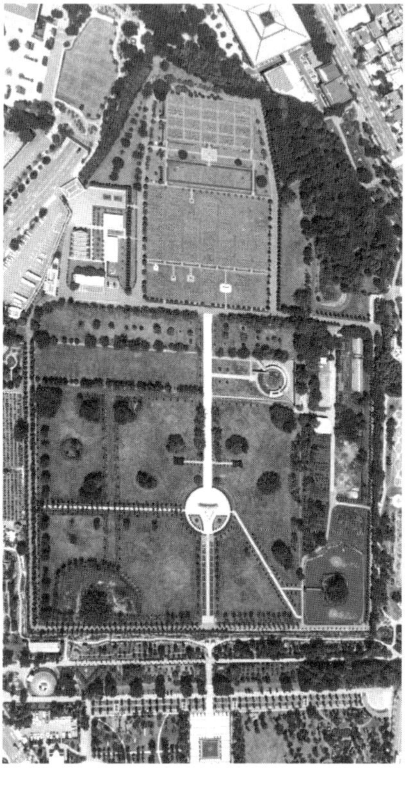

유엔기념공원 전경

35년 전쯤 존스홉킨스대학교 국제학부에서 공부할 때 40대의 미국인 동창생과 한국전에 대해 밤새 토론한 기억이 있다. 그는 1960년대에 평화봉사단(peace corp) 일원으로 한국에 3년간 체제하면서 한국 여자와 결혼한 사람이었다. 한국전에 관심이 많아 그에 관한 책을 쓰고 있다고 했다. 그의 지식은 거시적이었을 뿐만 아니라 한국에 대한 미국의 정책적 입장을 소상히 알고 있는 듯했다. 너무 깊숙이 알고 있어서 그가 혹시 CIA 요원이 아닌가 하는 의심이 들 정도였다. 말이 토론이었지 사실 그를 통해 한국전에 대해 더 많은 것을 배웠다.

그 이후 우리의 역사, 우리 사회의 문제에 대해 외국인들이 오히려 더 큰 관심을 가지고 깊이 있게 사고하고 있다는 생각이 머릿속에서 떠나지 않았다. 한국전뿐만이 아니라 4.19 혁명, 5.16 쿠데타, 10.26 사건 등등 우리 현대사에 큰 영향을 끼친 여러 사건에 대해서도 그러했다. 모두 이 땅에서 일어났고 또 일어나고 있지만, 그에 대한 심층적이고도 거시적인 분석은 우리 내부가 아니라 밖에서 더 활발히 이루어지고 있었다.

그렇다면 왜 이러한 문제가 발생할까? 우리나라 사람들은 대개 논리적, 객관적 사고와 판단에 약하며 주관적 감정에 쉽게 휩싸인다. 떼법, 근거 없는 소문에 의한 여론 형성, 진영논리, 파벌싸움 등 우리 사회의 문제로 지적되는 부분들은 대부분 모두 감정과 관련되는 현상이다. 반면 서양인들은 무엇이든지 객관화하려는 노력을 기울이는 편이니, 한국전이나 우리 사회의 여러 사건에 대한 객관적 자료가 나라 밖에 훨씬 더 다양하게 존재한다고 해도 이상할 것이 없다.

한국전과 관련해서 적지 않은 사람들이 올바른 인식을 하지 못한 채 점점 잊어가는 현실이 안타깝다. 정작 이 땅에서 일어난 우리 자신의 일인데도 서로가 다른 주장을 하며 거센 목소리만 앞서지 좀 더 깊게 알아보려는 노력은 좀처럼 보이지 않는다. 미국은 공산진영의 팽창을 저지하기 위해 한국전에 군대를 파견했다. 일부의 말대로 미국이 한국을 식민지

유엔기념공원 추모명비(필자의 그림)

화하거나 속국으로 만들기 위해서 군대를 파견했다고 주장한다면, 오늘날 한국이 미국의 식민지나 속국이란 말인가? 그건 바로 북한이 주장하는 바다. 자유진영의 선두에 있는 미국의 이러한 결정을 비판한다는 것은 자유라는 가치를 부정하는 것과 다름없다. 현실적으로 한국전에 대해 전혀 다른 생각을 지닌 사람들이 있다는 것은 안타까운 일이다.

한편, 한국전 전사자의 수치를 정확히 해야 할 필요가 있다. 이야기하는 사람마다 전사자 수가 다르기 일쑤인데, 심지어 우리 국방부에서조차 서로 다른 숫자를 인용하고 있다. 유엔기념공원에서는 2006년 추모명비를 건립할 때 해당 국가들의 대사관을 통해 확인한 공식적인 명단을 바탕으로 하였다. 유엔군의 이름으로 16개국이 참전해서 총 4만 896명의 전사자가 발생했고 그중 약 90%인 3만 6,492명이 미군이라는 사실이 공식적으로 확인되었다. 이 수치는 현존하는 통계자료 중 가장 최근에 작성된 것으로서 가장 신뢰할 만하다고 볼 수 있다.

광범위한 지역에서 오랜 전쟁 기간 중에 나온 수많은 전사자의 수를 확인하는 일은 결코 쉽지 않다. 더욱이 전장에서 부상을 당해서 이를 원인으로 나중에 사망한 경우도 전사자에 포함할 것인지, 전쟁기간 중 안전사고로 인한 사망자도 전사자에 포함할 것인지 등 쉽게 결정하기 어려운 경우가 많이 있다. 그래서 추모명비에 전사자 명단을 확인할 때에 각국의 판단에 맡겨 전사자 수를 확정하였으며, 4만 896명의 이름을 모두 추모명비에 새겼다.

현재 유엔기념공원이 처한 가장 중요한 문제는 공원의 안전보장 문제다. 관리처장으로 있을 때 공원을 외곽으로 옮겨야 한다는 말이 심심찮

게 나왔다. 건설업자들이 금싸라기 같은 이 땅에 아파트를 짓기 위해 뒤에서 그런 선동을 한 것으로 짐작되었다. 이에 재임 중 공원의 안전보장을 위한 방법의 하나로 국가문화재로 등록을 했다. 이 등록을 계기로 앞

유엔기념공원 추모관(필자의 그림)

으로는 공원의 안보를 위협하는 움직임이 나타나지 않았으면 좋겠다.

끝으로 유엔기념공원에 안장되어 있던 미군 전사자들을 1950년대에 미국이 모두 본국으로 송환한 이유가 무엇일까? 이는 2차세계대전에서 전사한 미군의 유해 중 상당수가 벨기에나 다른 유럽지역에 남아 있는 것과는 대조적이다. 개인적인 견해를 밝히자면, 미국은 한국을 도와 적화(赤化)로부터 지켜냈지만 한반도 정세를 늘 불안하게 생각했을 것이다. 만일의 경우 적군의 땅에 자국민의 무덤을 방치하게 되는 상황이 올 수도 있다고 보지 않았을까 추측해본다. 미국이 한국에 대해 어떻게 생각하고 있는지는 우리의 기준으로만 판단해서는 안 될 일이다.

내가 생각해본 우리 민족의 특징

오랜 기간 외국에서 객관적으로 관찰하면서 생각해본 결과, 우리 민족의 특징을 두 가지로 말할 수 있을 것 같다. 하나는 독일, 스위스, 미국, 영국 같은 선진국 사람들에 비해 감정이 강하다는 점이고, 또 하나는 세계 어떤 나라보다도 경쟁의식이 과도하다는 점이다. 전자는 민족의식이 강한 국민성에서 비롯한 것이고, 후자는 우리나라 정부의 정책과 관련이 깊다고 볼 수 있다. 그 특성을 분석해봄으로써 나름대로 앞으로의 바람직한 방향을 제시해보는 것도 의미 있는 일이라고 생각한다.

타민족에 비해 감정이 강한 우리 민족

인간사회에서 희로애락은 있게 마련이지만 화내고 우는 모습의 빈도와 정도는 사회마다, 민족마다 차이가 있다. 우리나라에서는 얼마나 울음이 흔한가. 슬퍼도 울고, 좋아도 울고, 화가 나도 운다. 1970년대 중반 브라질리아 공항에서 있었던 일이 떠오른다. 아들과 함께 재이민차 캐나다로 떠나는 구 씨네 할머니가 브라질에 남겨놓은 딸과 헤어지며 어찌나 크게 통곡을 하던지 창피할 정도였다. 주변에 있던 사람들 모두가 공항 로비

바닥에 주저앉아 땅을 치며 우는 할머니를 놀란 눈으로 쳐다보았다. 반면 서양 사람들은 남들 앞에서 좀처럼 울지 않는다. 장례식장에서 흔히 선글라스를 끼는 이유는 눈물을 감추기 위해서다. 수백 명이 비행기 참사로 사망한 사건을 보도하는 뉴스에서도 사람들의 우는 모습을 대놓고 보여주지 않는다.

그렇다면 왜 우리는 눈물을 보이는 것을 부끄러워하지 않고, 서양인들은 되도록 눈물을 감추려는 것일까? 우리나라 사람들은 서로 의존관계를 형성하고 있고, 그러한 관계가 '정(情)'이라는 가치로 자리매김하고 있기 때문이 아닐까. 그에 비해 서양에서는 서로를 독립된 인격체로 인정하고 이성적으로 행동하는 것이 하나의 사회적 가치로 자리매김하고 있기 때문이 아닐까. 물론 이러한 차이는 절대적으로 존재하는 것이 아니며 정도의 차이가 있을 뿐이고, 또 옳고 그름의 문제로 판단할 사항이 아니다. 그렇지만 이것 하나만은 인정해야 한다. 이성보다 감정을 앞세운다면 상대방의 생각은 고려하지 않고 하고 싶은 대로 행동함으로써 사회질서가 그만큼 어지러워질 수 있다. 여러 사람들이 공동으로 살아가는 데에는 감정에 따라 행동하기보다 어떤 규율을 지키는 것이 더 효율적이다. 따지고 보면 학연, 지연, 혈연 하는 것들이 모두 '정'이라는 이름으로 용인되는 것이다.

그렇다면 왜 우리나라 사람들이 다른 나라 사람들에 비해 감정이 더 강할까? 어릴 때부터 이러한 성향이 형성된 것은 아닐까. 우리나라 엄마들은 대개 아이를 안고, 업고, 스킨십을 많이 하면서 키우며, 밤에도 함께 잔다. 특히 1960년대 후반부터 가족계획에 의해 자녀 수가 줄어들었기 때문에 이러한 현상은 더욱 두드러지게 되었다. 반면 외국, 특히 유럽 선진국 사람들은 우리가 보기에 냉혹하다고 생각할 정도로 매몰차게 자식을 키운다. 어린아이가 울어도 특별한 상황이 아니면 좀처럼 안아주지 않기 때문에 아이는 울어도 소용이 없다는 걸 터득하게 되고 여간해서 눈물을 보이지 않는다. 대부분의 아이들이 갓난아기 때부터 엄마 품에서 자지 않고 자기 침대에서 잔다. 감정적인 의존형 인격체와 이성적인 독립형 인격체의 차이가 이러한 성장환경에서 비롯하는 것은 아닐까. 만일 이 가설이 맞는다면 이제 우리도 어느 정도 해결방안을 그려낼 수 있을 것이다.

높은 인구밀도에 기인한 낮은 삶의 질

또 하나 거론할 특징은 삶의 질에 관한 문제다. 삶의 질은 주관적인 문제이지만 시대적, 공간적 비교를 통해서 어느 정도 짐작할 수 있다. 앞에서 말했듯이 우리나라는 짧은 기간에 물질적으로 엄청난 발전을 이루었다. 그러나 삶의 질적 측면에서 보면 사오십 년 전 어렵고 가난했던 시절보다 오늘날이 살기 좋아졌다고 자신 있게 말하기 힘들다. 자살률이 왜 세계에서 제일 높은 나라가 되었을까. 경제는 매년 발전한다고 하는데 서민들은 왜 해가 갈수록 각박한 느낌이 들까. 과거에 비해 절대빈곤이 줄어들고 소득도 높아졌지만, 상대적 빈부 격차가 심화되었고 이로부터 많은 문제가 발생하고 있다. 상대적 빈부 격차는 넓게 보면 자본주의의 공통적 결함과 관련이 있다. 그러나 우리나라에서 특히 그 격차가 큰 원인은 (재벌이라는 특수 구조의 문제와도 관계가 있겠지만) 수도권의 높은 인구밀도에서 찾을 수 있을 것 같다.

높은 인구밀도에서 과도한 경쟁의식이 발생하고, 그로 인해 빈부격차나 자살 같은 사회적 문제가 초래되었다고 한다면 지나친 비약일까. 우리나라 전체로 볼 때는 방글라데시, 대만에 이어 세계에서 세 번째로 인구밀도가 높지만, 수도권의 인구밀도는 단연 세계에서 가장 높다. 인구의 절반이 수도권에 몰려 있는 기현상이 생겨난 것이다. 경제성장으로 인한 도시화는 전 세계의 공통적인 현상이기 때문에 특별히 언급할 필요는 없다. 문제는 우리나라 수도권의 경우 왜 지나치게 인구밀도가 높아졌느냐 하는 것이다. 이는 장기적 비전이 없는 수도권의 도시 확장 정책, 다시 말해 무계획적인 고층 아파트 건축과 지하철 건설에서 그 원인을 찾을 수 있으며 그 뒤에는 왜곡된 민주주의와 시장경제가 자리 잡고 있다.

정치인들은 표를 얻기 위해 아파트와 지하철 건설 공약을 경쟁적으로 남발했다. 국민들은 국민들대로 집값 상승으로 인한 이익을 얻기 위해 이러한 상황에 호응했고, 정부는 정부대로 경제성장 수치를 높이기 위해 건설업계가 무분별한 상업이익을 추구하도록 내몰았다. 이 과정에서 60, 70년대에 힘들게 설정한 그린벨트는 이익집단의 로비에 허물어지고 아파트의 고도제한은 있으나 마나 한 것이 되었다. 현재 우리나라 사람들의 아파트 거주율은 세계에서 제일 높다.

왜 우리나라 사람들은 이처럼 아파트를 선호하는 것일까? 수천 년 동안 혹독하게 추운 겨울과 한증탕 같이 더운 여름을 번갈아 겪던 풍토에서 아파트는 추위와 더위를 모두 해결해주는 가히 혁명적인 주거환경을 가져다주었다. 그러한 환경이 편의를 추구하는 우리나라 사람들의 가치관과 맞아떨어져 오늘날 아파트 왕국을 이룬 것이라고 볼 수 있다. 반면 선진국 사람들은 편의를 위해 자신들이 중요하다고 생각하는 가치, 즉 전통적 가치나 공익적 가치를 쉽게 희생시키지 않았다.

무계획적으로 아파트와 지하철을 건설함으로써 인구밀도를 높였다면 그건 정책적 실패라고 볼 수 있다. 전 국토의 11.7%인 수도권 면적에 1970년도 인구는 28%였으나, 오늘날에는 인구의 과반이 몰려 있다. 전 세계적으로 보아도 인구 5,000만 명 이상의 국가에서 이렇게 불균형 현상을 나타내는 곳은 없다. 인구의 절반이 살고 있는 수도권이 전국에 미치는 영향이 절대적이라는 점을 감안해볼 때, 수도권 인구가 우리나라 전체의 인구를 대표한다고 봐도 무방할 것이다. 과거에는 시골에서 나오는 미풍양속의 영향이 서울에 미쳤는데, 오늘날에는 수도권에서 나오는 추풍악습의 영향이 빠른 속도로 전국에 영향을 미치고 있다. 이렇게 복닥거리면서 살아간다면 궁극적으로 삶의 질 향상을 기대하기란 어렵다.

더 나은 우리 사회를 위하여

결론적으로 말하자면 이 시점에서 우리나라의 가장 시급한 과제는 과도하게 올라 있는 민족적 감성을 하향 조절하는 것과, 과도한 수도권 인구 밀도를 완화하는 것이라고 본다. 오랫동안 형성되어온 민족적 감성 문제의 개선은 모든 국민이 이 문제를 인식하는 것에서 시작되어야 할 것이다. 이러한 인식의 바탕 위에서 감정을 누그러뜨리는 방향으로 장기적인 전 국민 평생교육을 해나가야 할 것이다.

수도권 인구과밀현상을 완화하는 문제도 지방자치제도가 확립되어 있는 현 시점에서는 더욱 지난한 일이다. 사실 지나간 이야기이지만 1995년 지방자치제도를 확립하기 위한 선거가 실시되기 이전에 국토균형발전 정책을 강력히 시행했어야 한다. 1980년대가 적절한 기회였다. 불행히도 그 시기에 전두환, 노태우 정권은 이전 정권이 추구해왔던 경제성장 정책과 수도권 아파트 건설에 몰두하느라 중요하고도 장기적인 이 문제를 등한시하였다. 당시 중앙정부가 강력하게 국토균형발전정책을 추진했다면 상당한 성과를 거둘 수 있었겠지만 불행히도 그러한 정책적 마인드 자체가 없었던 것이다. 그 후 수도권 이전과 같은 부분적인 시도가 있었지만, 그 정도의 정책으로는 수도권 인구밀도 완화에 큰 효과를 거둘 수 없다는 사실만 증명되었다. 요컨대 이 문제 역시 지금부터라도 장기적 관점에서 보다 종합적이고 실효적인 정책을 수립하여 강력히 추진해나가야 할 것이다.

어느 곳이 제일 살기 좋으냐

내가 해외에 오래 살았다는 것을 아는 사람들에게서 가장 많이 받는 질문은 "다녀본 나라들 중에 어디가 제일 좋아 보이느냐?"라는 것이다. 그러나 솔직히 이런 질문을 받으면 대답하기가 난처하다. 사람이 사람을 평가하는 것처럼 어려운 일은 없을진대 하물며 많은 사람들이 살고 있는 국가라는 집단을 어떻게 쉬이 비교해서 판단할 수 있겠는가.

그동안 많은 나라를 다녀보면서 지니게 된 생각은 세상에 존재하는 것들은 모두 나름의 가치가 있으며, 어떤 환경일지라도 한번 적응하면 편하게 느낄 수 있다는 점이다. 그러므로 나의 관점에서 쉽게 이해되지 않거나 겉으로 보이는 모습이 열악하다고 살기 좋지 않은 나라라고 단정할 수 없다. 또한 시간이 가면 그 나라나 사회 자체도 변하겠지만, 내 자신의 생각도 바뀔 수 있기 때문에 섣불리 판단할 수 없다. 만일 지금 내가 다시 브라질에 가서 살아본다면 1970년대에 그곳에서 느낀 것과는 많이 다른 느낌을 받을 것이다.

그럼에도 불구하고 위에 말한 '주관적 요인'과 '시간적 요인'을 제거한 다음, 내가 경험한 내용만을 평면도 위에 놓고 어떤 객관적인 기준을 가지고 판단해볼 수는 있을 것 같다. 우리가 어떤 곳이 살기 좋다, 또는 살기 어렵다고 생각할 때 고려하는 몇 가지 기준이 있을 것이다. 자연적 요인, 인적 요인, 사회적 요인, 그리고 문화적 요인 등이 바로 그것이다. 물론 어느 기준을 더 중요시하느냐는 사람에 따라 다를 수 있겠지만 말이다.

날씨가 아무리 덥고 습해도 일단 그러한 기후환경에 적응하고 그에 맞는 생활 문화를 이룬다면, 그곳은 더 이상 살기 어려운 곳이 아니다. 나이로비의 날씨는 연중 쾌적하다. 나이로비에 살다보면 몸바사 같은 덥고 습도가 높은 곳에 사는 것이 매우 힘들 것이라고 생각하기 쉽다. 그러나 몸바사에 사는 사람들은 그곳의 날씨가 참 좋다고 말한다. 적당히 땀이 나니까 건강에도 좋다며 웃는다. 또 수단 남부 같은 곳에서 온 사람들을 만나면 사막 같은 그 땅에서 많은 이들이 굶어 죽어가는데도 왜 그곳에 애착을 가지고 끈질기게 살아가는가 하는 의문이 생긴다. 아직도 이러한 의문이 완전히 풀린 것은 아니지만, 아마도 어려운 자연조건에서라도 자신과 비슷한 풍습을 지닌 사람들과 소통하며 지낼 수 있고 치안도 좋다면 살기 좋은 곳이라고 생각할 수 있을 듯하다. 반면 케냐에서 보듯이 날씨가 아무리 좋아도 치안이 불안해서 마음대로 돌아다닐 수도 없다면 그곳은 결코 살기 좋은 곳이 아니지 않겠는가.

경험에 비추어 볼 때 라틴 계통의 사람들은 대체로 낙관적이고 맺힌 데가 없이 개방된 마음자세를 지니고 사는 것 같다. 그래서 그들과는 비교적 쉽게 친해질 수 있었다. 반면에 게르만 계통이나 앵글로색슨 계통의 사람들은 다소 배타적이어서 접근하기가 쉽지 않았다(물론 개개인의 성향에 따라 전혀 그렇지 않은 경우도 있었다). 브라질과 포르투갈에 8년 정도 있었는데 그 나라 사람들을 생각하면 지금도 왠지 친근한 마음이 든다. 그에 비해 제네바에서는 3년 동안 있었지만 기억나는 일이나 사람이 별로 없다.

사회적 요인도 무시할 수 없다. 범죄가 많거나 테러 위협이 있는 곳에서 어떻게 편안하고 즐겁게 지낼 수 있을까. 또 사회 각계각층이 부패해 있다면 성실하게 살아가려는 일반 시민들은 불안감과 소외감을 느끼기 마련이다. 예측가능성이 낮고 비정상적 행위가 만연하는 상황에서 일반 사람들은 불안감을 느끼게 된다. 더구나 나와 같이 국가 대 국가의 관계 강화라는 목표를 가지고 일하는 사람들은 이러한 사회에서 정상적으로 일을 하기가 힘들다. 케냐 같은 나라에서는 국가 이익이라는 개념도 희박하고 공권력이 약화되어 어떤 일을 하면서도 도대체 내가 뭘 하고 있는지 회의가 들 때가 많았다. 누구를 위해, 무엇을 위해 일해야 할지 상대가 모호하기 때문이다. 불의를 보고도 못 본 채 눈감으면서 적당히 타협하고 지낼 수도 있겠지만, 나와 같이 국가의 녹을 받고 있는 사람이 그럴 수는 없지 않겠는가?

문화적 요인은 다른 어떤 요인보다도 중요하다. 문화는 과거부터 현재까지 이어져오는 총체적인 삶의 방식이기 때문이다. 언어도 그렇지만 음식, 종교, 풍습, 취미, 역사, 예술, 사회의 포용성 등 문화의 영역은 광범위한 만큼 개인에게 미치는 영향도 매우 크다. 이러한 이유 때문인지 문화대국 인도에서의 생활은 열악한 환경에도 불구하고 대체로 긍정적이었다. 도처에서 볼 수 있는 우리와 비슷한 생활풍습과 전통문화, 그리고 다양성과 포용성이 살아 있는 사회 분위기 속에서 어딘지 모르게 편안함을 느꼈다. 지금 돌이켜 생각해보면 인도 생활에서 뇌리에 오랫동안 남아 있는 부분 중에 더운 날씨나 불편한 환경에 대한 기억은 별로 없다. 문화적 요인을 무엇보다 중요시 여기는 이유는, 이처럼 문화가 장기적인 이미지를 창출하는 중요한 역할을 하기 때문이다. 박찬호, 박지성, 박세리 같이 특출한 사람이 만든 이미지도 일정한 시간이 지나면 사그라지고, 경제대국 같은 상황이 만든 이미지도 결국 변하게 마련이다. 그러나 문화가 만든 이미지는 오래 지속된다는 것이 내가 느낀 경험적 사실이다.

지금까지 말한 몇 가지 객관적 판단 요인을 가지고도 어느 곳이 가장 좋은 곳인지 판단하기란 쉽지 않다. 모두 나름의 특성과 가치가 있으며, 어느 곳도 어떤 요인이 결정적으로 좋거나 나쁜 것이 아니고 상대적이기 때문이다. 결국 어떤 요인의 가중치는 각자의 마음에 달려 있을 수밖에 없고, 최종적으로 판단하는 것은 자신이다. 영화 〈아라비아 로렌스〉에서 로렌스경이 촛불을 손가락으로 끄자 옆에 있던 사람이 놀라서 물었다.

"뜨겁지 않습니까?"

"내가 뜨겁지 않다고 생각하면 뜨겁지 않소."

후기

1970년대 이후 지금까지 나라 안팎 사정이나 국민들의 생활은 모든 면에서 크게 변화했다. 짧은 기간에 고도의 경제성장을 이루었고 정치적으로 큰 변화를 겪으며 자유민주주의가 발전했다. 이 기간 동안 나는 외교부에서 일했는데 그러한 변화를 실감할 때가 많았다. 지금 생각해보면 1970년대와 2010년대 사이는 모든 면에서 과도적이었다고 말할 수 있을 것 같다.

1970년대는 우리나라가 경제발전 초기에 머물러 있었기 때문에 밖에서는 후진국 외교관으로서 대우를 잘 받지 못했다. 그러나 남들이 쉽사리 할 수 없는 외국 여행도 하고, 국내에 비해 상대적으로 월급도 많이 받아서 친지들이나 동료들로부터 부러움을 많이 샀다. 1974년도 사무관급의 국내 월급이 4만 원이 채 되지 않았으나 해외에서는 주택비까지 포함해 대략 780달러 정도를 받았다. 당시 환율인 1달러 대 484원으로 쳐도 대략 40만 원 정도 되었으니 꽤 큰 액수였다. 그 시기에 해외 취업은 꿈같은 이야기로 중동진출과 해외이민도 이러한 분위기에서 성행했다.

1980년대 들어와서는 분위기가 완전히 반전되었다. 국내에서 돈을 벌 수 있는 기회가 많아졌을 뿐만 아니라 부동산 가격이 천정부지로 뛰어 큰돈을 거머쥐는 사람들이 많이 생겨났다. 역이민 현상도 나타났고 가능한 한 해외에 나가지 않으려는 추세도 나타났다. 한편, 해외에서 근무하는 외교관들은 국력의 신장으로 찬밥신세를 면하고 차차 다른 나라들의 주목을 받기 시작해 기를 펴고 일할 기분이 났다.

1980년대 말 민주화와 더불어 외교정책도 크게 바뀌었다. 종전의 대북한 제압외교에서 실리외교, 경제외교 같은 분야가 중요하게 되었다. 남북한 경제력 차이가 크게 벌어져 굳이 북한을 고립시킬 필요가 없다고 생각하게 되었고, 국제사회로 끌어내 정정당당히 체제경쟁을 하자는 분위기가 형성되었다. 이 시기에 남북한이 모두 유엔에 가입했다. 외교전선에 나가 있는 외교관으로서 남북한 관계의 갑작스런 변화에 적응하기가 쉽지는 않았다. 무엇보다 '북한을 국가로 봐야 하느냐' 하는 문제가 대두되었다. 사실 외교부에서는 이러한 변화된 가치관에 대해 별다른 조치를 취하지 않았다. 지금 와서 생각하면 외교부로서는 커다란 정책의 전환기였는데, 좀 더 큰 전략적 숙고가 부족하지 않았나 하는 아쉬움이 있다. 물론 나는 그 당시 외교정책을 수립할 위치에 있지는 않았지만, 외교부의 한 구성원으로서 막연하게나마 그런 생각이 든다.

그럼에도 불구하고 외교부는 나에게 참 고마운 조직이다. 비록 내가 높은 지위에 이르지 못했다 하더라도 그 안에서 배우고 일하고 먹고살았으니 말이다. 지금 내가 할 수 있는 보답이 뭘까? 그동안 남들이 좀처럼 가질 수 없는 기회를 누리지 않았는가. 할 수만 있다면 체득한 경험과 지식을 남겨주는 것이 좋지 않을까. 물론 턱없이 부족하겠지만 이런 생각에서 시작한 것이 이 책으로 귀결되었다.

보고 들은 것, 또는 경험한 것 중에서 재미있을 것이라고 생각되는 부분들을 단편적으로 모아서 이야기하다 보니 일관성 있는 주제가 흐려진 것은 아닐지 걱정 된다. 그러나 무엇을 어떻게 표현하든 마음속에 줄곧 지니고 있던 나름의 어떤 지향점이 있었다. 보이는 대로 객관적으로 바라보기, 불의와는 타협하지 않기, 무엇이든 장기적으로 보고 판단하기. 이 세 가지가 내가 지키려던 기본적 자세였다. 무엇보다 객관성 있는 관찰과 생각을 유지하려는 태도는 처음부터 변함없이 지키려고 했다. 내 것, 우리 것이라고 무조건 옹호하는 태도는 지양하는 것이 오히려 장기적인 경쟁력을 높일 수 있다는 믿음이 있기 때문이다. 많은 이야기를 책 속에 담았지만 이 글을 통해 이러한 주제가 잘 전해졌으면 한다.

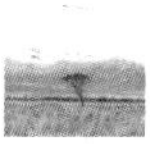

Artwork

나의 그림 공부에 대하여

나의 그림 공부는 1998년 경 주불가리아 대사 시절부터 시작되었다. 당시 나는 50대 초반의 나이였지만 은퇴가 멀지 않았음을 느끼며 이후에 무얼 할지 고민하고 있었다. 혼자 할 수 있는 취미로 그림을 택한 데에는 그저 그림을 그려보고 싶다는 생각 이외에 특별한 이유는 없었다. 평소 구름, 물결, 주름 등을 어떻게 그리는지 궁금해하긴 했었다.

처음 나에게 그림을 가르쳐준 올렉 고체프 선생은 매우 유능한 화가로 문외한이던 나를 적극적으로 그림의 세계로 이끌어주었다. 그에게 1년 가까이 배운 소득은 적지 않았다. 그가 가르친 기본기만 제대로 배워도 아마추어로서 어느 정도 그림을 즐길 수 있게 되었다. 이때 배웠던 것들을 그 후 케냐에 있을 때 자연과 동물을 대상으로 연습해보며 점점 그림 그리기의 매력에 눈뜨게 되었다.

처음에는 아크릴화를 그리다가 이후로 파스텔화를 그려봤다. 우간다에서 젊은 화가들이 그린 파스텔화를 보고 감명을 받기도 했고, 마침 오랫동안 묵히고만 있던 파스텔이 눈에 들어왔기 때문이다(이두식 교수께서 워크숍 때문에 불가리아에 오셨다가 떠날 때 남겨준 것이었다). 파스텔은 아크릴처럼 물감을 푸는 번거로움이 덜하다는 장점도 있었다. 그렇지만 막상 파스텔로 어떻게 그리는지조차 몰라서 박항률 교수께 물어보고 가르침을 받아 하나둘씩 그리다 보니 어느새 십여 점이 되었다. 이 기회에 박 교수님께 감사드린다.

초보 수준의 나에게 그림을 그리는 거창한 목적은 없다. 다만 보이는 대로 그려서 실제와 가까워지는 것이 당장의 목적이라면 목적이다. 그러나 자꾸 그리다 보니 약간 다른 생각도 생기는 것을 느낀다. 어느 때부터인지 보이는 대로 그리는 것보다 생각하는 대로 그려보고 싶다는 생각이 들기 시작했다. 이런 생각이 발전하면 결국 추상적인 방향으로 흐르게 되지 않을까 막연히 생각해보지만 현재의 내 수준에서는 희망적인 예상일 뿐이다.

2008년《젊은 영혼들과 함께한 천 일간의 백서》란 졸저의 출판과 함께 부산에서 전시회를 열기도 했다. 내 호기를 북돋워 주는 주변 분들이 아니었다면 결코 전시 같은 것은 생각지 못 했을 것이다. 삼 년여 전에 돌아가신 이두식 교수께서 당시 멘토가 되어 크게 격려해주셨다. 금년에 내 나이 칠순에 맞추어《외교관의 창문》을 출간하면서 그때와 같이 또 한 번의 전시회를 생각해보았다. 이번에는 박항률 교수께서 격려해주셨다. 박 화백은 진작부터 전시회를 거론하시면서 여러 가지로 큰 도움을 주셨다.

전시할 작품들 중 사바나의 풍경들과 스위스의 풍경을 그린 몇 점을 이 책에 실었다. 케냐와 스위스에 있을 때 찍은 사진을 모델로 그린 작품들이다. 작품 사진을 찍어 주신 최용호 교수께도 감사의 말씀을 드린다.

스위스 구슈타드(2016. 오일 파스텔)

스위스 다이영마을 들판길(2016. 오일파스텔)

스위스 코소네마을1(2016. 파스텔)

스위스 코소네마을2(2016. 파스텔)

케냐 마사이마라(2016, 오일파스텔)

스위스 다이영마을2(2016. 파스텔)

스위스 구슈타드(2016, 오일 파스텔)

케냐 황혼의 마사이마라2(2016. 오일파스텔)

Thanks